BOLSILLO ZETA

Título original: *Choices*

Traducción: Jordi Mustieles

1.ª edición: noviembre 2005
1.ª reimpresión: enero 2006
2.ª reimpresión: abril 2006
3.ª reimpresión: mayo 2006
4.ª reimpresión: enero 2007

para el sello Zeta Bolsillo
Bailén, 84 - 08009 Barcelona (España)
www.edicionesb.com

Printed in Spain
ISBN: 978-84-96546-51-6
Depósito legal: B. 7.905-2007

Impreso por LIBERDÚPLEX, S.L.
Ctra. BV 2249 Km 7,4 Polígono Torrentfondo
08791 - Sant Llorenç d'Hortons (Barcelona)

LA DOCTORA COLE

NOAH GORDON

BOLSILLO
ZETA

Este libro es para Lorraine, mi amor.
Para nuestros hijos
Michael Gordon,
Lise Gordon y Roger Weiss,
y para Jamie Beth Gordon, que tuvo sensibilidad
e imaginación para ver la magia de las piedras corazón.

Notas y agradecimientos

Durante la redacción de esta novela varios médicos compartieron conmigo su muy escaso tiempo, respondieron a mis preguntas y me prestaron libros y otros materiales. Algunos de ellos se dedican a la medicina privada: el doctor Richard Warner, de Buckland, Massachusetts; el doctor Barry Poret y la doctora Nancy Bershof, los dos de Greenfield, Massachusetts; el doctor Christopher French, de Shelburne Falls, Massachusetts, y Wolfgang G. Gilliar, doctor en osteopatía, de San Francisco, California.

También recibí ayuda de médicos académicos y de hospital, entre ellos el doctor Louis R. Caplan, presidente del Departamento de Neurología de la Universidad de Tufts y jefe de neurología en el Centro Médico de Nueva Inglaterra, en Boston, Massachusetts; el doctor Charles A. Vacanti, profesor de anestesiología y presidente del Departamento de Anestesiología del Centro Médico de la Universidad de Massachusetts, en Worcester, Massachusetts, y el doctor William F. Doyle, presidente del Departamento de Patología del Centro Médico Franklin, en Greenfield, Massachusetts.

Me prestaron ayuda Esther W. Purinton, directora de Administración de Calidad en el Centro Médico Franklin, y la comadrona Liza Ramlow. Susan Newsome, de la Planned Parenthood League, de Massachusetts, habló conmigo acerca del aborto, al igual que las enfermeras Virginia A. Talbot, de la Sociedad Ginecológica Hampden y del Centro Médico de Bay State, en Springfield, Massachusetts, y Kathleen A.

Mellen. Por su parte, Polly Weiss, de West Palm Beach, Florida, me ofreció observaciones razonadas sobre el movimiento antiabortista.

Como de costumbre, encontré ayuda en mi propio pueblo. Margaret Keith me proporcionó información antropológica sobre los huesos, Don Buckloh, del Departamento de Agricultura de Estados Unidos, y el granjero Ted Bobetsky me hablaron de ganadería; Suzanne Corbett habló conmigo sobre caballos; los técnicos de urgencias médicas, Philip Lucier y Roberta Evans, me refrescaron la memoria en cuanto al funcionamiento de un servicio de ambulancia en un pueblo de las colinas, y Denise Jane Buckloh, anteriormente hermana Miriam de la Eucaristía, OCD, me proporcionó información sobre el catolicismo y la sociología. El abogado Stewart Eisenberg y el ex jefe de policía de Ashfield, Gary Sibilia, me asesoraron respecto a sentencias de prisión, y Russell Fessenden me proporcionó información sobre su difunto abuelo, el doctor George Russell Fessenden, médico rural.

Roger L. West, doctor en medicina veterinaria, habló conmigo sobre obstetricia bovina, y David Thibault, propietario de una granja lechera en Conway, Massachusetts, me permitió asistir al nacimiento de un ternero.

Julie Reilly, conservadora del Museo Winterthur, en Winterthur, Delaware, me informó sobre los métodos de datación de la cerámica antigua, y Susan McGowan, de la Asociación Memorial de Pocumtuck Valley, en Old Deefield, Massachusetts, me ofreció su cooperación. También quiero expresar mi agradecimiento a la Biblioteca Memorial de Deerfield Histórico y al personal de la Biblioteca Memorial Belding, en Ashfield y de las bibliotecas de la Universidad de Massachusetts en Amherst. A mi agente literario Eugene H. Winick, de McIntosh & Otis, Inc., le agradezco su amistad y su apoyo.

Finalmente, quiero dar las gracias a mi familia. Lorraine Gordon es capaz de desempeñar perfectamente múltiples papeles; esposa, directora comercial, guía literaria. Lise Gordon es mi valiosa correctora, además de hija mía. Roger Weiss, experto en ordenadores además de ser mi yerno, me puso al corriente en cuestiones de tecnología. Mi hija Jamie Beth Gordon me permitió generosamente compartir con mis personajes y lectores su creativa pasión por las piedras corazón (el término «Piedras corazón»® está registrado legalmente por ella y sólo puede utilizarse con su autorización). Michael Gordon, mi hijo, me ofreció valiosos consejos sobre diversos aspectos, y cuando una operación de urgencia me impidió recibir en persona el premio James Fenimore Cooper, él asistió a la ceremonia de la entrega, en Nueva York, y transmitió mis observaciones.

Este libro es de ellos, con mi amor.

La doctora Cole es el tercer volumen de una trilogía sobre la familia de médicos Cole. Las dos primeras novelas de la serie, *El médico* y *Chamán*, han obtenido premios literarios y alcanzado un gran éxito internacional. Esta trilogía ha ocupado mi vida durante trece años y me ha conducido del siglo XI a la época actual, un viaje fascinante. Me siento agradecido por haber podido realizarlo.

Ashfield, Massachusetts,
16 de febrero de 1995

* El término «Piedras corazón»® se utiliza con autorización de Jamie Beth Gordon.

Lo difícil en la vida es la elección.

GEORGE MOORE,
The Bending of the Bough

Nunca he ejercido por dinero; me habría sido imposible. Pero visitar a la gente a todas horas y en todas circunstancias, afrontar las condiciones íntimas de su vida, cuando nacían, cuando agonizaban, verlos morir y verlos restablecerse, siempre me ha absorbido.

WILLIAM CARLOS WILLIAMS,
doctor en medicina,
Autobiography

El contacto del médico —cálido, familiar y tranquilizador—, el consuelo y la preocupación por el paciente, las plácidas y largas conversaciones, están desapareciendo de la práctica de la medicina, y eso podría resultar una gran pérdida. Si yo fuera un estudiante de medicina o un interno, si estuviera preparándome para empezar, este aspecto de mi futuro me preocuparía más que ninguna otra cosa. Temería que me arrebataran muy pronto mi auténtico trabajo —cuidar a los enfermos— y que me tuviera que dedicar a otro muy distinto, atender máquinas. Trataría de encontrar la manera de que esto no ocurriera.

LEWIS THOMAS,
doctor en medicina,
The Youngest Science:
Notes of a Medicine Watcher

LIBRO I

LA REGRESIÓN

1

Una cita

R. J. despertó.

Por más tiempo que viviera, de vez en cuando abriría los ojos en mitad de la noche y escrutaría la oscuridad con la tensa certidumbre de que todavía era una médica residente agobiada de trabajo en el hospital bostoniano de Lemuel Grace, echando una cabezada en cualquier habitación vacía en medio de un turno de treinta y seis horas.

Bostezó mientras el presente le inundaba la conciencia y recordó con gran alivio que hacía varios años que había terminado su período como médica residente. Pero cerró la mente a la realidad porque las manecillas luminosas del reloj le indicaban que aún tenía dos horas, y durante aquella época lejana había aprendido a aprovechar hasta el último instante de sueño.

Dos horas después volvió a despertar con una luz grisácea y sin la menor sensación de pánico, y estiró el brazo para desconectar la alarma del despertador. Invariablemente abría los ojos antes de que sonara, pero de todos modos siempre lo conectaba la noche anterior, por si acaso. El chorro de la ducha, golpeándole el cráneo casi dolorosamente, le resultaba tan reconfortante como una hora más de sueño. El jabón se deslizó por un cuerpo más voluminoso de lo que hubiera deseado, y eso le hizo pensar que ojalá tuviera tiempo para ir a correr un poco, pero no lo tenía.

Mientras se pasaba el secador por la corta cabellera negra, todavía abundante y en buen estado, se examinó el rostro. La tez era blanca y transparente, la nariz estrecha y algo larga, la boca amplia y carnosa. ¿Sensual? Amplia, carnosa y no besada en mucho tiempo. Tenía ojeras.

—Bueno, ¿y tú qué quieres, R. J.? —le preguntó con aspereza a la mujer del espejo.

«A Tom Kendricks ya no», se dijo. De eso estaba segura.

Antes de acostarse había elegido la ropa que iba a ponerse, y ésta esperaba ahora al lado del armario: blusa y pantalones sastre, y zapatos elegantes pero cómodos. Al salir al pasillo vio que la puerta del dormitorio de Tom estaba abierta y que el traje que había llevado el día anterior aún seguía en el suelo, donde él lo había tirado por la noche. Tom se había levantado antes que ella y hacía mucho que había salido de casa pues necesitaba estar en el quirófano a las siete menos cuarto.

En la planta inferior, se sirvió un vaso de zumo de naranja y se obligó a beberlo poco a poco. Luego se puso el abrigo, recogió el maletín y cruzó la cocina, que nunca utilizaban, para salir al garaje. El pequeño BMW rojo era un capricho de ella, tal como la grandiosa casa de época lo era de Tom. Le gustaba el ronroneo del motor, la precisión con que respondía el volante.

Durante la noche había caído una ligera nevada, pero las brigadas que mantenían despejadas las calles de Cambridge ya habían entrado en acción y no tuvo problemas cuando hubo cruzado la plaza Harvard y el bulevar JFK. Conectó la radio y escuchó a Mozart mientras se desplazaba con la marea de tráfico que descendía por Memorial Drive, y luego tomó el puente de la Universidad de Boston para cruzar el río Charles hacia la orilla de Boston.

Pese a que era muy temprano, el aparcamiento para el personal del hospital estaba casi lleno. Deslizó el BMW en un espacio libre contiguo a la pared, para reducir el riesgo de que quien estacionase a su lado abriera la portezuela descuidadamente y le dañara la carrocería, y se encaminó hacia el edificio a paso vivo.

El guardia de seguridad hizo un gesto con la cabeza.

—Buenos días, doctora Cole.

—Hola, Louie.

En el ascensor saludó a varias personas. Bajó a la tercera planta y se dirigió rápidamente al despacho 308. Por las mañanas siempre llegaba con hambre al trabajo. Tom y ella rara vez comían o cenaban en casa, y nunca desayunaban; en el frigorífico sólo había zumo, cerveza y refrescos. Durante cuatro años, R. J. se había detenido cada mañana en la atestada cafetería del hospital, hasta que Tessa Martula pasó a ser su secretaria e insistió en hacer por ella lo que sin duda habría rehusado hacer por un hombre. «De todos modos he de ir a por mi café, así que es absurdo que no le traiga el suyo», había insistido Tessa.

R. J. se enfundó una bata blanca limpia y empezó a repasar las historias clínicas que le habían dejado sobre el escritorio, y a los siete minutos apareció Tessa llevando una bandeja con un bollo de crema de queso y café cargado.

Mientras daba cuenta del desayuno, Tessa le entregó el programa de visitas y lo revisaron juntas.

—Ha llamado el doctor Ringgold. Quiere hablar con usted antes de que empiece la jornada.

El director médico tenía su despacho en una esquina de la cuarta planta.

—Ya puede usted pasar, doctora Cole. Está esperándola —le dijo la secretaria.

El doctor Ringgold la saludó con la cabeza al entrar en su despacho, le señaló una silla y cerró la puerta con firmeza.

—Max Roseman sufrió ayer una apoplejía mientras participaba en el encuentro sobre enfermedades contagiosas, en Columbia. Está ingresado en el hospital de Nueva York.

—¡Oh, Sidney! Pobre Max. ¿Cómo está?

El médico se encogió de hombros.

—Sobrevive, pero podría estar mejor. Parálisis profunda y pérdida sensorial en cara, brazo y pierna contralaterales, para empezar. Veremos qué sucede en las próximas horas. Acabo de recibir una llamada de cortesía de Jim Jeffers, de Nueva York. Dice que me tendrá al corriente, pero va a pasar mucho tiempo antes de que Max se incorpore al trabajo. A decir verdad, y teniendo en cuenta su edad, dudo que lo haga.

R. J. asintió con un gesto, repentinamente alerta. Max Roseman era director médico adjunto.

—Una mujer como tú, buena médica, y con tus conocimientos de derecho, daría un nuevo impulso al departamento como sucesora de Max.

R. J. no tenía ningún deseo de ser directora médica adjunta, una tarea con numerosas responsabilidades y escaso poder.

Fue como si Sidney Ringgold le hubiera leído el pensamiento.

—Dentro de tres años cumpliré sesenta y cinco, la edad del retiro obligatorio. El director médico adjunto tendrá una enorme ventaja sobre los demás candidatos a sucederme.

—¿Estás ofreciéndome el puesto, Sidney?

—No, R. J., eso no. A decir verdad, pienso hablar del asunto con otras personas. Pero tú serías una buena candidata.

R. J. asintió.

—Muy bien. Gracias por informarme.

Pero la mirada del doctor Ringgold la retuvo en el asiento.

—Otra cosa —prosiguió—. Hace tiempo que vengo pensando que deberíamos tener un comité de publicaciones que estimulara a los médicos del hospital a escribir y publicar más. Me gustaría que te ocuparas de organizarlo y dirigirlo.

Ella meneó la cabeza.

—Imposible —replicó sencillamente—. Ya tengo que multiplicarme para cumplir con mi programa.

Era verdad, y él tenía que saberlo, pensó R. J. con cierto resentimiento. Los lunes, martes, miércoles y viernes se ocupaba de los pacientes en su consulta del hospital. Los martes por la mañana iba a la Escuela de Médicos y Cirujanos de

Massachusetts para dar una clase de dos horas sobre la prevención de las enfermedades yatrógenas, es decir, trastornos o lesiones causados por un médico o un hospital. Los miércoles por la tarde daba conferencias en la facultad de medicina sobre cómo evitar los juicios por negligencia profesional y cómo sobrevivir a ellos. Los jueves practicaba abortos de primer trimestre en el Centro de Planificación Familiar de Jamaica Plain. Los viernes por la tarde trabajaba en una unidad para el síndrome premenstrual que, como el curso sobre enfermedades yatrógenas, se había puesto en marcha gracias a su persistencia y a pesar de los reparos de los médicos más conservadores del hospital.

Tanto ella como Sidney Ringgold eran muy conscientes de la deuda que R. J. tenía con él. Había apoyado los proyectos y ascensos de R. J. a pesar de la oposición política, aunque al principio la contemplaba con cautela: una abogada convertida en médica, especialista en las enfermedades causadas por los errores de médicos y hospitales, alguien que examinaba el trabajo de sus iguales y los juzgaba, y que a menudo les hacía perder dinero. En sus comienzos, algunos de sus colegas la llamaban «la doctora Chivata», sobrenombre que ella ostentaba con orgullo. El director médico vio cómo la doctora Chivata sobrevivía y prosperaba hasta que llegó a convertirse en la doctora Cole, aceptada porque era honrada y tenaz. Ahora tanto sus conferencias como sus consultorios se habían vuelto políticamente correctos, tan valiosos para el hospital que Sidney Ringgold con frecuencia se anotaba el mérito.

—¿No podrías recortar alguna otra actividad? —Los dos sabían que se refería a los jueves en el Centro de Planificación Familiar. El doctor Ringgold se inclinó hacia ella e insistió—: Me gustaría que lo hicieras, R. J.

—Lo pensaré seriamente, Sidney.

Esta vez logró levantarse de la silla. Mientras salía, se enojó consigo misma al darse cuenta de que ya había empezado a hacer cábalas sobre quiénes serían los otros nombres de la lista.

2

La casa de la calle Brattle

Ya antes de casarse, Tom había intentado convencer a R. J. de que debía explotar la combinación de derecho y medicina para obtener unos ingresos anuales óptimos. Cuando, a pesar de sus consejos, ella volvió la espalda al derecho para concentrarse en la medicina, Tom le recomendó con insistencia que abriera un consultorio particular en algún barrio rico; y cuando compraron la casa se quejó del sueldo que ella ganaba en el hospital, casi un veinticinco por ciento inferior a los ingresos que le hubiera proporcionado un consultorio particular.

Fueron a pasar la luna de miel a las islas Vírgenes, una semana en una islita no lejos de St. Thomas. A los dos días de su regreso empezaron a buscar vivienda, y el quinto día de búsqueda una agente de la propiedad inmobiliaria los llevó a ver una casa distinguida aunque ruinosa en la calle Brattle de Cambridge.

R. J. la contempló con desinterés. Era demasiado grande, demasiado cara, estaba en demasiado mal estado y pasaba demasiado tráfico ante la puerta principal.

—Sería una locura.

—No, no, no —susurró él. R. J. recordaba lo atractivo que estaba aquel día, con el cabello color paja cortado a la moda y un traje nuevo que le caía a la perfección—. No sería ninguna locura.

Tom Kendricks veía una hermosa casa de estilo georgiano en una elegante calle tradicional con aceras de ladrillo rojo que habían pisado filósofos y poetas, hombres que se citaban en los libros de texto. A menos de un kilómetro calle arriba se alzaba la casa señorial en la que había vivido Henry Wadsworth Longfellow, y un poco más allá estaba la Divinity School. Tom ya era más bostoniano que Boston, con el acento preciso y los trajes cortados por Brooks Brothers, pero en realidad era un hijo de campesinos del Medio Oeste que había asistido a la Universidad Bowling Green y a la estatal de Ohio, y le fascinaba la idea de ser vecino de Harvard, casi parte de Harvard.

Quedó seducido por la casa: la fachada de ladrillo rojo con adornos en mármol de Vermont, las finas y elegantes columnas que flanqueaban las puertas, éstas con paneles antiguos a cada lado y sobre el dintel, el muro de ladrillo a juego que rodeaba la finca.

Al principio ella creyó que estaba bromeando. Cuando vio que hablaba en serio, se sintió consternada e intentó quitarle la idea de la cabeza.

—Sería carísimo. Habría que remozar tanto la fachada como el muro, y los cimientos y el techo necesitan reparaciones. La descripción de la agencia dice bien a las claras que necesita una caldera nueva. No tiene sentido, Tom.

—Tiene mucho sentido. Es la casa ideal para una pareja de médicos con éxito. Una declaración de confianza.

Ninguno de los dos tenía mucho ahorrado. Como R. J. se había licenciado en derecho antes de ingresar en la facultad de medicina, se las arregló para ganar algún dinero, el suficiente para terminar los estudios de medicina sin endeudarse más de lo razonable. En cambio, Tom debía una cantidad preocupante. Aun así, argumentó con tenacidad e insistencia que debían comprar la casa. Le recordó que él ya había empezado a ganarse muy bien la vida como cirujano general e insistió en que, cuando el pequeño sueldo de R. J. se añadiera al suyo, podrían pagar la casa desahogadamente. Lo repitió una y otra vez.

Hacía poco que se habían casado y ella todavía estaba enamorada. Tom era mejor como amante que como persona, pero eso ella aún no lo sabía, y lo escuchaba con gravedad y respeto. Por último, indecisa, cedió a su deseo.

Gastaron mucho dinero en muebles, entre los que no faltaban antigüedades. A instancias de Tom compraron un pequeño piano de cola, no tanto porque a R. J. le gustara tocar el piano como porque quedaba «perfecto» en la sala de música. Una vez al mes, aproximadamente, el padre de R. J. tomaba un taxi hasta la calle Brattle y le daba propina al taxista para que cargara con su voluminosa viola da gamba. A su padre le complacía verla en una situación estable, y tocaba con ella largos y empalagosos dúos. La música cubría muchas cicatrices que habían existido desde el principio y hacía que la casona pareciese menos vacía.

Tanto ella como Tom tomaban casi todas las comidas fuera, y no tenían servicio permanente. Una negra taciturna llamada Beatrix Johnson iba todos los lunes y jueves a limpiar la casa, y sólo de vez en cuando rompía algo. Del trabajo en el jardincito se encargaba una agencia de jardinería. Pocas veces recibían invitados. Ningún rótulo colgado alentaba a los pacientes a cruzar la cancela de su hogar; la única pista en cuanto a la identidad de los habitantes la proporcionaban dos pequeñas placas de cobre que Tom había fijado en una jamba de la puerta principal.

Dr. Thomas Allen Kendricks
y
Dra. Roberta J. Cole

En aquellos días, ella lo llamaba Tommy.

Después de dejar al doctor Ringgold, R. J. hizo las visitas de la mañana.

Por desgracia, nunca tenía más de uno o dos pacientes en las salas. Era una doctora de medicina general interesada en la medicina familiar, en un hospital que no tenía un departamento de medicina familiar. Eso la convertía en una especie de factótum, una jugadora comodín. Su trabajo para el hospital y la facultad de medicina caía entre los límites de diversos departamentos: recibía pacientes embarazadas, pero alguien de obstetricia atendía el parto; del mismo modo, casi siempre enviaba sus pacientes a un cirujano, a un gastroenterólogo o a cualquiera de entre más de una docena de especialistas. Por lo general no volvía a ver más al paciente pues el seguimiento lo realizaba el especialista o el médico de cabecera de su localidad; normalmente, los únicos pacientes que acudían al hospital eran los que presentaban trastornos que podían requerir tecnología avanzada.

Durante un tiempo la oposición política y la sensación de estar abriendo nuevos caminos conferían interés a sus actividades en el Lemuel Grace, pero hacía ya mucho tiempo que la práctica de la medicina había dejado de proporcionarle placer. Dedicaba demasiado tiempo a repasar y firmar documentos de seguros: un impreso especial si alguien necesitaba oxígeno, un impreso especial largo para esto, un impreso especial corto para aquello, por duplicado, por triplicado, impresos distintos para cada compañía de seguros.

Sus visitas en el consultorio tendían a ser breves e impersonales. Anónimos expertos en eficacia de las compañías de seguros habían determinado cuánto tiempo y cuántas visitas podía conceder a cada paciente, quién debía ser rápidamente despachado a análisis, a rayos X, a ultrasonidos, a resonancia magnética, los procedimientos que hacían casi todo el trabajo de diagnóstico y que la protegían contra juicios por negligencia profesional.

A menudo se preguntaba quiénes eran esos pacientes que acudían a ella en busca de ayuda, qué elementos de su vida —ocultos a la mirada casi superficial que ella les dirigía— contribuían a su enfermedad, y qué sería de ellos. No tenía tiempo ni ocasión para relacionarse con sus pacientes como personas, para ser una verdadera médica.

Al anochecer se encontró con Gwen Gabler en el Alex's Gymnasium, un elegante club deportivo de la plaza Kenmore. Gwen había sido compañera de clase de R. J. en la facultad de medicina y seguía siendo su mejor amiga, una ginecóloga de Planificación Familiar cuya desenvoltura y cuya lengua mordaz disimulaban el hecho de que estaba a punto de venirse abajo. Tenía dos hijos, un marido agente de la propiedad inmobiliaria que pasaba por una mala época, un programa sobrecargado de trabajo, ideales maltrechos y depresión. R. J. y ella iban al gimnasio dos veces por semana para castigarse en largas clases de aerobic, sudar los deseos absurdos en la sauna, desprenderse de lamentaciones inútiles en la bañera caliente, tomar una copa de vino en el salón, intercambiar chismes y hablar de medicina toda la velada.

Su perversidad favorita consistía en estudiar a los hombres del club y juzgar su atractivo exclusivamente por su aspecto. R. J. descubrió que exigía un atisbo cerebral en el rostro, una sombra de introspección. Gwen prefería cualidades más animales, y admiraba al dueño del club, un griego de oro llamado Alexander Manakos. A Gwen le resultaba fácil soñar en aventuras musculosas pero románticas y luego volver a casa con su Phil, miope y rechoncho pero al que apreciaba profundamente. R. J. volvía a casa y se dormía leyendo revistas de medicina.

A primera vista, Tom y ella habían alcanzado el sueño norteamericano, una vida profesional próspera, una hermosa casa en la calle Brattle, una casa de campo en las colinas de Berkshire que utilizaban muy esporádicamente los fines de semana o en vacaciones. Pero de su matrimonio sólo quedaban cenizas. R. J. se decía que quizás habría sido distinto si hubieran tenido un hijo; ironías de la vida, ella, que trataba a menudo con la esterilidad de los demás, era también estéril desde hacía años. Tom se sometió a análisis de esperma y ella a una batería de pruebas, pero no se llegó a descubrir la causa de la esterilidad, y tanto Tom como ella se vieron rápidamente atrapados por las responsabilidades de su vida profesional. Se dejaron absorber tanto por sus tareas que poco a poco se fueron separando. Si el matrimonio hubiera sido más sólido, sin duda ella habría llegado a sopesar la posibilidad de una inseminación artificial, una fertilización *in vitro* o tal vez una adopción. A aquellas alturas, ni ella ni su marido estaban interesados.

Tiempo atrás, R. J. se había dado cuenta de dos cosas: que se había casado con un hombre insustancial y que él andaba con otras mujeres.

3

Betts

R. J. sabía que Tom se había sorprendido tanto como el que más cuando Elizabeth Sullivan entró de nuevo en su vida. Betts y él habían vivido juntos durante un par de años en Columbus, Ohio, cuando eran jóvenes. Ella se llamaba entonces Elizabeth Bosshard. A juzgar por lo que R. J. oía y veía cuando Tom hablaba de ella, debía de quererla mucho, pero ella lo dejó cuando conoció a Brian Sullivan.

Luego se casó con Sullivan y se fue a vivir a Holanda, a La Haya, donde él era director de márketing de IBM. Al cabo de unos años fue destinado a París, y no llevaban nueve años casados cuando sufrió una apoplejía y falleció. Por entonces Elizabeth Sullivan había publicado dos novelas de intriga y tenía un gran número de lectores. Su protagonista era un programador de ordenadores que viajaba por cuenta de la empresa, y cada libro se desarrollaba en un país distinto. Ella viajaba allí a donde los libros la llevaban, y por lo general pasaba uno o dos años en el país del que escribía.

Tom había visto la esquela de Brian Sullivan en el *New York Times*, y le había mandado una carta de condolencia a Betts, a la que ella había respondido con otra carta. Aparte de eso, nunca había recibido ni una postal de Betts ni había pensado mucho en ella durante los últimos años, hasta el día en que lo llamó para decirle que tenía cáncer.

—He visitado a médicos de España y de Alemania y sé

que la enfermedad está avanzada. He decidido volver a casa. El médico de Berlín me sugirió a alguien del Sloan-Kettering, en Nueva York, pero sabía que tú eras médico en Boston y he venido aquí.

Tom comprendió lo que le estaba diciendo. Elizabeth tampoco había tenido hijos en su matrimonio; había perdido a su padre en un accidente cuando ella contaba ocho años, y su madre murió cuatro años más tarde del mismo tipo de cáncer que Betts tenía ahora. Se había criado con la única hermana de su padre, que ahora era una inválida internada en una residencia de Cleveland. No tenía a nadie más que Tom Kendricks a quien recurrir.

—Me siento muy mal —le dijo Tom a R. J.

—Es natural.

El problema excedía con mucho la competencia de un cirujano general. Tom y R. J. lo discutieron a fondo, considerando todo lo que sabían sobre el caso de Betts; fue la primera vez en mucho tiempo que se establecía entre ellos semejante complicidad. Finalmente, Tom concertó una visita para Elizabeth en el instituto oncológico Dana-Farber y habló sobre ella con Howard Fisher cuando se hubieron realizado los primeros exámenes.

—El carcinoma está muy extendido —le dijo Fisher—. He visto curaciones en pacientes que estaban peor que su amiga, pero comprenderá usted que no tenga muchas esperanzas.

—Lo comprendo —respondió Tom, y el oncólogo le recetó un tratamiento que combinaba la radiación con la quimioterapia.

A R. J. le cayó bien Elizabeth nada más verla. Era una mujer corpulenta y de facciones redondeadas que vestía con la sensatez de una europea pero que había consentido que la madurez la volviera más gruesa de lo que estaba de moda. Y no estaba dispuesta a rendirse; era una luchadora. R. J. la ayudó a encontrar un apartamento con un solo dormitorio en la avenida Massachusetts, y Tom y ella visitaban a la enferma tan a menudo como les era posible, como amigos y no como médicos.

R. J. la llevó a ver el ballet de Boston en *La bella durmiente* y al primer concierto de otoño de la orquesta sinfónica, ella sentada en el gallinero y Betts en su propia butaca, en el centro de la séptima fila de platea.

—¿Sólo tenéis un abono de temporada para los dos?

—Tom no va nunca. Tenemos distintos intereses. A él le gustan los partidos de hockey y a mí no —le explicó R. J., y Elizabeth asintió pensativa y dijo que había disfrutado viendo dirigir a Seiji Ozawa—. Ya verás cómo te gustarán los Boston Pops el verano que viene. La gente se sienta en mesitas y bebe champán y limonada mientras escucha música más ligera. Muy *gemütlich*.

—¡Oh, tenemos que ir! —dijo Betts.

En su destino no había lugar para los Boston Pops. A comienzos del invierno la enfermedad se agravó; Elizabeth sólo necesitó el apartamento durante siete semanas.

En el Hospital Middlesex Memorial le asignaron una habitación particular en la planta para personas muy importantes y se intensificaron los tratamientos de radiación. En muy poco tiempo empezó a perder el cabello y adelgazar.

Seguía muy racional, muy tranquila.

—Sería un libro interesantísimo, ¿sabes? —le dijo a R. J.—. Pero no tengo ánimos para escribirlo.

Se creó una auténtica corriente de afecto entre las dos mujeres, pero una noche, estando los tres en su habitación de hospital, se dirigió a Tom:

—Quiero que me prometas una cosa. Quiero que jures que no me dejarás sufrir ni consentirás que me prolonguen la vida innecesariamente.

—Lo juro —dijo él, casi como si se tratara de una promesa de matrimonio.

Elizabeth quiso revisar su testamento y redactar una última voluntad donde se especificara que no quería que se le prolongara artificialmente la vida por medio de drogas ni tecnología, y le pidió a R. J. que le buscara un abogado.

R. J. llamó a Suzanna Lorentz, de Wigoder, Grant & Berlow, un gabinete en el que ella misma había trabajado durante poco tiempo.

Un par de días después, el automóvil de Tom ya estaba en el garaje cuando R. J. llegó del hospital por la noche. Encontró a Tom sentado ante la mesa de la cocina, tomándose una cerveza mientras veía la televisión.

—Hola. ¿Te ha llamado Lorentz? —Apagó el televisor.

—Hola. ¿Suzanna? No, no he tenido noticias de ella.

—A mí me ha llamado. Quiere que sea representante legal de Betts con capacidad de decisión respecto a la asistencia médica. Pero no puedo. Soy su médico oficial, y eso crearía un conflicto de intereses, ¿no?

—Sí, desde luego.

—¿Lo harás tú? Me refiero a ser su representante legal.

Tom estaba ganando peso y tenía el aspecto de no dormir lo suficiente. Llevaba migas de galleta en la pechera de la camisa. A R. J. le apenó pensar que una parte importante de la vida de él estaba muriendo.

—Sí, por supuesto.

—Gracias.

—De nada —respondió ella, y subió a su cuarto y se acostó.

Ante la perspectiva de una larga convalecencia, Max Roseman había decidido jubilarse. R. J. no lo supo por Sidney Ringgold; de hecho, el doctor Ringgold no hizo ninguna declaración oficial. Pero Tessa, radiante, le trajo la información. No quiso revelar la fuente, pero R. J. hubiera jurado que se lo había dicho Bess Harrison, la secretaria de Max Roseman.

—He oído decir que está usted entre los posibles sucesores del doctor Roseman. Y creo que para usted el cargo de directora médica adjunta sería el primer peldaño de una escalera muy, muy alta. ¿Qué prefiere?, ¿aspirar a decana de la facultad de medicina o a directora del hospital? En cualquier caso, ¿me llevará con usted?

—Olvídalo, no me darán el cargo. Pero siempre te llevaré conmigo. Siempre estás enterada de todo. Y me traes el café cada mañana, tonta.

El rumor se extendió por el hospital. De vez en cuando, alguien le hacía un comentario malicioso, dándole a entender que todo el mundo sabía que su nombre figuraba en una lista. La actitud de R. J. no era expectante; lo cierto es que no sabía si el cargo le interesaba tanto como para aceptarlo en el caso de que realmente se lo ofrecieran.

Elizabeth no tardó en perder tanto peso que R. J. pudo hacerse una ligera idea de cómo había sido la joven esbelta que Tom había querido. Los ojos parecían más grandes, la piel se le volvió translúcida. R. J. se daba cuenta de que estaba a punto de demacrarse.

Había entre las dos una curiosa intimidad, un conocimiento de la vida que las unía más que si hubieran sido hermanas. En parte se debía a que compartían recuerdos del mismo amante. La mente de R. J. se negaba a imaginar a Elizabeth y Tom haciendo el amor. ¿Tenía él ya entonces las mismas costumbres? ¿Le acariciaba las nalgas a Elizabeth con las dos manos, le besaba el ombligo después de vaciarse? R. J. se dio cuenta de que Elizabeth debía de tener pensamientos semejantes acerca de ella. Pero no se sentían celosas, sino más unidas.

Pese a estar enferma de consideración, seguía siendo sensible e inteligente.

—¿Vais a separaros Tom y tú? —le preguntó una noche en que R. J. se detuvo a verla antes de volver a casa.

—Sí. Creo que muy pronto.

Elizabeth asintió con la cabeza.

—Lo siento —susurró, hallando fuerzas para consolarla; pero era evidente que la confirmación no le sorprendía mucho. R. J. sintió deseos de haberla conocido muchos años antes. Habrían sido grandes amigas.

4

Momento de decisión

Los jueves.

Cuando R. J. era más joven había hecho muchísimas proclamas políticas. Ahora le parecía que sólo le quedaban los jueves.

Sentía una gran estima por los bebés y le disgustaba la idea de impedirles nacer. El aborto era algo desagradable y problemático. A veces interfería en sus restantes actividades profesionales porque algunos de sus colegas estaban en contra, y su marido, que cuidaba las relaciones públicas, siempre había temido y desaprobado su intervención.

Pero en Estados Unidos se estaba librando la guerra del aborto. Muchos médicos eran expulsados de las clínicas, intimidados por las inquietantes y nada sutiles amenazas del movimiento antiabortista. R. J. creía en el derecho de cada mujer sobre su propio cuerpo, y por eso todos los jueves por la mañana iba en su coche a Jamaica Plain y entraba a hurtadillas en el Centro de Planificación Familiar por la puerta trasera para esquivar a los manifestantes, las pancartas que blandían hacia ella, los crucifijos que le agitaban ante la cara, la sangre que le arrojaban, los fetos metidos en frascos que le ponían ante las narices, los insultos.

El último jueves de febrero aparcó en el camino de la entrada de Ralph Aiello, un vecino que cobraba de la clínica de abortos. En el patio trasero de Aiello la nieve era profunda y reciente, pero el hombre se había ganado la paga abriendo a paladas un angosto sendero que llevaba hasta la cancela de la cerca posterior. La cancela daba al patio de atrás de la clínica, donde otro angosto camino conducía a la puerta trasera de la misma.

R. J. siempre hacía a toda prisa este trayecto desde el coche, temiendo que aparecieran los manifestantes congregados ante la clínica. Se sentía enojada y al mismo tiempo ilógicamente avergonzada por tener que acudir a escondidas a su trabajo como médica.

Aquel jueves no llegaba ningún ruido desde la parte delantera del edificio, ni gritos ni maldiciones, pero R. J. se sentía más preocupada que de costumbre porque antes de ir al trabajo se había detenido para ver a Elizabeth Sullivan.

Elizabeth había dejado atrás el punto en que aún podía haber esperanzas y había entrado en el reino del dolor intratable. El botón que le permitían pulsar para automedicarse había resultado insuficiente casi desde el primer momento. Cada vez que recobraba la conciencia experimentaba un terrible sufrimiento, y Howard Fisher había empezado a administrarle grandes dosis de morfina.

Permanecía todo el tiempo dormida, sin moverse.

—Hola, Betts —le dijo R. J. en voz alta.

Posó los dedos sobre el tibio cuello de Elizabeth, que palpitaba débilmente. Al instante siguiente, casi contra su voluntad, tomó las manos de la mujer entre las suyas. De algún lugar en las profundidades de Elizabeth Sullivan brotó una información que se transmitió hasta la conciencia de R. J. Percibió la escasez de sus reservas de vida, que se agotaban constantemente y en cantidades cada vez mayores, con lentitud infinitesimal. «Oh, Elizabeth —le dijo en silencio—. Lo siento. Lo siento muchísimo, querida amiga.»

Elizabeth movió los labios. R. J. se inclinó sobre ella y escuchó con atención.

—... El verde. Coge el verde.

R. J. comentó el incidente con Beverly Martin, una de las enfermeras de sala.

—Dios la bendiga —dijo la enfermera—. Por lo general nunca está lo bastante despierta para decir nada.

Aquella semana fue como si de pronto se accionaran los tornos de tortura que tenían a R. J. en tensión. Una noche incendiaron una clínica abortista del estado de Nueva York, y esa misma reacción enfermiza podía darse también en Boston. Se llevaron a cabo grandes y tumultuosas manifestaciones de protesta, violentas en ocasiones, contra dos clínicas de Brookline, dirigidas por Asesoramiento Familiar y Pretérmino, provocando la interrupción de los servicios, una contundente actuación policial y detenciones en masa. Se suponía que el Centro de Planificación Familiar de Jamaica Plain iba a ser el siguiente.

En la sala de personal, Gwen Gabler estaba tomando café, más callada de lo que era habitual en ella.

—¿Ocurre algo?

Gwen dejó la taza y cogió el bolso. La hoja de papel estaba doblada dos veces. Al desplegarla, R. J. vio un cartel de «Se busca» como los expuestos en las oficinas de correos. Llevaba el nombre, la dirección y la fotografía de Gwen, la información de que había dejado una lucrativa consulta de ginecología y obstetricia en Framingham «para enriquecerse practicando abortos», y el crimen por el que se la buscaba: asesinato de bebés.

—No dice nada de «viva o muerta» —le comentó Gwen con amargura.

—¿Han hecho también un cartel con Les? —Leszek Ustinovich había practicado la ginecología en Newton durante veintiséis años antes de unirse al equipo de la clínica. Gwen y él eran los dos únicos médicos fijos de Planificación Familiar.

—No, por lo visto yo soy el chivo expiatorio que han elegido en esta clínica, aunque tengo entendido que Walter Hearts, del hospital de la Diaconisa, ha recibido el mismo honor.

—¿Y qué piensas hacer?

Gwen rompió el cartel por la mitad, volvió a romperlo y

tiró los pedazos a la papelera. A continuación, se besó las yemas de los dedos y dio una palmadita suave en la mejilla de R. J.

—No pueden expulsarnos si no se lo consentimos.

R. J. se tomó el café meditabunda. Llevaba dos años en la clínica practicando abortos de primer trimestre. Al terminar su etapa de médica residente había efectuado prácticas de ginecología, y Les Ustinovich, extraordinario maestro con toda una vida de experiencia, le había enseñado el procedimiento de primer trimestre. Estas intervenciones eran totalmente seguras si se realizaban de un modo cuidadoso y correcto, y ella ponía el máximo empeño en practicarlas adecuadamente. Aun así, todos los jueves por la mañana se encontraba tan tensa como si tuviera que pasarse el día practicando cirugía cerebral.

Lanzó un suspiro, arrojó el vaso de papel y fue a trabajar.

A la mañana siguiente, en el hospital, Tessa le dirigió una mirada muy solemne al llevarle el desayuno.

—La cosa se está poniendo seria. Se dice que el doctor Ringgold está barajando cuatro nombres, y el suyo es uno de ellos.

R. J. engulló un pequeño bocado del bollo y preguntó, sin poder evitarlo:

—¿Quiénes son los otros tres?

—Todavía no lo sabemos. Sólo he oído decir que todos son pesos pesados. —Tessa le lanzó una mirada de soslayo—. ¿Sabe que ninguna mujer ha ocupado nunca ese cargo?

R. J. sonrió sin alegría. Las presiones no eran mejor recibidas porque procediesen de su secretaria.

—No es muy sorprendente, ¿verdad?

—No, no lo es —concedió Tessa.

Aquella misma tarde, cuando regresaba de la unidad para el síndrome premenstrual, se encontró con Sidney delante del edificio de administración del hospital.

—Hola —la saludó.

—Hola, ¿qué tal?

—¿Has tomado alguna decisión sobre la propuesta que te hice?

R. J. vaciló. La verdad era que había borrado totalmente el asunto de su mente porque no quería pensar en él. Pero eso era injusto para Sidney.

—No, todavía no. Pero dentro de muy poco te diré algo.

Él asintió con un gesto.

—¿Sabes lo que hacen todos los hospitales universitarios de esta ciudad? Cuando necesitan a alguien para un cargo de dirección, buscan a un candidato que ya haya llamado la atención como brillante investigador. Quieren a alguien que haya publicado unos cuantos trabajos.

—Como el joven Sidney Ringgold, con sus trabajos sobre la reducción de peso, la presión sanguínea y el inicio de la enfermedad.

—Sí, como aquel joven brillante. La investigación fue lo que me llevó al cargo que ahora ocupo —reconoció—. No es más lógico que el hecho de que los comités de una facultad que buscan un presidente acaben eligiendo siempre a algún profesor distinguido. Pero ya ves.

»Por otra parte, tú has publicado algunos trabajos y has creado un par de revuelos pero eres una médica, no una investigadora de laboratorio. Personalmente, creo que es buen momento para que nuestro director médico adjunto sea un médico acostumbrado a tratar con personas, pero debo hacer un nombramiento que obtenga un consenso de aprobación entre el personal del hospital y la comunidad médica. De manera que, si vamos a nombrar una directora médica adjunta que no sea investigadora, conviene que tenga tantos cargos directivos en su currículum como sea humanamente posible.

R. J. le sonrió, consciente de que era un amigo.

—Lo comprendo, Sidney. Y muy pronto te comunicaré mi decisión sobre la presidencia del comité de publicaciones.

—Gracias, doctora Cole. Que pases un buen fin de semana, R. J.

—Y usted también, doctor Ringgold.

El océano envió una tormenta extrañamente cálida que azotó Boston y Cambridge con intensas lluvias y derritió las últimas nieves del invierno. En el exterior todo era charcos y goteo, y las cunetas estaban inundadas.

El sábado por la mañana R. J. se quedó en la cama, escuchando el chaparrón y pensando. No le gustaba ese estado de ánimo; se sentía cada vez más taciturna, y sabía que eso podía afectar a sus decisiones, si no lo evitaba.

No le entusiasmaba demasiado ser la sucesora de Max Roseman. Pero tampoco le entusiasmaba la vida profesional que llevaba en aquellos momentos, y se dio cuenta de que empezaba a responder a la fe que Sidney Ringgold tenía en ella, y al hecho de que una y otra vez le había ofrecido oportunidades que otros hombres le hubieran negado.

Seguía viendo en su interior la expresión de Tessa cuando le dijo que ninguna mujer había sido nunca directora médica adjunta.

A media mañana se levantó de la cama y se puso el chándal más viejo que tenía, una cazadora, las zapatillas deportivas de peor apariencia y una gorra de los Red Sox, que se caló por encima de las orejas. Una vez fuera empezó a correr entre los charcos, y los pies le quedaron empapados antes de que se hubiera alejado veinte metros de la casa. A pesar del deshielo aún era invierno en Massachusetts, y R. J. estaba calada y temblorosa, pero a medida que corría, sintió circular la sangre en sus venas y no tardó en calentarse. Había pensado en llegar sólo hasta Memorial Drive antes de emprender el regreso, pero la carrera era demasiado agradable para terminarla tan pronto, de manera que siguió bordeando el congelado río Charles, contemplando la lluvia sobre el hielo, hasta que empezó a cansarse. Durante el camino de vuelta los coches la salpicaron un par de veces pero no le importó porque estaba más mojada que una nadadora. Entró en la casa por la puerta de atrás, dejó la ropa empapada en el suelo de baldosas de la cocina y se enjugó con una toalla de secar los platos para no echar agua sobre la alfombra al pasar hacia la ducha. Permaneció tanto rato bajo el agua caliente que el espejo quedó muy empañado y no se vio reflejada en él cuando salió para secarse.

Acababa de empezar a vestirse cuando tomó la resolución de aceptar, de presidir el comité de Sidney. Pero sin suprimir nada de su programa. Los jueves seguirían siendo jueves, doctor Ringgold.

Sólo se había puesto las bragas y un suéter de la Universidad de Tufts, pero cogió el teléfono portátil y marcó el número particular de Sidney.

—Soy R. J. —le dijo cuando descolgó—. No sabía si os encontraría en casa. —Los Ringgold poseían una casa de recreo en la isla de Martha's Vineyard, y Gloria Ringgold insistía en pasar allí tantos fines de semana como fuera posible.

—Es este tiempo de perros —le replicó el doctor Ringgold—. Nos ha estropeado el fin de semana. Había que ser un auténtico idiota para salir de casa con el día que está haciendo.

R. J. se sentó sobre la tapa del váter y se echó a reír.

—Tienes toda la razón, Sidney.

5

Una invitación al baile

El martes dio una clase sobre enfermedades yatrógenas en la facultad de medicina, una clase con la que disfrutó porque durante casi dos horas se produjo un interesante debate. Algunos alumnos aún acudían a la facultad con la presuntuosa esperanza de que les enseñarían a ser dioses de la curación y los educarían en la infalibilidad, y les contrariaba que se mencionara el hecho de que, al tratar de curar, los médicos a veces causaban lesiones y daños a sus pacientes.

No obstante, la mayoría de los alumnos era consciente de su lugar en el tiempo y en la sociedad, de que la explosión tecnológica no había eliminado la capacidad humana de cometer errores. Para ellos era importante conocer muy bien las situaciones que podían causar daños e incluso la muerte a sus pacientes, con el consiguiente gasto en indemnizaciones.

Había sido una buena clase. Eso la hizo sentirse más satisfecha de su suerte mientras regresaba al hospital.

Apenas llevaba unos minutos en su despacho cuando Tessa le pasó una llamada de Tom.

—¿R. J.? Elizabeth nos ha dejado a primera hora de esta mañana.

—Ah, Tom.

—Bueno, ahora ya no sufre.

—Lo sé. Eso es bueno, Tom. —Pero R. J. se dio cuenta de que él sí sufría, y le sorprendió constatar lo mucho que ella sufría por él. Lo que sentía por Tom ya no era un fuego, pero era innegable que aún quedaba una chispa viva de emoción. Quizá necesitaba compañía—. Oye, ¿quieres que quedemos para cenar en algún sitio? —le propuso impulsivamente—. ¿Y si vamos al North End?

—Oh. No, yo... —Parecía azorado—. En realidad esta noche tengo un compromiso del que no puedo zafarme.

«Para consolarte con otra persona», pensó ella irónicamente y no sin pesar. Le dio las gracias por haberle comunicado lo de Elizabeth y volvió a enfrascarse de lleno en el trabajo.

Entrada la tarde, recibió una llamada de una de las mujeres de su despacho.

—¿Doctora Cole? Soy Cindy Wolper. El doctor Kendricks me ha pedido que le diga que no pasará la noche en casa. Tiene que ir a Worcester para una consulta.

—Gracias por llamar —dijo R. J.

Pero el siguiente sábado por la mañana Tom la invitó a un almuerzo temprano en la plaza Harvard. Eso la sorprendió.

Los sábados por la mañana Tom solía hacer sus visitas en el Hospital Middlesex Memorial, donde era cirujano consultor, y después iba a jugar a tenis y almorzaba luego en el club.

Él estaba untando meticulosamente de mantequilla una rebanada de pan de centeno cuando se lo dijo:

—En el Middlesex se ha presentado un informe en el que se me acusa de negligencia profesional.

—¿Quién lo ha presentado?

—Una enfermera que estaba en la sala de Betts. Se llama Beverly Martin.

—Sí, la recuerdo. Pero ¿por qué razón?

—Su informe dice que administré a Elizabeth una inyección de morfina, «inadecuada por lo excesiva», que le produjo la muerte.

—¡Oh, Tom!

Él asintió con un gesto.

—El informe será examinado en una reunión del Comité Deontológico del hospital. —Pasó una camarera y Tom la detuvo para pedirle más café—. Estoy seguro de que no es nada importante, pero quería decírtelo antes de que te enteraras por otra persona.

El lunes, de acuerdo con los deseos expresados en su testamento, Elizabeth Sullivan fue incinerada. Tom, R. J. y Suzanna Lorentz acudieron a la funeraria, donde Suzanna, en su calidad de albacea de la fallecida, se hizo cargo de una caja cuadrada de cartón gris que contenía las cenizas.

Fueron a almorzar al Ritz, y Suzanna les leyó partes del testamento de Betts mientras tomaban la ensalada. Betts había dejado lo que Suzanna denominó «un legado considerable» para sufragar los cuidados a su tía, la señora Sally Frances Bosshard, interna del Asilo Luterano para Ancianos e Inválidos de Cleveland Heights, Ohio.

A la muerte de la señora Bosshard, el dinero restante, si lo había, iría a la Sociedad Norteamericana contra el Cáncer. A su querido amigo, el doctor Thomas A. Kendricks, Elizabeth Sullivan le dejaba lo que esperaba fuesen buenos recuerdos y una cinta magnetofónica de Elizabeth Bosshard y Tom Kendricks cantando *Strawberry Fields*. A su reciente y querida amiga, la doctora Cole, le dejaba un juego de café de seis servicios de diseño francés del siglo XVIII, platero desconocido. El juego de café y la cinta magnetofónica estaban en un almacén de Amberes, junto con otros artículos, sobre todo muebles y obras de arte, que se venderían para acrecentar la suma destinada a Sally Frances Bosshard.

A la doctora Cole, Elizabeth Sullivan le solicitaba un último favor: deseaba que tomara sus cenizas y las devolviera a la tierra «sin ceremonia ni servicio, en un lugar hermoso elegido por la propia doctora Cole».

R. J. recibió con asombro tanto el legado como la inesperada responsabilidad. Tom tenía los ojos brillantes. Pidió una botella de champán y brindaron los tres por Betts.

En el aparcamiento, Suzanna sacó de su coche la caja de cartón y se la dio a R. J., que no sabía qué hacer con ella. Por fin la dejó en el asiento de la derecha del BMW y emprendió el regreso al Lemuel Grace.

El miércoles siguiente la despertó a las cinco y veinte de la madrugada el ruidoso e impertinente campanilleo que anunciaba la presencia de alguien ante la puerta de la casa.

R. J. se levantó de la cama y se enfundó torpemente la bata. Incapaz de encontrar las zapatillas, salió al frío corredor con los pies descalzos.

—¿Tom? —Estaba en su cuarto de baño, se oía correr el agua.

Bajó las escaleras y miró por el cristal lateral de la puerta. Fuera todavía estaba oscuro, pero pudo distinguir dos siluetas.

—¿Qué quieren? —les gritó, sin ninguna intención de abrir la puerta.

—Policía del Estado.

Cuando encendió la luz y volvió a mirar comprobó que era cierto y abrió la puerta, presa de un pánico repentino.

—¿Le ha ocurrido algo a mi padre?

—Oh, no, señora. Sólo queríamos hablar un momento con el doctor Kendricks. —Era una mujer policía, una cabo de uniforme, delgada pero fuerte, acompañada de un corpulento agente de paisano: sombrero negro, calzado negro, gabardina, pantalones grises. Ambos desprendían un aura de severidad y competencia.

—¿Qué ocurre, R. J.? —preguntó Tom desde lo alto de la escalera, vestido únicamente con pantalones, calcetines y camiseta.

—¿Doctor Kendricks?

—Sí. ¿Qué ocurre?

—Soy la cabo Flora McKinnon, señor —le anunció—. Y el agente Robert Travers. Somos miembros de C-PAC, la Unidad de Prevención y Control del Crimen adjunta a la oficina de Edward W. Wilhoit, el fiscal de distrito del condado de Middlesex. El señor Wilhoit querría tener una conversación con usted, señor.

—¿Cuándo?

—Bueno, ahora mismo, señor. Le gustaría que nos acompañara a su oficina.

—¡Dios mío! ¿Pretende decirme que está trabajando a las cinco y media de la mañana?

—Sí, señor —respondió la mujer.

—¿Traen una orden de detención?

—No, señor, no la traemos.

—Bien, pues dígale al señor Wilhoit que he rechazado su amable invitación. Dentro de una hora estaré en el quirófano del Middlesex Memorial operándole la vesícula biliar a alguien, alguien que confía en mí. Dígale al señor Wilhoit que puedo acudir a su oficina a la una y media. Si le parece bien, que se lo confirme a mi secretaria. Si no le parece bien, podemos buscar otra hora que nos vaya bien a los dos. ¿Entendido?

—Sí, señor. Lo hemos entendido —dijo la cabo pelirroja, y los dos policías saludaron con la cabeza y salieron a la oscuridad.

Tom permaneció en la escalera. R. J. se quedó inmóvil en el vestíbulo, con la vista alzada hacia él, preocupada por él.

—Dios mío, Tom. ¿Qué sucede?

—Quizá será mejor que vengas conmigo, R. J.

—Nunca he intervenido en este tipo de casos. Iré. Pero será mejor que vaya alguien más —le aconsejó.

Canceló la clase del miércoles y se pasó tres horas hablando por teléfono con abogados, personas de las que estaba segura que respetarían la confidencia y le ofrecerían consejo sincero. Un nombre se repitió en varias ocasiones: Nat Rourke. Tenía una gran experiencia. No era una figura, pero sí muy inteligente y sumamente respetado. R. J. no había hablado nunca con él. No atendió personalmente la llamada cuando R. J. telefoneó a su oficina, pero al cabo de una hora se puso en contacto con ella.

Apenas dijo nada mientras ella exponía los detalles del asunto.

—No, no, no —protestó Rourke con suavidad—. Usted y su marido no irán a ver a Wilhoit a la una y media. A la una y media vendrán a mi despacho. Tengo que recibir una visita a las tres; iremos a la oficina del fiscal de distrito a las cinco menos cuarto. Mi secretaria llamará a Wilhoit para comunicarle el cambio de hora.

El despacho de Nat Rourke se hallaba en un sólido edificio antiguo situado tras la Cámara del Estado; era cómodo aunque destartalado. Al ver al abogado, R. J. recordó fotografías de Irving Berlin, un hombrecillo de tez cetrina y facciones pronunciadas, vestido con esmero en colores oscuros y apagados, camisa muy blanca y corbata de una universidad, cuyo símbolo no reconoció. La Universidad de Penn, según supo más tarde.

Rourke le pidió a Tom que explicara todas las circunstancias que condujeron a la muerte de Elizabeth Sullivan. Observó a Tom con atención, como un buen oyente, sin interrumpir, siguiendo el relato hasta el final. Luego hizo un gesto de asentimiento, frunció los labios y se recostó en la butaca con las manos cruzadas sobre el abdomen, encima del llavero Phi Beta Kappa.

—¿La mató usted, doctor Kendricks?

—No tuve que matarla. El cáncer se ocupó de eso. Habría dejado de respirar por sí sola; era cuestión de horas, quizá de días. Nunca habría recobrado la conciencia, nunca habría vuelto a ser Betts, sin agonía. Le había prometido que no la dejaría sufrir. Ya estaba recibiendo dosis muy grandes de morfina. Aumenté la dosis para asegurarme de que no sentía ningún dolor. Si eso adelantó la muerte en lugar de retrasarla, me parece muy bien.

—Los treinta miligramos que la señora Sullivan recibía oralmente dos veces al día eran de un tipo de morfina de acción lenta, supongo —dijo Rourke.

—Sí.

—Y los cuarenta miligramos que le administró usted mediante una inyección eran de morfina de acción rápida, quizás en cantidad suficiente para inhibir la respiración.

—Sí.

—Y si inhibía la respiración lo suficiente, eso le produciría la muerte.

—Sí.

—¿Mantenía usted una relación amorosa con la señora Sullivan?

—No.

Comentaron las antiguas relaciones entre Tom y Elizabeth, y el abogado pareció quedar satisfecho.

—¿La muerte de Elizabeth Sullivan le ha proporcionado a usted algún beneficio económico?

—No. —Tom le explicó con detalle los términos del testamento de Betts—. ¿Cree que Wilhoit verá algo sucio en todo esto?

—Probablemente. Es un político ambicioso, interesado en prosperar y llegar a vicegobernador. Un juicio sensacionalista le serviría de trampolín. Si pudiera hacer que lo condenaran por asesinato en primer grado, con una sentencia a cadena perpetua sin libertad condicional, con grandes titulares en los periódicos, palmaditas en la espalda, mucho alboroto, su carrera estaría hecha. Pero éste no es un caso de asesinato en primer grado. Y el señor Wilhoit es un político demasiado astuto para presentar siquiera el caso ante un jurado de acusación si no tiene muchas posibilidades de obtener un veredicto de culpabilidad. Esperará a que el Comité Deontológico del hospital le marque la pauta.

—¿Qué es lo peor que puede ocurrirme en este caso?

—¿La posibilidad más amenazadora?

—Sí. Lo peor.

—No le garantizo nada, por supuesto, pero yo diría que lo peor que puede ocurrirle es que sea declarado culpable de homicidio y, a continuación, encarcelado. En un caso como éste, es probable que el juez comprenda sus motivos y lo condene a lo que llamamos una «sentencia Concord». Lo condenaría a veinte años de reclusión en el Instituto Penitenciario de Massachusetts en Concord, con lo que mantendría su reputación de juez duro contra el crimen, pero al mismo tiempo mostraría lenidad con usted, porque en Concord podría obtener la libertad condicional después de cumplir sólo veinticuatro meses de la sentencia. De modo que podría usted aprovechar el tiempo para escribir un libro, hacerse famoso, ganar un montón de dinero.

—Perdería la licencia para seguir practicando la medicina —dijo Tom con voz serena, y R. J. casi llegó a olvidar que había dejado de quererlo hacía mucho tiempo.

—No olvide que estamos hablando de la peor posibilidad. La mejor sería que el caso no llegara a un jurado de acusación. Y lograr la mejor posibilidad es lo que justifica las elevadas minutas que cobro —dijo Rourke.

De ahí resultó fácil pasar al tema de los honorarios.

—En un caso como éste podría ocurrir cualquier cosa, o nada en absoluto. Por lo general, cuando el acusado no es una persona sumamente respetable, pido un depósito inicial de veinte mil dólares. Pero... usted es un profesional de excelente reputación. Creo que lo más conveniente para usted sería contratarme en razón del tiempo que dedique. Doscientos veinticinco por hora.

Tom asintió.

—Me parece una ganga —dijo, y Rourke sonrió.

Cuando llegaron al rascacielos donde estaban situados los tribunales eran las cinco menos cinco, diez minutos después de la hora que Rourke había indicado. Terminaba la jornada laboral y un río de gente abandonaba el edificio con la misma sensación de libertad de los niños que salen de la escuela.

—Tómenselo con calma, no tenemos ninguna prisa —los tranquilizó Rourke—. Es conveniente que nos reciba según nuestra conveniencia. Ese asunto de enviar agentes en su busca antes del amanecer sólo es intimidación barata, doctor Kendricks. Una invitación al baile, podríamos decir.

Era una manera de comunicarles, comprendió R. J. con un escalofrío, que el fiscal de distrito se había tomado la molestia de averiguar los horarios de Tom, cosa que no haría en un caso rutinario.

Tuvieron que identificarse ante el guardia que ocupaba la mesa del vestíbulo, y a continuación el ascensor los condujo al piso 15.

Wilhoit era un hombre enjuto, de piel bronceada y nariz prominente, y les sonrió con la cordialidad de un viejo amigo. R. J. se había informado sobre él: Harvard, 1972; Facultad de Derecho de Boston, 1975; ayudante del fiscal de distrito, 1975-1978; miembro de la Cámara de Representantes del Estado desde 1978 hasta ser elegido fiscal de distrito en 1988.

—¿Cómo está usted, señor Rourke? Es un placer volver a verle. Mucho gusto en conocerlos, doctor Kendricks, doctora Cole. Siéntense, por favor, siéntense.

A partir de ese momento fue todo profesionalidad, ojos fríos y preguntas sosegadas, la mayoría de las cuales Tom ya se las había contestado a Rourke en el curso de la tarde.

Habían obtenido y estudiado el historial clínico de Elizabeth Sullivan, les anunció Wilhoit.

—Dice que, por orden del doctor Howard Fisher, la paciente de la habitación 208 del Hospital Middlesex Memorial venía recibiendo un medicamento oral a base de morfina llamado Contin, treinta miligramos dos veces al día.

»Luego..., vamos a ver..., a las dos y diez de la noche en cuestión, el doctor Thomas A. Kendricks anotó en la hoja de la paciente una orden escrita para que se le administraran cuarenta miligramos de sulfato de morfina por vía intravenosa. Según la enfermera de guardia, la señorita Beverly Martin, el doctor le dijo que él mismo le pondría la inyección. Martin declaró que media hora más tarde, cuando acudió a la habitación 208 para comprobar la temperatura y la presión sanguínea de la paciente, la señora Sullivan estaba muerta. El doctor Kendricks estaba sentado junto a la cama, sosteniéndole la mano. —Alzó la mirada hacia Tom—. ¿Son correctos, en lo esencial, estos hechos según acabo de exponerlos, doctor Kendricks?

—Sí, yo diría que son exactos, señor Wilhoit.

—¿Mató usted a Elizabeth Sullivan, doctor Kendricks?

Tom miró a Rourke. La mirada de Rourke era cautelosa, pero el abogado inclinó la cabeza en señal de asentimiento, dando a entender que Tom debía responder.

—No, señor. A Elizabeth Sullivan la mató el cáncer —contestó Tom.

Wilhoit asintió también. Les agradeció cortésmente que hubieran acudido y les indicó que la entrevista había terminado.

6

El contendiente

No volvieron a tener noticias del fiscal de distrito ni apareció ningún artículo en la prensa. R. J. sabía que el silencio podía ser ominoso. La gente de Wilhoit estaba trabajando, hablando con enfermeras y médicos del Middlesex, tratando de determinar si tenían materia para abrir un caso, si el intento de aplastar al doctor Thomas A. Kendricks favorecería o perjudicaría la carrera del fiscal de distrito.

R. J. se concentró en su trabajo. Hizo pegar carteles en el hospital y en la facultad de medicina para anunciar la creación del comité de publicaciones. Cuando se celebró la primera reunión, un nevado martes, al anochecer, se presentaron catorce personas. Ella había supuesto que el comité atraería a residentes y médicos jóvenes que aún no habían publicado, pero también asistieron varios médicos con amplia experiencia. No hubiera debido sorprenderle: R. J. conocía al menos a un hombre que había llegado a ser decano de una facultad de medicina sin haber aprendido a escribir en su propio idioma de un modo aceptable.

Organizó un programa mensual de conferencias a cargo de editores de revistas médicas, y varios de los asistentes se ofrecieron voluntarios para leer en la siguiente reunión los trabajos que estaban preparando, de modo que pudieran ser sometidos a una valoración crítica. R. J. tuvo que reconocer que Sidney Ringgold había anticipado una necesidad. Boris

Lattimore, un médico entrado en años que pertenecía a la plantilla de consultores del hospital, hizo un aparte con R. J. en la cafetería para susurrarle que tenía noticias: Sidney le había dicho que el próximo director médico adjunto sería o bien R. J. o bien Allen Greenstein. Greenstein era un brillante investigador, autor de un programa para el examen genético de recién nacidos que había dado mucho que hablar. R. J. deseó que el rumor no fuera cierto; Greenstein era un temible competidor.

La nueva responsabilidad del comité no le planteó demasiadas dificultades; incrementaba su programa de trabajo y consumía parte de su precioso tiempo libre, pero en ningún momento se sintió tentada a sacrificar los jueves. Era consciente de que, sin clínicas modernas donde se pudiera interrumpir el embarazo en condiciones sanitarias, muchas mujeres morirían tratando de hacerlo por su cuenta. Las más pobres, las que carecían de un seguro médico, de dinero o de los conocimientos necesarios para averiguar dónde conseguir ayuda, todavía intentaban interrumpir su embarazo por sí mismas: bebían trementina, amoníaco o detergente, y se hurgaban en el útero con perchas, agujas de hacer punto, herramientas de cocina o cualquier instrumento con el que se pudiera causar un aborto. R. J. trabajaba en Planificación Familiar porque consideraba que era esencial para toda mujer tener a su alcance servicios adecuados si los necesitaba. Pero las cosas se ponían cada vez más difíciles para el personal médico de Planificación Familiar. Mientras volvía a su casa tras un atareado miércoles en el hospital, R. J. oyó por la radio del coche que había estallado una bomba en una clínica de abortos de Bridgeport, Connecticut. El artefacto había derribado parte del edificio, dejando ciego a un guardia y lesionando a una secretaria y dos pacientes.

A la mañana siguiente, en la clínica, Gwen Gabler anunció a R. J. que dejaba el trabajo para mudarse a otra ciudad.

—No puedes hacerlo —protestó R. J.

Gwen, Samantha Potter y ella habían sido amigas íntimas desde sus tiempos de estudiantes en la facultad de medicina.

Samantha era profesora fija en la facultad de medicina de la Universidad de Massachusetts, donde sus clases de anatomía se habían hecho legendarias, y R. J. no tenía ocasión de verla tan a menudo como hubiera deseado. Pero Gwen y ella se veían regularmente y con frecuencia desde hacía dieciocho años.

Había sido Gwen quien había hecho posible que siguiera trabajando en Planificación Familiar y la había animado cuando las cosas se pusieron difíciles. R. J. no era valiente, y consideraba a Gwen su fuente de valor.

Gwen le dirigió una sonrisa llena de tristeza.

—Te echaré muchísimo de menos.

—Pues no te vayas.

—Tengo que irme, Phil y los niños son lo primero. —Los tipos de interés de las hipotecas estaban por las nubes y el mercado inmobiliario se había hundido. Phil Gabler había tenido un año desastroso, y él y su mujer habían decidido trasladarse al oeste, a Moscow, en el estado de Idaho. Phil daría clases en la universidad sobre administración de la propiedad y Gwen estaba negociando un trabajo como ginecóloga y tocóloga con una Sociedad para el Mantenimiento de la Salud.

—A Phil le encanta la enseñanza. Y las SMS son el futuro. Tenemos que hacer algo para cambiar el sistema, R. J. Dentro de poco, todas estaremos trabajando para las SMS.

Gwen ya había llegado a un acuerdo de principio con la SMS de Idaho tras varias conversaciones telefónicas.

Se estrecharon la mano con fuerza y R. J. se preguntó cómo se las arreglaría sin ella.

Tras el pase de visitas del viernes por la mañana, Sidney Ringgold se separó del grupo de batas blancas y cruzó el vestíbulo del hospital hacia R. J., que estaba esperando el ascensor.

—Quería decirte que estoy recibiendo reacciones muy positivas acerca del comité de publicaciones —comenzó. R. J. Se puso en guardia. Sidney Ringgold no solía desviarse de su camino para ir a dar palmaditas en la espalda—. ¿Cómo le van las cosas a Tom? —prosiguió en tono despreocupado—. He oído algo sobre una queja al Comité Deontológico del Middlesex. ¿Puede representar algún problema grave?

Sidney había recogido mucho dinero para el hospital y experimentaba un temor exagerado a la publicidad adversa, incluso a la que sólo afectaba a un cónyuge.

R. J. había sentido toda su vida una enorme aversión al papel de candidata para un cargo. Sin embargo, no cedió a la tentación; no le dijo: «Quédate con el nombramiento y métetelo donde te quepa.»

—No, ningún problema grave, Sidney. Tom dice que es tan sólo una molestia, que no merece la pena preocuparse.

Sidney Ringgold se inclinó hacia ella.

—Creo que tú tampoco tienes por qué preocuparte. No te prometo nada, que conste, pero las cosas se presentan bien. Muy bien, a decir verdad.

Estas palabras de aliento la llenaron de una tristeza inexplicable.

—¿Sabes qué me gustaría, Sidney? —replicó impulsivamente—. Me gustaría que tú y yo nos dedicáramos a organizar una unidad de medicina familiar en el Hospital Lemuel Grace, para que los habitantes de Boston que carecen de seguro tuvieran un sitio donde recibir cuidados médicos de calidad.

—Las personas no aseguradas ya tienen un lugar al que acudir. Tenemos un ambulatorio muy bien organizado. —A Sidney se le notaba molesto. No le gustaba hablar de las insuficiencias médicas de su servicio.

—La gente sólo acude al ambulatorio cuando no tiene

más remedio. Cada vez que se visitan los atiende un médico distinto, de manera que no existe continuidad en los cuidados. Les tratan la enfermedad o la lesión del momento, y no se practica ninguna medicina preventiva. Si formáramos a médicos de cabecera, Sidney, podríamos poner en marcha algo grande. Son los médicos que realmente hacen falta.

La sonrisa que le dirigió esta vez Sidney era forzada.

—Ningún hospital de Boston tiene una unidad de medicina familiar.

—Pues ésa es una magnífica razón para que organicemos una.

Sidney meneó la cabeza.

—Estoy cansado. Creo que lo he hecho bien como director médico, y me quedan menos de tres años para retirarme. No me interesa emprender la batalla que sería necesaria para poner en marcha un programa así. No me vengas con más cruzadas, R. J. Si quieres introducir cambios en el sistema, gánate un lugar en la estructura de poder. Entonces podrás librar tus propias batallas.

Aquel jueves fue descubierto su camino secreto para llegar al edificio de Planificación Familiar. La patrulla de la policía que mantenía a los manifestantes alejados de la clínica llegó tarde aquella mañana. R. J. había dejado el coche en el patio de Ralph Aiello y estaba cruzando la cancela de la cerca cuando vio salir un grupo de gente por ambos lados del edificio de la clínica.

Mucha gente con pancartas, gente que gritaba y la señalaba con el dedo.

«Ah, no.» No sabía qué hacer.

Sabía que habría violencia, lo que siempre había temido. Hizo acopio de fuerzas para pasar entre ellos en silencio, sin que la vieran temblar. Resistencia pasiva. «Piensa en Gandhi», se dijo, pero de hecho pensó en los médicos que habían sido atacados, en los empleados de clínica que habían sido asesinados o mutilados. Estaban locos.

Unos cuantos pasaron corriendo por su lado, cruzaron la cancela y entraron en el patio de Aiello.

Una dignidad fría, distante. «Piensa en la paz. Piensa en Martin Luther King. Pasa entre ellos. Pasa entre ellos.»

Volvió la mirada atrás y vio que estaban fotografiando el BMW rojo, arracimándose a su alrededor. «Ay, la pintura de la carrocería.» Dio media vuelta y volvió a cruzar la cancela. Alguien le dio un golpe en la espalda.

—¡Si alguien toca ese coche le romperé el brazo! —chilló.

El hombre de la cámara se volvió y la apuntó hacia la cara. El flash destelló una y otra vez, uñas de luz que le desgarraban los ojos, gritos como púas que le perforaban los oídos, una especie de crucifixión.

7

Voces

R. J. llamó inmediatamente a Nat Rourke para comunicarle lo sucedido en la clínica.

—He pensado que debía usted saberlo, para que no le sorprenda si intentan utilizar mis actividades contra Tom.

—Muchísimas gracias, doctora Cole —respondió el abogado. Sus modales eran muy corteses. R. J. no hubiera sabido decir qué pensaba en realidad.

Aquella noche, Tom volvió muy temprano a la casa de la calle Brattle. R. J. estaba sentada ante la mesa de la cocina revisando papeles, y él entró y cogió una cerveza del frigorífico.

—¿Quieres una?

—No, gracias.

Se sentó frente a ella. R. J. sintió el impulso de extender la mano para tocarlo.

Se le veía cansado, y en los viejos tiempos ella habría ido a su lado para darle masaje en el cuello. En una época les gustaba mucho tocarse. Él también le daba masajes a menudo. Últimamente tendían a enfurecerse el uno al otro, pero R. J. no podía negar que Tom tenía muchos rasgos atractivos.

—Me ha llamado Rourke para contarme lo que ha ocurrido en Jamaica Plain.

—Ah.

—Sí. Él..., bueno, me ha preguntado por nuestro matrimonio. Y le he contestado con franqueza y sinceridad.

Ella lo miró sonriente. El pasado era el pasado, pensó; esto era el presente.

—Siempre es lo mejor.

—Sí. Rourke me ha dicho que, si vamos a divorciarnos, convendría iniciar los trámites inmediatamente para que cualquier posible controversia sobre tu trabajo en Planificación Familiar no perjudique mi defensa.

—Me parece lógico. —R. J. asintió—. Nuestro matrimonio terminó hace mucho tiempo, Tom.

—Sí. Sí, es cierto, R. J. —Le dirigió una sonrisa—. Y ¿qué me dices ahora de esa cerveza?

—No, gracias —le respondió ella, y se enfrascó de nuevo en sus papeles.

Tom cogió unas cuantas cosas y se fue inmediatamente, con tanta facilidad que R. J. tuvo la seguridad de que iba a instalarse con otra persona.

Al principio no advirtió ningún cambio en la casa de la calle Brattle, porque se hallaba acostumbrada a estar sola en ella. Cada noche regresaba a la misma casa vacía, pero ahora reinaba en ella una sensación de paz, una ausencia de los rastros de él que solían molestarla e irritarla. Una grata expansión de su espacio personal.

Pero ocho noches después de su partida empezó a recibir llamadas telefónicas.

Eran voces distintas, y telefoneaban durante toda la noche a distintas horas, probablemente por turnos.

—Matas niños, zorra —susurró una voz de hombre.

—Destrozas a nuestros hijos. Los recoges con una aspiradora como si fueran basura.

Una mujer le explicó a R. J. en tono compasivo que estaba en manos del demonio.

—Arderá usted en el fuego del infierno durante toda la eternidad —le advirtió su interlocutora. Hablaba en un susurro ronco y cursi a la vez.

R. J. se hizo cambiar el número de teléfono por otro que no aparecía en el listín. Un par de días después, al llegar del trabajo, vio que alguien había clavado a martillazos en la puerta que tanto había costado restaurar de su mansión de estilo georgiano un cartel que decía:

SE BUSCA

NECESITAMOS SU AYUDA PARA DETENER
A LA DRA. ROBERTA J. COLE

En la fotografía aparecía, mirando hacia la cámara con expresión colérica, la boca abierta de un modo nada favorecedor. Debajo, el texto rezaba:

La doctora Roberta J. Cole, residente en Cambridge, dedica la mayor parte de la semana a fingirse una médica y profesora respetable en el Hospital Lemuel Grace y en la Escuela de Médicos y Cirujanos de Massachusetts. Pero es una abortista. Cada jueves mata de diez a trece bebés.

Por favor, colabore con nosotros de la siguiente manera:

1. Rece y ayune: Dios no quiere que perezca nadie. Rece por la salvación de la doctora Cole.

2. Escríbale, llámela por teléfono, comparta con ella el Evangelio y ofrézcase a ayudarla a abandonar esta profesión.

3. ¡Pídale que DEJE DE PRACTICAR ABORTOS! *«No participéis en las obras infructuosas de las tinieblas, antes bien, denunciadlas.» Epístola a los efesios, 5:11.*

El precio mínimo de un aborto es de 250 dólares. La mayoría de los médicos en la situación de la doctora Cole gana el cincuenta por ciento del coste de cada aborto. Eso significa que los ingresos que obtuvo la doctora Cole el pasado año por matar a casi 700 niños ascendieron aproximadamente a 87.500 dólares.

El cartel enumeraba diversos medios para ponerse en contacto con la doctora Cole, indicaba su horario habitual y las direcciones y los números de teléfono del hospital, la facultad de medicina, la unidad para el síndrome premenstrual y el Centro de Planificación Familiar. Al pie del cartel había una línea que rezaba:

RECOMPENSA:
¡¡SE SALVARÁN VIDAS SI ES DETENIDA!!

Durante la semana siguiente hubo un silencio ominoso. Una mañana, *The Boston Globe* publicó un artículo en el que algunos activistas políticos locales comentaban que el fiscal de distrito, Edward W. Wilhoit, estaba sondeando el ambiente para presentarse al cargo de vicegobernador. El domingo, en todas las iglesias de la archidiócesis de Boston se leyó una carta del cardenal que condenaba el aborto como pecado mortal. Dos días después los periódicos de ámbito nacional publicaron que el doctor Jack Kevorkian había participado en otro suicidio asistido en Michigan. Aquella noche, cuando R. J. conectó el televisor para ver las noticias de las once, alcanzó a oír unas palabras de Wilhoit ante una asamblea de ciudadanos, comprometiéndose a «aplicar justicia sin demora a los anticristos que hay entre nosotros, que por medio del feticidio, el suicidio y el homicidio pretenden usurpar los poderes de la Santísima Trinidad».

—Espero que podamos comportarnos como personas civilizadas, sin rencor ni peleas, y dividirlo todo por igual, las propiedades y las deudas. Todo mitad y mitad —dijo Tom.

Ella se mostró de acuerdo. Estaba segura de que Tom chillaría y patalearía si hubiera algún dinero por el que chillar y patalear, pero la mayor parte de lo que ganaban se había destinado a pagar la casa y sus deudas de la facultad de medicina. A Tom le resultó embarazoso contarle que ahora vivía con Cindy Wolper, la administradora de su oficina, una rubia burbujeante que aún no había cumplido los treinta.

—Vamos a casarnos —anunció, y pareció sentirse aliviado por haber pasado al fin de marido infiel a recién prometido.

«Pobrecita», pensó R. J. con enojo. A pesar de sus declaraciones de llevar el asunto como personas civilizadas, cuando se reunieron para concertar el reparto de las propiedades, Tom llevó un abogado, Jerry Saltus.

—¿Piensas conservar la casa de la calle Brattle? —le preguntó Tom.

R. J. se lo quedó mirando con incredulidad. Habían comprado la casa porque él había insistido, a pesar de sus objeciones. Y a causa de esta obsesión habían metido todo su dinero en ella.

—¿No quieres la casa?

—Cindy y yo hemos decidido vivir en un apartamento.

—Bien, pues yo tampoco quiero tu pretenciosa casa. Nunca la he querido. —R. J. se dio cuenta de que estaba subiendo el tono de voz y de que hablaba con irritación, pero no le importó.

—¿Y la casa de campo?

—Creo que también habría que venderla —respondió ella.

—Si tú te encargas de venderla, yo me ocuparé de vender la de Brattle. ¿De acuerdo?

—De acuerdo.

Tom dijo que deseaba quedarse el bargueño de cerezo, el sofá, los dos sillones de orejas y el televisor de pantalla grande. R. J. también hubiera querido el bargueño, pero él aceptó que se quedara con el piano y con una alfombra persa de Heriz, de más de cien años de antigüedad, que ella tenía en gran estima. Los muebles restantes se los repartieron eligiendo uno cada vez, por turno. El acuerdo se cerró rápidamente y sin derramamiento de sangre, y el abogado escapó antes de que cambiaran de idea y se pusieran desagradables.

El domingo por la tarde R. J. fue al Alex's Gymnasium con Gwen, que aún tardaría un par de semanas en marcharse a Idaho. Antes de empezar la clase de aerobic, R. J. estaba hablándole de Tom y su futura esposa cuando entraron Alexander Manakos y un operario y se dirigieron al otro extremo del gimnasio, donde había una máquina de ejercicios estropeada.

—Está mirando hacia aquí —observó Gwen.

—¿Quién?

—Manakos. Te mira a ti. Ya te ha mirado varias veces.

—No seas tonta, Gwen.

Pero el dueño del club le dio una palmada en el hombro al operario y echó a andar hacia ellas.

—Vuelvo enseguida. Tengo que llamar a mi despacho —se excusó Gwen, y desapareció.

La ropa de Manakos estaba tan bien cortada como la de Tom, pero no era de Brooks Brothers. Sus trajes eran de lo más informales, más a la moda. Era un hombre sumamente apuesto.

—Doctora Cole.

—Sí.

—Soy Alexander Manakos. —Le estrechó la mano de un modo casi impersonal—. ¿Lo encuentra usted todo a su satisfacción, aquí en mi club?

—Sí. Paso muy buenos ratos en el club.

—Me alegra oírlo. ¿Tiene alguna queja que yo pueda remediar?

—No. ¿Cómo sabe mi nombre?

—Se lo pregunté a una persona. Estaba usted delante de nosotros. He pensado que podía acercarme a saludarla; parece usted muy agradable.

—Gracias. —R. J. no se sentía cómoda en esta clase de situaciones, y lamentaba que Manakos decidiera abordarla. Visto de cerca, su cabello le recordaba a un Robert Redford más joven. Tenía la nariz aguileña, y eso le confería una apariencia un tanto cruel.

—¿Querría usted cenar conmigo algún día, o tomar unas

copas? Me gustaría que tuviéramos ocasión de hablar y conocernos.

—Señor Manakos, yo no...

—Alex. Me llamo Alex. ¿Preferiría que nos presentara alguien a quien usted conozca?

Ella sonrió.

—No es necesario.

—Mire, perdone que la haya abordado de esta manera, como un ligón. Sé que ha venido a una clase de aerobic. Piénselo, y dígame algo cuando vaya a marcharse.

Antes de que ella pudiera abrir la boca para protestar y decirle que eso carecía de importancia, Manakos se alejó.

—Vas a salir con él, ¿verdad?

—No, te equivocas.

—¿Por qué no? Es muy atractivo.

—Es guapísimo, Gwen, pero a mí no me atrae en absoluto. Sinceramente. No sabría decirte el motivo.

—¿Y qué? No te ha propuesto que os caséis, ni te ha pedido que pases el resto de tu vida con él. Sólo quiere salir contigo una noche.

Gwen no se daba por rendida. Durante la clase, entre cada serie de ejercicios, volvía otra vez al mismo tema.

—Parece muy simpático. ¿Cuándo fue la última vez que saliste con un hombre?

Durante la clase, R. J. trató de recordar lo que sabía de él. Procedía de una familia de inmigrantes y había sido jugador de baloncesto en la Universidad de Boston. En el vestíbulo del gimnasio había una antigua fotografía de él en Boston Common, en la que se veía un niño de expresión seria con una caja de limpiabotas. Cuando entró en la universidad tenía alquilado un minúsculo puesto de limpiabotas en una edificio de la plaza Kenmore y había contratado a varias personas para que trabajaran allí. A medida que fue creciendo su fama como deportista, el salón Alex's se convirtió en el sitio de moda para lustrarse los zapatos, y Manakos no tardó en tener un salón de limpiabotas más grande con un puesto de refrescos. No era bastante bueno para el baloncesto profesional, pero se graduó con un título en administración de empresas y con la suficiente publicidad para obtener de los bancos de Boston el capital que necesitara, y abrió un gimnasio lleno de máquinas Nautilus y monitores cualificados.

En memoria de los viejos tiempos, el club contaba con un salón de limpiabotas, pero el puesto de refrescos se había convertido en bar y cafetería. Ahora Alex Manakos era propietario del gimnasio, de un restaurante griego en el muelle y otro en Cambridge, y sólo Dios sabía de qué más. R. J. sabía que estaba soltero.

—¿Cuándo fue la última vez que tuviste una simple conversación con un hombre que no fuera un paciente ni un médico? Parece una persona agradable. Muy agradable —insistía Gwen—. ¡Sal con él!

Después de ducharse y vestirse, R. J. fue al bar del gimnasio. Cuando le dijo a Alex Manakos que tendría mucho gusto en salir con él alguna noche, él sonrió.

—Eso está bien. Es usted médica, ¿no es cierto?

—Sí.

—Bien, hasta ahora nunca he salido con una doctora.

«En menuda historia me he metido», se dijo ella.

—¿Es que únicamente sale con doctores?

Él se echó a reír y la miró con interés. Así que se pusieron de acuerdo y quedaron para cenar. El sábado.

A la mañana siguiente, tanto el *Herald* como el *Globe* publicaron artículos sobre el aborto. Los periodistas habían entrevistado a representantes de los dos bandos de la controversia y ambos periódicos incluían las fotografías de diversos activistas. Además, el *Herald* reproducía dos de aquellos carteles de «Se busca»: uno era del doctor James Dickenson, un ginecólogo que practicaba abortos en la Clínica de Asesoramiento Familiar, en Brookline, y el otro de la doctora Roberta J. Cole.

El miércoles se dio a conocer el nombramiento del doctor Allen Greenstein, como director médico adjunto del Hospital Lemuel Grace, en sustitución del doctor Maxwell B. Roseman.

Durante los días que siguieron al nombramiento, la prensa y la televisión entrevistaron al doctor Greenstein, y se destacó el hecho de que faltaban pocos años para que los niños recién nacidos fueran sometidos a exámenes genéticos que permitirían a los padres conocer los peligros que acecharían a la salud de sus hijos en el curso de su vida, y quizás incluso de qué morirían. R. J. y Sidney Ringgold se encontraron en el pase de visitas y en una reunión de departamento, y se cruzaron varias veces por los pasillos. En todas las ocasiones Sidney la miró a los ojos y la saludó amistosamente.

A R. J. le habría gustado que se detuviera a hablar con ella. Quería decirle que no se avergonzaba de practicar abortos, que estaba realizando una tarea difícil e importante, una tarea que había asumido porque era una buena médica.

Pero entonces, ¿por qué se sentía atemorizada y furtiva cuando recorría los pasillos de su hospital?

El sábado por la tarde procuró llegar a casa con tiempo suficiente para ducharse sin prisas y vestirse lentamente y con esmero. A las siete en punto entró en el Alex's Gymnasium y se dirigió al salón bar.

Alexander Manakos estaba de pie en un extremo de la barra, hablando con dos hombres. R. J. se acomodó en un taburete en el otro extremo, y él se le acercó enseguida. Aún era más guapo de como ella lo recordaba.

—Buenas tardes.

Él la saludó con una inclinación de cabeza. Llevaba un periódico y, al abrirlo, R. J. vio que era el *Globe* del lunes.

—¿Es verdad eso que dice aquí de que usted practica abortos?

R. J. comprendió que no iba a recibir ningún homenaje. Alzó la cabeza y se irguió para mirarlo a los ojos.

—Sí. Se trata de un procedimiento médico legal y ético que es vital para la salud y la vida de mis pacientes —respondió con serenidad—, y lo hago bien.

—Me repugna. No me la tiraría ni con la polla de otro.

«Muy agradable.»

—Puede tener la seguridad de que no va a hacerlo con la suya —le dijo con mucha calma, y bajó del taburete y se dirigió a la salida del gimnasio, pasando ante una mesa en la que una mujer de cabellos blancos y aspecto maternal la aplaudía con lágrimas en los ojos. R. J. se habría sentido más alentada si la mujer no hubiera estado borracha.

—No necesito a nadie. Puedo vivir muy bien yo sola. Yo sola. ¡No necesito a nadie! ¿Lo entiendes? —le dijo furiosa a Gwen—. Y quiero que me dejes en paz.

—De acuerdo, de acuerdo —respondió Gwen, y se marchó a toda prisa.

8

Un jurado de iguales

La reunión del Comité Deontológico del Hospital Middlesex Memorial prevista para el mes de abril se aplazó a causa de una ventisca primaveral que cubrió el hielo viejo y la nieve sucia con una limpia capa blanca que habría resultado alegre de no estar tan avanzada la estación. A aquellas alturas, la presencia de más nieve hizo rezongar a R. J. Dos días después, la temperatura ascendió a veintitrés grados, y la nieve reciente de primavera y la nieve vieja del invierno desaparecieron a la vez, llenando de agua arroyos y cunetas.

El Comité Deontológico se reunió la semana siguiente, y la sesión no se prolongó mucho. En vista de los testimonios y de la clara evidencia de que Elizabeth Sullivan estaba a punto de morir entre terribles dolores, se llegó a la conclusión unánime de que el doctor Thomas A. Kendricks no había actuado de un modo contrario a la ética profesional cuando administró una dosis masiva de analgésico a la paciente.

Unos días después de la reunión, Phil Roswell, un miembro del comité, le contó a R. J. que no había habido discusión.

—Seamos sinceros: todos hacemos lo mismo para apresurar un final piadoso cuando la muerte es inminente e inevitable —reconoció Roswell—. Tom no trató de ocultar un crimen. Extendió la receta abiertamente, y aparece bien a las claras en la hoja clínica. Si lo castigáramos, tendríamos que castigarnos a nosotros mismos y a la mayoría de los médicos que conocemos.

Nat Rourke tuvo una discreta charla con Wilhoit, de la que salió convencido de que el fiscal de distrito no pensaba llevar la muerte de Elizabeth Sullivan ante el jurado de acusación.

Tom estaba eufórico. Quería volver una página en su vida, impaciente por consumar el divorcio e iniciar su nueva vida matrimonial.

El malestar de R. J. se veía exacerbado por los mendigos que pululaban por todas partes. Ella había nacido y se había criado en Boston y amaba su ciudad, pero no soportaba mirar a la gente que vivía en las calles. Los veía por toda la ciudad, hurgando en los cubos y contenedores de basura, transportando sus escasas posesiones en carritos de la compra robados de supermercados, durmiendo en cajas de embalaje sobre fríos muelles de carga, haciendo cola para obtener una comida gratuita en el comedor de beneficencia de la calle Tremont, ocupando los bancos de Boston Common y de otros lugares públicos.

Para ella, estas personas sin hogar constituían un problema médico. En los años setenta, los psiquiatras habían emprendido una campaña para acabar con los imponentes manicomios estatales donde se almacenaba a los dementes en condiciones vergonzosas. La idea era devolver a los pacientes la libertad de vivir en armonía con los sanos, como se hacía con éxito en varios países europeos, pero en Estados Unidos los centros públicos de salud mental instituidos para atender a los pacientes liberados no recibieron los fondos necesarios, y fracasaron. Los pacientes se dispersaron. A los asistentes sociales encargados de la atención psiquiátrica les resultaba imposible seguir la pista de alguien que una noche dormía en una caja de cartón y la siguiente sobre una rejilla de ventilación a varios kilómetros de distancia. A lo ancho de todo el país se creó un ejército de personas sin hogar compuesto por alcohólicos, drogadictos, esquizofrénicos y toda clase de enfermos mentales. Muchos de ellos recurrieron a la mendicidad, unos pidiendo en metros y autobuses con discursos chillones y relatos lastimeros, otros sentándose en la acera con un platillo o una gorra vuelta boca arriba junto a un burdo letrero que expresaba su situación: «Trabajo a cambio de comida», o «Tengo cuatro hijos en casa». R. J. había leído un estudio en el que se llegaba a la conclusión de que aproximadamente un noventa y cinco por ciento de los mendigos norteamericanos era adicto al alcohol o las drogas y que algunos obtenían hasta trescientos dólares diarios, dinero que gastaban rápidamente en mantener su adicción. R. J. experimentaba un intenso sentimiento de culpabilidad respecto al cinco por ciento que no eran adictos, sino sencillamente gente sin hogar ni trabajo, pero aun así era para ella una cuestión de principio no dar limosna, y se enfurecía cuando veía que alguien arrojaba una moneda en el plato en vez de presionar políticamente para que se retirase a los indigentes de las calles y se les proporcionara una atención adecuada.

No eran sólo los mendigos; todos los ingredientes de su existencia en la ciudad le consumían los nervios: el fin de su matrimonio, la despersonalización de su profesión, el papeleo rutinario de cada día, el tráfico, el hecho de que ahora detestaba trabajar en un sitio en el que Allen Greenstein la había vencido en la competencia por un cargo.

Todo se combinaba en un amargo cóctel. Poco a poco fue surgiendo en ella la convicción de que era hora de cambiar drásticamente de vida, de irse de Boston.

Las dos comunidades médicas en las que había programas donde podía encajar una persona con intereses híbridos como los de ella eran Baltimore y Filadelfia. Así pues, se sentó a escribir sendas cartas a Roger Carleton, de la Universidad Johns Hopkins, e Irving Simpson, de la de Penn, para preguntarles si estarían interesados en sus servicios.

Mucho antes había organizado su calendario de primavera de modo que le quedara una semana libre, soñando con ir a St. Thomas. En vez de eso, una tibia tarde de viernes salió temprano del hospital y se fue a casa en busca de algunas prendas que pudiera llevar en el campo. Tenía que deshacerse de la finca de Berkshire.

Había salido de casa y estaba subiendo al coche cuando se acordó de las cenizas de Elizabeth, así que volvió a entrar y cogió la caja de cartón de la parte superior del buró que había en el cuarto de los invitados, donde la había dejado cuando la llevó a casa.

No se vio con ánimos para dejar las cenizas en el maletero junto con su equipaje, de modo que depositó la pequeña caja sobre el asiento contiguo y dejó el impermeable doblado delante de ella para que no se cayera si tenía que frenar en seco.

A continuación condujo el BMW rojo a la autopista de Massachusetts y enfiló hacia el oeste.

9
Woodfield

Antes incluso de que la casa georgiana de la calle Brattle estuviera restaurada y amueblada a gusto de los dos, su matrimonio con Tom ya había empezado a desmoronarse. Cuando encontraron una finca encantadora en una ladera de Berkshire, en la localidad de Woodfield, cerca del límite con el estado de Vermont, la compraron con el proyecto de tener una casa de vacaciones que diera un nuevo impulso a su convivencia. La casita de madera pintada de amarillo tenía unos ochenta y cinco años, y sobrevivía en buenas condiciones junto a un viejo cobertizo para tabaco que ya empezaba a venirse abajo, como su relación. Tenían unas tres hectáreas y media de campo y casi veinte de espeso bosque, y el Catamount, uno de los tres riachuelos de montaña que pasaban por Woodfield, cruzaba la arboleda y los prados.

Tom llamó a un contratista de obras para que les construyera una piscina en una zona húmeda del campo, y la excavadora desenterró los restos, pequeños y tenaces, de un recién nacido. El tejido conjuntivo había desaparecido hacía mucho tiempo. Lo que quedaba hubiera podido confundirse con huesos de pollo, a no ser por el inconfundible cráneo humano que recordaba un delicado hongo endurecido, en tres secciones. No había lápida que señalara la tumba, y el terreno era demasiado pantanoso para ser un cementerio. El hallazgo provocó un revuelo en la localidad; nadie sabía cómo había llegado allí aquel feto.

Quizás el bebé enterrado era indio. El forense dictaminó que los huesecillos eran antiguos; no prehistóricos, pero sin duda llevaban mucho tiempo enterrados.

Encima de los huesos se encontró también una pequeña bandeja de arcilla. Al lavarla apareció una serie de letras de color óxido, demasiado desdibujadas para leer la inscripción. Casi todas las letras se habían borrado, pero todavía quedaban algunas: «ah» y «od», y una «o», y finalmente «ia». Aunque se pasó la tierra por un tamiz, algunos huesos no pudieron encontrarse. El forense del condado consiguió recomponer el minúsculo esqueleto lo suficiente para determinar que correspondía a un bebé llegado casi a término, pero no del todo; sin embargo, no logró averiguarse el sexo. El juez se llevó los huesos, pero cuando R. J. le preguntó si podía quedarse el plato, se encogió de hombros y se lo dio. Desde entonces lo tenía en el aparador de la sala.

La autopista de Massachusetts carece de interés en casi todo su recorrido. R. J. la abandonó en las cercanías de Springfield, y llevaba un rato conduciendo hacia el norte por la I-91 cuando vio por primera vez las suaves y desgastadas montañas y empezó a sentirse feliz. «Alzaré mis ojos hacia las colinas, de donde procede la ayuda.» Media hora más tarde se halló en las colinas, ascendiendo por carreteras sinuosas y estrechas, pasando ante granjas y bosques, hasta que giró por la carretera de Laurel Hill y llegó por fin al largo y serpenteante camino que conducía a la casa de madera, de color mantequilla, que abrazaba el lindero del bosque en el otro extremo del prado.

Tom y ella no habían utilizado la casa de campo desde el otoño anterior. Al abrir la puerta notó que el aire estaba cargado y olía ligeramente a rancio. Había excrementos en un alféizar de la sala, como heces de ratón pero más grandes. Volvió a sentir el malestar que la acosaba desde hacía días, y pensó que habría una rata en la casa. Pero en un rincón de la cocina encontró los restos resecos de un murciélago. La primera tarea que se impuso fue ir en busca de la escoba y la pala para deshacerse del murciélago y los excrementos. Enchufó el frigorífico, abrió las ventanas para que entrase aire fresco y fue en busca de las provisiones del coche, dos cajas de comestibles y una nevera portátil llena de productos frescos. Con apetito, pero sin pretender hacer nada especial, se preparó la cena con un tomate de supermercado, duro e insípido, un panecillo con queso, dos tazas de té y un paquete de galletas de chocolate.

Mientras recogía las migajas de la mesa, advirtió con una punzada de dolor que se había olvidado de Elizabeth.

Salió a buscar la caja de cenizas que había quedado en el coche y la dejó sobre la repisa de la chimenea. Tendría que descubrir el lugar hermoso que Elizabeth le había pedido que encontrara, y enterrar allí las cenizas. Volvió a salir al exterior y se internó unos pasos en el bosque, pero era demasiado oscuro y enmarañado. No había manera de explorarlo si no era trepando por encima o arrastrándose por debajo de los troncos caídos y abriéndose paso por la fuerza entre zarzas y matorrales, y en aquellos momentos no se sentía con ánimos de hacerlo, de modo que emprendió una apresurada retirada y echó a andar por la pista de grava que conducía a la carretera de Laurel Hill. La pista tenía cuatro kilómetros y medio de longitud, con subidas y bajadas en diversas colinas. Le alegró caminar. Al cabo de un par de kilómetros llegó a las cercanías de la pequeña casa blanca y el enorme granero rojo de Hank y Freda Krantz, los granjeros que les habían vendido la finca, y dio media vuelta antes de llegar a su puerta: por el momento no sentía deseos de responder a preguntas sobre Tom ni de explicar que su matrimonio había terminado.

El sol ya estaba bajo y el aire transparente era frío y cortante cuando llegó de nuevo a la casa. Cerró todas las ventanas menos una. Había leña seca en el cobertizo y encendió la chimenea para calentar la habitación. Al caer la noche, por la ventana abierta le llegó el piar de los pajarillos desde el rebosadero de la piscina, y R. J. se acomodó en el sofá y bebió café caliente y cargado, lo bastante dulce como para garantizarle un aumento de peso, mientras contemplaba las llamas.

A la mañana siguiente despertó tarde, se preparó un abundante desayuno a base de huevos, y a continuación se entregó a un frenesí de limpieza. Le gustaba ocuparse de las tareas domésticas puesto que muy pocas veces se veía en la necesidad de hacerlo, y disfrutó pasando la aspiradora, barriendo y quitando el polvo. Lavó todas las ollas y sartenes, pero sólo los platos y cubiertos que iba a necesitar.

Sabía que los Krantz tenían la costumbre de almorzar a las doce en punto, de modo que esperó hasta la una y cuarto para presentarse en su granja.

—¡Pero mira quién está aquí! —exclamó Hank Krantz, radiante, cuando la vio en el umbral—. Pase, pase.

La hicieron entrar en la cocina, y Freda Krantz le sirvió una taza de café sin preguntarle nada y cortó una porción de medio pastel blanco que había sobre la encimera.

Aunque R. J. no los conocía muy bien pues sólo los veía en sus espaciadas visitas, percibió un sincero pesar en sus ojos cuando les habló del divorcio y les pidió consejo sobre la mejor manera de vender la casa y el terreno.

Hank Krantz se rascó la cara.

—Puede ir a un auténtico agente de la propiedad en Greenfield o en Amherst, desde luego, pero hoy en día casi todo el mundo vende por medio de un tal Dave Markus, que vive aquí mismo en el pueblo. Pone anuncios y consigue buenos precios. Y es un hombre cabal. Para ser de Nueva York no es mal tipo, la verdad.

Le explicaron cómo llegar a casa de Marcus. Tuvo que salir a la carretera estatal y dejarla de nuevo para internarse por una serie de pistas de grava muy irregulares que no le hicieron ningún bien al coche. En un campo de trébol, un hermoso caballo Morgan, pardo con una mancha blanca en la cara, corrió junto al automóvil por el otro lado de la cerca y al fin lo adelantó, la crin y la cola ondeando al viento. Un poco más allá vio un cartel de agente de la propiedad inmobiliaria ante una encantadora casa de troncos que dominaba un espléndido panorama. Un segundo cartel la hizo sonreír:

Estoy enamorado de ti
MIEL

En el porche había dos viejas estanterías llenas de tarros de miel de color ámbar. Dentro sonaba música rock a todo volumen: los Who. Le abrió la puerta una adolescente de larga cabellera negra. La muchacha, pecosa, de pecho abundante, con cara de ángel tras los gruesos cristales de las gafas, se enjugaba la sangre de un grano en la barbilla con una bola de algodón.

—Hola, soy Sarah. Mi padre en este momento no está en casa. Volverá por la noche.

Anotó el nombre y el número de teléfono de R. J. y le prometió que su padre la llamaría en cuanto llegara. Mientras R. J. compraba un tarro de miel, el caballo empezó a relinchar desde el cercado.

—Es un entrometido de mucho cuidado —dijo la muchacha—. ¿Quiere darle usted el azúcar?

—Bueno.

Sarah Markus fue a buscar dos terrones de azúcar y se los dio a R. J., y se acercaron juntas a la cerca. R. J. le ofreció los terrones con timidez, pero los grandes dientes cuadrados del caballo ni siquiera le rozaron la palma, y la rugosa lengua con que los lamió la hizo sonreír.

—¿Cómo se llama?

—*Chaim*. Es judío. Mi padre le puso el nombre de un escritor.

R. J. empezaba a relajarse cuando se despidió de la muchacha y del caballo y emprendió el regreso por una carretera bordeada de altos árboles y antiguos muros de piedra.

En la calle principal de Woodfield se alzaban la oficina

de correos y cuatro comercios: Hazel's, un establecimiento que no había decidido si era una ferretería o una tienda de objetos de regalo; Buell's Expert Auto Repair, un taller de reparaciones; el colmado de Sotheby («Fund. en 1842»), y Terry's, un supermercado moderno con un par de surtidores de gasolina ante la puerta. A R. J. le gustaba el maloliente colmado. Frank Sotheby siempre tenía un gran queso cheddar curado, y a ella se le hacía la boca agua. Vendía también jarabe de arce, despiezaba él mismo la carne y confeccionaba sus propias salchichas, normales y picantes.

No había barra donde sentarse a comer.

—¿Me podría hacer un bocadillo de queso cheddar?

—¿Por qué no? —respondió el tendero. Le cobró un dólar y cincuenta centavos por un Orange Crush. R. J. almorzó sentada en el banco del porche, mientras veía pasar a la gente del pueblo. Luego volvió a entrar en la tienda y, renunciando con temeridad a su habitual preocupación por el contenido en colesterol de los alimentos, compró un filete de solomillo, salchichas y un pedazo de buen queso.

Aquella tarde se puso la ropa más vieja que tenía y un par de botas y se aventuró en el bosque. Se había internado unos pocos pasos y ya se hallaba en otro mundo más fresco, oscuro y silencioso, salvo por el sonido del viento entre millones de hojas, un suave susurro acumulado que a veces resultaba tan ruidoso como el oleaje y que a R. J. le hacía sentirse sagrada, y también un poco temerosa. Confiaba en que los animales de mayor tamaño y los monstruos se alejarían asustados por el ruido que producía sin querer, pisando ramas que se partían y, en general, moviéndose con torpeza por la espesura. De vez en cuando llegaba a un diminuto claro que le proporcionaba cierto alivio, pero no había ningún lugar que la invitara a descansar.

Un arroyo la condujo hasta el río Catamount. Calculó que debía de estar cerca del centro de su finca y fue siguiendo el río en la dirección de la corriente. Las orillas estaban tan cubiertas de arbustos como el mismo bosque y era difícil avanzar, pese al frescor de la primavera. R. J. no tardó en sentirse agotada y sudorosa, y cuando llegó a una gran roca de granito que se proyectaba hacia el agua, se sentó en ella. Examinó el remanso y vio truchas pequeñas que evolucionaban a media profundidad en el refugio que les ofrecía la roca, a veces moviéndose al unísono como una escuadrilla de aviones de combate. En el extremo del remanso, el agua se precipitaba tumultuosa y crecida a causa de la nieve derretida, y R. J. se tendió al sol sobre la roca caliente y se quedó mirando los peces. De vez en cuando notaba una salpicadura de espuma como un susurro de hielo en la mejilla.

Permaneció mucho rato en el bosque hasta quedar agotada, y al llegar a la casa se acostó en el sofá y durmió un par de horas. Al despertar frió patatas, cebollas y pimientos, salteó el filete en la sartén hasta dejarlo no demasiado hecho y devoró todo cuanto tenía delante, hasta terminar con un té endulzado con miel. Justo cuando se apagaba la última claridad del firmamento y se disponía a tomar café ante la lumbre y a escuchar otro concierto de trinos, sonó el teléfono.

—¡Ay Dios mío, doctora Cole! Soy Hank. Freda está herida, se ha disparado el rifle...

—¿Dónde ha recibido el impacto?

—En la parte alta de la pierna, debajo de la cadera. Está sangrando cosa mala, le sale la sangre a chorros.

—Coja una toalla limpia y apriétela sobre la herida, con fuerza. Voy ahora mismo.

10

Vecinos

R. J. estaba de vacaciones y no tenía por tanto instrumental médico. Las ruedas del coche hacían saltar la grava y las luces de carretera luchaban contra sombras dispersas mientras el BMW aceleraba por la pista y giraba hacia el camino de acceso, hiriendo con las ruedas de la izquierda el césped que Hank Krantz cuidaba con tanto esmero. Llevó el automóvil hasta la puerta delantera y entró sin llamar. El rifle caprichoso estaba sobre la mesa de la cocina protegida con hojas de periódico, junto con unos cuantos trapos, una baqueta y un bote pequeño de aceite para armas.

Freda, con la cara muy pálida, yacía sobre el lado izquierdo en un charco de su propia sangre. Tenía los ojos cerrados, pero los abrió y los fijó en R. J. Hank le había bajado los tejanos hasta media pierna. Estaba arrodillado, apretando una toalla empapada sobre la parte inferior del muslo, y tenía las manos y las mangas manchadas.

—Dios mío, mire lo que le he hecho. —Estaba abrumado de aflicción, pero conservaba el dominio de sí mismo—. He llamado a la ambulancia del pueblo —añadió.

—Bien. Coja una toalla limpia, póngala encima de la empapada y siga haciendo fuerza. —Se puso de rodillas y palpó la unión del muslo con el cuerpo, junto al vello púbico que se traslucía a través de las bragas de algodón de Freda. Cuando notó las pulsaciones de la arteria femoral, colocó el canto de la mano en ese punto y apretó. Freda era una mujer corpulenta, y los años de trabajo en la granja la habían vuelto musculosa. R. J. tuvo que apretar con fuerza para tratar de comprimir la arteria, y Freda abrió la boca para gritar, pero sólo le salió un gemido ronco.

—Lo siento... —Mientras los dedos de la mano izquierda de R. J. mantenían la presión, la mano derecha exploró con delicadeza la parte inferior del muslo. Cuando encontró el orificio de salida, Freda se estremeció.

R. J. estaba tomándole el pulso en la garganta cuando les llegó el primer plañido animal de la sirena. Poco después se detuvieron dos vehículos ante la casa y se oyó el ruido de las portezuelas al cerrarse. Entraron tres personas, un fornido policía de edad madura y un hombre y una mujer vestidos con sendas chaquetas de poliéster rojo. La mujer llevaba una bombona de oxígeno portátil.

—Soy médico —les explicó—. Está herida de bala, tiene un fémur roto y la arteria lesionada, quizá seccionada. Hay una herida de entrada y otra de salida. El pulso está a 119 y es filiforme.

El técnico de urgencias médicas asintió con la cabeza.

—En estado de *shock*, claro. Ha perdido cantidad de sangre, ¿eh? —comentó, contemplando las manchas del suelo—. ¿Puede seguir sujetando el punto de presión, doctora?

—Sí.

—Bien, pues hágalo. —Se arrodilló al otro lado de Freda y, sin pérdida de tiempo, empezó a hacerle un rápido examen físico. Era ancho de espaldas, grueso y joven, poco más que un muchacho, pero con manos habilidosas—. ¿Sólo ha habido un tiro, Hank? —preguntó.

—Sí —replicó Hank Krantz con enojo por las implicaciones de la pregunta.

—Sí, ya veo, una herida de entrada y otra de salida —le dijo el técnico de urgencias cuando terminó el examen.

La mujer, rubia y chiquita, ya le había tomado la presión a Freda.

—Presión 8.1/5.7 —dijo, y el otro técnico hizo un gesto

de asentimiento. La mujer montó la bombona de oxígeno portátil y fijó una mascarilla de oxígeno sobre la boca y la nariz de Freda. Luego le cortó los tejanos y las bragas para quitárselos, le cubrió la entrepierna con una toalla y le quitó la zapatilla deportiva y el calcetín del pie correspondiente a la herida. A continuación cogió el pie descalzo con ambas manos y empezó a tirar de un modo regular y concentrado.

El joven colocó un enganche de tobillo en torno al pie de la paciente.

—Esto va a resultar delicado, doctora —le advirtió—. Hemos de colocar la férula hasta el fondo, más allá de donde tiene usted la mano, así que deberá interrumpir la presión durante unos segundos.

Cuando lo hizo, la sangre de Freda volvió a saltar a borbotones. Trabajando a toda prisa, los técnicos procedieron a inmovilizar la pierna con un entablillado de tracción Hare, un armazón de metal que se adaptaba cómodamente a la pelvis por un extremo y, por el otro, se extendía hasta más allá del pie. R. J. volvió a aplicar presión sobre la arteria femoral en cuanto le fue posible, y la hemorragia se redujo. Los técnicos sujetaron el entablillado a la pierna por medio de correas, y en el otro extremo lo fijaron al enganche de tobillo. Una vez asegurado, un pequeño torno les permitió tensarlo, de modo que no hizo falta seguir aplicando tracción manual.

Freda emitió un suspiro, y el técnico asintió con la cabeza.

—Supongo que debe de notarse una mejora, ¿no es cierto?

Ella asintió a su vez, pero se le escapó un grito cuando la izaron, y al depositarla en la camilla estaba llorando. Salieron todos formando un pequeño séquito, Hank y el policía en la parte delantera de la camilla, el técnico joven tras la cabeza de Freda, la técnica rubia sosteniendo la bombona de oxígeno portátil, y R. J. tratando de mantener todo su peso sobre el punto de presión mientras caminaba.

Metieron la camilla en la ambulancia y la encajaron en su lugar. La rubia desconectó la mascarilla de Freda de la bombona portátil y la conectó a la reserva de oxígeno de la ambulancia; acto seguido le elevaron las piernas y la cubrieron con mantas calientes para protegerla de la conmoción.

—Nos falta un miembro del equipo. ¿Quiere venir con nosotros? —le preguntó el técnico a R. J.

—Naturalmente —respondió ella, y él inclinó brevemente la cabeza.

La técnica rubia se instaló ante el volante, con Hank a su lado en el asiento delantero. Mientras se alejaban de la granja, la conductora utilizó la radio para comunicar al operador que ya habían recogido a la paciente y se dirigían al hospital. El automóvil de la policía abría la marcha, con la luz del techo dando vueltas y la sirena en funcionamiento. Los intermitentes de la ambulancia habían permanecido encendidos mientras estaba aparcada, y en aquel momento la mujer rubia conectó una sirena de dos tonos, alternativos.

A R. J. le costaba mantener el punto de presión estando de pie en la ambulancia, que traqueteaba debido a las irregularidades del camino y se bamboleaba de un modo alarmante en las curvas.

—Está sangrando otra vez —anunció.

—Lo sé. —El técnico de urgencias ya había empezado a extender lo que parecía la mitad inferior de un traje espacial, una prenda voluminosa de la que brotaban cables y tubos. Comprobó rápidamente la presión sanguínea de la víctima, el pulso y la frecuencia respiratoria, y a continuación descolgó el auricular del radioteléfono instalado en la pared del vehículo y llamó al hospital para solicitar autorización para utilizar los pantalones MAST. Tras una breve conversación le fue concedido el permiso, y R. J. le ayudó a colocar los pantalones en su lugar por encima del entablillado. Se oyó un siseo cuando el aire comprimido empezó a llenar la prenda sobre la pierna lesionada, hasta que se hinchó por completo y quedó rígida.

—Me encanta este invento. ¿Lo ha utilizado alguna vez, doctora?

—No he practicado mucha medicina de urgencia.

—Bien, pues esto lo resuelve todo a la vez —le explicó el

joven—. Detiene la hemorragia, refuerza el entablillado Hare para estabilizar la pierna y envía la sangre hacia el corazón y el cerebro. Pero antes de utilizarlo hemos de pedir permiso al control médico, porque si hubiera una hemorragia interna contribuiría a intensificarla y enviaría toda la sangre a la cavidad abdominal. —Comprobó que Freda estuviera bien, e inmediatamente sonrió y extendió la mano—. Steve Ripley.

—Yo soy Roberta Cole.

—Nuestra endiablada conductora se llama Toby Smith.

—¡Hola, doctora! —No apartó la mirada de la carretera, pero R. J. vio una alegre sonrisa en el espejo retrovisor.

—Hola, Toby —contestó.

En la entrada de ambulancias había enfermeras esperando, que inmediatamente se llevaron a Freda. Los dos técnicos de urgencias quitaron las sábanas ensangrentadas de la camilla y las cambiaron por otras limpias del almacén de suministros del hospital; luego desinfectaron la camilla y volvieron a prepararla antes de meterla otra vez en la ambulancia. A continuación se sentaron en la sala de espera junto con R. J., Hank y el policía. Éste dijo que se llamaba Maurice A. McCourtney, y que era el jefe de policía de Woodfield.

—Me llaman Mack —le explicó a R. J. con gravedad.

Los cuatro se hallaban visiblemente abatidos; habían realizado su trabajo y ahora acusaban la reacción.

Hank Krantz les expresaba a todos su remordimiento. Eran los coyotes, les contó, que llevaban casi una semana merodeando por su granja, de manera que había decidido limpiar su arma de cazar ciervos para matar un par de ellos y ahuyentar así la manada.

—Es un Winchester, ¿verdad? —preguntó Mack McCourtney.

—Sí, un antiguo Winchester 94 de palanca, calibre 30-30. Debe de hacer dieciocho años que lo utilizo, y nunca había tenido ningún accidente con él. Lo dejé encima de la mesa con un poco de brusquedad y se disparó solo.

—¿No estaba puesto el seguro? —quiso saber Steve Ripley.

—Bueno, es que nunca dejo una bala en la recámara. Siempre lo vacío cuando termino de usarlo, pero la última vez debí de olvidarme. La verdad es que de un tiempo a esta parte me olvido de todo. —Fulminó al técnico con la mirada—. Y vaya descaro tienes, Ripley, preguntando si había recibido más de un tiro. ¿Crees que he disparado contra mi mujer?

—Escucha, ella se encontraba allí en el suelo, sangrando a chorros. Necesitaba saber rápidamente si tenía más de una herida que atender.

La mirada de Hank se ablandó.

—Lo siento, no debería reprochártelo. Le has salvado la vida, espero.

Ripley meneó la cabeza.

—Quien de veras le ha salvado la vida es la doctora. Si no hubiera encontrado el punto de presión cuando lo hizo, en estos momentos lo lamentaríamos todos muchísimo.

Krantz se volvió hacia R. J.

—No lo olvidaré nunca. —Sacudió la cabeza—. ¡Mire lo que le he hecho a mi Freda!

Toby Smith se inclinó hacia él, le dio unas palmadas en la mano y luego dejó la suya encima.

—Escucha, Hank, todos la cagamos. Todos cometemos los errores más idiotas. A Freda no le va a ayudar lo más mínimo que te eches la culpa de lo ocurrido.

El jefe de policía frunció el entrecejo.

—Pero tú ya no tienes vacas lecheras. Sólo tienes unas cuantas reses para carne, ¿verdad? No sabía que los coyotes se metieran con unos animales tan grandes.

—No, con los novillos no se atreven, pero la semana pasada le compré cuatro becerros a Bernstein, ese tratante de ganado que hay en Pittsfield.

Mack McCourtney asintió.

—Entonces eso lo explica todo. Son capaces de destrozar un becerro, pero no un novillo.

—Sí, por lo general no suelen acercarse a los novillos —coincidió Hank.

McCourtney se retiró, pues el coche de policía debía patrullar por Woodfield.

—Vosotros también tendréis que marcharos —le dijo Hank a Ripley.

—Bueno, los pueblos vecinos pueden cubrir la tarea un rato. Esperaremos. Tendrás que hablar con el médico.

Transcurrió otra hora y media antes de que el cirujano saliera del quirófano. Le explicó a Hank que había reparado la arteria y que había insertado una espiga metálica para unir los fragmentos del fémur roto.

—Freda se recuperará perfectamente. Tendrá que quedarse en el hospital unos cinco días; entre cinco días y una semana.

—¿Puedo verla?

—Está en recuperación. Se pasará toda la noche con sedantes. Será mejor que se vaya usted a casa y procure dormir un poco. Podrá verla por la mañana. ¿Quiere que le mande un informe a su médico de cabecera?

Hank hizo una mueca.

—Bueno, en estos momentos no tenemos ninguno. Nuestro médico acaba de retirarse.

—¿Era el doctor Hugh Marchant, el de la calle Mayor?

—Sí, el doctor Marchant.

—Cuando tenga un nuevo médico, dígame quién es y le mandaré el informe.

—¿Cómo es que se desplaza hasta Greenfield para visitar a un médico? —le preguntó R. J. a Hank durante el viaje de regreso.

—Bueno, porque no hay ninguno más cerca. Hace veinte años que no tenemos médico en Woodfield, desde que se murió el viejo doctor.

—¿Cómo se llamaba?

—Thorndike.

—Sí. Cuando empecé a venir aquí lo oí mencionar varias veces.

—Craig Thorndike. Todo el mundo lo quería. Pero cuando murió, ningún otro médico quiso instalarse en Woodfield.

Era casi medianoche cuando la ambulancia dejó a Hank y a R. J. en el camino de acceso de los Krantz.

—¿Está usted bien? —le preguntó R. J.

—Sí. No podré dormir, eso es seguro. Supongo que limpiaré toda esa sangre de la cocina.

—Le echaré una mano.

—No, de ninguna manera —rehusó él con firmeza, y de pronto R. J. se alegró de que lo hiciera, porque estaba muy cansada.

Hank vaciló.

—Le estoy muy agradecido. Sólo Dios sabe qué hubiera ocurrido si no llega a estar usted aquí.

—Me alegro de haber estado aquí. Y ahora, intente descansar.

Las estrellas eran grandes y blancas. En la noche flotaba el recuerdo del invierno, un helor de primavera, pero mientras regresaba a casa en su automóvil, R. J. entró en calor.

11

La llamada

A la mañana siguiente despertó temprano y permaneció en la cama, repasando los acontecimientos de la noche anterior. Se figuró que la manada de coyotes que Hank quería ahuyentar se había marchado ya por iniciativa propia para cazar en algún otro lugar, porque a través de la ventana del dormitorio veía tres ciervos de cola blanca que pacían en el prado, agitando la cola mientras desmochaban el trébol. Llegó un coche por la carretera y las colas se irguieron, mostrando sus banderas blancas de alarma. Cuando el coche se alejó, las colas descendieron y se agitaron de nuevo, y los ciervos siguieron paciendo.

Al cabo de diez minutos pasó una motocicleta rugiendo, y los ciervos se lanzaron hacia el bosque con largos y temerosos saltos, a un mismo tiempo poderosos y delicados.

Cuando se levantó de la cama y llamó al hospital, le dijeron que el estado de Freda se mantenía estable.

Era domingo. Después de desayunar, R. J. fue lentamente en su coche hasta la tienda de Sotheby, donde compró *The New York Times* y *The Boston Globe*. Al salir del establecimiento se cruzó con Toby Smith e intercambiaron saludos.

—Se la ve a usted descansada, después de haber trabajado anoche hasta tan tarde —comentó Toby.

—Estoy acostumbrada a trabajar hasta muy tarde. ¿Tiene un par de minutos para charlar, Toby?

—Claro que sí.

Se acercaron al banco que había en el porche de la tienda y tomaron asiento.

—Hábleme del servicio de ambulancia.

—Bueno..., es historia. Se creó justo después de la Segunda Guerra Mundial. Un par de personas que habían servido como médicos en las Fuerzas Armadas volvieron a casa, compraron una ambulancia excedente del Ejército y empezaron a prestar el servicio. Al cabo de algún tiempo, el Estado implantó los exámenes para técnicos de urgencias médicas y se fue creando todo un sistema de educación continuada. Los técnicos de urgencias médicas deben estar al día de todas las novedades en medicina de urgencia y renovar el título cada año. Aquí en el pueblo tenemos catorce técnicos de urgencias registrados, todos ellos voluntarios. Es un servicio gratuito para todos los habitantes de Woodfield. Llevamos buscas y atendemos las urgencias médicas del pueblo las veinticuatro horas del día. Lo ideal sería que en cada salida el equipo estuviera compuesto por tres miembros, uno al volante y otros dos detrás con el paciente, pero es frecuente que sólo seamos dos, como anoche.

—¿Por qué es un servicio gratuito? —inquirió R. J.—. ¿Por qué no pasan factura a las compañías de seguros por transportar sus clientes al hospital?

Toby le dirigió una mirada burlona.

—En estos pueblos de las colinas no tenemos grandes empresas. La mayoría de la gente trabaja por cuenta propia y a duras penas consigue salir adelante: madereros, carpinteros, granjeros, artesanos... Una gran parte de la gente de aquí carece de seguros médicos. Yo tampoco lo tendría si no fuera porque mi marido trabaja para el Gobierno como guarda de pesca y caza; soy contable autónoma, y me sería imposible pagar las primas.

R. J. asintió con la cabeza y suspiró.

—Supongo que aquí las cosas no deben de ser muy distintas de como son en la ciudad, por lo que se refiere a seguros médicos.

—Mucha gente confía en que no enfermará ni tendrá un accidente. Se vive siempre con el miedo en el cuerpo, pero a muchos no les queda otra alternativa. —El servicio de ambulancia desempeñaba un papel importante en el pueblo, le explicó Toby—. La gente aprecia realmente lo que hacemos. Hacia el este, para encontrar el médico más cercano hay que llegar hasta Greenfield. Hacia el oeste hay un médico de medicina general llamado Newly a cincuenta y dos kilómetros de aquí, en las afueras de Dalton, por la carretera 9. —Toby la miró sonriente—. ¿Por qué no viene a vivir aquí todo el año y es usted nuestra médica?

R. J. le devolvió la sonrisa.

—No lo creo —respondió.

Sin embargo, cuando llegó a casa sacó un mapa de la región y lo examinó. Había once pueblos y aldeas en la zona que según Toby Smith carecía de médico residente.

Aquella tarde compró una pequeña planta de interior —una violeta africana cargada de flores azules— y se la llevó a Freda al hospital. Freda aún estaba débil y no hablaba mucho, pero Hank Krantz se animó ante la presencia de R. J.

—Quería preguntarle... ¿Cuánto le debo por lo de anoche?

R. J. sacudió la cabeza.

—Fui como vecina más que como médica —respondió, y Freda la miró sonriente.

R. J. regresó a Woodfield sin apresurarse, disfrutando del panorama de granjas y colinas boscosas.

Se estaba poniendo el sol cuando sonó el teléfono.

—¿Doctora Cole? Soy David Markus. Me ha dicho mi hija que ayer estuvo usted en casa. Lamento no haber podido atenderla.

—Sí, señor Markus. Quería hablar con usted sobre la venta de mi casa y mis tierras...

—Podemos hablar, desde luego. ¿Cuándo le iría bien que pasara a verla?

—Bien, la cosa es que... quizá sí que quiera vender, pero ahora mismo no estoy tan segura. Tengo que tomar algunas decisiones.

—En tal caso, no se precipite. Piénselo bien.

Tenía una voz cálida y agradable, pensó R. J.

—Pero me gustaría hablar con usted sobre otro asunto.

—Lo comprendo —dijo él, aunque era evidente que no comprendía.

—A propósito, hace usted una miel deliciosa.

Ella lo sintió sonreír al otro extremo de la línea.

—Gracias, se lo diré a las abejas. Les encanta oír cosas así, aunque se ponen furiosas cuando me llevo yo todo el mérito.

El lunes amaneció nublado, pero R. J. tenía una responsabilidad de la que era muy consciente. Se internó de nuevo en el bosque, a costa de arañarse el cuello con una rama espinosa y de hacerse varios cortecitos en las manos. Cuando llegó al río, lo siguió corriente abajo tan cerca de la orilla como le fue posible, aunque a veces los rosales silvestres, los frambuesos y otros zarzales la obligaban a apartarse. Recorrió el río hasta llegar a los límites de su finca y estudió cuidadosamente diversos lugares, hasta que al fin eligió un claro soleado y herboso en el que se combaba un grueso abedul blanco formando un arco sobre una pequeña cascada que producía un animado chapoteo. Hizo otra tortuosa excursión por el bosque y regresó cargada con la pala que colgaba de un clavo en el cobertizo y con la caja que contenía las cenizas de Elizabeth Sullivan.

Excavó un profundo agujero entre dos gruesas raíces del abedul y derramó en su interior las cenizas de la caja. En realidad sólo eran fragmentos de hueso. En la hambrienta explosión del crematorio, la envoltura carnal de Betts Sullivan se había vaporizado y extinguido para irse volando hacia algún lugar, como R. J. se imaginaba en la niñez que el alma del difunto abandonaba el mundo.

Echó tierra sobre las cenizas y la apisonó con ternura. Luego, para que ningún animal las desenterrase, se acercó al río y cogió una piedra redondeada por la corriente, tan grande que apenas podía manejarla, pero a base de intentos y descansos consiguió colocarla sobre la tierra removida. Ahora Betts formaba parte de aquel lugar. Lo más extraño era que R. J. experimentaba la sensación, cada vez con más intensidad, de que en muchos sentidos ella también formaba parte de él.

Dedicó los dos días siguientes a investigar, a recopilar información, a tomar muchas notas, a garabatear cifras y presupuestos. David Markus resultó ser un hombretón sosegado, más cerca de los cincuenta años que de los cuarenta, con unas facciones toscas y algo maltratadas que le prestaban un aire interesante, un poco al estilo de Lincoln (R. J. no comprendía que a Lincoln se le considerara mal parecido). Tenía la cara ancha, con una nariz prominente y ligeramente aguileña, una cicatriz junto a la comisura izquierda del labio superior y unos ojos castaños de mirada apacible y fácilmente risueña. Su traje de negocios consistía en unos Levi's descoloridos y una cazadora de los Patriots de Nueva Inglaterra, y llevaba la espesa cabellera de color castaño tirando a gris recogida en una extravagante cola de caballo.

R. J. fue al ayuntamiento y habló con una administradora municipal llamada Janet Cantwell, una mujer huesuda y entrada en años, de ojos cansados, que llevaba unos tejanos deshilachados, más raídos que los de Markus, y una camisa blanca de hombre arremangada hasta los codos. Recorrió la calle Mayor de un extremo al otro y examinó las casas, la gente con la que se cruzaba por el camino y el fluir del tráfico. Fue al Centro Médico de Greenfield y se entrevistó con el director del hospital, y luego entró en la cafetería y habló con varios médicos mientras almorzaban.

Luego se metió en el coche y emprendió el regreso a Boston. Cuanto más se alejaba de Woodfield, más la invadía la sensación de que debía volver allí. Hasta aquel momento, cuando oía decir que alguien había recibido «una llamada» siempre daba por supuesto que se trataba de un eufemismo romántico, pero ahora le parecía posible quedar cautivada por una compulsión tan poderosa que era imposible negarla.

Mejor aún: estaba convencida de que aquello que la obsesionaba tenía mucho sentido, en términos prácticos, con vistas al resto de su vida.

Aún le quedaban varios días de vacaciones, y los utilizó para redactar listas de las cosas que debía hacer. Y para formular planes.

Finalmente llamó por teléfono a su padre y le propuso que salieran a cenar juntos.

12

Un roce con la ley

R. J. había discutido con su padre desde donde alcanzaba su memoria hasta que llegó a la edad adulta. Entonces ocurrió algo bueno y dulce, una suavización y un florecimiento simultáneo de los sentimientos. Por parte de él surgió una clase distinta de orgullo por su hija, una reconsideración de por qué la amaba. En cambio para ella consistió en darse cuenta de que incluso en los años en que más indignada estaba con su padre, él siempre le había prestado todo su apoyo.

El doctor Robert Jameson Cole era profesor Regensberg de inmunología en la facultad de medicina de la Universidad de Boston. La cátedra que ocupaba había sido fundada por unos parientes lejanos suyos. R. J. nunca lo había visto azorarse cuando alguien mencionaba este hecho delante de él: la cátedra se había fundado cuando él era un niño, y el profesor Cole era tan famoso en su especialidad que a nadie se le ocurriría pensar jamás que su nombramiento pudiera deberse a otra cosa que a sus propios méritos. Era un hombre tenaz y siempre alcanzaba sus metas.

R. J. recordaba que su madre le había comentado a una amiga que la primera vez que su hija desafió al profesor Cole fue cuando nació niña. Su padre esperaba un hijo. Desde hacía siglos, los primogénitos de los Cole recibían el nombre de Robert, con un segundo nombre que empezaba por la letra J. El doctor Cole había reflexionado detenidamente sobre el asunto antes de elegir un nombre para su hijo: Robert Jenner Cole, en honor de Edward Jenner, el descubridor de la inmunidad contra la viruela. Cuando resultó que era una niña, y cuando se hizo evidente que su esposa, Bernadette Valerie Cole, nunca podría dar a luz a otra criatura, el doctor Cole insistió en que su hija debía llevar el nombre de Roberta Jenner Cole, y que para abreviar la llamarían Rob J. Era otra tradición de la familia Cole; en cierto modo, hacer de la pequeña una nueva Rob J. equivalía a declarar que había nacido otro futuro médico Cole.

Bernadette Cole había dado su consentimiento a este plan excepto en lo tocante al segundo nombre. ¡Su hija no podía llevar un nombre de varón! Así que se remontó a sus orígenes, en el norte de Francia, y la niña fue bautizada como Roberta Jeanne d'Arc Cole. Con el tiempo, los intentos del doctor Cole de llamar a su hija Rob J. también fracasaron; para su madre, y para todos los que la conocían, pronto pasó a ser R. J., aunque su padre insistía obstinadamente en llamarla Rob J. en los momentos de ternura.

R. J. se crió en un confortable apartamento en el segundo piso de una casa particular reformada de la calle Beacon, con gigantescas y antiguas magnolias en el patio delantero. Al doctor Cole le gustaba porque se hallaba a unas pocas puertas del edificio donde había vivido el célebre médico Oliver Wendell Holmes; a su esposa le gustaba porque era de renta limitada, de modo que podía manejarse con el salario de la facultad. Pero cuando ella murió de neumonía, tres días después de que su hija cumpliera once años, el apartamento empezó a parecer demasiado grande.

R. J. había asistido a escuelas públicas, pero cuando murió su madre, su padre consideró que necesitaba más control y orden en su vida de los que él podía proporcionarle, y la matriculó en una escuela de Cambridge a la que se trasladaba en autobús y en la que se quedaba a comer al mediodía. Había estudiado piano desde los siete años, pero al cumplir los doce empezó a recibir clases de guitarra clásica en la escuela, y al cabo de un par de años comenzó a frecuentar los alrededores de la plaza Harvard, donde tocaba y cantaba con otros músicos callejeros. Tocaba la guitarra muy bien; su voz era buena, aunque sin llegar a excepcional. A los quince años —mintió respecto a su edad— se puso a trabajar como camarera cantante en el mismo club en el que Joan Báez, que también era hija de un profesor universitario, había empezado su carrera. Aquel septiembre R. J. hizo el amor por primera vez —en el desván del cobertizo para embarcaciones del Instituto de Tecnología de Massachusetts—, con el primer remero del equipo del instituto. Fue una experiencia sucia y dolorosa que la apartó del sexo, aunque no por mucho tiempo.

R. J. siempre consideró que el segundo nombre elegido por su madre había contribuido en gran medida a configurar su vida. Desde niña, siempre había estado dispuesta a luchar por una causa; y aunque quería a su padre con locura, a menudo era el doctor Cole el adversario contra el que se enfrentaba. El hecho de que su padre anhelara un Rob J. que siguiera sus pasos en el mundo de la medicina era una presión constante para su única hija. Quizá si no hubiera existido esa presión su camino habría sido distinto. Por las tardes, cuando regresaba sola al silencioso apartamento de la calle Beacon, a veces se metía en el despacho de su padre y cogía sus libros. Buscaba en ellos los órganos sexuales de hombres y mujeres, y a menudo consultaba los actos sobre los que los jóvenes de su edad hablaban en susurros y reían con disimulo. Pero de ahí pasó a una contemplación no libidinosa de la anatomía y la fisiología; del mismo modo en que algunos jóvenes se interesaban por los nombres de los dinosaurios, R. J. se aprendió de memoria los huesos del cuerpo humano. Sobre el escritorio de su padre, dentro de una cajita de cristal y madera de roble, había un antiguo escalpelo de acero azulado. La leyenda familiar aseguraba que, muchos siglos antes, había pertenecido a un antepasado de R. J., un gran cirujano. A veces le parecía que estudiar medicina para ayudar a la gente sería un buen fin al que dedicar la vida, pero su padre era demasiado insistente, y cuando llegó el momento él mismo la impulsó a declarar que estudaría un curso universitario de introducción al derecho. En tanto que hija de un profesor, habría podido asistir a la Universidad de Boston con matrícula gratuita, pero prefirió escapar a los largos siglos de tradición médica en la familia Cole obteniendo una beca que cubría las tres cuartas partes de su matrícula en la Universidad de Tufts, limpiando mesas en un comedor estudiantil y trabajando dos tardes por semana en el club de la plaza Harvard. Más tarde, sin embargo, sí acudió a la Universidad de Boston para estudiar derecho. Por entonces ya tenía su propio apartamento en Beacon Hill, tras la Cámara del Estado. Veía a su padre con regularidad, pero ya llevaba una vida independiente.

Estudiaba tercero de derecho cuando conoció a Charlie Harris, un joven doctor en medicina, alto y flaco, con unas gafas de montura de concha que solían deslizarse hasta la punta de su larga y pecosa nariz confiriendo a sus dulces ojos color ámbar una expresión perpleja. Cuando lo conoció, acababa de empezar una residencia como cirujano.

R. J. nunca había conocido a nadie tan serio y al mismo tiempo tan divertido. Reían mucho, pero él estaba dedicado por completo a su trabajo. Él le envidiaba su erudición sin esfuerzo y el hecho de que R. J. disfrutara con los exámenes, en los que invariablemente le iba muy bien. Era inteligente y tenía un temperamento idóneo para un cirujano, pero los estudios no le resultaban fáciles y había salido adelante gracias a su tenacidad. «Hay que estar por la labor, R. J.» Ella colaboraba en la *Revista de Derecho*, él estaba de guardia. Siempre se encontraban cansados y con sueño atrasado, y sus horarios les impedían verse tan a menudo como hubieran deseado. Al cabo de un par de meses, ella dejó la calle Joy para instalarse en las caballerizas reformadas que ocupaba él en la calle Charles, porque era el más barato de los dos apartamentos.

Tres meses antes de terminar la carrera de derecho, R. J. descubrió que estaba embarazada. Al principio tanto Charlie como ella se sintieron aterrados, pero luego les llenó de gozo la idea de ser padres y decidieron casarse inmediatamente. Sin embargo, pocos días más tarde, mientras Charlie se preparaba para entrar en el quirófano, le asaltó un dolor intenso en el cuadrante inferior izquierdo del abdomen. El examen clínico reveló la presencia de piedras en el riñón, demasiado grandes para que las expulsara con la orina de manera natural, y antes de que hubieran transcurrido veinticuatro horas fue admitido como paciente en su propio hospital. La operación la realizó Ted Forester, el mejor cirujano del departamento. Al principio del período posoperatorio, Charlie dio muestras de recobrarse a la perfección, salvo que era incapaz de expulsar la orina. En vista de que llevaba cuarenta y ocho horas sin orinar, el doctor Forester ordenó a un interno que le insertara un catéter, lo cual alivió al paciente. Pero a los dos días se descubrió que Charlie tenía una infección de riñón. A pesar de los antibióticos, las infección de estafilococos se extendió al torrente sanguíneo y se localizó en una válvula del corazón.

Cuatro días después de la operación, R. J. estaba sentada junto a su cama en el hospital. Para ella era evidente que Charlie se encontraba muy enfermo. Había dejado aviso de que quería ver al doctor Forester cuando hiciera su ronda de visitas, y creía que debía telefonear a la familia de Charlie, en Pensilvania, para que sus padres pudieran hablar con el médico si lo deseaban.

Charlie emitió un gemido, y ella se levantó y le enjugó la cara con un paño mojado.

—¿Charlie?

Le cogió las manos, se inclinó sobre él y estudió sus facciones.

Y ocurrió algo. Una corriente de información pasó del cuerpo de él al de ella, a su mente. R. J. no sabía cómo ni por qué. No era algo imaginario; sabía de cierto que era real. De un modo que no alcanzaba a comprender, se dio cuenta de que no envejecerían juntos. No podía soltarle las manos, ni irse de allí, ni siquiera llorar. Se quedó donde estaba, inclinada sobre él, apretándole las manos con fuerza como si así pudiera retenerlo, grabándose su rostro en la memoria mientras aún tenía ocasión de hacerlo.

Lo enterraron en un cementerio grande y feo, en Wilkes-Barre. Tras los funerales, R. J. se sentó en una silla de terciopelo en la sala de estar de los padres de Charlie y soportó las miradas y las preguntas de desconocidos hasta que pudo escapar. En los minúsculos aseos del avión que la devolvía a Boston, se vio convulsionada por un ataque de náuseas y vómito. Durante varios días sólo podía pensar en qué aspecto tendría el hijo de Charlie. Quizá fue a causa de la aflicción, o quizá lo que ocurrió habría sucedido igualmente aunque Charlie estuviera vivo. Quince días después de que él muriera, R. J. perdió la criatura.

La mañana del examen para poder ejercer como abogada, se sentó en un aula llena de hombres y mujeres en tensión. Sabía que Charlie le hubiera dicho que estuviera por la labor, así que formó en su mente un cubito de hielo del tamaño de una mujer y se colocó en su mismo centro, dejando fríamente de lado el dolor, la incomodidad y todo lo demás, para concentrar la atención en las numerosas y difíciles preguntas de los examinadores.

R. J. conservó ese escudo helado cuando entró a trabajar para Wigoder, Grant & Berlow, una antigua sociedad que practicaba el derecho civil, con tres pisos de oficinas en un buen edificio de la calle State. Ya no existía ningún Wigoder. Harold Grant, el socio que dirigía la firma, era un hombre encorvado, calvo y reseco. George Berlow, responsable de Legados y Fideicomisos, era barrigudo y tenía la cara surcada de venas y enrojecida por el whisky. Su hijo, Andrew Berlow, un cuarentón imperturbable, atendía a los principales clientes del departamento de bienes raíces. Fue él quien puso a trabajar a R. J. en la preparación de informes y contratos de arrendamiento, tareas de rutina que exigían pasar mucho tiempo entre documentos legales ya redactados. A ella esto le resultaba tedioso y nada interesante, y cuando llevaba dos meses haciéndolo se lo dijo así a Andy Berlow. Él respondió secamente que era un buen aprendizaje y que le serviría de experiencia. Una semana después, Berlow le permitió ir con él a los tribunales, pero tampoco eso la entusiasmó. R. J. se decía que era por la depresión, y trataba de esforzarse al máximo en el trabajo.

Cuando llevaba poco menos de cinco meses con Wigoder, Grant & Berlow, R. J. se vino abajo. No fue un choque de trenes emocional; más bien se trató de un descarrilamiento temporal. Una noche en que Andy Berlow y ella se habían quedado a trabajar hasta muy tarde, aceptó tomarse con él una copa de vino, que resultó ser una botella y media, y terminaron acostándose juntos en la cama de ella. Dos días más tarde, Berlow la invitó a almorzar y le explicó con nerviosismo que aunque estaba divorciado «había otra mujer en su vida, y que en realidad vivían juntos». Le pareció que R. J. reaccionaba con mucha amabilidad, pero en realidad fue porque el único hombre que le interesaba estaba muerto. Este pensamiento hizo que el bloque de hielo se agrietara y se desprendiera. Incapaz de contener el llanto, se fue a casa en vez de volver a la oficina y dejó de ir al trabajo durante unos días. Andy Berlow justificó su ausencia ante la empresa pues creía que estaba perdidamente enamorada de él.

R. J. hubiera querido tener una larga conversación con Charlie Harris. Anhelaba ser de nuevo su amante, y añoraba a su hijo fantasma, el hijo que no había llegado a nacer. Sabía que ninguno de estos deseos podía cumplirse, pero la aflicción la había reducido a las cosas más básicas, y había un aspecto de su vida que sí estaba en su mano cambiar.

13

Un camino distinto

Su padre siempre había deseado que estudiase medicina, pero como quería a su hija, abordó el tema con cautela.

—¿Es porque consideras que has de ocupar de algún modo el lugar de Charlie? —le preguntó con delicadeza—. ¿Es porque quieres sentir y experimentar las mismas cosas que él?

—Algo de eso hay, lo reconozco —dijo ella—, pero sólo en una pequeña parte.

Había reflexionado mucho sobre el asunto hasta llegar a comprender por primera vez que la necesidad de afirmarse ante su padre le había hecho reprimir sus deseos tempranos de estudiar medicina. Su relación aún no estaba libre de problemas. R. J. descubrió que le resultaba imposible matricularse en la facultad de medicina de la Universidad de Boston, donde su padre era miembro del claustro, y finalmente se inscribió en la Escuela de Médicos y Cirujanos de Massachusetts, en la que fue aceptada a pesar de su deficiencia en química orgánica, que superó en los cursos de verano.

Las ayudas que se concedían eran insuficientes para los alumnos de medicina. R. J. recibió una beca por valor de una cuarta parte del importe de los estudios, lo cual le hizo pensar que tendría que endeudarse considerablemente. Su padre la había ayudado a terminar los estudios de derecho, aportando un dinero que complementaba el de la beca y el que ganaba ella por su cuenta, y estaba dispuesto a ayudarla en los de medicina aunque tuviera que pasar estrecheces. Pero a los socios de Wigoder, Grant & Berlow les interesó lo que se proponía.

Sol Foreman, el socio que se ocupaba de los litigios médicos, la invitó a almorzar, aunque no se habían visto nunca.

—Andy Berlow me ha hablado de usted. Lo cierto es, señorita Cole, que para la empresa interesa usted mucho más como abogada estudiante de medicina que como pasante en el departamento de bienes raíces, que es lo que ha venido haciendo hasta ahora. Estará usted en situación de investigar los casos importantes desde el punto de vista médico, y al mismo tiempo será capaz de redactar alegatos como corresponde a su titulación en derecho. Remuneramos bien esta clase de conocimientos.

Para ella fue una sorpresa muy agradable.

—¿Cuándo quieren que empiece?

—¿Por qué no lo intenta inmediatamente?

Así pues, mientras estudiaba química en los cursos de verano, investigó también el caso de una mujer de veintinueve años que estaba muriéndose de una anemia aplástica debida a la administración de penicilamina, que había suprimido la función productora de sangre de la médula ósea. Se familiarizó con todas las bibliotecas médicas de Boston y exploró índices de ficheros, libros, revistas de medicina y trabajos de investigación, con lo que llegó a aprender muchísimo sobre los antibióticos.

Al parecer, Foreman quedó satisfecho con los resultados e inmediatamente le encargó otra tarea. Esta vez tuvo que preparar el alegato de un maestro de cincuenta y nueve años que se había sometido a una operación de cadera. Debido a la insuficiente depuración de aire contaminado en el quirófano se produjo una infección profunda, latente durante tres años, que al final se manifestó abiertamente, dejándolo con una cadera inestable y una pierna más corta que la otra.

A continuación, sus investigaciones indujeron a la firma a rechazar el caso de un hombre que pretendía demandar a su cirujano por el fracaso de una vasectomía. R. J. observó que el cirujano había advertido a su paciente sobre la posibilidad de un fallo y le había aconsejado que utilizara algún medio anticonceptivo durante los seis meses siguientes a la intervención, pero el paciente hizo caso omiso del consejo.

Los socios de Wigoder, Grant & Berlow estaban muy contentos con su trabajo. Foreman le adjudicó un mínimo mensual fijo más una prima que R. J. ganaba la mayoría de los meses y estaba dispuesto a asignarle tantos casos como ella quisiera aceptar.

En septiembre, para facilitar aún más las cosas, cogió a otra estudiante de medicina como compañera de piso, una mujer de raza negra, seria y atractiva, procedente de Fulton, Misuri, que se llamaba Samantha Potter. Con una ayuda muy pequeña por parte de su padre, R. J. podía pagarse los estudios, los gastos de vivienda, de manutención y del coche. La profesión de abogada que había rechazado le permitía ahora estudiar medicina sin apuros económicos.

R. J. era una de las once mujeres matriculadas en un curso de noventa y nueve alumnos. Era como si de pronto hubiese encontrado un camino claro y seguro, después de años de vacilación. Cada una de las clases era una fuente de enorme interés. Descubrió además que había tenido suerte al elegir la compañera de piso. Samantha Potter era la mayor de ocho hermanos, una familia de aparceros que a duras penas lograba subsistir ni siquiera en el mejor de los años. Todos los hermanos Potter recogían algodón, fruta y verduras para otros agricultores, y aceptaban cualquier encargo que les proporcionara un poco de dinero. A los dieciséis años, hecha ya una mujer alta y de anchos hombros, Samantha fue contratada por una empresa local de productos cárnicos a la que iba a trabajar al salir de la escuela y durante las vacaciones de verano. A los supervisores les caía bien porque tenía suficiente vigor para levantar los pesados trozos de carne congelada y porque era muy educada y se podía confiar en ella. Al cabo de un año de empujar una vagoneta de despojos, le enseñaron a cortar la carne. Los cortadores trabajaban con sierras eléctricas y cuchillos lo bastante afilados para seccionar la carne y el tejido conjuntivo, y no era extraño que se produjeran accidentes graves en la empresa. Samantha se hizo algunos cortes de escasa importancia y se acostumbró a llevar los dedos vendados, pero nunca resultó herida de gravedad. Aunque al terminar las clases iba cada día a trabajar, fue la primera de la familia que obtuvo un diploma de enseñanza secundaria. Después siguió trabajando como cortadora de carne durante cinco veranos más, mientras estudiaba anatomía comparada en la Universidad de Misuri, y acudió a las clases de anatomía humana de su primer curso en la facultad de medicina con unos conocimientos impresionantes sobre la osamenta, los órganos internos y el sistema circulatorio de los animales.

R. J. y Samantha trabaron una estrecha amistad con otra chica de su clase. Gwendolyn Bennett era una vivaracha pelirroja de Manchester, New Hampshire. La medicina cambiaba con rapidez, pero aún seguía siendo en gran medida un club de hombres. Había cinco mujeres en el claustro de la facultad, pero todas las direcciones de departamento y los cargos administrativos de la facultad estaban ocupados por hombres. En clase, a los alumnos les hacían preguntas con frecuencia, mientras que las alumnas no solían recibir la misma atención. Sin embargo, las tres amigas estaban decididas a que las tuvieran en cuenta. Gwen había tenido alguna experiencia en la escuela universitaria de Mount Holyoke como activista en favor de los derechos de la mujer, y fue ella la que proyectó su estrategia.

—Tenemos que ofrecer respuestas en clase. Si el profesor hace alguna pregunta, levantamos la mano ante su cara sexista y le damos la respuesta correcta. Se fijan en nosotras porque nos matamos a trabajar, ¿de acuerdo? Eso quiere decir que hemos de esforzarnos más que los hombres, estar mejor preparadas que ellos y, en general, dar más pruebas de inteligencia.

En la práctica eso representó una aplastante carga de trabajo, además de la investigación médico-legal que R. J. realizaba para pagarse los estudios, pero era precisamente el desafío que necesitaba. Estudiaban las tres juntas, practicaban y se hacían preguntas unas a otras antes de los exámenes, y se apoyaban entre sí cuando detectaban alguna debilidad académica.

Esta estrategia dio resultado en términos generales, a pesar de que no tardaron en cobrar fama de mujeres agresivas. Un par de veces les pareció que sus notas se resentían por la animadversión de algún profesor, pero lo más frecuente era que recibiesen las elevadas calificaciones que merecían. No prestaban atención a las ocasionales observaciones sexuales que les hacía algún que otro alumno, y muy rara vez algún miembro del profesorado. Salían con chicos sólo de vez en cuando, no porque no les interesara sino porque el tiempo y la energía eran recursos vitales que debían administrar estrictamente. Siempre que tenían una tarde libre iban juntas al laboratorio de anatomía, que Samantha había convertido en su verdadero hogar. Desde el primer momento todos los miembros del departamento de anatomía se dieron cuenta de que Samantha Potter era algo especial, una futura profesora de su especialidad. Todos los estudiantes tenían que pelearse por un brazo o una pierna al que diseccionar, pero siempre había un cadáver reservado para Samantha, y Sam lo compartía con sus dos amigas.

A lo largo de cuatro años diseccionaron cuatro seres humanos muertos: un chino calvo y anciano con un pecho excesivamente desarrollado que era señal de enfisema crónico, una negra anciana de cabellera gris y dos cadáveres de raza blanca, uno de ellos un varón de edad madura y apariencia atlética y el otro una mujer embarazada que debía de tener aproximadamente la misma edad que ellas. Samantha introdujo a Gwen y R. J. en el estudio de la anatomía como si se tratara de un país exótico y maravilloso. Se pasaban las horas diseccionando, desnudando los cuerpos capa por capa, dejando al descubierto y bosquejando músculos y órganos, articulaciones, vasos sanguíneos y nervios en minucioso detalle, aprendiendo las apasionantes complejidades y los misterios de la máquina anatómica humana.

Justo antes de iniciar su segundo año en la facultad de medicina, R. J. y Samantha abandonaron las caballerizas reformadas de la calle Charles. R. J. se alegró de dejar atrás el apartamento: estaba demasiado lleno de recuerdos de Charlie. Gwen también se les unió, y entre las tres alquilaron un piso destartalado junto a las vías del tren, a sólo una manzana de la facultad de medicina. Su nueva vivienda se hallaba en el límite de un barrio duro, pero no perderían el tiempo en desplazamientos a los laboratorios o al hospital, y la noche antes de que empezaran las clases dieron una fiesta de puertas abiertas. Típico de ellas, fueron las anfitrionas las que pusieron a los invitados en la calle a una hora temprana de modo que pudieran levantarse con tiempo para ir a clase a la mañana siguiente.

Cuando empezó el trabajo clínico en las salas, R. J. lo abordó como si hubiera estado preparándose toda la vida para hacer aquello. Veía la medicina de un modo distinto a la mayoría de sus compañeros de clase, muy a su manera. Como había perdido a Charlie Harris por culpa de un catéter sucio, y puesto que aún era una abogada que trabajaba constantemente en casos de negligencia profesional, acostumbraba tomar precauciones contra peligros que la mayor parte de los alumnos no tenía en cuenta.

Durante la investigación de uno de sus casos, encontró un informe del doctor Knight Steel, del Centro Médico de la Universidad de Boston, que había estudiado ochocientos quince casos clínicos consecutivos (exceptuando el cáncer, cuyo tratamiento por quimioterapia conlleva un elevado riesgo de resultados adversos). De los ochocientos quince pacientes, doscientos noventa —¡más de uno de cada tres!— contrajeron una enfermedad yatrógena.

Setenta y tres personas —el nueve por ciento de los pacientes— sufrieron complicaciones que pusieron en peligro su vida o los dejaron permanentemente incapacitados, desgracias que no les habrían ocurrido si no hubieran acudido al médico o al hospital.

Entre las causas de estos percances se citaban medicamentos y pruebas diagnósticas, el tratamiento, la dieta, la atención en el hospital, el transporte, la cateterización cardíaca, el tratamiento intravenoso, la arteriografía y la diálisis, la cateterización urinaria y un gran número de procedimientos médicos.

R. J. pronto se dio cuenta de que, en todos los aspectos de la atención médica, los pacientes se exponían a resultar perjudicados por sus benefactores. A medida que salían al mercado muchos más medicamentos, a medida que los médicos encargaban un número cada vez mayor de pruebas y estudios de laboratorio para protegerse contra demandas por negligencia, se multiplicaban las posibilidades de que se presentara un trastorno yatrógeno. El doctor Franz Ingelfinger, prestigioso profesor de medicina en Harvard y director de la revista profesional *New England Journal of Medicine*, escribió:

> Supongamos que un ochenta por ciento de los pacientes tienen trastornos autolimitados o afecciones que ni siquiera la medicina moderna puede mejorar. En poco más de un diez por ciento de los casos, la intervención médica tiene un éxito espectacular... Pero, ¡ay!, en el nueve por ciento restante, aproximadamente, puede que el médico diagnostique o trate de un modo inadecuado, o quizá sencillamente tenga mala suerte. Sea cual fuere el motivo, el paciente termina con problemas yatrógenos.

R. J. observó que las facultades de medicina no alertaban a sus alumnos de los peligros del error humano en el tratamiento de los pacientes ni les enseñaban a reaccionar ante las demandas por negligencia, pese a la proliferación de acciones legales contra los médicos y al elevado coste que suponía en términos de sufrimiento humano y de dinero. En el curso de sus actividades con Wigoder, Grant & Berlow, R. J. fue confeccionando un archivo de casos y datos sobre estas dos cuestiones.

El trío se deshizo tras la graduación. Samantha siempre había querido dedicarse a enseñar anatomía y aceptó una residencia en patología en el Centro Médico de Yale-New Haven. En los cuatro años de carrera, Gwen no había pensado en ninguna especialidad concreta, pero al final sus ideas políticas la indujeron a elegir la ginecología y entró como residente en el Hospital Mary Hitchcock de Hanover, New Hampshire. R. J. lo quería todo, todo lo que podía ofrecer el hecho de ser médica. Se quedó en Boston para hacer una residencia de tres años en el Hospital Lemuel Grace. Jamás dudó de lo que hacía ni siquiera en los peores momentos, cuando se acumulaban sobre ella trabajos sucios por el terrible desgaste, la falta de sueño y las horas interminables de trabajo. Era la única mujer entre los treinta residentes de medicina interna que participaban en el programa. Como en la facultad de derecho y en la facultad de medicina, tenía que hablar un poco más alto que los hombres, esforzarse un poco más. La sala de los médicos era territorio masculino, en el que sus compañeros de residencia se relajaban, hablaban obscenamente de las mujeres (los residentes de ginecología recibían el nombre de «entendidos en coños»), y por lo general pasaban de ella. Pero desde el primer momento R. J. mantuvo la vista fija en su objetivo, que era convertirse en la mejor médica posible, y era lo bastante buena para situarse por encima del machismo cuando se lo encontraba, tal como había visto hacer a Samantha con respecto al racismo.

Ya en los comienzos de su carrera, R. J. reveló una incuestionable capacidad para el diagnóstico, y disfrutaba contemplando a cada paciente como un rompecabezas que debía resolver mediante su inteligencia y preparación. Una noche, mientras bromeaba con uno de sus pacientes, un enfermo del corazón llamado Bruce Weiler, R. J. le cogió las manos y se las estrechó.

No pudo soltarlas.

Fue como si estuvieran unidos por... ¿por qué? R. J. se sintió desfallecer con un conocimiento cierto que instantes antes no poseía. Hubiera querido gritarle una advertencia al señor Weiler, pero se limitó a musitar un comentario trivial y se pasó los cuarenta minutos siguientes revisando su expediente, auscultándolo y tomándole el pulso y la presión sanguínea una y otra vez. R. J. creía estar perdiendo el juicio: tanto la gráfica como las constantes vitales de Bruce Weiler indicaban a las claras que su corazón estaba cada vez más fuerte y recobrándose por momentos.

A pesar de todo, ella tenía la certeza de que estaba muriéndose.

No le dijo nada a Fritzie Baldwin, el residente en jefe; no podía decirle nada que tuviera sentido, y se habría burlado de ella sin misericordia.

Pero aquella madrugada, el corazón del señor Weiler se fundió como una bombilla defectuosa y el hombre dejó de existir.

Al cabo de unas semanas volvió a tener una experiencia similar. Preocupada y perpleja, habló de esos incidentes con su padre. El profesor Cole asintió, con un brillo de interés en la mirada.

—A veces parece que los médicos tengan un sexto sentido que les indica cómo va a evolucionar un paciente.

—Esto lo experimentaba mucho antes de estudiar medicina. Sabía que Charlie Harris iba a morir. Lo sabía con absoluta certeza.

—En nuestra familia hay una leyenda... —comenzó él en tono indeciso, y R. J. rezongó para sus adentros porque no estaba de humor para escuchar leyendas de familia—. Se decía que algunos de los médicos Cole que ha habido a lo largo de los siglos eran capaces de predecir la muerte cogiendo de las manos a sus pacientes.

R. J. soltó un bufido.

—No, lo digo en serio. Lo llamaban el Don.

—¡Por favor, papá, no me vengas ahora con supersticiones! Eso es de cuando recetaban ojo de tritón y pata de rana. Yo no creo en la magia.

—Nadie ha dicho que sea magia —respondió él suavemente—. Creo que algunos miembros de nuestra familia nacían con un sentido adicional que les permitía captar una información no disponible para la mayoría de nosotros. Parece ser que tanto mi abuelo, el doctor Robert Jefferson Cole, como mi bisabuelo, el doctor Robert Judson Cole, tenían el Don cuando eran médicos rurales en Illinois. No se da en todas las generaciones. Según me dijeron, algunos de mis primos también lo tenían. Yo heredé las antigüedades más preciadas de la familia, el escalpelo de Rob J. que está en mi escritorio y la viola da gamba de mi bisabuelo, pero habría preferido el Don.

—Entonces..., ¿tú nunca has experimentado nada por el estilo?

—Muchas veces he sabido si un determinado paciente iba a vivir o a morir. Pero no; nunca he tenido el conocimiento cierto de la inminencia de la muerte sin signos ni síntomas. Naturalmente —prosiguió imperturbable—, la leyenda de la familia también dice que el consumo de estimulantes embota o anula el Don.

—Entonces quedas excluido —sentenció R. J. Durante muchos años, mientras los médicos de su generación no estuvieron mejor informados, el profesor Cole había disfrutado con frecuencia del placer de un buen cigarro, y aún seguía complaciéndose en su habitual recompensa vespertina de un buen whisky de malta.

R. J. había probado la marihuana en la escuela secundaria, pero nunca había llegado a habituarse a fumar ni una cosa ni otra. Al igual que a su padre, le gustaban las bebidas alcohólicas. En los momentos de tensión, una copa representaba un alivio innegable, al que a veces recurría ansiosa, pero nunca había permitido que el alcohol pudiera perjudicar su trabajo.

Cuando completó el tercer año de residencia, R. J. ya tenía claro que quería tratar a familias enteras, a gente de todas las edades y de los dos sexos. Pero para hacerlo adecuadamente necesitaba saber más sobre los problemas médicos de las mujeres. Pidió y recibió permiso para realizar tres períodos de rotación en obstetricia y ginecología, en lugar de uno, y al terminar la residencia estuvo un año como externa en el departamento de obstetricia y ginecología del Lemuel Grace, al tiempo que aprovechaba una oportunidad de hacer los exámenes médicos para un amplio programa de investigación sobre los trastornos hormonales de la mujer. Aquel mismo año aprobó el examen de ingreso en la Academia Norteamericana de Medicina Interna.

Por entonces ya era una veterana del hospital, todo el mundo sabía que había colaborado como abogada en numerosos juicios por negligencia profesional que a menudo obligaban a las compañías aseguradoras a pagar grandes sumas. Las primas de los seguros contra demandas por negligencia eran cada vez más altas. Algunos médicos decían, sin ocultar su enojo, que era inexcusable que un médico se dedicara a un trabajo que perjudicaba a sus compañeros de profesión, y en sus años de aprendizaje R. J. conoció momentos desagradables cuando alguien no se molestaba en disimular la hostilidad que sentía hacia ella. Pero lo cierto es que también había preparado alegatos para la defensa que habían salvado al médico acusado, y eso llegó a ser de conocimiento general.

R. J. tenía una respuesta serena para todos los que la atacaban: «La solución no consiste en acabar con las demandas por negligencia. La solución consiste en acabar con la negligencia habitual, en enseñar a la gente a que no se dedique a presentar demandas frívolas, y en enseñar a los médicos a protegerse de esos errores humanamente inevitables.

»Nos creemos con derecho a criticar a aquellos policías honrados que protegen a los policías corruptos porque tienen su Código Azul, pero nosotros poseemos un Código Blanco que permite a ciertos médicos practicar impunemente una mala medicina, y yo digo que eso es inaceptable.»

Alguien escuchaba sus palabras. Hacia el final de su período de prácticas en obstetricia y ginecología, el doctor Sidney Ringgold, presidente del departamento de medicina, le preguntó si estaría interesada en dar dos cursos: «Prevención y defensa contra demandas por negligencia», para alumnos de cuarto año, y «Eliminación de incidentes yatrógenos», para alumnos de tercero. El nombramiento como docente en la facultad de medicina iba acompañado de un puesto en la plantilla médica del hospital. R. J. aceptó de inmediato. Su ingreso en la plantilla provocó irritación y varias protestas ante el departamento, pero el doctor Ringgold capeó la situación serenamente y al final todo resultó bien.

Después de hacer su residencia, Samantha Potter había pasado directamente a enseñar anatomía en la facultad de medicina de la universidad estatal, en Worcester. Gwen Bennett ingresó en un consultorio ginecológico, en Framingham, y muy pronto empezó a dedicar parte de su tiempo a la clínica abortista de Planificación Familiar. Las tres siguieron siendo buenas amigas y aliadas políticas. Gwen y Samantha, junto con otras mujeres y cierto número de médicos progresistas, respaldaron decididamente a R. J. cuando ésta propuso que se estableciera en el hospital un consultorio para el síndrome premenstrual, y tras un período de luchas internas con unos cuantos médicos que lo consideraban un derroche de fondos presupuestarios, el consultorio se convirtió en un servicio establecido y parte del programa de enseñanza.

Toda esa controversia fue especialmente dura para el profesor Cole, pues era un miembro muy destacado de la clase médica y le resultó difícil sobrellevar las ásperas críticas que se dirigían contra su hija, sobre todo la insinuación de que estaba traicionando a sus colegas. Pero R. J. sabía que estaba orgulloso de ella, y en repetidas ocasiones le había manifestado su apoyo a pesar de sus antiguas diferencias. Su relación era fuerte, y en aquel momento de crisis R. J. no vaciló en recurrir nuevamente a su padre.

14

La última vaquera

Quedaron para cenar en Pinerola, un restaurante del North End. La primera vez que fue allí con Charlie Harris, R. J. tuvo que pasar por un angosto callejón entre dos edificios de apartamentos y subir por un empinado tramo de escaleras para llegar a lo que en esencia era una cocina con tres mesitas. La cocinera era Carla Pinerola, una mujer de mediana edad, sexy, todo un personaje. Había estado casada con un hombre que le pegaba; a veces, cuando Charlie y R. J. iban al restaurante, Carla tenía una magulladura en un brazo o un ojo morado. Después de la muerte de su anciana madre, que la ayudaba en la cocina, Carla nunca estaba visible; había comprado uno de los edificios de apartamentos y reformado por completo las dos plantas inferiores para conseguir un comedor espacioso y confortable. Siempre había una larga cola de clientes en espera de mesa, hombres de negocios y estudiantes de la universidad. A R. J. todavía le gustaba el lugar; la comida era casi tan buena como en los viejos tiempos, y había aprendido a no ir nunca sin haber reservado mesa de antemano.

Ya estaba sentada cuando vio llegar a su padre apresuradamente, con un leve retraso. El cabello se le había vuelto casi del todo gris. Al verlo, R. J. recordó que ella también se hacía mayor.

Pidieron antipasto, escalopines al marsala y vino de la

casa, y hablaron de los Red Sox y de lo que le estaba ocurriendo al teatro en Boston y de que la artritis que afectaba a las manos de su padre era cada vez más dolorosa.

R. J. bebió un poco de vino y le dijo que estaba preparándose para abrir un consultorio particular en Woodfield.

—¿Por qué medicina privada? —Era evidente que estaba atónito y muy preocupado—. ¿Y por qué en un sitio así?

—Es hora de que me vaya de Boston. No como médica sino como persona.

El profesor Cole asintió.

—Eso lo acepto. Pero ¿por qué no vas a otro centro médico? ¿Por qué no trabajas para... no sé, para un instituto médico legal?

R. J. había recibido una carta de Roger Carleton, de Hopkins, en la que le decía que en aquellos momentos no había presupuesto para financiar un cargo que le conviniera, pero que podía organizar las cosas para tenerla trabajando en Baltimore en cosa de seis meses. Había recibido también un fax de Irving Simpson diciendo que les gustaría que entrara a trabajar en Penn y que por qué no iba a Filadelfia para hablar del dinero.

—No quiero hacer esta clase de cosas. Quiero llegar a ser una verdadera médica.

—¡Por el amor de Dios, R. J.! ¿Y qué eres ahora?

—Quiero ser médica particular en una pequeña población. —Le sonrió—. Creo que he experimentado una regresión, que he salido a tu abuelo.

El profesor Cole trató de conservar la calma mientras contemplaba a la pobre niña que había elegido nadar contra corriente toda su vida.

—Hay un motivo para que el setenta y dos por ciento de los médicos norteamericanos sean especialistas, R. J. Los especialistas ganan mucho dinero, el doble o el triple que los médicos de atención primaria, y no tienen que saltar de la cama a medianoche. Si te estableces como médica rural, tendrás una vida más dura. ¿Sabes qué haría yo si tuviera tu edad, si estuviera en tu situación, sin nadie a mi cargo? Volvería a estudiar y a prepararme tanto como me fuera posible para convertirme en un superespecialista.

R. J. protestó.

—No pienso hacer más prácticas externas, papá, y desde luego ninguna otra residencia. Quiero ir más allá de la tecnología, más allá de toda esa maquinaria, y ver a los seres humanos. Voy a ser médica rural. Estoy dispuesta a ganar menos dinero. Quiero llevar esa vida.

—¿Esa vida? —Su padre meneó la cabeza—. R. J., eres como ese último vaquero de los libros y las canciones que ensilla su montura y se va cabalgando entre los atascos de tráfico y los bloques de viviendas en busca de la pradera perdida.

Ella sonrió y le cogió la mano.

—Puede que la pradera haya desaparecido, papá, pero las colinas están ahí mismo, al otro lado del estado, llenas de gente que necesita un médico. La medicina familiar es la más pura de todas las medicinas. Pienso ofrecérmela a mí misma como un regalo.

Estuvieron un buen rato de sobremesa, hablando. R. J. escuchaba con atención pues era consciente de que su padre sabía mucho de medicina.

—Dentro de pocos años no reconocerás el sistema norteamericano de atención médica. Va a cambiar drásticamente —comentó él—. La carrera por la presidencia está cada vez más reñida, y Bill Clinton le ha prometido al pueblo norteamericano que si lo eligen todo el mundo va a tener asistencia médica.

—¿Crees que podrá cumplirlo?

—Estoy seguro de que lo intentará. Al parecer es el primer político al que no le tiene sin cuidado que haya pobres sin ningún tipo de atención médica, el primero que se confiesa avergonzado de lo que ahora tenemos. Un seguro médico para todos mejoraría la situación de los médicos de atención primaria como tú, pero reduciría los ingresos de los especialistas. Tendremos que esperar a ver qué ocurre.

Pasaron a hablar de los aspectos económicos de su proyecto. La casa de la calle Brattle no dejaría mucho dinero, después de pagar las deudas; el mercado de la vivienda estaba en un momento muy bajo. R. J. había calculado minuciosamente el dinero que necesitaba para instalar y equipar un consultorio privado y para mantenerse durante el primer año, y le faltaban casi cincuenta y tres mil dólares.

—He hablado con varios bancos y puedo conseguir un crédito. Tengo suficientes propiedades para cubrir el préstamo, pero todos me exigen un avalista. —Era humillante; estaba segura de que a Tom Kendricks no se lo habrían exigido.

—¿Estás absolutamente segura de que es eso lo que quieres?

—Absolutamente.

—Entonces te avalaré yo, si me lo permites.

—Gracias, papá.

—En cierto modo me desespera pensar en lo que te propones, pero al mismo tiempo debo confesarte que te envidio.

R. J. se llevó la mano de su padre a los labios. Luego, mientras tomaban los capuchinos, repasaron las listas que ella había preparado. Él consideró que había sido muy moderada, y que tenía que pedir diez mil dólares más de préstamo. A ella le aterraban las deudas y discutió acaloradamente en defensa de su punto de vista, pero al fin comprendió que él tenía razón y aceptó endeudarse todavía más.

—Eres de lo que no hay, hija.

—Tú sí que eres único, papá.

—¿Estarás bien, viviendo tú sola en las colinas?

—Ya me conoces, papá. No necesito a nadie. Excepto a ti —respondió, y se inclinó hacia delante para darle un beso en la mejilla.

LIBRO II

LA CASA DEL LÍMITE

15

Metamorfosis

Invitó a almorzar a Tessa Martula. Tessa derramó lágrimas en su caldereta de langosta y dio muestras de su desconsuelo.

—No sé por qué tiene que escaparse de esta manera —comentó—. Iba usted a ser mi ascensor hacia el éxito.

—Eres una excelente trabajadora, verás como todo te irá muy bien. Y no me escapo de aquí —le explicó con paciencia—. Me voy a un sitio donde creo que estaré mejor.

Aunque procuraba tener la seguridad que aparentaba, era como graduarse otra vez en la universidad, con los mismos miedos e incertidumbres. En los últimos tiempos no había ayudado a nacer a muchos bebés, y se sentía poco preparada. Lew Stanetsky, el jefe de obstetricia, le dio algunos consejos, con aire entre interesado y divertido.

—Así que será usted una doctora rural, ¿eh? Bien, pues tendrá que asociarse con algún tocoginecólogo si piensa ayudar en los partos que se presenten en esas tierras del interior. La ley dice que debe llamar a un tocoginecólogo en el caso de que necesite recurrir a cesáreas, partos con fórceps, extracciones con vácum y todo eso.

Stanetsky dispuso las cosas de manera que R. J. pudiera pasar largas horas con los internos y residentes del servicio de maternidad del hospital, una amplia sala llena de camillas ocupadas por jadeantes, sudorosas y a menudo maldicientes mujeres de los superpoblados barrios antiguos de la ciudad, la mayoría afroamericanas, permitiéndole supervisar dos hileras de órganos sexuales pardos y amoratados, distendidos en la violencia natural del acto de dar a luz.

R. J. escribió una concienzuda y laudatoria carta de recomendación para Tessa, pero no le hizo falta. Pocos días después, Tessa se le acercó con una expresión radiante.

—¡Nunca se imaginaría con quién voy a trabajar! ¡Con el doctor Allen Greenstein!

«Cuando los dioses quieren ser crueles —pensó R. J.—, saben serlo, los muy cabrones.»

—¿Y se instalará en este despacho, también?

—No, nos quedaremos el despacho del doctor Roseman, ese despacho tan grande y hermoso que hay en la esquina del edificio opuesta a la del doctor Ringgold.

R. J. la abrazó.

—Puede considerarse afortunado por contar contigo —le dijo.

Le resultó increíblemente difícil dejar el hospital, y mucho más fácil dejar el Centro de Planificación Familiar. Se despidió de Mona Wilson, la directora de la clínica, con seis semanas de preaviso. Por suerte Mona había estado dando voces en busca de alguien que sustituyera a Gwen y, aunque no había encontrado ninguna persona a dedicación completa, había podido contratar tres colaboradores a tiempo parcial y no tuvo problemas para solventar los jueves sin R. J.

—Nos has dedicado dos años —comentó Mona. Miró a R. J. y sonrió—. Y has detestado hasta el último segundo de ese tiempo, ¿verdad?

R. J. asintió.

—Creo que sí. ¿Cómo lo has sabido?

—Bueno, no era difícil darse cuenta. ¿Por qué lo hacías, si tan duro te resultaba?

—Sabía que estaba haciendo algo necesario. Sabía que las mujeres tenían que poder contar con esta opción —respondió R. J.

Pero al salir de la clínica se sentía ligera como una pluma. «¡No tengo que volver!», pensaba alborozada.

Aunque conducir el BMW le producía un enorme placer, tuvo que aceptar que no era el automóvil más adecuado para el barro de primavera y las pistas de montaña sin asfaltar con las que iba a encontrarse en Woodfield. Inspeccionó cuidadosamente unos cuantos vehículos de tracción en las cuatro ruedas y al fin se decidió por un Ford Explorer, con aire acondicionado, una buena radio y reproductor de compactos, batería de alto rendimiento y neumáticos anchos con un dibujo especial para caminos fangosos.

—¿Quiere un consejo? —le dijo el vendedor—. Llévese también un polipasto.

—¿Un qué?

—Un polipasto. Es un torno eléctrico que va montado sobre el parachoques delantero. Funciona con la batería del coche. Tiene un cable de acero y un gancho de presión.

R. J. puso una expresión dubitativa.

—Si se queda atascada en el barro, engancha el cable en cualquier árbol grueso y usted misma se desatasca. Tiene una fuerza de arrastre de cinco toneladas. Le costará otros mil dólares, pero si va a conducir por malos caminos le aseguro que lo amortizará sobradamente.

Decidió quedarse el polipasto. El vendedor examinó su cochecito rojo con mirada calculadora.

—Está impecable —observó ella—. Y la tapicería es de piel.

—Si lo deja a cambio se lo valoraré en veintitrés mil dólares.

—¡Oiga! Es un deportivo caro. Me costó más del doble de lo que usted dice.

—Hace un par de años, ¿no? —Se encogió de hombros—. Consulte el precio en la Guía Azul.

R. J. lo consultó, y a continuación puso un anuncio en el *Globe* del domingo. Un ingeniero de Lexington le compró el BMW por veintiocho mil novecientos dólares, con los que pudo pagar el Explorer y aún le sobró algo de dinero.

Hizo varios viajes entre Boston y Woodfield. David Markus le sugirió que lo más conveniente para ella sería una oficina en la calle Mayor, en el centro del pueblo. La calle había surgido alrededor del ayuntamiento, un edificio de madera pintado de blanco que hacía más de un siglo había sido iglesia. Lo adornaba un chapitel en la tradición de Christopher Wren.

Markus le enseñó cuatro locales en la calle Mayor que estaban desocupados o iban a estarlo pronto. Según la opinión más generalizada, el espacio que se necesitaba para instalar un consultorio médico era de cien a ciento cincuenta metros cuadrados. De los cuatro posibles lugares, R. J. descartó dos nada más verlos porque eran claramente inadecuados. Uno de los restantes le pareció atractivo, pero hubiera resultado insuficiente ya que sólo tenía setenta y cuatro metros cuadrados de superficie. El cuarto local, que el astuto agente inmobiliario había reservado en último lugar, parecía prometedor: estaba justo enfrente de la biblioteca del pueblo, a unas cuantas puertas del ayuntamiento. El exterior de la casa se hallaba bien conservado, y el terreno cuidadosamente atendido. El espacio interior, de ciento quince metros cuadrados, estaba destartalado, pero el alquiler era algo inferior al que R. J. había calculado en el presupuesto que tan a fondo había revisado con su padre y otros asesores. La casa pertenecía a una anciana llamada Sally Howland, una mujer de mejillas coloradas y mirada nerviosa pero benévola, quien le aseguró que sería un honor volver a tener médico en el pueblo, y además en su propia casa.

—Pero dependo del alquiler para vivir, compréndalo, así que no puedo rebajarle el precio.

Tampoco podía pagar la pintura ni las reformas que R. J. necesitaba llevar a cabo en el local, dijo, pero le daría permiso para que las hiciera a su propia costa.

—Reformar y pintar le costará un dinero —le comentó luego Markus—. Si decide tirar la cosa adelante, tendría que protegerse con un contrato de arrendamiento.

Eso fue lo que hizo finalmente.

Bob y Tillie Matthewson, un matrimonio que poseía una granja lechera, se encargaron de la pintura. El edificio estaba lleno de madera antigua, a la que ellos devolvieron un brillo suave. Los gastados tablones del suelo, de madera de pino, los hizo pintar de un tono azulado. Todas las habitaciones, cubiertas de papel descolorido y medio desprendido, fueron pintadas con dos capas de pintura blanca lavable. Un carpintero del pueblo colocó muchos estantes y una gran estructura cuadrada —tras la cual se instalaría la recepcionista— en la pared interior de lo que había sido el recibidor. Un fontanero instaló dos váteres adicionales, colocó lavabos en los dos dormitorios que ahora iban a ser salas de visita y añadió una caldera al horno del sótano para que R. J. dispusiera de agua caliente en todo momento.

La compra de muebles y material, que hubiera debido resultar entretenida, fue un motivo de preocupación porque había que tener muy presente el saldo bancario. El problema de R. J. era que cuando trabajaba en el hospital se había acostumbrado a encargar lo mejor de todo. Para el nuevo consultorio se conformó con escritorios y sillas de segunda mano, una preciosa alfombra del Ejército de Salvación para la sala de espera, un buen microscopio usado y un autoclave reparado. Pero también adquirió instrumentos nuevos. Le habían aconsejado que comprara dos ordenadores, el primero para los historiales de los pacientes y el segundo para la facturación, pero decidió a regañadientes arreglarse con uno sólo.

—¿Le han presentado ya a Mary Stern? —le preguntó Sally Howland.

—Me parece que no.

—Es la administradora de correos. Tiene la antigua báscula vertical que había en el despacho del doctor Thorndike. La compró en la subasta que hubo tras la muerte del doctor, hace veintidós años. Dice que está dispuesta a vendérsela por treinta dólares.

R. J. compró la báscula, la limpió a fondo y la hizo comprobar y recalibrar. El aparato pasó a ser parte de su consultorio, un eslabón entre el antiguo médico del pueblo y la nueva doctora.

Había pensado en poner un anuncio de oferta de empleo, pero no hizo falta. Woodfield poseía un sistema informal de comunicaciones que funcionaba con eficacia y a la velocidad de la luz. En muy poco tiempo recibió cuatro solicitudes de otras tantas mujeres que aspiraban a la plaza de recepcionista, y tres solicitudes de enfermeras tituladas. R. J. quiso elegir cuidadosamente, sin precipitarse, pero una de las aspirantes a recepcionista era Toby Smith, la rubia bien parecida que conducía la ambulancia la noche que Freda Krantz resultó herida. Toby le había impresionado favorablemente desde el primer momento y además ofrecía la ventaja de poseer una amplia experiencia en contabilidad, de modo que podía ocuparse de todo el asunto económico. Como enfermera contrató a Margaret Weiler, una excelente mujer de cincuenta y seis años, con el pelo gris, a quien todos llamaban Peggy.

Al hablar de dinero con ellas R. J. se sintió culpable.

—Lo que puedo pagaros al principio es menos de lo que cobraríais en Boston —le advirtió a Toby.

—Mire, no se preocupe por eso —le respondió sin rodeos la nueva recepcionista—. Tanto Peg como yo estamos muy satisfechas de poder trabajar en el pueblo mismo. Esto no es Boston. Aquí, en el campo, es difícil encontrar trabajo.

David Markus visitaba de vez en cuando el consultorio en ciernes, observaba con mirada experta los trabajos de reforma y en ocasiones le ofrecía sus consejos. Almorzaron un par de veces juntos en el River Bank, un local especializado en pizzas que se alzaba en las afueras del pueblo; dos veces pagó él, y ella una. Se dio cuenta de que le caía bien, y le comentó que sus amigos la llamaban R. J.

—A mí todo el mundo me llama Dave —dijo él. Luego sonrió—. Pero mis amigos me llaman David.

Sus tejanos estaban descoloridos, pero siempre parecían recién lavados. El cabello, recogido en una cola de caballo, estaba siempre muy limpio. Al darle la mano, R. J. notó que la tenía musculosa y endurecida por el trabajo, aunque las uñas estaban recortadas y parecían bien cuidadas.

R. J. no estaba segura de si le resultaba sexy o tan sólo interesante.

El último sábado antes de que se mudara desde Boston la invitó a una auténtica cena en un restaurante de Northampton. Al salir del establecimiento, él cogió un puñado de dulces del cuenco que había junto a la puerta, grageas de chocolate recubiertas de azúcar de diferentes colores.

—Mmm. Mejor que los M&M —comentó, y le ofreció unos cuantos.

—No, gracias.

Ya en el coche, R. J. se lo quedó mirando mientras él masticaba y al fin fue incapaz de permanecer callada por más tiempo.

—No deberías comer esos dulces.

—Me encantan. Y no engordo.

—A mí también me encantan. Ya te compraré unos cuantos en un envase más limpio.

—¿Eres una maniática de la limpieza? Los he cogido de un restaurante muy limpio.

—Hace poco he leído que hicieron unos análisis sobre los caramelos de los restaurantes. Parece ser que en la mayoría de los casos los caramelos contenían indicios de orina.

Él dejó de masticar y la miró con asombro.

—Los clientes van al servicio. No se lavan las manos. Al salir del restaurante, meten la mano en el cuenco y...

R. J. se dio cuenta de que él no sabía si escupir o tragar. «Aquí se acaba esta relación», pensó, mientras él engullía, bajaba la ventanilla del coche y tiraba el resto de las grageas.

—Es horrible decirle esto a alguien. Hace años que disfruto con los dulces de los restaurantes. Me has estropeado ese placer para toda la vida.

—Ya lo sé. Pero si estuviera comiéndolos yo y tú lo supieras, ¿no me lo habrías dicho?

—Quizá no —dijo, y su risa la contagió. Siguieron riendo durante la mitad del camino.

En el trayecto de vuelta a las colinas, y luego sentados en la furgoneta de él aparcada ante la casa de R. J., se contaron parte de su vida. De joven, David había sido deportista, «lo bastante bueno para recibir un montón de lesiones en un montón de deportes». Cuando llegó a la facultad, estaba tan tocado que no jugó en ningún equipo universitario. Se licenció en inglés en el Hamilton College e hizo unos estudios de posgrado sobre los que no entró en detalles. Antes de instalarse en las colinas de Massachusetts había sido un alto ejecutivo de Lever Brothers, empresa neoyorquina de bienes raíces, y vicepresidente de la misma durante los dos últimos años que pasó en ella. «La catástrofe completa: el tren de las siete y cinco a Manhattan, una gran casa, piscina, pista de tenis.» A su esposa, Natalie, se le declaró una esclerosis lateral amiotrófica, la enfermedad de Lou Gehrig. Los dos sabían lo que aquello significaba puesto que habían visto morir a una amiga debido a esa misma enfermedad. Aproximadamente un mes después de que se hubiera confirmado el diagnóstico, David llegó un día a casa y se encontró con que Sarah, que entonces tenía nueve años, estaba en casa de unos vecinos, y que Natalie había colocado toallas húmedas en los resquicios de la puerta del garaje, había puesto el coche en marcha y había muerto escuchando su emisora favorita de música clásica.

David contrató una cocinera y un ama de llaves para que Sarah estuviera atendida, y durante los ocho meses siguientes se dedicó a emborracharse sistemáticamente. Un día que estaba sobrio se dio cuenta de que su brillante hija adolescente estaba fracasando en la escuela y de que empezaba a presentar problemas psicológicos, así como una nerviosa tosecita crónica, y decidió acudir a su primera reunión de Alcohólicos

Anónimos. Dos meses después, David y Sarah se trasladaron a Woodfield.

Un poco más tarde fue él quien escuchó la historia de R. J. en la cocina de ésta, mientras tomaban tres tazas de café cargado.

—Estas colinas están llenas de supervivientes —comentó él.

16

Horas de oficina

R. J. se mudó desde Cambridge una calurosa mañana de finales de junio, bajo altos nubarrones que prometían rayos y truenos. Había pensado que se alegraría al abandonar la casa de la calle Brattle; pero en los últimos días, a medida que unos muebles eran vendidos, que otros iban a un almacén y que Tom se llevaba algunos —a medida que iban desapareciendo pieza a pieza, hasta que sus altos tacones resonaban en las habitaciones vacías—, empezó a contemplar la casa con ojos indulgentes de ex propietaria y se dio cuenta de que Tom tenía razón cuando hablaba de su dignidad y esplendor. Se resistía a dejarla; a pesar del fracaso matrimonial, había sido su nido. Pero enseguida recordó que era como un pozo sin fondo al que habían arrojado su dinero y se sintió satisfecha cuando por fin cerró la puerta y se alejó en su automóvil, pasando ante el muro de ladrillo que aún necesitaba reparaciones de las que ella ya no se responsabilizaba.

Se daba cuenta de que estaba internándose en lo desconocido. Durante todo el trayecto hasta Woodfield no dejó de pensar en los aspectos económicos, con el temor de estar cometiendo una desastrosa equivocación.

Llevaba varios días dándole vueltas a una idea. ¿No se podría organizar el consultorio de manera que funcionara únicamente con pagos en efectivo y prescindir por completo de las compañías aseguradoras, que eran la causa principal de casi todas las cuestiones negativas que a veces volvían desagradable la práctica de la medicina?

Si pudiera reducir al máximo sus honorarios por cada consulta —a veinte dólares, por ejemplo—, ¿acudirían suficientes clientes como para mantenerse a flote?

Los enfermos que no estaban protegidos por ningún seguro médico acudirían, pero los que estuvieran cubiertos por Blue CrossBlue Shield, ¿querrían olvidar que tenían una póliza de seguros ya abonada y estarían dispuestos a pagar en efectivo en el consultorio de la doctora Cole?

Tuvo que reconocer, muy a su pesar, que la mayoría no lo haría.

Al final decidió establecer una cuota no oficial de veinte dólares para quienes no estuvieran asegurados. Las compañías de seguros pagarían la tarifa habitual de cuarenta a sesenta y cinco dólares por cada visita de uno de sus clientes, según la complejidad del problema, con una sobretasa adicional por las visitas a domicilio. Por un examen físico completo cobraría noventa y cinco dólares, y todo el trabajo de laboratorio lo enviaría al Centro Médico de Greenfield.

Puso a Toby a trabajar dos semanas antes de la inauguración oficial del consultorio, para que programara en el ordenador todos los documentos de las compañías de seguros. Aunque casi todos sus tratos serían con las cinco aseguradoras principales, había otras quince compañías en las que estaban asegurados muchos pacientes, y alrededor de treinta y cinco compañías más pequeñas, marginales. Todas ellas debían figurar en el ordenador, con múltiples formularios para cada una. Esta agotadora tarea de programación sólo debía realizarse una vez, pero R. J. sabía por experiencia que habría que actualizarla constantemente, a medida que las aseguradoras prescindieran de algunos impresos, modificaran otros y añadieran otros nuevos.

Era un gasto considerable, un gasto al que su bisabuelo no había tenido que hacer frente.

Una mañana de lunes.

R. J. llegó temprano a la oficina, con el precipitado desayuno de té y tostadas convertido en una bola fría de nerviosismo en la boca del estómago.

El lugar olía a pintura y barniz. Toby ya estaba trabajando, y Peg llegó a los dos minutos. Las tres se miraron y sonrieron tontamente.

Aunque la sala de espera era pequeña, a R. J. se le antojó enorme pues se hallaba desierta.

Sólo trece personas habían pedido hora. R. J. pensó que la gente, que llevaba veintidós años sin un médico en la localidad, se habría acostumbrado a ir a otro pueblo, y una vez establecida una relación con un médico, ¿qué necesidad tenían de sustituirlo por otro nuevo?

«¿Y si no viene nadie?», se preguntó, movida por un pánico que ella misma reconoció que era irracional.

Su primer paciente llegó con quince minutos de adelanto sobre la hora concertada: George Palmer, un hombre de setenta y dos años, obrero retirado de una serrería, con dolor crónico de cadera y tres muñones donde hubiera debido tener dedos.

—Buenos días, señor Palmer —le saludó Toby Smith con tranquilidad, como si llevara años dando la bienvenida a los pacientes que entraban por la puerta.

—Buenos días, Toby.

—Buenos días, George.

—Buenos días, Peg.

Peg Weiler, que sabía exactamente lo que debía hacer, lo condujo a una sala de reconocimiento, rellenó el encabezamiento de su hoja clínica, le tomó las constantes vitales y anotó sus datos.

R. J. disfrutó mientras anotaba con mucha calma la historia clínica de George Palmer. Al principio cada visita exigiría mucho tiempo, porque todos los pacientes eran nuevos para ella y había que redactar un historial completo.

En Boston habría enviado al señor Palmer y su bursitis a un practicante para que le diera una inyección de cortisona, pero aquí le administró la inyección ella misma y le pidió que concertara otra visita.

Cuando se asomó a la sala de espera, Toby le mostró un ramo de flores que le había enviado su padre, y un ficus enorme, regalo de David Markus. Había seis personas en la sala de espera, y tres de ellas no habían concertado hora. Le pidió a Toby que estableciera un orden de admisión: cualquier paciente que padeciese dolores o estuviera enfermo de gravedad debía pasar lo antes posible; los demás irían entrando por riguroso turno. R. J. comprendió de pronto, con una extraña mezcla de alivio y pesar, que de todos modos no iba a quedarle tiempo libre. Le pidió a Toby que le trajera un bocadillo de queso y un descafeinado largo.

—Me quedaré trabajando durante la hora del almuerzo.

En aquel momento entró Sally Howland.

—Tengo una cita —anunció, como si creyera que iban a discutírselo, y R. J. tuvo que contenerse para no darle un beso a su gruñona casera.

Tanto Peg como Toby dijeron que ellas también se quedarían a trabajar durante la hora del almuerzo, y que se comprarían bocadillos.

—Ya los pagaré yo —le dijo R. J. a Toby, llena de alegría.

17

David Markus

La invitó a cenar a su casa.

—¿Estará también Sarah?

—Sarah tiene una cena con el club de cocina de la escuela secundaria —respondió él, y se la quedó mirando pensativo—. ¿Es que no puedes venir a mi casa si no hay presente una tercera persona?

—Claro que iré. Pero me hubiera gustado que Sarah también estuviera.

A R. J. le gustaba la casa de los Markus, el calor y la hospitalidad de las gruesas paredes de troncos y los muebles antiguos y cómodos. Había muchos cuadros colgados, obra de artistas locales cuyos nombres no le decían nada. David Markus le enseñó toda la vivienda. Una cocina comedor. Su despacho, lleno de objetos propios de una agencia de la propiedad, un ordenador, un gran gato gris dormido sobre su silla de trabajo.

—¿El gato también es judío, como el caballo?

—La gata, y a decir verdad, también lo es. —Le dirigió una sonrisa—. Nos vino con un gato rijoso y peleón que Sarah decía que era su marido, pero el macho sólo estuvo un par de días por aquí y luego desapareció, así que a la gata la llamé *Agunah*. En yiddish quiere decir «esposa abandonada».

Su austero dormitorio. Apenas hubo una sombra de tensión sexual mientras ella contemplaba el gran colchón de muelles. Había otro ordenador encima de la mesa, una estantería llena de libros de historia y de agricultura, y un montón de hojas manuscritas. Al ser preguntado, reconoció que estaba escribiendo una novela sobre la desaparición de las pequeñas granjas en Estados Unidos, y sobre los primeros granjeros que se instalaron en las colinas de Berkshire.

—Siempre he deseado contar relatos. Tras la muerte de Natalie, decidí intentarlo. Tenía que mantener a Sarah, así que seguí trabajando como agente de la propiedad cuando nos mudamos, pero aquí en las colinas no es precisamente un negocio que abrume. Me queda mucho tiempo para escribir.

—¿Y qué tal va?

—Bueno... —Se encogió de hombros, sonriente.

El cuarto de Sarah. Espantosas cortinas multicolores en las ventanas; según le dijo, las había teñido la propia Sarah. Dos pósters de Barbra Streisand. Y por toda la habitación, bandejas llenas de piedras: rocas grandes, guijarros, piedras medianas, todas ellas con la forma aproximada de un corazón. Tarjetas de San Valentín geológicas.

—¿Qué son estas piedras?

—Ella las llama piedras corazón, y las viene coleccionando desde muy pequeña. Natalie le dio la idea.

R. J. había estudiado un curso de geología en Tufts. Al examinar las bandejas, identificó cuarzo, esquisto, mármol, arenisca, basalto, feldespato, gneis, pizarra, un granate rojizo, todos en forma de corazón. Había cristales que ni siquiera se imaginaba qué eran.

—Ésta la trasladé en la pala del tractor —le explicó David mientras señalaba una roca de granito en forma de corazón que medía más de medio metro de altura, apoyada en un rincón del cuarto—. Diez kilómetros, desde el bosque de Frank Parson. Tuvimos que meterla en casa entre tres.

—¿Y las encuentra en el suelo?

—Las encuentra en todas partes. Tiene una especial habilidad. Yo casi nunca descubro ninguna. Sarah es muy estricta, y rechaza muchas piedras. No las llama piedras corazón si no tienen auténtica forma de corazón.

—Quizá deberías buscarlas con más atención. Hay millones y millones de piedras ahí fuera. Estoy segura de que podría encontrar algunas piedras corazón para Sarah.

—¿De verdad? Pues tienes veinticinco minutos hasta que sirva la cena. ¿Qué te apuestas?

—Una pizza. En veinticinco minutos creo que habrá tiempo suficiente.

—Si ganas, tienes una pizza. Si gano yo, me das un beso.

—¡Oye!

—¿Qué ocurre? ¿Es que tienes miedo? —sonrió, desafiándola—. Venga, atrévete.

—Queda apostado.

No perdió el tiempo buscando en el patio ni en el camino pues se figuró que las inmediaciones de la casa estarían más que patrulladas. La pista de acceso estaba sin asfaltar, llena de piedras. La recorrió a paso lento, la cabeza inclinada, estudiando el terreno. Nunca se había fijado en lo variadas que eran las piedras, en cuántas formas se presentaban, largas, redondas, angulosas, delgadas, planas. De vez en cuando se agachaba y recogía una piedra, pero ninguna era adecuada.

Al cabo de diez minutos se hallaba a medio kilómetro de la casa de troncos y sólo había encontrado una piedra que se parecía remotamente a un corazón, pero incluso ésta era deforme, demasiado desgastada por un lado.

«Una mala apuesta», concluyó. Deseaba encontrar una piedra corazón; no quería que él pensara que había fracasado a propósito.

Al terminar el tiempo acordado, regresó a la casa.

—He encontrado una —anunció, y la alzó para que la viera.

Él la examinó sonriente.

—A este corazón le falta... ¿Cómo se llama la cavidad superior?

—Aurícula.

—Eso mismo. A este corazón le falta la aurícula derecha. —Se acercó a la puerta y arrojó la piedra al exterior.

Lo que ocurriese a continuación sería importante, se dijo R. J. Si él utilizaba la apuesta para demostrar su machismo, ya fuera con un fuerte abrazo o con un intercambio de saliva, perdería todo interés por él.

Pero David se inclinó hacia ella y le dio un beso tierno e increíblemente dulce, sin apenas rozarle los labios. «Ooh.»

Le ofreció una cena estupenda, aunque muy sencilla: una ensalada abundante y crujiente preparada exclusivamente con productos de su propio huerto, excepto los tomates, que los había comprado en la tienda porque los suyos aún no estaban maduros. Venía aliñada con la especialidad de la casa, un aderezo de miel con *miso*, e iba acompañada de espárragos que ellos mismos habían cogido y guisado al vapor justo antes de sentarse a la mesa. Él cultivaba sus propios brotes tiernos con una combinación de semillas y legumbres que le aseguró era secreta, y había preparado unos panecillos crujientes rellenos con pedacitos de ajo que estallaban con todo su sabor al masticarlos.

—Oye, eres todo un cocinero.

—Me gusta trastear en la cocina.

El postre consistió en helado casero de vainilla, con una tarta de arándanos que él había preparado por la mañana. Sin saber cómo, R. J. se encontró hablándole de la mezcla de religiones de su clan.

—Hay Cole protestantes y Regensberg cuáqueros. Y Cole judíos y Regensberg judíos. Y ateos. Y mi prima Marcella Regensberg, que es monja franciscana en un convento de Virginia. Tenemos un poco de todo.

Con la segunda taza de café, R. J. se enteró de un aspecto de su vida que la dejó asombrada: aquellos «estudios de posgrado» sobre los que no había entrado en detalles los cursó en el Seminario Teológico Judío de América, en Nueva York.

—¿Qué has dicho que eres?

—Rabino. O al menos fui ordenado, hace mucho tiempo. Pero ejercí muy poco tiempo.

—¿Por qué lo dejaste? ¿Tenías una congregación?

—Bueno, yo... —Se encogió de hombros—. Tenía demasiadas dudas e interrogantes para formar una congregación. Había empezado a recelar, ni siquiera sabía si creía o no creía en Dios, y consideré que una congregación se merecía por lo menos un rabino que hubiera llegado a alguna conclusión sobre este punto.

—¿Y ahora qué piensas? ¿Has llegado a alguna conclusión, desde entonces?

Abraham Lincoln se la quedó mirando fijamente. ¿Cómo unos ojos azules podían volverse tan tristes, reflejar tal chispa de dolor? Al fin, meneó lentamente la cabeza.

—El jurado aún sigue reunido.

David no solía extenderse en detalles. R. J. sólo empezó a enterarse de algunas cosas tras varias semanas de verlo con frecuencia. Al terminar sus estudios en el seminario ingresó inmediatamente en el Ejército, noventa días en la academia de oficiales y directo a Vietnam como capellán, con el grado de subteniente. Tuvo un destino relativamente cómodo en un gran hospital de Saigón, lejos de los peligros del frente. Se pasaba los días entre mutilados y moribundos, y las noches escribiendo a sus familias, y llegó a sentir rabia y miedo mucho antes de resultar herido.

Un día, cuando viajaba en la parte de atrás de un transporte de tropas con dos capellanes católicos, el mayor Joseph Fallon y el teniente Bernard Towers, fueron sorprendidos en plena calle con un ataque de cohetes. El vehículo recibió un impacto directo por delante; en el asiento trasero, la explosión fue selectiva. Bernie Towers, sentado a la izquierda, murió en el acto. Joe Fallon, sentado en el medio, perdió la pierna derecha. David sufrió una herida grave en la pierna izquierda que le afectó el hueso. Tuvo que pasar por tres operaciones y una larga convalecencia. Le había quedado la pierna izquierda más corta que la derecha, aunque la cojera resultaba imperceptible. R. J. ni siquiera la había advertido.

Al licenciarse regresó a Nueva York y, para obtener trabajo, tuvo que pronunciar un sermón como invitado. Fue en Bay Path, Long Island, en el templo Beth Shalom, la Casa de la Paz. El tema del sermón era el mantenimiento de la paz en un mundo complejo. Iba por la mitad cuando levantó la mirada y se fijó en un cartel colocado por los encargados de la decoración del templo en el que podía leerse el primero de los trece artículos de fe de Maimónides: «Tengo una fe absoluta en que el Creador, bendito sea su nombre, es el autor y el guía de todo lo creado; y en que sólo Él ha hecho, hace y hará todas las cosas.» Presa de auténtico pánico, vio con claridad que no podía suscribir con plena certeza esa declaración, y acabó el sermón como pudo, a trompicones.

Después de eso solicitó un trabajo en Lever Brothers como aprendiz de agente de la propiedad inmobiliaria. Era un rabino agnóstico demasiado lleno de dudas para ser el pastor de nadie.

—... ¿Y todavía puedes casar a la gente?

Él esbozó una atractiva sonrisa.

—Supongo que sí. Quien ha sido rabino una vez...

—Quedaría una estupenda combinación de carteles: «Markus el Casamentero.» Justo debajo de «Estoy enamorado de ti, miel».

18

Una intimidad felina

R. J. no se enamoró de David Markus de repente. La cosa empezó a partir de una pequeña semilla, de cierta admiración hacia su rostro y sus dedos largos y fuertes, cierta respuesta al timbre de su voz, a la suavidad de su mirada. Pero, para su sorpresa e incluso temor, la semilla dio una flor, brotó un sentimiento. No se arrojaron en brazos uno del otro, como si con su misma paciencia, su cautela madura, se estuvieran diciendo algo; pero una lluviosa tarde de sábado, mientras su hija se hallaba en el cine de Northampton con unas amigas, se besaron con una familiaridad que también había ido creciendo.

David se lamentó de que le costaba describir el cuerpo de una mujer en la novela que estaba escribiendo.

—Los pintores y los fotógrafos recurren a una modelo. Es una solución práctica.

—Muy práctica —asintió ella.

—Entonces, ¿querrás posar para mí?

R. J. sacudió la cabeza.

—No. Tendrás que escribir de memoria.

Ya habían empezado a desabrochar botones.

—Eres virgen —afirmó él. R. J. no le recordó que estaba divorciada ni que tenía cuarenta y dos años—. Y yo nunca he visto una mujer; los dos somos completamente nuevos, una página en blanco.

Y de pronto lo fueron. Se contemplaron con detenimiento. R. J. se dio cuenta de que le costaba respirar. David fue lento y muy tierno; al principio controlaba la urgencia para que todo fuera mejor, y la trataba como si estuviera hecha de una materia frágil y preciosa, explicándole sin palabras cosas que eran importantes. Pero no tardaron en ponerse los dos como locos.

Después yacieron exhaustos, todavía unidos. Cuando al fin R. J. volvió la cabeza, se encontró los ojos verdes de la gata que la miraban sin parpadear. *Agunah* estaba sentada sobre los cuartos traseros en una silla cercana a la cama, observando con fijeza. R. J. tuvo la seguridad de que la gata comprendía exactamente lo que acababan de hacer.

—David, si se trata de una prueba, he fracasado. Sácala de aquí.

Él se echó a reír.

—No es una prueba.

Sacó la gata de la habitación, cerró la puerta y volvió a la cama. La segunda vez fue más lenta, más sosegada, y llenó a R. J. de felicidad. David se mostró considerado y generoso. Ella le explicó que sus orgasmos tendían a ser largos y completos, pero que después de cada uno, solían pasar varios días antes de que llegara el siguiente. Se sentía azorada al contarlo, segura de que la última amante de David tenía orgasmos múltiples como una traca de petardos, pero le resultó fácil hablar con él.

Al cabo de un rato, David la dejó en la cama y fue a hacer la cena. La puerta quedó abierta de nuevo y la gata volvió a sentarse en la silla, pero a R. J. ya no le importó y permaneció acostada escuchando a David que, muy alegre, cantaba a Puccini con voz desafinada. El olor de su unión se mezcló con el perfume de las tortillas, de los pimientos, cebollas y minúsculos calabacines que se freían hasta quedar dulces como sus besos, ricos como una promesa de vida. Más tarde, mientras David y ella yacían uno junto al otro, dormitando, *Agunah* se acomodó al pie de la cama, entre sus pies. Una vez acostumbrada, a R. J. incluso le gustó.

—Gracias por proporcionarme una experiencia maravillosa, llena de detallitos importantes para mi novela.

Ella lo fulminó con la mirada.

—Te arrancaré el corazón.

—Ya lo has hecho —respondió él con galantería.

Uno de cada seis pacientes que llegaban a la consulta no tenía ninguna clase de seguro médico, y entre ellos los había que tampoco tenían los veinte dólares que R. J. había fijado como tarifa para los no asegurados. Aceptó que algunos le pagaran en especies. Así acumuló una gran pila de buena leña, amontonada detrás de la casa. Contrató a una mujer que acudía una vez por semana para hacer la limpieza de la casa, y otra para el consultorio. Pronto se encontró con un suministro regular de pollos y pavos preparados para asar, y con varios proveedores de flores, verduras y frutas frescas.

Este intercambio le hacía gracia, pero le inquietaban las deudas.

Elaboró una técnica clínica para trabajar con los pacientes que carecían de seguro, consciente de que debería enfrentarse a dolencias descuidadas durante mucho tiempo. Pero no eran los pacientes con problemas complicados los que más la preocupaban sino los que ni siquiera iban a verla porque no podían pagar y eran demasiado orgullosos para aceptar caridad. La gente así sólo recurría al médico en el último extremo, cuando ya no se podía hacer nada por ellos: la diabetes había degenerado en ceguera, los tumores habían originado metástasis. R. J. se encontró varios casos así desde el primer momento. Lo único que podía hacer era enfurecerse interiormente contra el sistema, y pese a todo tratarlos.

Confiaba en que la comunicación boca a boca difundiera su mensaje por las colinas: «Cuando estéis enfermos, cuando os hagáis daño, id a la nueva doctora. Si no tenéis seguro, lo del dinero se puede arreglar.»

El resultado fue que algunos de los desvalidos acudieron a ella. Aun cuando se negaba a aceptar sus regalos, algunos insistían en dárselos. Un enfermo de Parkinson luchó contra los temblores para hacerle un cesto con varillas de fresno; una mujer con cáncer de ovario le estaba tejiendo una colcha. Pero había muchos más dispersos por las colinas, sin seguro ni atención médica de ninguna clase. R. J. era consciente de ello, y la reconcomía saberlo.

Siguió viendo a David con gran frecuencia. Para su sorpresa y pesar, la simpatía que Sarah le había mostrado en su primer encuentro no tardó en desaparecer por completo. R. J. se dio cuenta de que la muchacha estaba celosa de ella, y lo comentó con David.

—Es natural que se sienta amenazada por una mujer que de pronto viene a llenar gran parte de la vida de su padre —concluyó.

—Tendremos que darle tiempo para que se acostumbre —dijo él.

Eso era dar por sentado que habían iniciado un camino que ella no sabía muy bien si quería seguir. David aludía con franqueza a lo que habían llegado a sentir el uno por el otro, y R. J. fue igual de sincera, tanto consigo misma como con David.

—Yo sólo quiero que las cosas sigan como están, sin hacer grandes planes para el futuro. Por mi parte, aún es pronto para pensar en una relación duradera. Me he propuesto hacer cosas aquí. Quiero establecerme como médica del pueblo, y en estos momentos no me interesa asumir un compromiso personal permanente.

David vio en las palabras «en estos momentos» un motivo de aliento.

—Muy bien. Tenemos que darnos tiempo.

Ella estaba llena de incertidumbres, incapaz de conocer su propia mente, pero no le costó hablarle de sus esperanzas, de sus preocupaciones económicas.

—No entiendo de finanzas médicas, pero creo que aquí tiene que haber suficiente clientela para obtener unos ingresos excelentes, lo que se dice un dineral.

—No hace falta que sean excelentes. Sólo necesito salir adelante. No tengo que mantener a nadie.

—Aun así, ¿por qué conformarse con salir adelante? —La miró como la había mirado su padre.

—El dinero no me importa. Lo que me importa es practicar en este pueblo una medicina de clase internacional.

—Eso te convierte en una especie de santa —comentó con voz casi temerosa.

—Sé realista. Una santa no hubiera hecho lo que acabo de hacerte —replicó en tono desenfadado, y le sonrió.

19

La Casa del Límite

Poco a poco, entre Peg, Toby y ella fueron puliendo los detalles de la rutina diaria. Poco a poco también, R. J. se adaptó al ritmo de la población y se familiarizó con su forma de vida. Advirtió que a las personas con las que se cruzaba por la calle les gustaba saludarla con un «¡Hola, doctora!», orgullosas de que el pueblo volviera a contar con un médico. Empezó a hacer visitas a domicilio, a buscar los hogares de los enfermos postrados en cama, a desplazarse hacia aquellos pacientes a los que les resultaba difícil o imposible obtener asistencia médica.

Cuando tenía tiempo y le ofrecían un trozo de tarta y una taza de café, se sentaba con ellos a la mesa de la cocina y conversaba sobre la política local o el tiempo, y copiaba recetas de cocina en su recetario médico.

Woodfield se extendía sobre cien kilómetros cuadrados de terreno escabroso, y a veces también la solicitaban desde otros pueblos vecinos. En respuesta a la llamada de un muchacho que había recorrido cinco kilómetros y medio para llegar al teléfono, acudió a una cabaña en lo alto del monte Houghton para vendarle un esguince de tobillo a Lewis Magoun, pastor de ovejas. Cuando bajó de la montaña y regresó al consultorio, encontró a Toby muy nerviosa.

—Seth Rushton ha tenido un ataque al corazón. La han

llamado a usted antes de nada, pero como no podía localizarla he pedido una ambulancia.

R. J. volvió a subir al coche, pero cuando llegó a la granja de Rushton, la ambulancia ya había salido hacia Greenfield. Rushton había recibido tratamiento y reposaba cómodamente, pero fue una valiosa lección. A la mañana siguiente, R. J. viajó a Greenfield y compró un teléfono portátil para tenerlo en el coche. Nunca más volvió a estar desconectada de su oficina.

De vez en cuando, mientras circulaba por el pueblo, veía a Sarah Markus. Siempre tocaba el claxon y saludaba con la mano. A veces Sarah le devolvía el saludo.

Cuando David la llevaba a su casa de troncos y Sarah estaba presente, R. J. notaba la mirada atenta de la muchacha, analizando todo lo que decían.

Una tarde, al volver a casa desde el consultorio, R. J. se cruzó con Sarah, que venía al galope en sentido contrario, y admiró la soltura con que cabalgaba a *Chaim*, la cabellera oscura al viento. R. J. no tocó el claxon para saludarla, por miedo a asustar al animal.

Unos días después, sentada en la sala de estar, R. J. volvió la mirada hacia la ventana y, por los huecos entre los manzanos, vio que Sarah Markus paseaba muy despacio a caballo por la carretera de Laurel Hill mientras examinaba la casa de R. J.

El interés de R. J. por Sarah no se debía sólo al padre de la chica sino también a la propia Sarah, y quizás a otro motivo: en algún rincón de su mente había una imagen amorfa, una posibilidad que aún no se atrevía a sopesar: la idea de vivir los tres juntos, ella, David y la muchacha como hija suya.

Al cabo de unos minutos, montura y jinete bajaron de nuevo por la carretera de Laurel Hill en dirección contraria, Sarah con los ojos cautivados todavía por la casa y las tierras. Luego, cuando llegaron al linde de la finca, Sarah hincó los talones y *Chaim* empezó a trotar.

Por primera vez en mucho tiempo, R. J. se permitió pensar en la criatura que había perdido tras la muerte de Charlie Harris. Si la criatura hubiera nacido, entonces tendría trece años, tres menos que Sarah.

Permaneció junto a la ventana, con la esperanza de que Sarah diera la vuelta al caballo y volviera a pasar.

Un día, al volver del trabajo a la caída de la tarde, R. J. descubrió que habían dejado en el porche, junto a la puerta, una hermosa piedra corazón grande como la mano. Estaba compuesta por dos capas exteriores de color gris oscuro y una capa interior de una piedra más clara que chispeaba de mica.

Sabía quién la había dejado. Pero ¿era un regalo de aceptación? ¿Una señal de tregua? Era demasiado bonita para ser una declaración de guerra, de eso estaba segura.

Le alegró recibirla y la depositó en un lugar de honor, sobre la repisa de la chimenea, junto a los candelabros de bronce de su madre.

Frank Sotheby, de pie en el porche del almacén, carraspeó.

—Creo que las dos tendrían que ver a una enfermera, la verdad. ¿No, doctora Cole? Viven solas con un montón de gatos en el piso de encima de la ferretería. ¡Y qué olor, Dios mío!

—¿En esta misma calle, quiere decir? ¿Cómo es que no las he visto nunca?

—Bueno, es que casi nunca salen. Una de ellas, la señorita Eva Goodhue, es más vieja que el andar, y la otra, la señora Helen Phillips, que es sobrina de Eva, es mucho más joven, pero está bastante majareta. Se cuidan una a otra, a su manera. —Vaciló antes de seguir—. Eva me llama los viernes para darme la lista de la compra. Cada semana les subo un pedido, pero..., bueno, su último cheque me ha venido devuelto del banco. Falta de fondos.

La angosta y oscura escalera no tenía bombilla. Al llegar al rellano, R. J. dio un golpe en la puerta, y tras esperar un buen rato volvió a dar otro más fuerte. Y otro, y otro.

No oyó ruido de pasos, pero percibió un leve movimiento tras la puerta.

—¿Oiga?

—¿Quién es?

—Soy Roberta Cole, la doctora.

—¿Del doctor Thorndike?

Ay, amiga.

—El doctor Thorndike se... se fue hace bastante tiempo. Ahora soy yo la médica. Por favor, ¿hablo con la señorita Goodhue o con la señora Phillips?

—Con Eva Goodhue. ¿Qué quiere?

—Bueno, me gustaría conocerla, señorita Goodhue. Saludarla. ¿Sería tan amable de dejarme pasar?

Se produjo un silencio al otro lado de la puerta, que se fue espesando.

—¿Señorita Goodhue? Tengo un consultorio en esta misma calle, un poco más abajo. En casa de Sally Howland, en la planta baja. Si alguna vez necesitan un médico, cualquiera de las dos, llamen por teléfono o manden a alguien a buscarme, ¿de acuerdo? —Sacó una tarjeta y la deslizó bajo la puerta—. ¿De acuerdo, señorita Goodhue?

Pero no hubo respuesta, y volvió a bajar las escaleras.

Cuando Tom y ella realizaban sus esporádicas visitas al campo, a veces tenían la suerte de vislumbrar la vida silvestre, conejos y ardillas, ardillas listadas que anidaban sobre el cobertizo de la leña.

Pero ahora que vivía en la casa de modo permanente, descubría desde las ventanas una variedad de vecinos que no había visto antes. Se acostumbró a tener los prismáticos al alcance de la mano.

Un amanecer gris vio desde la ventana de la cocina un gato montés que cruzaba lentamente el prado con aire insolente. Desde el estudio, que daba a la dehesa mojada, vio cuatro nutrias, salidas del río para cazar en el marjal, que corrían formando una hilera ondulante, tan próximas entre sí que parecían las curvas de una serpiente, un monstruo del lago Ness en su dehesa. Vio tortugas y serpientes, una marmota vieja y gorda que acudía a diario a comerse los tréboles del prado y un puerco espín que salió del bosque anadeando para ronzar las primeras manzanas verde claro, todavía minúsculas, caídas bajo los árboles. La espesura y los árboles estaban llenos de aves canoras y de presa. Sin proponérselo, vio una gran garza azul y diversas variedades de halcón. Estaba en el porche delantero cuando descendió un búho, súbito como el desastre y suave como un susurro, y al instante se alzó con un ratón de campo que corría por el prado.

Le explicó a Janet Cantwell lo que había visto. La administradora municipal del pueblo daba clases de biología en la Universidad de Amherst.

—Es porque su casa está en un límite, en una confluencia de entornos distintos. Una dehesa mojada, un prado seco, un espeso bosque que contiene estanques, un buen río que lo baña todo. Los animales encuentran una magnífica caza.

En sus viajes por la región, R. J. vio muchas fincas con nombre. Algunos letreros hacían mención del propietario: «Las hectáreas de Schroeder», «La arboleda de Ransome», «La recompensa de Peterson». Otros eran graciosos, como «Pendiente de pago» o «Contra viento y marea», y otros más, descriptivos: «Diez robles», «Colina ventosa» o «Los nogales». Había nombres demasiado rebuscados. A R. J. le habría gustado llamar a su propiedad «La granja del río Catamount», pero hacía muchos años que este nombre lo llevaba una casa situada un par de kilómetros río arriba; además, hubiera sido presuntuoso llamar «granja» a su actual finca.

David, hombre de muchas facetas, tenía el sótano lleno

de herramientas eléctricas y se ofreció a hacer lo necesario para que la nueva doctora pudiera colgar un letrero.

Ella lo comentó con Hank Krantz, y una mañana el granjero se presentó ante la casa, con su enorme tractor John Deere que remolcaba el traqueteante distribuidor de estiércol.

—Suba —le invitó—. Iremos a buscar un tronco que le sirva de poste para el letrero.

Así que R. J. trepó al remolque metálico, providencialmente vacío pero impregnado de olor a excrementos de vaca, y se dejó llevar, incrédula y zarandeada —una verdadera mujer del campo, por fin— hasta la orilla del río.

Hank eligió una acacia negra, sana y adulta que crecía junto al río en una zona de bosque maderable y la taló con una sierra mecánica.

A continuación desbastó el tronco y lo colocó en el distribuidor de estiércol para que le hiciera compañía a R. J. en el camino de vuelta.

David, satisfecho con la elección de Hank, utilizó el tronco para labrar un sólido poste de sección cuadrada.

—La acacia negra no se pudre prácticamente nunca —le explicó, mientras clavaba el poste en la tierra. Del poste se extendía un brazo horizontal con dos armellas en la parte inferior de las que colgaría el letrero—. ¿Quieres que ponga alguna otra cosa, además de tu nombre? ¿Quieres que la casa se llame de alguna manera especial?

—No —respondió ella, pero después cambió de idea y sonrió—. Sí, quiero ponerle un nombre.

Cuando el letrero estuvo terminado lo encontró muy hermoso, pintado del mismo beige gris que la casa, con las letras en negro.

La Casa del Límite
Dra. R. J. COLE

El rótulo intrigaba a la gente. «¿De qué límite?», le preguntaban.

Según el humor del momento, R. J. disfrutaba respondiendo que la casa estaba en el límite de la solvencia, en el límite de la paciencia, en el límite... La gente, ya fuera porque les aburría su excentricidad o porque se acostumbraron a ver el cartel, no tardaron en dejar de preguntárselo.

20

Instantáneas

—¿Quién es el siguiente? —le preguntó R. J. a Toby Smith una tarde, a última hora.

—Soy yo —contestó Toby con nerviosismo.

—¿Tú? Sí, claro, Toby. ¿Quieres hacerte un examen físico o tienes un problema concreto?

—Un problema.

Toby se sentó ante el escritorio y expuso los hechos con claridad y concisión. Llevaba dos años y medio casada con Jan, y hacía dos años que intentaban concebir un hijo sin conseguirlo.

—No hay manera. Hacemos el amor constantemente, con desesperación, demasiado a menudo, a decir verdad. Eso ha estropeado nuestra vida sexual.

R. J. inclinó la cabeza en señal de asentimiento.

—Tomaos un descanso. No es tanto lo que uno hace como la manera en que lo hace. Y cuándo lo hace. ¿Sabe Jan que me estás contando todo esto? ¿Está dispuesto a venir a verme él también?

—Oh, sí.

—Bien; para empezar analizaremos el semen y a ti te haremos algunas pruebas. Cuando hayamos reunido alguna información, podremos establecer una rutina para los dos.

Toby la miró con expresión seria.

—Preferiría que utilizara otra palabra, doctora Cole.

—Naturalmente. ¿Un programa? ¿Estableceremos un programa regular?

—Un programa está bien —concedió Toby, y se sonrieron.

David y ella habían llegado a una fase en que se hacían muchas preguntas, deseosos de conocerse mutuamente en todos los aspectos. Él sentía curiosidad por el trabajo de ella, y le pareció interesante que hubiera estudiado derecho y medicina.

—Maimónides era abogado, además de médico —comentó David.

—Y rabino también, ¿no?

—Y rabino también, y comerciante en diamantes, para llevar dinero a casa.

Ella sonrió.

—Quizá debería hacerme comerciante en diamantes...

Podía hablar de cualquier cosa con él, un auténtico lujo. Para David, el aborto era un tema del que pensaba lo mismo que pensaba de Dios: no lo tenía claro.

—Considero que a toda mujer se le ha de reconocer el derecho de salvar su propia vida y de salvaguardar su salud o su futuro, pero..., para mí, un bebé es una cosa muy seria.

—Naturalmente. Y para mí también. Conservar la vida, hacerla mejor... ése es mi trabajo.

Le explicó lo que sentía cuando lograba ayudar a alguien, cuando conseguía suprimirle el dolor o prolongarle la vida.

—Es como un orgasmo cósmico.

David también la oyó rememorar los momentos angustiosos, las ocasiones en que había cometido un error, en que se había dado cuenta de que alguien que acudía a ella en busca de ayuda había salido perjudicado por sus esfuerzos.

—¿Alguna vez has dado fin a una vida?

—¿Si he apresurado la muerte que estaba en la puerta? Sí.

A ella le gustó que no hiciera algún comentario banal. David se limitó a mirarla a los ojos, asintió con la cabeza y le cogió la mano.

A veces David estaba de mal talante. La compraventa de fincas pocas veces influía en su estado de ánimo, pero R. J. le notaba enseguida qué tal marchaba la novela. Cuando iba mal, él se refugiaba en el trabajo físico. En ocasiones, los fines de semana le permitía compartir con él los cuidados del jardín, y R. J. arrancaba hierbas y hundía las manos en el suelo, disfrutando con el contacto áspero de la tierra sobre la piel. Aunque recibía una abundante provisión de verduras frescas, R. J. decidió cultivar ella misma las suyas. David la convenció de que lo mejor sería plantarlas en eras elevadas, y le indicó dónde podía comprar unas cuantas vigas usadas de granero para construir los armazones.

Eligieron una zona del prado que descendía en suave pendiente, orientada a mediodía, y retiraron la capa herbosa de dos rectángulos de terreno, trozo a trozo, como esquimales construyendo un iglú, y amontonaron los terrones boca abajo en el estercolero para que se fueran convirtiendo en abono.

A continuación depositaron piedras planas sobre la tierra descubierta para formar la base de las eras, de un metro veinte por dos metros y medio cada una, utilizando un nivel de agua para asegurarse de que quedaban bien colocadas. David construyó los armazones de las eras sobre esta base de piedra, con dos capas de vigas de roble para cada una. Las vigas eran difíciles de manejar y trabajar. «Pesadas, como un muerto», rezongó David, pero pronto tuvo hechos los rebajos de las esquinas y los aseguró con largos clavos galvanizados para formar los armazones.

David dejó el mazo de hierro y cogió a R. J. de la mano.

—¿Sabes qué es lo que más me gusta?

—¿Qué? —preguntó ella con el corazón palpitante.

—La mierda de caballo y de vaca.

El estiércol a su disposición provenía del establo para vacas de los Krantz. Lo mezclaron con turba y tierra y llenaron las eras a rebosar, y luego echaron encima una capa de un par de palmos de heno suelto.

—Se asentará un poco. La próxima primavera sólo tendrás que apartar el heno y plantar las semillas. Luego deberás echar más estiércol con paja para proteger las plantas según vayan creciendo —le explicó David, y ella sintió deseos de que llegara el momento de hacerlo, con la impaciencia de una niña.

Hacia finales de julio empezó a ver algunas tendencias en la economía del consultorio. Se le hizo dolorosamente claro que algunos pacientes dejaban crecer su deuda sin ninguna intención real de abonarla. El pago por tratar a pacientes asegurados, aunque lento en llegar, estaba garantizado. De los no asegurados, algunos eran indigentes, y sin vacilación ni pesar dio por canceladas sus facturas. Pero había unos cuantos pacientes que se mostraban reacios a pagar, aunque era evidente que podían hacerlo. Por ejemplo, Gregory Hinton, el próspero propietario de una granja lechera, había sido atentido por una serie de forúnculos ulcerados en la espalda. El granjero acudió tres veces a su consultorio, y en cada ocasión le dijo a Toby que «ya mandaría un cheque», pero aún no lo habían recibido.

Un día que pasaba en coche ante su granja, R. J. lo vio entrar en el granero y metió el Explorer por su camino de acceso. El hombre la saludó cortésmente, aunque con cierta curiosidad.

—Me alegra poder decirle que no necesito sus servicios. Los forúnculos ya se han curado.

—Eso es bueno, señor Hinton. Me alegro de oírlo. Pero estaba pensando..., bueno, si no podría pagarme la factura de las tres visitas.

—¿Por eso ha venido? —La fulminó con la mirada—. ¡Santo Dios! ¿Es necesario hostigar a los pacientes? ¿Qué clase de doctora es usted?

—Una doctora que acaba de abrir un consultorio.

—Debería usted saber que el doctor Thorndike siempre daba a la gente un buen margen de tiempo para pagar.

—El doctor Thorndike hace mucho tiempo que no está,

y yo no puedo permitirme ese lujo. Le agradecería que pagara usted su deuda —replicó, y le dio los buenos días con toda la cortesía de que fue capaz.

Aquella noche, David meneó lentamente la cabeza cuando ella le refirió este encuentro.

—Hinton es un viejo tacaño, y terco como una mula. Siempre hace esperar a todo el mundo antes de pagar, saca el mayor partido de los intereses del dinero que tiene en el banco. Lo que debes comprender, y lo que tus pacientes también deben comprender, es que además de atenderlos estás llevando un negocio.

Tenía que establecer un sistema de cobros, le aconsejó David. Las reclamaciones debía hacerlas alguien que no fuera ella, para así «conservar su imagen de santa». Cobrar deudas venía a ser siempre igual, fuera cual fuese el negocio, comentó él, y entre los dos elaboraron un programa que a la mañana siguiente R. J. le explicó a Toby, la cobradora delegada, que una vez al mes se encargaría de enviar las facturas.

Toby conocía bien a la gente del pueblo, y sería ella quien determinaría si un paciente era realmente pobre o no lo era. Quien no tuviera dinero, podría pagar en especies o con su trabajo. Si alguien no podía pagar en dinero ni en especies, no se le pasaría factura.

En cuanto a los que Toby consideraba en condiciones de pagar, se programaron en el ordenador distintas categorías: retrasos de hasta treinta días, retrasos de sesenta a noventa días y retrasos de más de noventa días. Cuarenta y cinco días después de echar al correo la primera factura, se enviaba la carta número uno en la que se solicitaba al paciente que se pusiera en contacto con la doctora si tenía alguna duda sobre su cuenta. A los sesenta días, Toby llamaba por teléfono para recordarle al paciente el estado de su cuenta, y tomaba nota de la respuesta. A los noventa días, se enviaba la carta número dos, una solicitud de pago en términos más firmes y para una fecha determinada.

David le sugirió que después de cuatro meses entregara la cuenta a una agencia de cobros. R. J. frunció la nariz con repugnancia; eso no concordaba con su idea de las relaciones que quería establecer en una pequeña población. Aunque se daba cuenta de que debía aprender a ser una empresaria además de una sanadora; Toby y ella acordaron que por el momento se abstendrían de tratar con una agencia de cobros.

Una mañana Toby se presentó en el trabajo con un pedazo de papel que entregó con una sonrisa a R. J. El papel estaba amarillento y quebradizo, y venía dentro de una funda de plástico transparente.

—Mary Stern la encontró en los archivos de la Sociedad Histórica —dijo Toby—, y como iba dirigida a un antepasado de mi marido, el hermano de su tatarabuela, la trajo a casa para enseñárnosla.

Era una factura de médico, extendida a nombre de Alonzo S. Sheffield, en concepto de «Visita en consultorio, gripe: cincuenta centavos». El nombre impreso encima era el del doctor Peter Elias Hathaway, y la fecha de la factura el 16 de mayo de 1889.

—Ha habido varias docenas de médicos en Woodfield antes de usted —le comentó Toby a R. J.—. Dele la vuelta.

En el reverso había un poema impreso:

Justo en el momento del peligro, pero no antes,
a Dios y al médico adoramos por igual;
una vez pasado el peligro, por igual se lo pagamos:
Dios olvidado, y el médico desdeñado.

Toby devolvió la factura a la Sociedad Histórica, pero no sin antes copiar el poema y meterlo en el ordenador, en Cuentas Pendientes.

David hablaba con frecuencia de Sarah, y R. J. le animaba a hacerlo. Una noche sacó cuatro gruesos álbumes de fotografías que registraban la vida de una niña: Sarah de recién nacida, en brazos de su abuela materna, la difunta Trudi Kaufman, una mujer rolliza con una amplia sonrisa; Sarah en su andador, contemplando con gravedad a su joven padre mientras éste se afeitaba. Muchas fotografías daban pie a una anécdota.

—¿Ves este mono acolchado? Azul marino, su primer mono para la nieve. Acababa de cumplir un año, y Natalie y yo estábamos muy contentos porque hacía poco que ya no necesitaba pañales. Un sábado la llevamos a A&S, Abraham & Strauss, unos grandes almacenes en el centro de Brooklyn. Era el mes de enero, justo después de fiestas, y hacía mucho frío. ¿Sabes lo que es vestir a una criatura para el frío? ¿Sabes las capas y capas de ropa que hay que ponerle?

R. J. asintió con una sonrisa.

—Llevaba tantas capas que parecía una cebolla. Bueno, pues estábamos en el ascensor de A&S, y en cada planta el ascensorista iba anunciando las mercancías. Yo la llevaba en brazos, pero la dejé en el suelo y Natalie y yo le cogimos una mano cada uno. Y me fijé en la cara del ascensorista mientras recitaba las mercancías y seguí la dirección de su mirada. Entonces me di cuenta que alrededor de esos dos zapatitos blancos de bebé había un gran círculo de humedad en la moqueta del ascensor. Las perneras de Sarah eran de un azul más oscuro y estaban más mojadas que el resto del mono.

»Llevábamos ropa para cambiarla en el coche, así que fui corriendo al aparcamiento a buscarla. Tuvimos que quitarle todas las capas de ropa mojada y ponerle más capas de ropa seca, pero el mono para la nieve estaba empapado, y tuvimos que ir a la sección de ropa infantil y comprarle otro.

Sarah en su primer día de escuela. Una delgaducha Sarah de ocho años excavando en la arena durante unas vacaciones en la playa de Old Lyme, en Connecticut. Sarah con alambre en los dientes y una sonrisa exagerada para exhibirlos.

En algunas fotografías estaba también David, pero R. J. pensó que por lo general estaba detrás de la cámara ya que Natalie aparecía en muchas de ellas. R. J. la examinó con disimulo: una joven bonita y segura de sí misma, con una larga cabellera negra, asombrosamente familiar porque su hija de dieciséis años se le parecía muchísimo.

Había algo de impropio —de enfermizo incluso— en envidiar a una muerta, pero R. J. envidiaba a la mujer que estaba viva cuando se tomaron todas aquellas instantáneas, la mujer que había concebido y dado a luz una hija, que había educado a Sarah, que le había dado su amor. Tuvo que reconocer a su pesar que parte de su interés por David Markus se debía a su propio anhelo de tener una hija, a que codiciaba a la muchacha que David Markus y Natalie Kaufman Markus habían traído al mundo.

De vez en cuando, en sus desplazamientos de un lado a otro, se acordaba de Sarah y de su colección y procuraba estar atenta por si veía alguna piedra corazón, pero siempre sin éxito. Por lo general estaba demasiado atareada para acordarse, y demasiado escasa de tiempo para dedicar unos agradables minutos a examinar las piedras del suelo.

Ocurrió por azar, en un momento de suerte. Un caluroso día de verano, R. J. se internó en el bosque y se descalzó en la orilla del río. Se arremangó los pantalones por encima de la rodilla y echó a andar por las frías aguas del Catamount. Muy pronto llegó a un remanso y vio que estaba lleno de truchas de arroyo o truchas pardas, que permanecían en suspenso en el agua transparente. Entonces, justo debajo de las truchas, vio una piedra blancuzca y no muy grande. Aunque los anteriores desengaños le habían enseñado a no hacerse ilusiones, avanzó unos pasos hacia agua más profunda, ahuyentando a los peces en todas direcciones, y extendió la mano hasta que sus dedos se cerraron sobre el guijarro.

Una piedra corazón.

Un cristal, seguramente cuarzo, de unos cinco centímetros de diámetro, con una superficie lisa que innumerables años de agua corriente y arena habían vuelto opaca hasta darle exactamente la forma adecuada.

R. J. se la llevó a casa con una sensación de triunfo. Sacó un estuche de joyería de un cajón del escritorio, quitó los pendientes de perlas y acomodó el cristal sobre el forro de terciopelo. Luego cogió la caja y cruzó el pueblo en su automóvil.

Por fortuna, la casa de troncos estaba vacía cuando llegó. Sin parar el motor del Explorer, bajó del coche y dejó el estuchito en el centro del peldaño superior, ante la puerta de Sarah Markus. Acto seguido corrió al coche y emprendió la fuga con tanto alivio como si acabara de atracar un banco.

21

Encontrar el camino

R. J. no le dijo nada a Sarah sobre la piedra corazón que le había dejado, ni Sarah dijo nada que diera a entender que había encontrado el cristal en su estuche de joyería.

Pero el siguiente miércoles por la tarde, cuando R. J. llegó a casa al terminar el trabajo, se encontró una cajita de cartón ante la puerta. Dentro había una piedra brillante de color verde oscuro, con una grieta irregular que empezaba en la depresión superior y llegaba a medio camino de la punta inferior.

A la mañana siguiente, en su precioso día libre, R. J. acudió a un cascajal de las colinas que utilizaba el departamento de carreteras del pueblo. Millones de años antes había pasado por allí un gran torrente de hielo que arrastraba consigo tierra, guijarros y rocas; y de él se habían desprendido grandes fragmentos helados que, al derretirse en un río de agua, habían arrastrado el material de aluvión hasta formar una morrena que ahora proporcionaba grava para las carreteras de Woodfield.

R. J. se pasó toda la mañana revolviendo montones de piedras, hurgando en ellos con las manos. Las piedras presentaban un sinfín de colores, matices y combinaciones: marrón, beige, blanco, azul, verde, negro y gris. Había piedras de todas las formas, y R. J. inspeccionó y desechó miles de ellas sin encontrar lo que buscaba. Hacia mediodía, quemada por el sol y malhumorada, emprendió el regreso a casa. Al pasar ante la granja de los Krantz vio a Freda que, desde el huerto, hacía señales con el bastón para que detuviera el coche.

—Estoy cogiendo remolachas —le anunció Freda cuando hubo bajado la ventanilla—. ¿Quiere unas cuantas?

—Naturalmente. Voy a ayudarle.

Se dirigieron al amplio huerto que se extendía al sur del gran cobertizo rojo de los Krantz. Cuando acababan de arrancar la octava remolacha, R. J. vio entre la tierra revuelta un trocito de basalto negro del tamaño de la uña de su meñique y con una forma perfecta. Lanzó un grito de júbilo y se abalanzó sobre él.

—¿Puedo quedármelo?

—¿Es un diamante? —preguntó Freda, atónita.

—No, es sólo una piedrecita —respondió ella, y se llevó las remolachas y la piedra con una intensa sensación de triunfo.

Cuando llegó a casa lavó la piedra, la envolvió en un pañuelo de papel y la colocó en una caja de plástico que había contenido una cinta de vídeo. Luego cogió una caja de cartón de unos treinta y cinco centímetros de lado e hizo palomitas de maíz —de las que comió algunas para almorzar—, y colocó la caja del vídeo dentro de la de cartón y la acabó de llenar con palomitas. Seguidamente, cogió una caja aún mayor, de noventa centímetros por sesenta, y colocó la otra caja en su interior, rodeada por bolas de papel de periódico. Finalmente la cerró con cinta adhesiva.

Tuvo que poner el despertador para madrugar, de manera que David y Sarah estuvieran durmiendo cuando llegara a su casa. El sol todavía estaba bajo y brillaba sobre la hierba mojada cuando aparcó al borde de la carretera, sin atreverse a llegar en coche hasta la puerta. Cargó con la caja por el camino de acceso y la dejó en los escalones de la entrada, justo en el instante en que *Chaim* relinchaba en el prado.

—¡Ah! ¡Conque eras tú! —exclamó Sarah desde su ventana.

Bajó a la puerta en un instante.

—¡Ahí va! Ésta sí que será grande —le comentó, y R. J. se echó a reír cuando vio la cara que ponía al levantar la caja, que apenas pesaba—. Vamos, entra —la invitó Sarah—. Te prepararé un café.

Sentadas a la mesa de la cocina, se miraron sonrientes.

—Me encantan las dos piedras corazón que me has dado. Las conservaré siempre —dijo R. J.

—El cristal que me diste es mi piedra favorita, al menos por ahora. Cambio mucho de favorita —añadió Sarah, en un alarde de sinceridad—. Dicen que los cristales tienen el poder de curar las enfermedades. ¿Tú qué opinas?

R. J. respondió con igual sinceridad:

—Lo dudo. Pero lo cierto es que no tengo ninguna experiencia con los cristales, así que no estoy en condiciones de afirmar nada.

—Bueno, pues yo creo que las piedras corazón son mágicas. Sé que a veces dan mucha suerte, y siempre llevo una encima, vaya donde vaya. ¿Crees en la suerte?

—Por supuesto que creo en la suerte.

Mientras se hacía el café, Sarah puso la caja sobre la mesa y cortó la cinta adhesiva. Las distintas capas y obstáculos que tuvo que salvar la hicieron reír de buena gana. Cuando al fin descubrió la minúscula piedra corazón negra, se quedó boquiabierta.

—¡Es la mejor que he visto en mi vida! —exclamó.

La mesa y el suelo estaban cubiertos de bolas de papel arrugadas, cajas y palomitas de maíz; R. J. tenía la sensación de haber estado abriendo regalos la mañana de Navidad. Así fue como las encontró David cuando bajó, todavía en pijama, a prepararse un café.

R. J. empezó a pasar más tiempo en casa, disfrutando con la experiencia de hacerse su propio nido sin necesidad de tener en cuenta los gustos y disgustos de nadie más.

Poco antes había recibido los libros que llenaban la biblioteca de la casa de la calle Brattle, e hizo un trato con George Garroway por el que ofrecía atención pediátrica a sus cuatro hijos a cambio de su trabajo como carpintero. Luego compró madera curada en un aserradero que llevaba un solo hombre, en lo profundo de las colinas. En Boston, los tablones de cerezo hubieran sido secados al horno y su precio habría resultado prohibitivo. En cambio Elliot Purdy se ocupaba de todo el trabajo: talaba los árboles de sus propias tierras, los aserraba y los apilaba cuidadosamente para que la madera se secara al aire libre, de manera que el precio resultaba razonable. R. J. y David se llevaron los tablones en la camioneta de éste. Garroway cubrió las paredes de la sala con estanterías. R. J. se pasó noche tras noche lijándolas y frotándolas con aceite de linaza, a menudo con la ayuda de David y a veces con la de Toby y Jan, a los que recompensaba con platos de espaguetis y ópera en el compact disc. Cuando terminaron, la habitación adquirió esa calidez que sólo producen la madera reluciente y los lomos de muchos libros.

Junto con las cajas de libros trasladadas en camión desde el almacén de Boston llegó también el piano, que instaló ante la ventana de la sala, sobre la alfombra persa que había sido su posesión más preciada en la casa de Cambridge. La antigua alfombra de Heriz se había tejido en vivos colores ciento veinticinco años atrás, pero con el paso del tiempo el rojo había adquirido un tono de óxido, los azules y los verdes habían conseguido ricos y sutiles matices y el blanco se había convertido en un delicado crema.

Unos días más tarde, una camioneta de Federal Express se detuvo ante la puerta de R. J. y el conductor le entregó un voluminoso paquete procedente de Holanda. Era el legado de Betts Sullivan, un juego compuesto por una bandeja, una cafetera, una tetera, una azucarera y una jarrita para crema, todo ello en plata hermosamente labrada. R. J. se pasó una velada entera puliendo las pesadas piezas, y luego las colocó sobre una cómoda baja donde podía verlas, junto a la alfombra de Heriz, mientras tocaba el piano. Descubrió así una sensación extraordinariamente placentera a la que fácilmente podía volverse adicta.

David quedó impresionado al ver el servicio de plata, mostró interés cuando R. J. le habló de Elizabeth Sullivan, y pareció conmovido cuando le llevó al pequeño claro a orillas del río donde estaban enterradas las cenizas de Betts.

—¿Vienes a menudo para hablar con ella?

—Vengo porque me gusta el sitio. Pero no... No hablo con Elizabeth.

—¿No quieres decirle que has recibido su regalo?

—Elizabeth no está aquí, David.

—¿Cómo lo sabes?

—Lo sé. Lo que enterré bajo esa roca eran sólo unos fragmentos de huesos calcinados. Elizabeth quería sencillamente que sus restos volvieran a la tierra en algún lugar hermoso y silvestre. Este pueblo, este lugar junto al río Catamount, no significaron nada para ella durante su vida. Ni siquiera los conocía. Si las almas regresan después de la muerte..., y no creo que eso suceda porque la muerte es la muerte..., pero si pudiera suceder, ¿no crees que Betts Sullivan iría a algún lugar que hubiera sido significativo para ella?

R. J. se dio cuenta de que lo había escandalizado y decepcionado enormemente.

Eran personas muy distintas. Quizás era cierto que los contrarios se atraían, pensó ella.

Aunque su relación estaba sembrada de dudas e incertidumbres, también compartían horas maravillosas. Exploraron juntos la finca y encontraron auténticos tesoros. En lo profundo del bosque había una serie de embalses, como las cuentas de un collar enorme. Empezaban con un minúsculo dique que encerraba un hilillo de agua demasiado pequeño para llamarlo arroyo y que originaba un remanso poco mayor que un charco. Los castores, trabajando con infalible instinto de ingenieros, habían construido una serie de diques y estanques a partir del primero, cada uno un poco mayor que el anterior, hasta terminar en una laguna que ocupaba más de media hectárea. Aves acuáticas y otros animales silvestres acudían al estanque más grande para anidar y pescar truchas, y era un lugar plácido y tranquilo.

—Ojalá pudiera llegar hasta aquí sin tener que abrirme paso entre los árboles y la maleza.

David le dio la razón.

—Necesitas un sendero —señaló.

Ese mismo fin de semana acudió con pulverizadores de pintura para señalar el sendero. Recorrieron el camino muchas veces para asegurarse bien antes de marcar los árboles, y después David trajo la sierra mecánica y empezó a trabajar.

Mantuvieron el sendero deliberadamente angosto y evitaron tocar los troncos caídos y los árboles más grandes, salvo para podar las ramas bajas que habrían podido obstaculizar el paso. R. J. se llevó a rastras las ramas y los arbolillos que David cortaba, reservando los más gruesos para leña y apilando la hojarasca para que los animales pequeños hicieran sus madrigueras en ella.

David le mostraba los rastros de animales, un espino cerval en el que un ciervo se había raspado la pelusa de las astas, un tronco seco despedazado por un oso negro que buscaba larvas e insectos, y algún que otro montón de excrementos de oso, a veces informe, cuando correspondía a una diarrea de bayas, y a veces exactamente igual que una defecación humana, aunque de un calibre cómicamente enorme.

—¿Hay muchos osos por aquí?

—Bastantes. Tarde o temprano verás alguno, probablemente a lo lejos. No dejan que nos acerquemos. Nos oyen llegar, nos huelen. Por lo general se apartan de los humanos.

En algunos lugares el panorama era de especial belleza y, mientras trabajaban, R. J. fue tomando nota mentalmente de diversos sitios donde le gustaría poner bancos. De momento compró dos sillas de plástico en el supermercado de

Greenfield y las colocó junto a un grupo de arbustos, en la orilla del estanque de los castores. Aprendió a permanecer allí sentada mucho rato sin moverse, y a veces se veía recompensada. Así pudo contemplar los castores, una espléndida pareja de ánsares, una garza azul que se paseaba por el agua poco profunda, un ciervo que acudía al estanque a beber y dos tortugas de presa tan grandes como la bandeja de plata de Betts. A veces tenía la sensación de no haber estado nunca en un atasco de tráfico.

Poco a poco, cuando disponían de un momento, David y ella fueron abriendo un estrecho sendero que cruzaba el bosque susurrante hasta los estanques de los castores y seguía aún más allá, hacia el río.

22

Los cantantes

Pese a todos sus reparos, R. J. fue asumiendo la relación.

Le asustaba pensar que una mujer de su edad y experiencia pudiera volverse tan frágil por dentro, tan vulnerable como una adolescente. Su trabajo la tenía apartada de David durante la mayor parte del tiempo, pero se sorprendía pensando en él en momentos imprevisibles e inoportunos; en su boca, su voz, sus ojos, en la forma de su cabeza, en su manera de moverse. Trató de examinar sus reacciones científicamente y pensar que todo era química biológica: cuando veía a David, oía su voz, percibía su presencia, el cerebro segregaba feniletilamina para enloquecerle el cuerpo. Cuando él la acariciaba, cuando la besaba, cuando hacían el amor, la liberación de hormona oxitocina hacía que el acto sexual fuese más dulce.

Durante el día lo desterraba de su pensamiento de modo inapelable, para poder funcionar como médica.

Cuando pasaban algún tiempo juntos, no podían quitarse las manos de encima.

Para David era un momento difícil, un momento crucial. Había enviado la mitad de su libro y un resumen a una importante editorial, y a finales de julio fue llamado a Nueva York, adonde se trasladó en tren el día más caluroso del estío.

Regresó con un contrato. El anticipo no iba a cambiarle la vida: veinte mil dólares, la cifra habitual para una primera novela literaria en la que no hubiera crímenes ni un detective sexy.

Pero era una victoria, con el triunfo adicional de que había permitido que su editor lo invitara a comer pero no a beber.

Para celebrarlo, R. J. lo invitó a una cena de postín en el Deerfield Inn y luego lo acompañó a una reunión de Alcohólicos Anónimos en Greenfield. Durante la cena, él le había confesado que le aterrorizaba la idea de ser incapaz de terminar el libro. En la reunión de A. A., ella advirtió que le faltaba seguridad en sí mismo para identificarse como escritor.

—Me llamo David Markus —se presentó—. Soy alcohólico y vendo fincas en Woodfield.

Cuando regresaron a casa de David para dar fin a la velada se sentaron a oscuras en el maltratado sofá del porche, junto a los tarros de miel, y conversaron en voz queda, disfrutando de la brisa que de vez en cuando les llegaba del bosque, desde el otro lado del prado.

Mientras estaban allí sentados bajó un coche por la carretera y se internó por el camino de acceso, proyectando con sus haces amarillos sombras de la vieja glicina que resguardaba el porche.

—Es Sarah —le anunció—. Había ido al cine con Bobby Henderson.

Cuando el automóvil se acercó más a la casa, oyeron una melodía. Sarah y el joven Henderson estaban cantando *Clementina* con voces agudas y desafinadas. Era evidente que se lo estaban pasando en grande.

David soltó una carcajada.

—¡Chis! —R. J. le impuso silencio en voz baja.

El automóvil se detuvo por fin ante la casa, separado del porche sólo por cuatro metros de aire y la espesa glicina.

Sarah dio comienzo a la siguiente canción, *El diácono que bajó al sótano a rezar*, y el muchacho la siguió al instante.

Al terminar la canción hubo un silencio. «Bobby Henderson debe de estar besando a Sarah —pensó R. J.—. Hubiéramos tenido que advertirles que estamos aquí.» Pero ya era demasiado tarde. David y ella siguieron sentados en el sofá, cogidos de la mano como un viejo matrimonio, y se sonrieron en la oscuridad.

Entonces Bobby empezó otra canción.

—*El chichirrín es gordo y bajito...*

—Oh. Bobby, qué cerdo eres —protestó Sarah, pero se le escapó una risita, y cuando él siguió adelante, cantó también a coro.

—*Está cubierto de pelo...*

—*... de mucho pelo...*

—*Como un conejito...*

—*... un conejito...*

David soltó la mano de R. J.

—*Sí, cubierto de pelo...*

—*... rizado y negro...*

—*Y partido por la mitad...*

—*... por la mitad...*

—*Es lo que llaman...*

—*... es lo que llamaaan...*

—*¡El chichirrín de Sarah!*

—*... ¡El chichirrín de Saraaah...!*

—¡Sarah! —la llamó David en voz alta.

Sarah soltó una exclamación.

—Entra en casa.

Hubo un torrente de susurros nerviosos y luego una risita. Se oyó la puerta del coche que se abría y volvía a cerrarse. Sarah subió los escalones de la entrada y pasó ante ellos sin decir nada mientras el automóvil de Bobby Henderson arrancaba velozmente, hacía un giro completo en el patio y volvía a pasar ante la casa para enfilar la carretera.

—Vamos, te acompaño a casa —dijo—. Luego hablaré con ella.

—Tranquilízate, David. No ha cometido ningún asesinato.

—¿Y su propio respeto?

—Bueno..., ha sido una tontería de adolescentes.

—¿Una tontería? ¡Eso debo decirlo yo!

—Escucha un momento, David. ¿Es que tú no cantabas canciones verdes cuando tenías su edad?

—Sí. Las cantaba con los amigos. Pero nunca con una chica respetable, te lo aseguro.

—Lo siento por ti —dijo R. J., y bajó los escalones para ir hacia el coche.

David la llamó al día siguiente para invitarla a cenar, pero estaba muy ocupada; para ella fue el principio de una maratón de cinco días, cinco días con sus respectivas noches. Su padre estaba en lo cierto: le interrumpían el sueño con demasiada frecuencia. El problema era que el Centro Médico de Greenfield al que ella enviaba a sus pacientes, a media hora de distancia en ambulancia en los casos de urgencia, no era un hospital universitario. En Boston, en las raras ocasiones en que la llamaban por la noche, casi siempre recibía una evaluación del problema según el médico interno y podía volver a acostarse después de decirle al residente lo que debía hacer con el paciente. Aquí no había médicos internos. Cuando recibía una llamada era de una enfermera, y a menudo en mitad de la noche. El personal de enfermería era muy bueno, pero R. J. llegó a conocer demasiado bien el camino Mohawk de día, de noche y en la menguante oscuridad del alba.

R. J. envidiaba a los doctores de los países europeos, donde se remitía a los pacientes al hospital con su historial clínico, y un equipo de médicos del hospital asumía toda la responsabilidad de los cuidados. Pero ella ejercía en Woodfield, no en Europa, así que debía desplazarse con frecuencia al hospital.

Cuando llegó el invierno y el camino Mohawk se puso resbaladizo, R. J. tuvo horribles premoniciones sobre la carretera. Aquella semana, durante el más agotador de esos fatigosos viajes, recordó que había sido ella la que había querido trabajar en el campo.

Hasta el fin de semana no tuvo tiempo para aceptar la invitación de David, pero cuando llegó a su casa se encontró con que había salido.

—Ha tenido que llevar unos clientes a Potter's Hill para enseñarles la finca de Weiland. Una pareja de Nueva Jersey —le explicó Sarah. Llevaba camiseta y unos pantalones cortos que le hacían más largas las ya largas y bronceadas piernas—. Esta noche cocino yo: estofado de ternera. ¿Quieres limonada?

—Bueno.

Sarah se la sirvió.

—Puedes tomártela en el porche o puedes hacerme compañía en la cocina.

—En la cocina, en la cocina, por descontado. —R. J. se sentó ante la mesa y se fue bebiendo la limonada mientras Sarah sacaba trozos de ternera del frigorífico, los lavaba bajo el chorro del grifo, los secaba con toallas de papel y los echaba en una bolsa de plástico que contenía harina y condimentos. Después de agitar la bolsa para que la ternera quedara bien rebozada, echó un poco de aceite en una cazuela y puso la carne dentro.

—Ahora, media hora de horno a doscientos grados.

—Hablas y actúas como una gran cocinera.

La muchacha se encogió de hombros y sonrió.

—Bueno. Soy hija de mi padre.

—Sí. Tu padre es un cocinero magnífico, ¿verdad? —R. J. hizo una pausa—. ¿Todavía está enfadado?

—No. Papá se enfada a veces, pero se le pasa enseguida. —Bajó un cesto que colgaba de un gancho en la cocina—. Y ahora, mientras la ternera se dora, tenemos que salir a buscar las verduras para el estofado.

Salieron al huerto, se arrodillaron una a cada lado de una hilera de fréjoles enanos Blue Lake y fueron cogiéndolos entre las dos.

—Mi padre tiene unas ideas muy raras. Le gustaría envolverme en celofán y no desenvolverme hasta que fuese una anciana casada.

R. J. sonrió.

—Mi padre era igual. Me parece que casi todos los padres piensan lo mismo. Y es por lo mucho que quieren proteger a sus hijos del dolor.

—Pues no pueden.

—No, tienes razón, Sarah. No pueden.

—Ya tenemos bastantes fréjoles. Voy a buscar una chirivía. Mientras tanto, coge unas cuantas zanahorias, ¿quieres?

Las zanahorias, cortas, gruesas y de un naranja intenso, se desprendieron fácilmente porque la tierra estaba bien entrecavada.

—¿Hace mucho que sales con Bobby?

—Casi un año. Mi padre quería que conociera chicos judíos, por eso pertenecemos al templo de Greenfield, pero Greenfield queda demasiado lejos para tener allí amigos íntimos de verdad. Además se ha pasado la vida diciéndome que no hay que juzgar a la gente por la raza ni la religión. ¿Es que la cosa cambia cuando empiezas a salir con chicos? —Estaba ceñuda—. Cuando empezó a salir contigo, tu religión no contaba para nada.

R. J. asintió, divertida.

—Bobby Henderson es un gran chico y se porta muy bien conmigo. Hasta que empecé a salir con él no tenía muchos amigos en la escuela. Juega a fútbol, y el otoño que viene será capitán. Es muy popular, y eso me ha vuelto popular también a mí, ¿entiendes?

R. J. asintió de nuevo, preocupada. Lo entendía.

—Pero hay una cosa, Sarah. La otra noche, tu padre tenía razón. No cometiste ningún crimen, pero cantar aquella canción fue una falta de respeto hacia ti misma. Las canciones así... son como pornografía. Si les das pie a los hombres, te verán como un pedazo de carne.

Sarah miró a R. J. de hito en hito, sopesándola. Su expresión era muy grave.

—Bobby no me ve así. Tengo mucha suerte de que salga conmigo. Yo no soy de una belleza arrebatadora.

Esta vez fue R. J. la que frunció la frente.

—Quieres engañarme, ¿verdad?

—¿En qué?

—O me engañas, o te engañas a ti misma. Eres deslumbrante.

Sarah le quitó la tierra a un nabo, lo echó al cesto y se puso en pie.

—Ya me gustaría.

—Tu padre me enseñó los álbumes que tiene en la sala. Había muchas fotos de tu madre. Era muy guapa, y tú eres igual que ella.

En lo profundo de los ojos de Sarah apareció un enternecimiento sutil.

—La gente dice que me parezco a mi madre.

—Sí, te pareces muchísimo. Dos mujeres hermosas.

Sarah dio un paso hacia R. J.

—¿Me harás un favor?

—Por supuesto. Si está en mi mano.

—Dime qué puedo hacer con estos granos. —Se señaló la barbilla, donde tenía dos barrillos—. No entiendo por qué me salen. Me lavo la cara a fondo y como lo que hay que comer. Estoy perfectamente sana. Nunca he necesitado un médico; ni siquiera he tenido que ir al dentista para que me empastara una muela. Y me pongo un montón de crema pero...

—No uses más crema. Vuelve al agua con jabón y utiliza con mucha suavidad una toalla para la cara, porque se te irrita la piel fácilmente. Te daré una pomada.

—¿Me irá bien?

—Creo que sí. Haz la prueba. —Dudó un instante—. Sarah, a veces hay cosas de las que es más fácil hablar con una mujer que con un hombre, aunque sea tu padre. Si alguna vez quieres preguntar algo, o sencillamente charlar un rato...

—Gracias. Ya oí lo que le dijiste a mi padre la otra noche, y cómo saliste en mi defensa. Te lo agradezco. —Se acercó a R. J. y la abrazó.

A R. J. le cedieron un poco las piernas; hubiera querido devolverle el apretón, acariciar la reluciente cabellera de la muchacha, pero se limitó a darle unas torpes palmadas en el hombro con la mano que no sujetaba las zanahorias.

23

Un don para ser utilizado

Por lo general la temperatura en las colinas siempre era cinco o seis grados más baja que en el valle, tanto en verano como en invierno, pero ese año en la tercera semana de agosto el calor fue excesivo, y R. J. y David salieron a buscar juntos el frescor del bosque. Al final del sendero se enfrentaron a la espesura y siguieron avanzando con dificultad hacia el río. Luego hicieron sudorosos el amor sobre la pinaza de la ribera, R. J. preocupada por si aparecían cazadores. Después encontraron un remanso con fondo de arena y se sentaron desnudos en el agua, y se lavaron el uno al otro.

—Esto es el paraíso —dijo ella.

—Por lo menos es lo contrario del infierno —respondió David pensativo.

Le contó un relato a R. J., una leyenda.

—En Sheol, el ardiente mundo subterráneo al que van los pecadores, cada viernes al ponerse el sol, el *malaj hamavet*, el Ángel de la Muerte, deja en libertad a las almas, que para aliviarse se pasan el *sabbath* sentadas en un arroyo, como ahora estamos nosotros. Por eso en otros tiempos los judíos más piadosos se negaban a beber agua durante todo el *sabbath*: no querían reducir el nivel de las aguas bienhechoras ocupadas por las almas de Sheol.

A R. J. le pareció interesante la leyenda pero le planteó unos interrogantes sobre David.

—No te comprendo. ¿Hasta qué punto te burlas de la piedad y hasta qué punto la piedad forma parte del verdadero David Markus? A fin de cuentas, ¿quién eres tú para hablar de ángeles si ni siquiera crees en Dios?

David quedó un poco desconcertado.

—¿Quién ha dicho eso? Es sólo que... no estoy completamente seguro de que exista Dios, ni de qué puede ser, en caso de que exista. —Le dirigió una sonrisa—. Creo en todo un orden de poderes superiores. Ángeles. *Djinns*. Espíritus de cocina. Creo en los espíritus sagrados que atienden los molinos de oraciones, y en los duendes y gnomos. —Alzó una mano—. Escucha.

Lo que ella oyó fue el lamento del agua, trinos confiados, el viento entre la infinidad de hojas, el zumbido aterciopelado de un camión en la lejana carretera.

—Cada vez que vengo al bosque noto la presencia de los espíritus.

—Estoy hablando en serio, David.

—¡Y yo también, maldita sea!

R. J. vio que David era capaz de experimentar una euforia espontánea, de alcanzar un estado de exaltación sin tomar alcohol. Pero ¿realmente era sin tomar alcohol? ¿Estaba ya a salvo de la bebida?

¿En qué medida estaba curada la debilidad que acechaba en su interior?

La caprichosa brisa seguía agitando las hojas sobre sus cabezas, y los duendes que David había mencionado tironeaban de ella, pellizcaban las partes más sensibles de su psique, le susurraban que, aunque estaba cada vez más comprometida con ese hombre, había mucho que ignoraba de David Markus.

R. J. había llamado a un asistente social del condado para indicarle que Eva Goodhue y Helen Phillips necesitaban ayuda, pero las autoridades actuaban despacio y, antes de que la llamada diera resultados, una tarde se presentó un muchacho en el consultorio y anunció que se necesitaba con urgencia a la doctora en el piso de encima de la ferretería.

Esta vez la puerta del apartamento de Eva Goodhue se abrió ante ella y expulsó una vaharada de un aire tan viciado que R. J. tuvo que contener las arcadas. El suelo estaba lleno de gatos que acudían a frotarse contra sus piernas mientras ella trataba de esquivar los excrementos. La basura rebosaba de un cubo de plástico, y la pila estaba llena de platos cubiertos de restos mohosos. R. J. se había figurado que la llamaban porque la señorita Goodhue sufría algún problema, pero la anciana de noventa y dos años, vestida y dinámica, estaba esperándola.

—Es Helen, que no se encuentra nada bien.

Helen Phillips estaba acostada. R. J. la auscultó con el estetoscopio sin oír nada alarmante. Necesitaba un buen baño y tenía llagas producidas por su estancia continuada en la cama; tenía indigestión, eructaba y ventoseaba, y no respondía a las preguntas. Eva Goodhue las contestó todas por ella.

—¿Por qué está en cama, Helen?

—Le gusta, está bien en la cama. Le gusta estar acostada mirando la televisión.

A juzgar por el estado de las sábanas, era evidente que Helen hacía todas las comidas en la cama. R. J. se disponía a recetarle un nuevo régimen, más severo: levantarse temprano por la mañana, bañarse a menudo, comer en la mesa... Y una muestra de farmacia para la indigestión. Pero cuando tomó la mano de Helen entre las suyas, notó una corriente de información que la inundó de tristeza y de terror. Quedó consternada. Hacía tiempo que no experimentaba la extraña y tremenda revelación, el conocimiento cierto para el que no cabía explicación.

Descolgó el teléfono y llamó impaciente a la ambulancia del pueblo.

—Joe, soy Roberta Cole. Tengo una urgencia y necesito una ambulancia enseguida. En casa de Eva Goodhue, justo encima de la ferretería.

Llegaron en menos de cuatro minutos, un tiempo récord, pero aun así a Helen Phillips se le paró el corazón cuando la ambulancia todavía estaba a medio camino del hospital. Pese a los frenéticos intentos de reanimación, falleció antes de llegar.

Hacía varios años que R. J. no recibía el mensaje de muerte inminente, y por primera vez tuvo que reconocer que poseía el Don. Recordó lo que le había contado su padre al respecto.

Descubrió que estaba dispuesta a creer.

Quizá, se dijo, podría aprender a utilizarlo para combatir al ángel oscuro al que David llamaba el *malaj hamavet.*

Añadió al maletín una aguja hipodérmica y una provisión de estreptoquinasa, y se acostumbró a cogerles las manos a sus pacientes cada vez que se le presentaba la ocasión.

Apenas tres semanas más tarde, durante una visita al domicilio de Frank Olchowski, un profesor de matemáticas del instituto, que estaba en cama con gripe, le cogió las manos a su esposa Stella y percibió las señales que temía detectar.

Respiró hondo y se forzó a pensar con serenidad. No tenía ni idea de la forma que iba a adoptar el desastre inminente, pero lo más probable era que se presentara como un ataque cardíaco o como un accidente vascular cerebral.

La mujer tenía cincuenta y tres años, pesaba unos quince kilos de más y reaccionó con inquietud y perplejidad.

—¡El enfermo es Frank, doctora Cole! ¿Por qué ha llamado la ambulancia y por qué tengo que ir yo al hospital?

—Confíe en mí, señora Olchowski.

Stella Olchowski entró en la ambulancia, mirando a la doctora de un modo extraño.

R. J. subió a la ambulancia con ella. Le ajustó la mascarilla al rostro y graduó el mando de la bombona para que suministrara oxígeno al ciento por ciento. El conductor era Timothy Dalton, un agricultor.

—Ábrase paso. Sin ruido —le ordenó.

El hombre encendió las luces destellantes y partió a toda

velocidad, pero sin conectar la sirena; R. J. no quería que la señora Olchowski se asustara más de lo que ya lo estaba.

Steve Ripley puso cara de preocupación tras tomarle las constantes vitales a la paciente. El técnico médico lanzó una mirada de perplejidad a R. J.

—¿Qué le ocurre a la paciente, doctora Cole? —preguntó, mientras extendía la mano hacia el radioteléfono.

—No llame al hospital todavía.

—Si llevo a alguien sin síntomas y sin comunicarme con el control médico de la sala de urgencias, me voy a meter en un lío.

R. J. lo miró.

—Hágame caso, Steve.

El hombre colgó de mala gana el radioteléfono y se quedó mirando a Stella Olchowski y a R. J. con creciente preocupación a medida que la ambulancia avanzaba por la carretera.

Habían cubierto dos terceras partes del trayecto cuando la señora Olchowski contrajo las facciones y se llevó una mano al corazón. Emitió un gemido y miró a R. J. con los ojos muy abiertos.

—Vuelva a tomarle las constantes, deprisa.

—¡Dios mío, tiene una arritmia grave!

—Ya puede llamar a control médico. Dígales que está sufriendo un ataque cardíaco y que la doctora Cole va en la ambulancia. Pídales permiso para administrarle estreptoquinasa. —Antes de que terminara de hablar, la aguja hipodérmica ya se había hundido en la carne y sus dedos empujaban el émbolo.

Las células del corazón estaban perfundidas de oxígeno, y cuando se recibió el permiso del control médico el medicamento ya había empezado a actuar. En el momento en que la señora Olchowski fue recogida por el personal de urgencias del hospital, el daño sufrido por el corazón se había reducido al mínimo.

R. J. comprobó por primera vez que el extraño mensaje que a veces recibía de sus pacientes podía salvarles la vida.

Los Olchowski ensalzaron ante sus amistades la maravillosa sabiduría de su médica.

—Se limitó a mirarme y supo lo que iba a ocurrir. ¡Es una gran doctora! —decía Stella. El personal de la ambulancia estaba completamente de acuerdo, y añadía sus propios adornos al relato. R. J. empezó a disfrutar de las sonrisas que le dedicaban mientras se dirigía a sus visitas domiciliarias.

—Al pueblo le gusta tener médico otra vez —le reveló Peg—; y para ellos es un orgullo pensar que tienen una extraordinaria doctora.

A R. J. le resultaba embarazoso, pero el mensaje se extendió por valles y colinas. Toby Smith regresó de la convención demócrata del estado, en Springfield, y le contó que un delegado de Charlemont le había comentado que había oído decir que la doctora para la que Toby trabajaba era una persona muy amable y afectuosa. Siempre le cogía las manos a la gente.

Octubre acabó con los insectos fastidiosos y desencadenó increíbles estallidos de color en los árboles y un alegre jaspeado en las colinas. La gente del pueblo le aseguró que sólo era un otoño corriente, pero ella no lo creyó. Un día del veranillo de San Martín, David y ella fueron a pescar en el Catamount, donde él capturó tres truchas aceptables y ella dos, con las agallas de vivos colores para el apareamiento. Al limpiar las truchas descubrieron que dos eran hembras cargadas de huevas. David reservó las huevas para freírlas con huevos de gallina, pero R. J. las rehusó, porque no le gustaba ninguna clase de freza.

Sentada con él junto a la orilla, empezó a contarle detalles de las experiencias que jamás se atrevería a comentar a ningún colega médico.

R. J. advirtió que David escuchaba con gran interés.

—Está escrito en la Mishná... ¿Sabes qué es la Mishná?

—¿Una escritura sagrada de los hebreos?

—Es el libro básico de la ley y el pensamiento de los judíos, compilado hace mil ochocientos años. En él se cuenta que hubo un rabino llamado Hanina ben Dosa que era capaz de hacer milagros. Rezaba junto a los enfermos y dictaminaba: «Éste vivirá», «Éste morirá», y siempre resultaba como él decía. Un día le preguntaron: «¿Y tú cómo lo sabes?», y él les respondió: «Si la oración es fluida en mi boca, sé que el enfermo es aceptado. Si no lo es, sé que es rechazado.»

R. J. se turbó.

—Yo no rezo a su lado.

—Ya lo sé. Tus antepasados le dieron el nombre apropiado: es el Don.

—Pero... ¿qué es?

David se encogió de hombros.

—Un sabio religioso diría, tanto de ti como del rabino Hanina, que se trata de un mensaje que sólo vosotros tenéis el privilegio de oír.

—Pero ¿por qué yo? ¿Por qué mi familia? Y un mensaje... ¿de quién? Desde luego, no de tu ángel de la muerte.

—Creo que tu padre seguramente tenía razón al pensar que es un don genético, una combinación de sensores mentales y biológicos que te proporciona información complementaria. Una especie de sexto sentido.

Extendió las manos hacia ella.

—No. Quita —protestó R. J. cuando se dio cuenta de lo que pretendía.

Pero David esperó con increíble paciencia hasta que ella las tomó entre las suyas.

R. J. notó el calor y la fuerza del apretón, y una sensación de alivio y al mismo tiempo de enfado.

—Vivirás para siempre.

—Viviré si tú vives —dijo David.

Hablaba como si fueran almas gemelas. R. J. pensó que él ya había tenido un intenso amor, una esposa a la que había adorado y aún recordaba. Ella había tenido a Charlie Harris, un primer amante que había muerto cuando su unión todavía era perfecta y nada la había puesto a prueba, y después un mal matrimonio con un hombre egoísta e inmaduro. Siguió sujetándole las manos, sin deseos de soltarlas.

24

Nuevas amistades

Una atareada tarde de trabajo R. J. recibió una llamada de cierta Penny Coleridge.

—Le he dicho que estaba usted con un paciente y que ya la llamaría —explicó Toby—. Es comadrona. Dice que le gustaría conocerla.

R. J. devolvió la llamada en cuanto pudo. Penny Coleridge tenía una voz agradable, pero por teléfono resultaba imposible calcularle la edad. Dijo que llevaba cuatro años trabajando en las colinas. Había otras dos comadronas —Susan Millet y June Todman— que trabajaban con ella. R. J. las invitó a cenar en su casa el jueves siguiente, su tarde libre, y tras consultar con sus colegas, Penny Coleridge dijo que irían las tres.

Penny Coleridge resultó ser una mujer morena, rolliza y afable, que quizá no había cumplido aún los cuarenta. Susan Millet y June Todman eran unos diez años mayores. A Susan empezaba a encanecérsele el cabello, pero tanto ella como June eran rubias y a veces la gente las tomaba por hermanas porque se parecían bastante, aunque lo cierto es que sólo hacía unos años que se conocían. June se había formado en el programa de maternidad de Yale-New Haven. Penny y Susan eran comadronas y enfermeras; Penny había estudiado en la Universidad de Minnesota y Susan en Urbana, Illinois.

Las tres dejaron bien claro que se alegraban de que hubiera una médica en Woodfield. Según le contaron a R. J., en los pueblos de las colinas había mujeres que a la hora del parto querían ser atendidas por un ginecólogo o un médico de cabecera, y tenían que ir bastante lejos para encontrarlo. Otras pacientes preferían las técnicas menos agresivas utilizadas por las comadronas.

—En sitios donde todos los médicos son hombres, algunas pacientes acuden a nosotras porque quieren que sea una mujer quien les ayude a dar a luz —dijo Susan, y sonrió—. Ahora que está usted aquí, tienen más donde elegir.

Algunos años atrás, los tocoginecólogos de los centros urbanos habían maniobrado políticamente para arrinconar a las comadronas, porque las consideraban sus competidoras.

—Pero aquí en las colinas, los médicos no nos causan problemas —dijo Penny—. Hay trabajo más que suficiente para todos, y se alegran de que estemos aquí para compartir la carga. La ley nos obliga a trabajar como asalariadas, contratadas por un médico o una clínica. Y aunque las comadronas seríamos perfectamente capaces de hacer cosas como extracciones con vácum y partos con fórceps, debemos tener el respaldo de un ginecólogo colegiado para que haga todas esas cosas, lo mismo que usted.

—¿Se ha puesto ya en contacto con algún tocoginecólogo? —le preguntó June a R. J.

—No, y les agradecería que me aconsejaran alguno.

—Nosotras trabajábamos con Grant Hardy, un ginecólogo joven muy bueno —le explicó Susan—. Es listo e idealista, y tiene amplitud de miras. —Torció el gesto—. Demasiado idealista, supongo: ha aceptado un puesto en el Departamento de Sanidad, en Washington.

—¿Se han puesto de acuerdo con algún otro tocoginecólogo?

—Sí, con Daniel Noyes. El problema es que se retira el año que viene y tendremos que empezar a buscar otro. No obstante —añadió Penny, pensativa—, podría ser la persona adecuada para usted, como lo es para nosotras. Aparentemente es gruñón e irritable, pero en realidad es un vejete encantador. Es el mejor tocoginecólogo de la región, con mucho, y si llega a un acuerdo con él tendrá usted tiempo para buscar tranquilamente otro tocoginecólogo antes de que se retire.

—Me parece razonable —R. J. asintió—. Intentaré convencerlo para que trabaje conmigo.

Las comadronas se mostraron visiblemente complacidas al enterarse de que R. J. había recibido enseñanza avanzada en obstetricia y ginecología y que había trabajado en una unidad especializada en los trastornos hormonales de la mujer. Se sintieron aliviadas al saber que podían contar con ella si surgía un problema médico con alguna de sus pacientes, y tenían varias mujeres a las que querían que examinara.

A R. J. le gustaron como personas y como profesionales, y su presencia le hizo sentirse más segura.

Iba con frecuencia a visitar a Eva Goodhue, a veces con unos helados o algo de fruta. Eva era callada e introspectiva; al principio R. J. sospechaba que era su manera de llorar la muerte de su sobrina, pero con el paso de los días llegó a la conclusión de que esos rasgos formaban parte de su personalidad.

El comité pastoral de la Primera Iglesia Congregacionalista había limpiado a conciencia el apartamento, y Comidas Sobre Ruedas, una organización sin ánimo de lucro que atendía a los ancianos, le llevaba una comida caliente cada día. R. J. se reunió con la asistenta social del condado de Franklin, Marjorie Lassiter, y con John Richardson, ministro de la iglesia en Woodfield, para hablar de las restantes necesidades de la señorita Goodhue. La asistenta social comenzó con un sucinto informe de su situación económica.

—Se ha quedado sin nada.

Veintinueve años antes, Norm, el único hermano vivo de Eva Goodhue, había muerto soltero de una neumonía. Su muerte había dejado a Eva como única propietaria de la granja familiar en la que había vivido siempre. Eva la vendió enseguida por casi cuarenta y un mil dólares y alquiló el piso de la calle Mayor, en el pueblo.

Pocos años después, su sobrina Helen Goodhue Phillips, hija de Harold Goodhue, el otro hermano difunto de Eva, se divorció de un marido que la maltrataba y se fue a vivir con su tía.

—Contaban con el dinero que Eva tenía en el banco y con una pequeña pensión asistencial —siguió explicando Marjorie Lassiter—. Creían tener la vida resuelta, y a veces incluso cedían a la tentación de hacer compras por correo. Siempre gastaban más de lo que rentaba anualmente su cuenta bancaria, hasta que por fin se acabó el capital. —Suspiró—. No es un caso insólito, créame, que alguien dure más que su dinero.

—Gracias a Dios que todavía cuenta con la pensión —intervino John Richardson.

—No será suficiente —señaló la asistenta social—. Sólo el alquiler mensual ya asciende a cuatrocientos diez dólares. Ha de comprar comida. Está en Medicare, pero ha de comprar medicamentos. No tiene ningún seguro médico complementario.

—Mientras viva en el pueblo, yo me ocuparé de la atención médica —se ofreció R. J. en voz baja.

Marjorie Lassiter le dirigió una sonrisa pesarosa.

—Pero aún quedan el combustible, la electricidad y alguna que otra prenda de vestir de vez en cuando.

—El Fondo Sumner —apuntó Richardson—. El municipio de Woodfield dispone de una suma de dinero que le fue dejada en fideicomiso para que la dedicara a ayudar a los ciudadanos necesitados. Las ayudas se distribuyen discretamente según el criterio de tres administradores, que las mantienen en secreto. Hablaré con Janet Cantwell —concluyó el ministro.

Al cabo de unos días, R. J. se encontró con Richardson ante la biblioteca, y éste le aseguró que ya lo había arreglado todo con la junta de administradores: la señorita Goodhue recibiría un estipendio mensual del Fondo Sumner, lo suficiente para cubrir su déficit.

Más tarde, mientras actualizaba los historiales clínicos de los pacientes, R. J. tomó conciencia de una verdad como un templo: mientras viviera en un pueblo que estaba dispuesto a ayudar a una anciana indigente, le daba igual que los lavabos del ayuntamiento no fueran nuevos ni estuvieran resplandecientes.

—Quiero seguir viviendo en mi casa —dijo Eva Goodhue.

—Y así será —le aseguró R. J.

Por indicación de Eva, R. J. preparó una infusión de casis, la preferida de la anciana. Se sentaron a la mesa de la cocina y comentaron el examen físico que R. J. acababa de concluir.

—Su estado es extraordinariamente bueno, teniendo en cuenta que va a cumplir noventa y tres años. Está claro que tiene usted unos genes fantásticos. ¿Sus padres también fueron longevos?

—No, mis padres murieron bastante jóvenes. Mi madre, de un ataque de apendicitis cuando yo sólo tenía cinco años. Quizá mi padre hubiera llegado a viejo, pero murió en un accidente: se soltó un cargamento de troncos y quedó aplastado. Eso ocurrió cuando yo tenía nueve años.

—Y entonces, ¿quién la crió?

—Mi hermano Norm. Yo tenía dos hermanos; Norm, trece años mayor que yo, y Harold, que era cuatro años menor que Norm. No se llevaban bien. Nada bien. No hacían más que discutir, hasta que un día Harold se marchó de la granja y Norman tuvo que ocuparse de ella. Ingresó en la Guardia Costera y no volvió más a casa ni volvió a comunicarse con Norm, aunque yo recibía una postal de vez en cuando, y a veces por Navidad me llegaba una carta y algo de dinero. —Bebió un poco de infusión—. Harold falleció de tuberculosis en el Hospital Naval de Maryland unos diez años antes de la muerte de Norm.

—¿Sabe lo que no me entra en la cabeza?

La expresión hizo sonreír a Eva.

—¿Qué?

—Cuando usted nació, Victoria reinaba en Inglaterra. Guillermo II era el último emperador de Alemania. Teddy Roosevelt estaba a punto de convertirse en presidente de Estados Unidos. Y Woodfield... ¡cuántos cambios habrá visto usted en Woodfield!

—No tantos como pueda imaginarse —objetó Eva—. El automóvil, naturalmente. Ahora todas las carreteras importantes están asfaltadas. Y la electricidad llega a todas partes. Recuerdo cuando pusieron las farolas en la calle Mayor. Yo tenía catorce años. Cuando terminé mis tareas en la granja, que estaba a diez kilómetros, vine andando hasta el pueblo para ver las luces encendidas. Aún pasaron diez o veinte años antes de que los cables eléctricos llegaran a todas las casas del pueblo. Ni siquiera conocimos las ordeñadoras mecánicas hasta que yo tenía cuarenta y siete años. ¡Ése sí que fue un cambio agradable!

Apenas dijo nada sobre la muerte de Helen. R. J. abordó el tema porque creyó que le haría bien hablar de ello, pero Eva se limitó a mirarla con ojos cansados, tan profundos e insondables como un lago.

—Era un alma bendita, la hija única de mi hermano Harold. Claro que la notaré a faltar. Los echo de menos a todos, o a casi todos.

Y luego añadió:

—He vivido más que todas las personas que conocía.

25

Instalarse

Un suave día de mediados de octubre, al salir del hospital de Greenfield, R. J. vio a Susan Millet en el aparcamiento, hablando con un hombre calvo y rubicundo. Era alto y fornido, aunque algo encorvado, como si tuviera la columna de hojalata retorcida, y el hombro izquierdo estaba más bajo que el derecho. «Escoliosis crónica», pensó R. J.

—¡Hola, R. J.! Venga, quiero presentarle a alguien. Doctor Daniel Noyes, le presento a la doctora Roberta Cole.

Se estrecharon la mano.

—Así que usted es la doctora Cole. Me parece que lo único que les he oído últimamente a estas tres comadronas es su nombre. Por lo visto es usted toda una especialista en hormonas.

—Yo no diría tanto. —Le explicó que había trabajado en la unidad del Hospital Lemuel Grace, y él movió afirmativamente la cabeza.

—No me contradiga. Eso la convierte en la mayor especialista en hormonas que hemos tenido jamás por aquí.

—Tengo intención de asistir partos, dentro de una medicina familiar completa, y necesito la cooperación de un tocoginecólogo que pertenezca a la plantilla del centro médico.

—Conque sí, ¿eh? —dijo él con frialdad.

—Sí.

Se miraron fijamente.

—¿Me está pidiendo acaso que trabaje con usted?

Era un hombre gruñón, pensó R. J., tal como las comadronas lo habían descrito.

—Sí, ésa es la idea. Comprendo que usted no me conoce. ¿Tiene la hora del almuerzo libre, por casualidad?

—No hace falta que malgaste el dinero invitándome a almorzar. Ya me lo han contado todo sobre usted. ¿Le han dicho que pienso dar fin a mi carrera dentro de doce meses y medio?

—Sí, me lo han dicho.

—Bueno, pues si todavía quiere contar conmigo por tan poco tiempo, por mí no hay inconveniente.

—Magnífico. Lo digo en serio, se lo aseguro.

El médico empezó a sonreír.

—Bueno, eso ya está arreglado. Y ahora, ¿qué le parece si la invito a almorzar en la mejor cantina que queda en el mundo y le cuento algunas batallitas sobre la práctica de la medicina en el oeste de Massachusetts?

Realmente era un vejete encantador, advirtió R. J.

—Me gustaría muchísimo.

El doctor Noyes se volvió hacia Susan, que exhibía una expresión satisfecha.

—Supongo que usted también querrá venir —le dijo con voz hosca.

—No, tengo un compromiso, pero vayan ustedes —replicó Susan. Mientras se dirigía hacia su coche iba riendo para sí.

R. J. estaba muy atareada, trabajaba muchas horas y, por lo general, cuando tenía un poco de tiempo libre se sentía cansada y sin ganas de hacer nada. El sendero del bosque no había avanzado mucho más allá de los estanques de los castores. Cuando quería ir al río, aún tenía que vérselas con un largo trecho a través de la espesura.

Una vez entrado el otoño, David y ella tuvieron que abstenerse de visitar los bosques, que estaban llenos de cazadores con la escopeta cargada y el dedo nervioso en el gatillo. R. J. se estremecía al ver, una y otra vez, ciervos de cola blanca muertos, tirados sobre la capota de coches y camiones. En las colinas había mucha gente que cazaba. Toby y Jan Smith invitaron a cenar a R. J. y David, y les sirvieron un impresionante asado de venado.

—Encontré un macho joven, de cuatro puntas, justo en la cresta que hay encima de la casa —les explicó Jan—. Siempre salgo con mi tío Carter Smith el primer día de la temporada. He cazado con él desde muchacho.

Le contó que cuando él y su tío cazaban un ciervo siempre seguían una tradición de la familia Smith: le arrancaban el corazón al ciervo allí donde había caído, lo partían en rodajas y se lo comían crudo. Se complació en compartir ese detalle con ellos y a lo largo del relato fueron captando el sentimiento de amor y camaradería que había entre Jan y su tío.

R. J. reprimió su repugnancia. No pudo dejar de imaginar qué enfermedades parasitarias podían haberse metido en el cuerpo con el corazón del ciervo, pero desterró tales pensamientos de la cabeza. Tuvo que reconocer que el venado estaba exquisito, y cantó sus alabanzas mientras comía hasta saciarse.

Se había insertado en una cultura que a ella le resultaba considerablemente extraña. A veces tenía que tragar saliva y adaptarse a tradiciones ajenas a su experiencia.

Había unas cuantas familias que llevaban muchas generaciones en el pueblo —los antepasados de Jan Smith llegaron con sus vacas a Woodfield a finales del siglo XVII, caminando desde Cape Cod— y se habían casado entre sí, de manera que daba la impresión de que todos eran primos de todos. Algunos miembros de las antiguas familias de Woodfield acogían bien a los recién llegados, pero otros no. R. J. observó que los que se sentían más o menos satisfechos consigo mismos, por lo general se abrían a nuevas amistades. En cambio los que no tenían más esperanza de distinguirse que sus antepasados y su condición de nativos tendían a mostrarse críticos y fríos con «los nuevos».

La mayoría de la gente del pueblo se alegraba de tener allí a la doctora. No obstante, era un ambiente extraño para R. J., quien a menudo tenía la sensación de ser la exploradora de una nueva frontera. Ser una médica rural era como hacer acrobacias sin red. En Boston, en el Hospital Lemuel Grace, tenía a mano la tecnología diagnóstica y de laboratorio; aquí estaba sola. Seguía existiendo la alta tecnología, pero sus pacientes y ella tenían que hacer un esfuerzo para alcanzarla.

Nunca enviaba a sus pacientes fuera de Woodfield si no era indispensable pues prefería confiar en sus conocimientos y aptitudes. Pero había ocasiones en las que contemplaba a un paciente, y un silencioso timbre de alarma sonaba con crudeza en su mente y se daba cuenta de que necesitaba ayuda; en tales casos enviaba el paciente a Greenfield, a Northampton o a Pittsfield, o incluso a Boston, New Haven o Hanover, donde la especialización y la tecnología eran mayores. Aún se movía a tientas, pero ya empezaba a conocer íntimamente a algunos pacientes, a escrutar los rincones de sus vidas que influían en su salud, de la manera en que podía hacerlo un médico de pueblo.

Una noche, a las dos de la madrugada, la despertó una llamada de Stacia Hinton, la esposa de Greg Hinton.

—Doctora Cole, nuestra hija Mary y nuestros dos nietos han venido de Nueva York a hacernos una visita. La más pequeña, Kathy, tiene dos años. Es asmática, y ahora ha cogido un resfriado muy malo. Le cuesta muchísimo respirar; se le ha puesto la cara roja y estamos asustados. No sabemos qué hacer.

—Cúbrale la cabeza con una toalla y que haga vahos. Ahora mismo salgo hacia ahí, señora Hinton.

R. J. metió un equipo para traqueotomía en el maletín, pero cuando llegó a casa de los Hinton se dio cuenta de que no iba a necesitarlo. Los vahos le habían ido bien a la pequeña; aún tenía una tos seca, pero le llegaba aire a los pulmones y le había desaparecido la rojez de la cara. R. J. hubiera querido hacerle una radiografía para saber si era epiglotitis, pero un atento examen le reveló que la epiglotis no estaba afectada. Había una inflamación de las mucosas de la laringe y la tráquea. Kathy se pasó todo el reconocimiento llorando, y cuando R. J. lo hubo terminado recordó algo que le había visto hacer a su padre con los pacientes de pediatría.

—¿Quieres que te haga un triciclo?

Kathy asintió con la cabeza y contuvo el llanto. R. J. le enjugó las lágrimas de las mejillas y a continuación cogió un depresor para la lengua limpio y dibujó en él un triciclo con su bolígrafo. La pequeña lo cogió y la miró interesada.

—¿Quieres un payaso?

Kathy volvió a asentir, y no tardó en tener un payaso.

—Ahora Big Bird.

Sus recuerdos de la televisión eran vagos, pero consiguió dibujar un avestruz con sombrero, y la niña sonrió.

—¿Tendrá que ir al hospital? —preguntó Stacia Hinton.

—No lo creo —respondió R. J. Dejó algunas muestras farmacéuticas y dos recetas para ir a recogerlas por la mañana, cuando abriera la farmacia de Shelburne Falls—. Que siga haciendo vahos. Si volviera a empeorar, llámenme enseguida —les indicó. Luego anduvo pesadamente hacia el coche, condujo soñolienta hasta llegar a casa y se desplomó en la cama.

Al día siguiente por la tarde, Greg Hinton se presentó en el consultorio y le dijo a Toby que quería hablar con la doctora en persona. Permaneció sentado, leyendo una revista, hasta que R. J. pudo atenderlo.

—¿Cuánto le debo por lo de anoche?

Cuando se lo dijo, asintió con un gesto y extendió un cheque. R. J. vio que cubría todo lo que le debía por las visitas anteriores.

—Anoche no lo vi —observó ella.

Él asintió de nuevo.

—Me pareció mejor no estar presente. Me he portado

como un idiota con usted, y me resultaba violento hacerle venir a mi casa en plena noche después de lo que le había dicho.

R. J. sonrió.

—No se preocupe por eso, señor Hinton. ¿Cómo está Kathy?

—Mucho mejor. Y gracias a usted. ¿No me guarda rencor?

—No le guardo rencor —dijo ella y estrechó la mano que le tendía.

Con su rebaño de ciento setenta y cinco vacas, Greg Hinton podía permitirse de sobras pagar los servicios de un médico, pero R. J. también atendía a Bonnie y Paul Roche, una pareja joven con dos hijos pequeños que luchaba por sobrevivir con una granja de dieciocho vacas lecheras.

—Cada mes llamo al veterinario —le contó Bonnie Roche— para que haga los análisis a las vacas y les ponga inyecciones, pero no nos alcanza para pagar un seguro médico para nosotros. Hasta que llegó usted, las vacas recibían mejor atención médica que mis hijos.

Los Roche no eran un caso aislado en Estados Unidos. En noviembre, R. J. fue al antiguo edificio del ayuntamiento y depositó un voto para llevar a Bill Clinton a la presidencia de la nación. Clinton había prometido que proporcionaría un seguro médico a todos los que careciesen de él. La doctora Roberta Cole pretendía recordarle esta promesa, y echó la papeleta como si estuviera rompiendo una lanza contra el sistema de atención sanitaria.

26

La línea de la nieve

—Sarah ha tenido relaciones sexuales.

Tras un breve silencio, R. J. preguntó con cautela:

—¿Cómo lo sabes?

—Me lo ha dicho ella.

—David, es maravilloso que puedas hablar con tu hija de una cosa tan íntima. Vuestra relación debe ser muy buena.

—Estoy desolado —dijo él con voz contenida, y R. J. se dio cuenta de que era verdad—. Quería que esperase hasta estar preparada. Era más fácil antes, cuando las mujeres conservaban la virginidad hasta la noche de bodas.

—Tiene diecisiete años, David. Hay quien diría que ya pasa de la edad. He tratado a niñas de once años que ya habían tenido relaciones sexuales. Sarah tiene un cuerpo de mujer, y hormonas de mujer. Cierto que algunas mujeres esperan a casarse antes de tener relaciones sexuales, pero se han convertido en una especie rara. Incluso en los años en que las solteras debían conservarse vírgenes, muchas no lo eran.

David hizo un gesto de asentimiento. Había estado toda la velada callado y taciturno, pero en aquel momento empezó a hablar de su hija con ternura. Le contó que Natalie y él habían hablado con Sarah sobre la sexualidad antes y después de que su hija llegara a la pubertad, y que se consideraba afortunado porque ella aún quería hablar con él abiertamente.

—Sarah no me concretó con quién lo había hecho, pero

como únicamente sale con Bobby Henderson, creo que no es difícil imaginarlo. Dijo que fue como un experimento, que el chico y ella son muy amigos y que les pareció que ya era hora de zanjar el asunto.

—¿Quieres que hable con ella sobre control de natalidad y esas cosas? —Tenía unos deseos enormes de que David le dijera que sí, pero vio que se alarmaba.

—No, no creo que sea necesario. No quiero que sepa que he hablado de ella contigo.

—Entonces me parece que deberías hablarle tú de esas cosas.

—Sí, lo haré. —Se animó un poco—. De todos modos, me dijo que el experimento ha terminado. Valoran demasiado su amistad para arriesgarse a estropearla, y han decidido seguir siendo sólo buenos amigos.

R. J. asintió, aunque no muy convencida. Había observado que en cuanto los jóvenes tenían relaciones sexuales, casi siempre repetían la experiencia.

El día de Acción de Gracias cenó en la cabaña de los Markus. David había asado el pavo y preparado patatas rellenas al horno, y Sarah había hecho un postre a base de ñames con jarabe de arce, acompañados de una salsa con sus propias frutas y bayas. R. J. llevó tartas de calabaza y de manzana que había confeccionado con pasta congelada del supermercado y un relleno improvisado por ella misma a las tres de la madrugada.

Fue una cena de Acción de Gracias tranquila y muy agradable. R. J. se alegró de que ni David ni Sarah hubiesen invitado a nadie más. Dieron cuenta de la apetitosa cena, bebieron sidra caliente con azúcar y especias e hicieron palomitas de maíz sobre el fuego del hogar. Para completar su imagen de cómo sería un día de Acción de Gracias perfecto, el cielo encapotado se volvió casi negro al caer la tarde y derramó gruesos copos blancos.

—¡Aún es demasiado pronto para que nieve!

—Aquí arriba, no —replicó David.

A la hora de marcharse, había unos cuantos centímetros de nieve en la carretera. Los limpiaparabrisas mantenían el cristal despejado y el descongelador estaba en funcionamiento, pero ella condujo despacio y con precaución porque aún no había mandado colocar los neumáticos para la nieve.

Durante todos sus inviernos en Boston, R. J. había disfrutado de los breves y misteriosos momentos en los que todo se hallaba blanco y silencioso después de una nevada, pero casi al instante empezaban a rugir las máquinas quitanieves, los camiones, coches y autobuses, y el mundo blanco no tardaba en convertirse en un sucio y desagradable revoltijo.

En las colinas era distinto. Cuando llegó a la casa de Laurel Hill encendió la chimenea, apagó las luces y se sentó cerca del fuego en la penumbra de la sala. Por las ventanas se veía una creciente blancura azulada que había cubierto bosques y campos.

Pensó en los animales silvestres que se acurrucaban en sus agujeros en el suelo bajo aquella capa de nieve, en las cuevecitas de los riscos, en los árboles huecos, y les deseó que sobrevivieran.

Lo mismo que deseaba para sí. Había sobrevivido a sus ocho primeros meses como médica de Woodfield, a la primavera y el verano. Ahora la naturaleza le enseñaba los dientes, y R. J. confió en estar a la altura del desafío.

Cuando la nieve llegaba a las tierras altas, ya no se iba. La línea de la nieve terminaba a unas dos terceras partes de la larga cuesta que la gente del lugar denominaba la montaña de Woodfield, de manera que cuando R. J. bajaba en su coche al valle de Pioneer para ir al hospital, al cine o a un restaurante, se encontraba con un paisaje sin nieve que por unos instantes le parecía tan extraño como la cara oscura de la luna. Hasta la semana siguiente al día de Año Nuevo no cayó sobre el valle una nevada tan intensa como para cuajar en el suelo.

A R. J. le gustaba dejar atrás unas tierras sin nieve e internarse de nuevo en el mundo blanco de las colinas. Aunque cada vez había menos granjas lecheras, el pueblo estaba habituado a una antigua tradición según la cual había que mantener abiertas las carreteras para que los camiones cisterna pudieran recoger la leche, y no le resultaba difícil llegar hasta sus pacientes en las visitas a domicilio.

Una noche de principios de diciembre en que se había ido a la cama temprano, la despertó a las once y veinte el timbre del teléfono.

—¿Doctora Cole? Soy Letty Gates, de Pony Road. Estoy mal.

—¿Qué le ocurre, señora Gates?

—A lo mejor tengo un brazo roto, y las costillas, no sé... Me duele el pecho al respirar. Me ha dado una buena.

—¿Quién? ¿Su marido?

—Sí, Phil Gates.

—¿Está ahí?

—No, se ha ido a beber más.

—Pony Road está en la ladera de la montaña de Henry, ¿no es verdad?

—Sí.

—Bien, de acuerdo. Voy enseguida.

Primero llamó al jefe de policía. Descolgó el teléfono Giselle McCourtney, la mujer del jefe.

—Lo siento, doctora Cole, pero Mack no está en casa. Un camión remolque se ha salido de la autopista en ese trozo helado que hay nada más pasar el vertedero municipal, y él lleva allí desde las nueve, dirigiendo el tráfico. No creo que tarde mucho en llegar.

R. J. le explicó por qué necesitaba a su marido.

—¿Querrá decirle que suba a casa de los Gates en cuanto esté libre?

—Se lo diré, naturalmente, doctora Cole. Intentaré localizarlo por radio.

No tuvo que conectar la tracción a las cuatro ruedas hasta que emprendió la subida de Pony Road. A partir de allí la pendiente era pronunciada, pero la nieve compacta permitía circular con más suavidad que en verano, cuando el suelo era de tierra.

Letty Gates había encendido la potente luz instalada sobre la puerta del cobertizo, y R. J. empezó a distinguirla por entre los árboles cuando aún se hallaba bastante lejos. Metió el Explorer en el patio y paró junto a los escalones de atrás. Acababa de salir del coche y estaba recogiendo el maletín del asiento posterior cuando la primera detonación, seca y ruidosa, le hizo dar un respingo, y algo levantó una salpicadura de nieve junto a su bota. Divisó al instante la figura de un hombre justo en la entrada del cobertizo, en el interior a oscuras. La luz del exterior se reflejaba en la nieve y brillaba mortecina sobre el cañón de lo que R. J. imaginó que sería un rifle de caza mayor.

—¡Largo de aquí, joder! —Se tambaleó mientras gritaba, y alzó el arma.

—Su esposa está herida, señor Gates. Soy la doctora Cole, y voy a entrar en su casa para atenderla. —Se arrepintió nada más decirlo. No quería darle ideas, no quería que volviera a la casa en busca de la mujer.

El hombre disparó de nuevo, y el faro derecho estalló en una lluvia de cristales.

R. J. no tenía dónde esconderse. Su atacante estaba provisto de un arma potente, y ella no. Tanto si se escondía detrás del coche como si lo hacía en su interior, él sólo tenía que avanzar unos pasos y podría matarla, si era eso lo que deseaba.

—Sea razonable, señor Gates. No represento ninguna amenaza para usted. Sólo quiero ayudar a su esposa.

Hubo un tercer disparo, y el vidrio del faro izquierdo se desintegró. Un nuevo disparo arrancó un pedazo del neumático delantero izquierdo.

Estaba convirtiendo su coche en chatarra.

R. J. se sentía agotada, falta de sueño y tan aterrorizada que ya no le importaba nada. De repente salió fuera todo lo que llevaba en su interior, las tensiones acumuladas en el proceso de desmantelar su vida y volverla a construir en un sitio nuevo.

—Basta ya. Basta ya. Basta ya. Basta ya.

Había perdido el control de sí misma, había abandonado la razón, y dio un paso hacia él.

El hombre le salió al encuentro, apuntando el rifle hacia el suelo pero con el dedo en el gatillo. Iba sin afeitar, vestido con un mono sucio, un chaquetón de trabajo marrón manchado de estiércol y una gorra a cuadros con la leyenda Piensos Plaut en la parte delantera.

—Yo no tenía ninguna necesidad de venir aquí. —Escuchó con asombro su propia voz. Era modulada y razonable.

Él puso cara de perplejidad y levantó el arma. En aquel momento oyeron un coche.

Mack McCourtney hizo sonar la sirena, ruidosa y grave como el rugido de un animal gigantesco. A los pocos instantes apareció el automóvil bamboleándose por el camino de acceso, y McCourtney estuvo con ellos.

—No seas gilipollas, Phillips. Si no dejas el rifle lo vas a tener muy mal. Acabarás muerto o en la cárcel para el resto de tus días, sin posibilidad de emborracharte nunca más. —El jefe de policía habló en tono firme y sereno, y Gates dejó el rifle apoyado contra la pared del cobertizo. McCourtney lo esposó y lo metió en la parte de atrás del Jeep, reforzada con una gruesa rejilla metálica y tan segura como una celda.

Con mucho cuidado, como si caminara sobre una frágil capa de hielo, R. J. entró en la casa.

Letty Gates tenía numerosas magulladuras producidas por los puños de su marido, y lo que resultaron ser fisuras en el cúbito izquierdo y en la novena y décima costillas del lado izquierdo. R. J. llamó a la ambulancia justo cuando volvía de transportar el camionero al hospital.

Le entablillaron el brazo a la señora Gates, se lo pusieron en cabestrillo y lo sujetaron contra el pecho con un fular ancho para inmovilizar las costillas. Cuando la ambulancia se la llevó por fin, Mack McCourtney ya había montado la rueda de recambio en el coche de R. J. El Explorer sin faros estaba ciego como un topo, pero fue siguiendo al Jeep de la policía en un lento descenso por la ladera.

Al llegar a casa, R. J. sólo consiguió desvestirse a medias antes de sentarse en el borde de la cama para llorar desconsoladamente.

Al día siguiente tuvo toda la jornada ocupada, pero Dennis Stanley, uno de los colaboradores de McCourtney a tiempo parcial, se encargó de llevar el Explorer a Greenfield. Le compró un neumático de recambio, y el concesionario Ford sustituyó los dos faros y la instalación eléctrica del izquierdo. Dennis se trasladó a continuación a la cárcel del condado para entregarle las facturas a Phil Gates, y le explicó que quizás el juez se sentiría más inclinado a ponerlo en libertad bajo fianza si podía decir que estaba arrepentido y que ya había reparado los daños. Dennis le llevó a R. J. el automóvil y un cheque de Gates, con el consejo de que lo cobrara inmediatamente, como así hizo.

En diciembre aflojó el trabajo, lo que para ella fue un alivio. Su padre había decidido pasar la Navidad con unos amigos que vivían en Florida, y le preguntó a R. J. si podría hacerle una visita de cuatro días a partir del 19 de diciembre, para celebrar las fiestas por adelantado.

Esta celebración temprana hacía coincidir Navidad con la Hanuka, y David y Sarah le dijeron que tendrían mucho gusto en asistir a una cena festiva.

R. J. cortó complacida un arbolito de su propio bosque, y preparó una buena cena para los cuatro.

Después de cenar intercambiaron regalos. R. J. le regaló a David una pintura que había comprado, con la puerta de una cabaña que le recordaba a la de él, y un paquete grande de grageas de chocolate M&M. Para su padre había comprado una jarra del jarabe de arce que hacían los Roche, y un tarro de miel «Estoy enamorado de ti». Para Sarah tenía una colección de novelas de Jane Austen. Su padre le regaló una botella de coñac francés, y David un libro de poemas de Emily Dickinson. Sarah le trajo unos guantes que había tejido ella misma con hilo crudo, y una tercera piedra corazón. Al darle los regalos, le dijo que en cierto modo también eran de Bobby Henderson.

—La lana proviene de las ovejas que cría su madre, y la piedra corazón la encontré en su patio.

El padre de R. J. se hacía mayor. Estaba más indeciso de lo que ella recordaba, un poco más callado y algo nostálgico. Había traído la viola da gamba. Tenía las manos tan artríticas que le resultaba doloroso tocar, pero insistió en que debían interpretar una melodía. Después de abrir los regalos, R. J. se sentó al piano e interpretaron una serie de dúos que parecía que no iba a terminar jamás. Fue mejor aún que la cena perfecta de Acción de Gracias; fue la mejor Navidad que R. J. había conocido.

Cuando David y Sarah se hubieron marchado a casa, el padre de R. J. abrió la puerta y salió al porche.

Hacía un frío cortante que daba a la superficie de la nieve un brillo helado, y la luna llena proyectaba sobre el prado un camino de luz, como si fuera un lago.

—Escucha —dijo su padre.

—¿Qué he de escuchar?

—Toda esta calma.

Permanecieron juntos en el porche, respirando el aire helado durante un largo minuto. El viento había amainado y reinaba un silencio total.

—¿Siempre hay tanta tranquilidad? —quiso saber él.

R. J. esbozó una sonrisa.

—Casi siempre —contestó.

27

La estación del frío

David fue a casa de R. J. una tarde en que ella no estaba. Calzado con sus raquetas para la nieve, pasó tres veces por el sendero que habían abierto en el bosque, apisonando la gruesa capa de nieve para que pudieran recorrerlo los dos con esquís de montaña. El sendero era demasiado corto, un esquiador lo cubría muy pronto, y estuvieron de acuerdo en que tendrían que terminarlo a tiempo para poder esquiar mejor el invierno siguiente.

Durante la estación fría el bosque se transformaba en un lugar muy distinto. Vieron huellas de animales que en verano habrían cruzado el bosque sin dejar ninguna señal: huellas de ciervo, visón, mapache, pavo salvaje, gato montés. Una hilera de huellas de conejo terminaba bruscamente en un montón de nieve revuelta al lado del camino. David apartó la nieve con un bastón de esquí y descubrió sangre congelada y trozos de piel blanca de un conejo devorado por un búho.

La nieve representaba una enorme dificultad para la vida cotidiana en las colinas. A sugerencia de David, R. J. compró un par de raquetas para andar por la nieve y practicó con ellas hasta que llegó a desenvolverse de un modo razonable. Las llevaba siempre en el coche, «por si acaso». En realidad, aquel invierno no tuvo necesidad de utilizarlas. Pero a comienzos de enero hubo una tormenta que incluso a los veteranos del pueblo les pareció una gran nevada. Tras un día y una noche en los que no cesaron de caer gruesos copos de nieve, el teléfono de R. J. sonó justo cuando se disponía a desayunar.

Era Bonnie Roche.

—Doctora Cole, tengo un dolor muy fuerte en el costado, y tantas náuseas que no he podido acabar de ordeñar.

—¿Tiene fiebre?

—Estoy a treinta y ocho. Pero me duele muchísimo el costado.

—¿Qué costado?

—El derecho.

—¿Arriba o abajo?

—Arriba... Bueno, no sé. Hacia el medio, me parece.

—¿Le han extraído el apéndice?

—No. ¡Ay, doctora Cole! No puedo ir al hospital, ni pensarlo. No tenemos dinero.

—No demos nada por sentado. Salgo hacia ahí ahora mismo.

—Sólo podrá llegar hasta el desvío de la carretera. Nuestro camino particular está bloqueado por la nieve.

—Procure aguantar y espéreme —dijo R. J. con voz resuelta—. Llegaré.

Su camino particular medía más de dos kilómetros. R. J. llamó al servicio de ambulancia del pueblo, que tenía una unidad de rescate provista de motos para la nieve. Fueron a esperarla a la entrada del camino de los Roche con dos vehículos, y poco después R. J. se encontró sentada detrás de Jan Smith y abrazada a él, con la frente contra su espalda mientras se deslizaban por la pista de tierra cubierta de nieve. Nada más llegar comprobó que el problema de Bonnie era una apendicitis. En condiciones normales, R. J. nunca habría elegido una moto para la nieve como transporte idóneo para una paciente con apendicitis, pero las circunstancias se lo imponían.

—No puedo ir al hospital, Paulie —le dijo Bonnie a su marido—. No puedo, maldita sea. Tú ya lo sabes.

—No te preocupes por eso. Déjalo en mis manos —respondió Paul Roche. Era un hombre alto y huesudo, de veintitantos años que aún parecía demasiado joven para beber alcohol legalmente. Todas las veces que R. J. había acudido a su granja lo había encontrado trabajando, y siempre lo había visto con su preocupado rostro juvenil surcado por un ceño de adulto.

A pesar de sus protestas, Bonnie tuvo que subir al vehículo de Dennis Stanley, que se alejó a la mínima velocidad posible. Bonnie viajaba encogida sobre sí misma, protegiéndose el apéndice. La ambulancia y los técnicos estaban esperándola en la carretera, despejada por las máquinas quitanieves, y se la llevaron apresuradamente, rompiendo con la sirena el silencio del campo.

—En cuanto al dinero, doctora Cole... No tenemos seguro —le anunció Paul.

—¿El año pasado obtuvieron de la granja un beneficio de más de treinta y seis mil dólares netos?

—¿Treinta y seis mil dólares netos? —sonrió con amargura—. Supongo que está usted de broma.

—Entonces, según las disposiciones de la Ley Hill-Burton, el hospital no les cobrará nada. Yo me encargaré de que les manden los papeles necesarios.

—¿En serio?

—Sí. Aunque... me temo que la Ley Hill-Burton no incluye los honorarios de los médicos. Por mi factura no se preocupe —se forzó a decir—, pero sin duda tendrá que pagar a un cirujano, un anestesista, un radiólogo y un patólogo.

Le dolió ver cómo la angustia volvía a reflejarse en los ojos del joven.

Aquella noche le contó a David los apuros de los Roche.

—La Ley Hill-Burton se aprobó con el propósito de proteger a los indigentes y a las personas sin seguro contra posibles calamidades, pero no lo consigue porque sólo cubre la factura del hospital. La situación económica de los Roche es precaria, y a duras penas se mantienen a flote. Los gastos no incluidos podrían bastar para hundirlos.

—El hospital incrementa sus facturas a las compañías de seguros para cubrir lo que no puede cobrar a los pacientes como Bonnie —comentó David con voz pausada—, y las compañías de seguros aumentan sus primas para cubrir ese incremento. O sea que al final todos los que contratan un seguro médico acaban pagando los gastos de hospital de Bonnie.

R. J. asintió.

—Es un mal sistema, un sistema completamente inadecuado. En Estados Unidos hay treinta y siete millones de personas que carecen de cualquier tipo de seguro médico. Las naciones industrializadas, como Alemania, Italia, Francia, Japón, Inglaterra y Canadá, proporcionan atención médica a todos sus ciudadanos, y el coste es una pequeña parte de lo que el país más rico del mundo se gasta en un sistema de atención sanitaria inadecuado. Es una vergüenza nacional.

David suspiró.

—No creo que Paul salga adelante aunque consigan superar este problema. En las colinas, la capa de tierra es superficial y pedregosa. Tenemos algunos campos de patatas y unos pocos huertos, y algunos agricultores plantaban tabaco, pero lo que mejor se da en estas alturas es la hierba. Por eso había tantas granjas lecheras. Pero el Gobierno ya no subvenciona el precio de la leche, y los únicos productores de leche que pueden ganar dinero son las grandes empresas agroindustriales, granjas enormes con rebaños gigantescos, en estados como Wisconsin o Iowa. —Era el tema de su novela—. Las pequeñas granjas de por aquí han ido reventando como globos. Y al haber menos granjas ha desaparecido el entramado que las sostenía. Sólo quedan uno o dos veterinarios para cuidar del ganado, y los concesionarios de material agrícola han cerrado sus puertas, de manera que si un agricultor como Paul necesita un repuesto para el tractor o para la embaladora, tiene que desplazarse hasta el estado de Nueva York o de Vermont para encontrarlo. Los pequeños agricultores están condenados. Los únicos que quedan son los que tienen una fortuna personal y unos cuantos como Bonnie y Paul, románticos empedernidos.

R. J. recordó lo que había dicho su padre cuando le expuso su deseo de practicar la medicina rural.

—¿Los últimos vaqueros en busca de la pradera desaparecida?

—Algo por el estilo —respondió David, sonriente.

—No hay nada malo en ser romántico. —Decidió hacer todo lo que estuviera en sus manos para que Bonnie y Paul conservaran su granja.

Sarah se había ido a New Haven con el club de teatro de la escuela para ver una reposición de *La muerte de un viajante* y pasaría toda la noche fuera. David preguntó tímidamente a R. J. si podía quedarse a dormir en La Casa del Límite. Era una nueva vuelta de tuerca en su relación, no porque David no fuera bien recibido en su casa sino porque de pronto se introducía más decididamente en su espacio vital, y eso era algo a lo que había que acostumbrarse. Hicieron el amor y luego él se quedó en la habitación, ocupando casi toda la cama, durmiendo tan profundamente como si se hubiera pasado allí las últimas mil noches.

Hacia las once, incapaz de conciliar el sueño, R. J. se levantó de la cama y fue a conectar el televisor de la sala para ver las noticias de la noche, con el volumen muy bajo. A los pocos minutos se encontró escuchando a un senador que tachaba a Hillary Clinton de «samaritana visionaria» por su promesa de hacer aprobar una ley de asistencia sanitaria para todo el mundo. El senador era millonario, y todos sus problemas de salud eran atendidos en el Hospital Naval de Bethesda de forma gratuita. R. J., a solas ante la pantalla parpadeante, lo maldijo entre dientes hasta que empezó a reírse de su propia tontería. Entonces apagó el aparato y volvió a la cama.

El viento gemía y aullaba, frío como el corazón del senador. Era bueno acurrucarse contra el cuerpo caliente de David, y al fin se durmió tan profundamente como él.

28

La subida de la savia

La llegada de la primavera la cogió por sorpresa. Durante la última semana de aquel febrero gris y desapacible, mientras R. J. aún se hallaba psicológicamente en pleno invierno, empezó a ver desde el coche a gente trabajando en los bosques, junto a la carretera. Clavaban puntas de metal o de madera en los arces y colgaban cubos en ellas, o tendían mangueras de plástico como una red gigante de sondas intravenosas entre los troncos de los árboles y grandes depósitos de recolección. Con el mes de marzo llegó el tiempo adecuado para la sangría: noches de escarcha, días más cálidos.

Las pistas sin asfaltar se deshelaban cada mañana y se convertían en canales de engrudo. R. J. se vio en apuros nada más internarse por la pista particular que conducía a la casa de los Roche, y al poco rato el Explorer quedó atascado en el barro hasta los ejes.

Cuando se apeó del coche, las botas se hundieron en el suelo como si algo tirase de ellas hacia abajo. R. J. desenrolló el cable del torno montado en el morro del Explorer y avanzó con dificultad por la carretera, tirando de él hasta que hubo más de treinta metros de cable sobre el fango. Eligió un roble inmenso que parecía anclado en la tierra para toda la eternidad, lo rodeó con el cable y aseguró el gancho de modo que no pudiera soltarse.

El torno iba acompañado de un mando a distancia. R. J.

se hizo a un lado, pulsó el botón y se quedó mirando fascinada cómo el cable era recogido por el torno y se iba tensando de forma gradual e inexorable. Se produjo un fuerte ruido de succión cuando los cuatro neumáticos se desprendieron del espeso barro y el automóvil empezó a moverse lentamente, centímetro a centímetro. Después de verlo avanzar unos veinte metros hacia el roble, R. J. detuvo el torno, volvió a subir y puso el motor en marcha. Una vez libres las ruedas, comprobó que la tracción integral le permitía seguir adelante, y en cuestión de minutos tuvo el cable recogido y pudo reanudar el viaje hacia la granja de los Roche.

Bonnie, a la que se había extirpado el apéndice, se hallaba sola en casa. Aún no podía hacer trabajos pesados, y Sam Roche, un muchacho de quince años, hermano de Paul, acudía todas las mañanas antes de ir a la escuela y todas las noches después de cenar y ordeñaba las vacas. Paul había entrado a trabajar como transportista en la fábrica de cuchillos de Buckland, para pagar las facturas; llegaba a casa pasadas las tres de la tarde y dedicaba el resto del día a recoger savia de arce para hervirla luego en la refinería hasta altas horas de la madrugada. Era un trabajo muy duro pues había que recoger y hervir cuarenta litros de savia para obtener un litro de jarabe, pero la gente lo pagaba muy bien y ellos necesitaban hasta el último dólar.

—Tengo miedo, doctora Cole —le confesó Bonnie—. Tengo miedo de que Paul no pueda soportar tanto trabajo. Tengo miedo de que uno de los dos vuelva a caer enfermo. Si llegara a ocurrir, adiós granja.

R. J. tenía los mismos temores, pero meneó la cabeza.

—No consentiremos que suceda —le aseguró.

Algunos momentos no los olvidaría jamás.

22 de noviembre de 1963. Se disponía a entrar en clase de latín en la escuela secundaria cuando oyó comentar a dos profesores que un francotirador había matado a John F. Kennedy en Tejas.

4 de abril de 1968. Al devolver unos libros a la biblioteca pública de Boston vio llorar a una bibliotecaria y se enteró de que la bala de un asesino había acabado con la vida de Martin Luther King.

5 de junio del mismo año. Estaba ante la puerta del apartamento en que vivía con su padre, besando a un chico con el que había salido. Recordaba que era más bien rollizo y que tocaba el clarinete en una orquesta de jazz, pero había olvidado cómo se llamaba. El chico acababa de tocar la armadura de ropa que le cubría el pecho, compuesta por un grueso jersey y el sostén, y ella se preguntaba cómo debía reaccionar, cuando de pronto la radio del coche de su padre anunció que habían disparado contra Robert Kennedy y que no había esperanzas de que sobreviviera.

Más tarde añadiría el momento en que se enteró de que habían asesinado a John Lennon, y el de la explosión del *Challenger*.

Una lluviosa mañana de mediados de marzo, en casa de Barbara Kingsmith, tuvo otro de esos momentos terribles.

La señora Kingsmith tenía una infección renal grave, pero la fiebre no había afectado a su locuacidad y estaba quejándose de los colores con que habían pintado el interior del ayuntamiento cuando R. J. oyó unas palabras del televisor que la hija de la señora Kingsmith tenía conectado en el estudio.

—Discúlpeme —le dijo a la señora Kingsmith, y entró en el estudio. La televisión estaba informando de que un activista de Derecho a Vivir llamado Michael F. Griffin había matado de un tiro al doctor David Gunn, un médico que practicaba abortos en Florida.

Los grupos antiabortistas estaban recolectando dinero para pagarle a Griffin la mejor defensa posible.

El miedo la dejó abrumada.

Al salir de casa de los Kingsmith se encaminó directamente a la de David y lo encontró en su despacho.

David la abrazó y consoló mientras ella hablaba de los rostros contraídos que tantas mañanas de jueves había visto en Jamaica Plain.

R. J. le describió las miradas cargadas de odio y le reveló que ahora sabía qué esperaba ver todos los jueves: una pistola apuntada hacia ella, un dedo cerrándose sobre el gatillo.

Visitaba a Eva con más frecuencia de la necesaria desde un punto de vista médico. El piso de Eva quedaba muy cerca de su consultorio, y R. J. había llegado a admirar a la anciana y a utilizarla como fuente de información para saber cómo era el pueblo en su juventud.

Por lo general llevaba helado y se lo comían entre las dos mientras conversaban. Eva tenía la mente clara y buena memoria. Le habló de los bailes que se celebraban en el primer piso del ayuntamiento los sábados por la noche, a los que acudía todo el pueblo, incluso los niños. Y de los tiempos en que había un depósito de hielo en Big Pond, y un centenar de hombres se arracimaban sobre el hielo y lo cortaban en bloques. Y de la mañana de primavera en que un carro cargado de hielo y un tiro de cuatro caballos rompieron el hielo y se hundieron en las negras aguas, y todos los caballos y un hombre llamado Chink Roth murieron ahogados. Eva se puso muy contenta cuando supo dónde vivía R. J.

—Caramba, si yo he vivido por allí cerca casi toda mi vida, a menos de un par de kilómetros. Nuestra granja era la que está en la carretera de arriba.

—¿Donde ahora viven Freda y Hank Krantz?

—¡Sí! Nos la compraron a nosotros. —En aquellos tiempos, le explicó Eva, la finca de R. J. era propiedad de un tal Harry Crawford—. Su mujer se llamaba Rosalie. También nos compró la tierra a nosotros, y construyó la casa en que ahora vive usted. Tenía un pequeño aserradero a orillas del Catamount, movido por un molino de agua. Talaba árboles de su bosque y fabricaba y vendía toda clase de objetos de madera, cubos, moldes para mantequilla, remos y palas, yugos para bueyes, servilleteros, e incluso muebles. El aserradero se quemó hace años. Si se fija bien, creo que aún podrá ver los cimientos junto al río.

»Recuerdo que yo tenía entonces..., no sé, quizá siete u ocho años, y muchas veces me acercaba por allí para ver cómo aserraban y clavaban los maderos, cuando estaban construyendo su casa. Harry Crawford y dos hombres más. No recuerdo quiénes eran los otros dos, pero lo que sí recuerdo es que la señora Crawford me hizo un anillo con un clavo de dos peniques. —Cogió a R. J. de la mano y le sonrió con afecto—. Es casi como si hubiéramos sido vecinas, ¿no cree?

R. J. interrogó minuciosamente a Eva, pensando que quizá la historia de los Crawford podría arrojar algo de luz sobre los huesecillos que se encontraron durante la excavación del estanque, pero no llegó a sacar nada en claro.

Un par de días después, cuando pasaba por la calle Mayor, entró en la antigua casa de madera que albergaba el Museo Histórico de Woodfield y examinó los papeles de la Sociedad Histórica, algunos de ellos mohosos y amarillentos.

Los Crawford habían tenido cuatro hijos. Un hijo y una hija, Tyrone Joseph y Linda Rae, habían muerto de pequeños y estaban enterrados en el cementerio municipal. Otra hija, Barbara, había muerto a una edad madura en la ciudad de Ithaca, en Nueva York; su apellido de casada era Sewall. Un hijo, Harry Hamilton Crawford, Jr., se había mudado a California muchos años atrás y se ignoraba su paradero.

Harry y Rosalie Crawford eran miembros de la Primera Iglesia Congregacionalista de Woodfield, y habían enterrado a dos hijos en el cementerio del pueblo. ¿Era probable, se preguntó R. J., que hubieran sepultado a otra criatura en tierra no consagrada, sin una lápida?

No lo era. A no ser, por supuesto, que en aquel nacimiento hubiera algo que causara una enorme vergüenza a los Crawford.

Seguía siendo un enigma.

R. J. y Toby Smith habían llegado a ser algo más que jefa y empleada. Estaban convirtiéndose en dos buenas amigas que podían hablar en confianza de las cosas verdaderamente importantes. Eso hacía que R. J. se sintiera más vulnerable en lo tocante a su incapacidad para ayudar a Toby y Jan a concebir un hijo.

—Dices que mi biopsia endometrial ha dado buenos resultados, y que el semen de Jan está bien. Y nosotros hemos puesto mucho cuidado en hacer exactamente lo que nos aconsejaste.

—A veces nos resulta imposible saber por qué no se produce el embarazo —contestó R. J. sintiéndose en cierto modo culpable por no haber podido ayudarles—. Creo que deberíais ir a Boston para visitar a un especialista en fertilidad. O a Dartmouth.

—No creo que consiga convencer a Jan para que vaya. Está cansado de todo el asunto. A decir verdad, yo también lo estoy —replicó Toby en tono irritado—. Hablemos de otra cosa.

Así que R. J. le habló francamente de sus relaciones con David.

Pero Toby apenas comentó nada.

—Me parece que David no te cae demasiado bien.

—No es verdad —protestó Toby—. David le cae bien a casi todo el mundo, pero no sé de nadie que haya intimado con él. Es como... como si viviera encerrado en sí mismo, no sé si lo entiendes.

R. J. lo entendía perfectamente.

—La pregunta importante es: ¿te gusta a ti?

—Sí que me gusta, pero ésa no es la pregunta importante. La pregunta importante es: ¿lo quiero?

Toby enarcó las cejas.

—¿Y cuál es la respuesta importante?

—No lo sé. Somos completamente distintos. Dice que tiene dudas religiosas, pero vive en un mundo muy espiritual, un mundo tan espiritual que yo jamás lo podré compartir con él. Yo antes sólo tenía fe en los antibióticos. —Esbozó una sonrisa pesarosa—. Ahora ni siquiera en eso.

—Entonces... ¿hacia dónde os dirigís?

R. J. se encogió de hombros.

—Tendré que tomar una decisión dentro de poco para no ser injusta con él.

—No te imagino siendo injusta con alguien.

—Te llevarías una sorpresa —replicó R. J.

David estaba terminando los últimos capítulos de su libro. Eso los obligaba a verse con menos frecuencia, pero David estaba llegando al final de un largo y duro camino, y R. J. se alegraba por él.

El escaso tiempo libre de que disponía lo pasaba a solas. Un día que paseaba por la orilla del río encontró los cimientos del aserradero de Harry Crawford, unos grandes bloques de piedra desbastada. Árboles y arbustos envolvían y ocultaban los cimientos, y varios bloques de piedra se habían deslizado al lecho del río. A R. J. le hubiera gustado que David estuviera libre para enseñarle los restos del aserradero. Junto a uno de los bloques encontró una pequeña piedra corazón, de un mineral azul que no supo identificar. No le pareció muy probable que pudiera encerrar ninguna magia.

Impulsivamente, telefoneó a Sarah.

—¿Quieres venir conmigo al cine?

—Ah..., bueno.

«Una idea tonta», se dijo con severidad. Pero, con gran placer por su parte, la cosa salió bien. Fueron a Pittsfield en su coche, cenaron en un restaurante tailandés y vieron una película.

—Tenemos que repetirlo otro día —le propuso, con intención de cumplirlo—. ¿De acuerdo?

—De acuerdo.

Pero se acumuló el trabajo y fueron pasando los días. Varias veces se cruzó con Sarah en la calle Mayor, y Sarah sonreía al verla. Cada vez le resultaba más agradable encontrársela por casualidad.

Un sábado por la tarde, tres o cuatro semanas después, le sorprendió ver a Sarah por el camino de acceso a su casa. Iba a lomos de *Chaim*, y al llegar le ató las riendas en la barandilla del porche.

—Hola. Qué grata sorpresa. ¿Quieres un té?

—Hola. Sí, gracias.

R. J. sirvió también unas pastas que acababa de sacar del horno y que había hecho siguiendo una receta de Eva Goodhue.

—Puede que les falte algún ingrediente —comentó indecisa—. ¿A ti qué te parece?

Sarah sopesó una pasta.

—Podrían ser más ligeras... Oye, ¿hay muchas cosas que puedan retrasar la regla? —le preguntó, y R. J. olvidó sus problemas de cocina.

—Bueno, sí. Muchas cosas. ¿Es la primera vez que se retrasa? ¿Es sólo una falta?

—Varias faltas.

—Comprendo —dijo en tono jovial, con su voz más controlada de doctora amiga—. ¿Hay otros síntomas?

—Náuseas y vómitos —respondió Sarah—. Lo que se llama malestar matutino, supongo.

—¿Todo esto me lo preguntas para una amiga? ¿Por qué no le dices que venga a verme al consultorio?

Sarah cogió otra pasta, la examinó como si no supiera si comérsela o no, y por fin la devolvió al plato. Luego miró a R. J. de forma muy parecida a como había mirado la pasta. Cuando se decidió a hablar, su voz encerraba sólo una sombra casi imperceptible de amargura, y apenas un levísimo temblor.

—No lo pregunto para una amiga.

LIBRO III

LAS PIEDRAS CORAZÓN

29

La petición de Sarah

Ese año Sarah llevaba el pelo al estilo de docenas de jóvenes modelos y artistas de cine, en largos y enmarañados tirabuzones. Los gruesos cristales de las gafas hacían mayores y más luminosos sus ojos tiernos y preocupados. La boca, de labios carnosos, le temblaba ligeramente, y los hombros tensos y encorvados parecía que esperaban los golpes vengativos de un Dios castigador. Le habían vuelto a salir los granos de la barbilla, y tenía otro más junto a la aleta de la nariz. Incluso en aquellos momentos en que contenía cuidadosamente la desesperación, seguía pareciéndose a la madre muerta cuyas fotos R. J. había examinado con disimulo, aunque Sarah era más alta y había heredado algunas facciones de David, más pronunciadas; en conjunto encerraba la promesa de una belleza más interesante que la que se revelaba en las fotografías de Natalie. Bajo el minucioso interrogatorio de R. J., lo que Sarah había descrito como «varias faltas» resultaron ser tres.

—¿Por qué no viniste a verme antes? —le preguntó R. J.

—Siempre tengo unas reglas muy irregulares, y pensaba que ya me vendría.

Además, añadió Sarah, le había costado mucho tomar una decisión. Los bebés eran maravillosos. Se había pasado muchas horas tendida en la cama, imaginando la dulce suavidad, la desvalida ternura de un bebé.

¿Cómo había podido ocurrirle a ella?

—¿No utilizabais anticonceptivos?

—No.

—Pero, Sarah. ¿Y todos los programas sobre el sida que os dieron en la escuela? —le preguntó R. J. con mal disimulada amargura, sin poderse contener.

—Sabíamos que no íbamos a coger el sida.

—¿Cómo podíais estar seguros de una cosa así?

—Porque ninguno de los dos había hecho nunca el amor con otra persona. La primera vez Bobby utilizó un preservativo, pero la siguiente no teníamos ninguno.

No sabían nada de nada. R. J. hizo un esfuerzo por mantenerse serena.

—Dime, ¿has hablado de esto con Bobby?

—Está muerto de miedo —respondió Sarah categóricamente.

R. J. asintió.

—Dice que podemos casarnos, si quiero.

—¿Y tú qué dices?

—Me gusta mucho, R. J. Incluso lo quiero mucho. Pero no lo quiero para toda la vida, ¿comprendes? Sé que es demasiado joven para ser un buen padre, y yo soy demasiado joven para ser una buena madre. Quiere ir a la universidad a estudiar derecho y ser un abogado importante en Springfield, como su padre. —Se apartó un mechón de la frente—. Yo quiero ser meteoróloga.

—¿Ah, sí? —Debido a su afición a coleccionar piedras, R. J. tenía la impresión de que le interesaba la geología.

—Siempre me fijo en el parte meteorológico de la televisión. Algunos de esos hombres del tiempo son unos gilipollas, unos payasos que no tienen ni idea de nada. Los científicos están descubriendo constantemente cosas nuevas sobre el clima, y creo que una mujer inteligente que trabaje mucho puede llegar muy lejos.

A pesar de su estado de ánimo, R. J. esbozó una sonrisa, aunque fue una sonrisa fugaz. Veía con claridad hacia dónde se encaminaba la conversación, pero quería que fuera la propia Sarah quien llevara la iniciativa.

—¿Cuáles son tus planes, entonces?

—No puedo criar un hijo.

—¿Has pensado en darlo en adopción?

—Lo he pensado muchísimo. En otoño empezaré el último curso. Es un año importante. Necesito una beca para ir a la universidad, y si tengo que ocuparme de un embarazo no podré conseguirla. Quiero abortar.

—¿Estás segura?

—Sí. No lleva mucho tiempo, ¿verdad?

R. J. suspiró.

—No, no mucho, siempre que no se presenten complicaciones.

—¿Suelen presentarse?

—No es muy frecuente. Pero, en realidad, en cualquier cosa que hagas pueden surgir complicaciones. Se trata de un procedimiento agresivo.

—Pero tú puedes llevarme a un sitio bueno, bueno de verdad, ¿a que sí?

Las pecas resaltaban sobre la tez pálida de Sarah y le daban una apariencia tan joven y vulnerable que a R. J. le costó hablar con normalidad.

—Sí, podría llevarte a un sitio bueno de veras, si es lo que finalmente decides. ¿Por qué no lo hablamos con tu padre?

—¡No! ¡Él no tiene que enterarse de nada! Ni una palabra, ¿me entiendes?

—Estás cometiendo un grave error, Sarah.

—Eso tú no puedes decirlo. ¿Te crees que conoces a mi padre mejor que yo? Cuando murió mi madre, se volvió un borracho que no se tenía en pie. Esto podría hacerle beber de nuevo, y no quiero correr ese riesgo. Mira, R. J., eres muy buena con mi padre y te aseguro que tiene un gran concepto de ti, pero a mí también me quiere, y tiene... tiene una imagen irreal de mí. Tengo miedo de que esto sea demasiado para él.

—Pero se trata de una decisión muy importante, Sarah, y no deberías tomarla tú sola.

—No estoy sola. Te tengo a ti.

Eso obligó a R. J. a pronunciar cuatro palabras muy duras:

—No soy tu madre.

—No necesito una madre. Lo que necesito es una amiga. —Sarah la miró—. Lo haré igualmente con o sin tu ayuda, R. J. Pero te necesito a mi lado.

R. J. la miró a su vez y finalmente hizo un gesto de asentimiento.

—Muy bien, Sarah. Seré tu amiga. —Algo en la expresión o en las palabras reveló su dolor, y la muchacha le cogió la mano.

—Gracias, R. J. ¿Tendré que pasar la noche en la clínica?

—Por lo que me has dicho, creo que has entrado en el segundo trimestre. Un aborto de segundo trimestre es un procedimiento de dos días. Y luego habrá hemorragia, seguramente más que un flujo menstrual intenso. Piensa que tendrás que pasar al menos una noche fuera de casa. Pero, Sarah, en Massachusetts, una menor de dieciocho años necesita el consentimiento de los padres para abortar.

Sarah la contempló fijamente.

—Puedes hacerme el aborto aquí.

—No, de ninguna manera. —R. J. le cogió la otra mano y percibió la tranquilizadora energía juvenil—. Aquí no tengo medios para practicar un aborto, y las dos queremos que se haga de la mejor manera posible. Si estás absolutamente segura de que quieres abortar, sólo tienes dos alternativas: puedes ir a una clínica de otro estado o puedes pedir a un juez que te autorice a abortar en éste sin el consentimiento paterno.

—Oh, Dios. ¿Tengo que presentarme en público?

—No, de ninguna manera. Verías al juez en la intimidad de su despacho, a solas los dos.

—¿Tú qué harías si estuvieras en mi lugar?

Se sintió acorralada por esta pregunta directa. No era posible evadirla, y le debía una respuesta a la joven.

—Iría a hablar con el juez —respondió decidida—. Podría concertar la entrevista en tu nombre. Casi nunca niegan la autorización. Y luego podrías ir a una clínica de Boston; estuve trabajando allí algún tiempo y sé que es muy buena.

Sarah sonrió y se enjugó los ojos con las yemas de los dedos.

—Entonces, lo haremos así. Pero ¿cuánto costará?

—Un aborto de primer trimestre cuesta trescientos veinte dólares. Un aborto de segundo trimestre, como el que tú necesitas, es más complicado y más caro. Quinientos cincuenta dólares. No tienes ese dinero, ¿verdad? —dijo.

—No.

—Yo pagaré la mitad. Y tienes que decirle a Robert Henderson que ha de pagar el resto. ¿De acuerdo?

Sarah asintió con un gesto. Por primera vez empezaron a temblarle los hombros.

—Pero lo primero que necesitas es un examen físico.

A pesar de lo que había dicho antes, y aunque R. J. no consideraba que Sarah fuera realmente su hija, era alguien con quien tenía una estrecha relación personal. Se sentía tan incapaz de hacerle un examen interno a Sarah Markus como si ella misma hubiera sufrido los dolores de dar a luz a Sarah, o hubiera estado en el ascensor de los grandes almacenes cuando Sarah se orinó sobre la moqueta, o la hubiera acompañado a la escuela por primera vez.

Descolgó el teléfono, llamó al consultorio de Daniel Noyes en Greenfield y concertó una visita para Sarah.

El doctor Noyes concluyó que, en la medida en que él podía afirmarlo, Sarah llevaba catorce semanas de embarazo.

Demasiado tiempo. El firme y joven abdomen de la muchacha apenas estaba abultado, pero no seguiría mucho tiempo así. R. J. sabía que cada día que pasara las células se multiplicarían, el feto crecería y el aborto resultaría más complicado.

Solicitó una audiencia judicial con el honorable Geoffrey J. Moynihan. Llevó a Sarah al juzgado en su automóvil, le dio un beso antes de dejarla en el despacho del juez y se sentó a esperar en el duro banco de madera pulida que había en el pasillo de mármol.

El objeto de la audiencia consistía en convencer al juez Moynihan de que Sarah era lo bastante madura para someterse a un aborto. Para R. J., la audiencia misma era una cuestión intrincada: si Sarah no era bastante madura para abortar, ¿cómo podía serlo para dar a luz y criar un hijo?

La entrevista con el juez duró doce minutos. Al salir, Sarah hizo un gesto afirmativo con expresión sombría.

R. J. le pasó un brazo por los hombros y se dirigieron juntas hacia el coche.

30

Una pequeña excursión

«Después de todo, ¿qué es una mentira? No es sino la verdad enmascarada», escribió Byron. R. J. detestaba la farsa.

—Si te parece bien, me llevaré a tu hija a Boston un par de días, David. Invito yo. Sólo chicas.

—Bueno, ¿y qué hay en Boston?

—Están representando una versión de *Les misérables*, para empezar. Iremos de restaurantes y miraremos muchos escaparates. Quiero que nos conozcamos mejor. —Se sintió indignada por el engaño, pero no se le ocurría otra cosa.

David se mostró realmente complacido, le dio un beso y las despidió con sus bendiciones, de muy buen humor.

R. J. llamó a la clínica de Jamaica Plain para hablar con Mona Wilson y le comunicó que iría con Sarah Markus, de diecisiete años, que había entrado en el segundo trimestre de embarazo.

—Esta chica significa mucho para mí, Mona. Muchísimo.

—Está bien, R. J. Le ofreceremos todas las comodidades —respondió Mona, un poco más seca de lo que solía mostrarse con ella.

R. J. captó el mensaje de que para Mona todos los pacientes eran especiales, pero insistió con terquedad.

—¿Aún trabaja ahí Les Ustinovich?

—Sí, aún trabaja aquí.

—¿Podría llevarla Les, por favor?

—El doctor Ustinovich para Sarah Markus. Adjudicado.

Cuando R. J. pasó a recogerla por la casa de troncos, Sarah estaba demasiado contenta, demasiado animada.

Llevaba un holgado conjunto de dos piezas por indicación de R. J., quien le había explicado que sólo tendría que desnudarse de cintura para abajo.

Era un hermoso día de verano, el aire transparente como el cristal, y R. J. condujo lenta y cuidadosamente por el camino Mohawk y por la carretera 2, hasta llegar a Boston en menos de tres horas.

Ante la clínica de Jamaica Plain había dos policías con cara de aburrimiento que R. J. no reconoció, y ningún manifestante. Cuando entraron, Charlotte Mannion, la recepcionista, le echó una mirada y lanzó un grito de alegría.

—¡Bienvenida, forastera! —exclamó, y salió corriendo a su encuentro para darle un beso en la mejilla.

Se habían producido muchos cambios de personal; la mitad de las personas que R. J. vio esa mañana eran desconocidas para ella. La otra mitad la recibió con grandes muestras de alegría, cosa que le resultó especialmente grata porque era evidente que le daba confianza a Sarah. Incluso Mona había olvidado su malhumor y le dio un fuerte y efusivo abrazo. Les Ustinovich, desgreñado y rezongón como siempre, le dirigió una sonrisa brevísima aunque llena de afecto.

—¿Cómo es la vida en la frontera?

—Muy buena, Les. —Le presentó a Sarah y enseguida se lo llevó aparte y le explicó discretamente que apreciaba mucho a aquella paciente—. Me alegro de que te encargues tú del caso.

—¿Ah, sí? —Estaba examinando el historial de Sarah y, al advertir que el examen físico lo había realizado Daniel Noyes en lugar de R. J., la miró con curiosidad—. ¿Es algo tuyo? ¿Una sobrina? ¿Una prima?

—Su padre significa mucho para mí.

—¡Ajá! Padre afortunado. —Empezó a alejarse, pero se volvió de nuevo—. ¿Quieres ayudar?

—No, gracias. —Sabía que Les lo decía por cortesía, pero el mero hecho de que se lo hubiera ofrecido ya era todo un detalle.

Permaneció con Sarah todas las horas que hicieron falta para cumplimentar los trámites preliminares, y la ayudó a rellenar los papeles de ingreso y la hoja médica. Esperó fuera, leyendo un *Time* de dos meses atrás, mientras ella se hallaba en la sesión de asesoramiento, que para Sarah sería en su mayor parte una repetición, pues R. J. había repasado minuciosamente todos los detalles con ella.

La última parada del día fue en la sala de procedimientos, para la inserción de laminaria.

R. J. miraba sin verlo un ejemplar de *Vanity Fair*, consciente de que en el cuarto de al lado Sarah estaba tendida en una camilla, los pies en los estribos, mientras BethAnn DeMarco, una enfermera, le introducía en el útero un torzal de alga laminaria, como un bastoncillo de unos cinco centímetros. En los abortos de primer trimestre, R. J. dilataba el cuello del útero con varillas de acero inoxidable, cada una más gruesa que la anterior. Los procedimientos de segundo trimestre requerían una abertura mayor para permitir el uso de una cánula más gruesa. El alga se hinchaba con la humedad que iba absorbiendo durante la noche y, a la mañana siguiente, la paciente no necesitaba más dilatación.

BethAnn DeMarco las acompañó hasta la puerta de la calle, mientras le daba noticias a R. J. de diversas personas con las que ambas habían trabajado.

—Puede que notes una ligera presión —le advirtió la enfermera a Sarah en tono despreocupado—, o incluso que el alga te produzca calambres durante la noche.

Al salir de la clínica se dirigieron a un hotel con vistas al río Charles. Después de inscribirse y subir a la habitación, R. J. se apresuró a llevar a Sarah a un restaurante chino, pensando deslumbrarla con la sopa hirviente y el pato estilo Pekín. Pero las molestias que la joven experimentaba no le permitían sentirse deslumbrada, y tuvieron que abandonar el helado de jengibre antes de terminarlo porque la «ligera presión» que DeMarco había mencionado estaba convirtiéndose en un calambre cada vez más intenso.

Cuando llegaron al hotel, Sarah estaba pálida y dolorida. Buscó en el bolso la piedra corazón de cristal y la colocó en la mesita de noche, donde pudiera verla, y a continuación se acurrucó en una de las camas, hecha un ovillo y esforzándose por no llorar.

R. J. le dio codeína y al fin se quitó los zapatos y se acostó a su lado. Tenía el doloroso convencimiento de que iba a rechazarla, pero cuando le pasó el brazo por los hombros, Sarah se arrimó a ella.

R. J. le acarició la mejilla y le alisó el cabello.

—¿Sabes una cosa, cariño? En cierto modo me gustaría que no hubieras estado siempre tan sana. Me gustaría que el dentista te hubiera hecho algunos empastes, quizás incluso que te hubieran extirpado las amígdalas y el apéndice, para que ahora comprendieras que el doctor Ustinovich cuidará muy bien de ti y que todo esto pasará.

Le dio unas palmaditas en la espalda y la acunó un poquito entre sus brazos.

—Mañana por la noche ya habrá terminado todo —le recordó, y permanecieron mucho rato así abrazadas.

Al día siguiente llegaron temprano a la clínica. Les Ustinovich aún no había tomado el café de la mañana y las saludó con una inclinación de cabeza y un gruñido. Cuando terminó de ingerir su dosis de cafeína, DeMarco ya las había conducido a la sala de tratamiento y Sarah se hallaba en posición sobre la mesa.

Estaba pálida, rígida por la tensión. R. J. le sostuvo la mano mientras DeMarco administraba el bloqueante paracervical, una inyección de 20 c.c. de lidocaína, y le insertaba una aguja en la vena. DeMarco hizo un par de intentos infructuosos antes de encontrar la vena, y Sarah acabó apretándole la mano a R. J. con tanta fuerza que le hizo daño.

—Esto te hará sentir mejor —le aseguró R. J. mientras DeMarco iniciaba la sedación intravenosa consciente, 100 mcg. de fentanilo.

El doctor Les Ustinovich se fijó en sus manos unidas nada más entrar.

—Me parece que será mejor que vaya a la sala de espera, doctora Cole.

R. J. comprendió que tenía razón. Retiró la mano y besó a Sarah en la mejilla.

—Nos veremos dentro de un ratito.

Se instaló en una silla dura de la sala de espera entre un joven muy delgado que ponía toda su atención en morderse una cutícula y una mujer madura que fingía leer un manoseado ejemplar de *Redbook*. R. J. había traído el *New England Journal of Medicine*, pero le resultaba imposible concentrarse. Conocía muy bien el proceso y sabía exactamente qué debían de estarle haciendo a Sarah en cada momento. El curetaje se hacía en dos etapas de succión. La primera se llamaba «la sesión larga» y duraba aproximadamente un minuto y medio. Luego, tras una pausa, venía otra succión más breve. No había terminado de leer un artículo completo cuando Ustinovich se asomó a la puerta y la llamó por señas.

Sus modales clínicos siempre eran igual de bruscos.

—Ha abortado, pero la he perforado.

—¡Dios mío, Les!

El médico la paralizó con una mirada que le devolvió la cordura. Ya debía de sentirse bastante mal sin necesidad de que ella echara sal en la herida.

—Dio una sacudida en el peor momento. Sabe Dios que no sentía ningún dolor, pero estaba hecha un manojo de nervios. La perforación del útero se produjo en un punto donde tiene un tumor fibroide, de manera que hay bastante desgarro. Está sangrando mucho, pero se repondrá. La hemos taponado, y la ambulancia ya está en camino.

A partir de ese momento, R. J. empezó a verlo todo a cámara muy lenta, como si se hubiera sumergido en el agua.

Durante todo el tiempo que había trabajado en la clínica no había perforado ningún útero, pero ella siempre había trabajado con mujeres de primer trimestre. Las perforaciones se producían con muy poca frecuencia y exigían intervención quirúrgica. Por fortuna, el Hospital Lemuel Grace se hallaba a pocos minutos de distancia, y la ambulancia llegó casi antes de que R. J. hubiera terminado de tranquilizar a Sarah.

Hizo el breve trayecto al lado de Sarah, que fue conducida al quirófano nada más llegar.

R. J. no tuvo que pedir un cirujano en especial. Conocía la reputación del ginecólogo que habían asignado a Sarah, Sumner Harrison. Tenía fama de ser muy bueno, el mejor que podía tocarle.

El hospital que tan familiar había sido para ella le parecía ahora ligeramente desenfocado. Muchas caras desconocidas. Dos personas le sonrieron y la saludaron al cruzarse con ella por el pasillo, mientras iban apresuradamente de un sitio a otro.

Pero recordaba muy bien dónde estaban los teléfonos. Descolgó uno de ellos, introdujo la tarjeta de crédito en la ranura y marcó el número.

Sonó dos veces antes de que atendieran la llamada.

—¿David? Hola, soy R. J.

31

Un viaje montaña abajo

Cuando David llegó a Boston, Sarah ya había salido del quirófano y se recuperaba bien. David se sentó junto a su cama y le sostuvo la mano mientras emergía de la anestesia. Al principio Sarah se echó a llorar al verlo y lo miró atemorizada, pero R. J. consideró que él la trataba de la manera más adecuada; se mostró tierno y comprensivo y no dio muestras de querer recurrir a la bebida.

R. J. juzgó que sería mejor dejarlos a solas. Quería saber exactamente qué había ocurrido, así que telefoneó a BethAnn DeMarco y le preguntó si quería cenar con ella. BethAnn estaba libre, y se encontraron en un pequeño restaurante mexicano de Brookline, cerca de donde vivía BethAnn.

—Esta mañana ha sido fuerte, ¿eh? —comentó DeMarco.

—Una mañana muy dura.

—Te recomiendo el arroz con pollo, está buenísimo —dijo BethAnn—. Les se siente muy mal. No me ha dicho nada, pero lo conozco. Llevo cuatro años en la clínica, R. J., y sólo he visto dos perforaciones. Ésta es la segunda.

—¿Quién hizo la otra?

BethAnn se revolvió en el asiento, incómoda.

—También le ocurrió a Les. Pero fue tan inocua que no hizo falta cirugía; sólo tuvimos que taponarla y enviarla a casa para que reposara en la cama. Lo de esta mañana no ha sido culpa de Les. La chica hizo un movimiento involuntario, como una gran sacudida, y la cureta penetró. El médico que la examinó allí donde vives...

—Daniel Noyes.

—Bueno, pues el doctor Noyes tampoco tiene la culpa. Por no descubrir el fibroide, quiero decir. No era grande y estaba en un pliegue de tejido, imposible de ver. Si hubiera sido sólo la perforación, o sólo el problema del fibroide, la cosa habría resultado más fácil. ¿Cómo se encuentra?

—Parece que está bien.

—Menos mal. Bien está lo que bien acaba. Yo voto por el arroz con pollo, ¿y tú?

A R. J. le daba igual; pidió también arroz con pollo.

Aquella misma noche, cuando estuvo a solas con David, él empezó a formularle duras preguntas a las que le resultaba difícil dar respuesta.

—¿En qué diablos estabas pensando, R. J.? ¿Por qué no me consultaste?

—Quería hacerlo, pero Sarah se negó de plano. Tenía que decidirlo ella, David.

—¡Es una niña!

—A veces el embarazo convierte a una niña en mujer. Sarah es una mujer de diecisiete años, e insistió en afrontar por sí misma su embarazo. Se presentó ante un juez, que decidió que era bastante madura para interrumpir la gestación sin que tú tuvieras que intervenir.

—Y supongo que te encargaste de concertar la entrevista con el juez.

—A petición de ella. Sí.

—Dios te maldiga, R. J. Te has portado como si su padre fuera un extraño para ti.

—Eso no es justo.

Al ver que no respondía, le preguntó si pensaba quedarse en Boston hasta que dieran de alta a Sarah en el hospital.

—Naturalmente.

—Tengo pacientes que me esperan. Volveré al pueblo.

—Sí, será lo mejor —dijo él.

En las colinas llovió torrencialmente durante tres días, pero el día que Sarah volvió a casa brillaba un cálido sol, y la suave brisa transportaba el penetrante olor de los bosques en verano.

—¡Qué magnífico día para montar a *Chaim*! —exclamó Sarah. R. J. se alegró de verla sonreír, pero estaba pálida y con aspecto fatigado.

—Ni lo pienses. Has de quedarte unos días descansando en casa. Es importante, ¿comprendes?

—Sí —respondió Sarah, risueña.

—Así tendrás ocasión de escuchar un poco de esa mala música. —Había comprado el último compacto de Pearl Jam, y los ojos de Sarah se iluminaron cuando se lo dio.

—R. J., nunca olvidaré...

—No tiene importancia. Lo que has de hacer ahora es cuidarte y reanudar tu vida. ¿Sigue enfadado contigo?

—Se le pasará. Ya verás. Seremos muy cariñosas con él y le hablaremos con mucha dulzura.

—Eres una chica estupenda. —R. J. le dio un beso en la mejilla, mientras pensaba que debería hablar con David sin más demora. Salió al patio, donde él estaba descargando balas de heno de su camioneta.

—¿Querrás venir a cenar conmigo mañana por la noche, por favor? Tú solo.

David la miró unos instantes y asintió con la cabeza.

—De acuerdo.

A la mañana siguiente, poco después de las once, cuando se disponía a salir hacia Greenfield para visitar a dos pacientes ingresados en el hospital, sonó el teléfono.

—R. J., soy Sarah. Estoy sangrando.

—¿Mucho o poco?

—Mucho. Muchísimo.

—Voy ahora mismo. —Pero antes de salir llamó a la ambulancia.

Sarah había aceptado pasarse las horas sentada como una inválida en la vieja mecedora del porche, junto a los tarros de miel, mirando lo que se podía ver: las ardillas que perseguían a las palomas por el techo del cobertizo; dos conejos que se perseguían uno a otro; la oxidada camioneta azul de su vecino, el señor Riley, pasando por la carretera; una enorme marmota, obscenamente gorda, que comía tréboles en un rincón del prado.

De pronto vio que la marmota se alejaba con torpeza para ocultarse en su madriguera bajo el muro de piedra, y unos instantes después comprendió el motivo: en el lindero del bosque acababa de aparecer un oso negro, paseando con mucha calma.

Era un oso pequeño, seguramente nacido la temporada anterior, pero su olor llegó hasta el caballo. *Chaim* irguió la cola y empezó a piafar y relinchar aterrorizado. El oso, al oírlo, se internó precipitadamente en el bosque, y Sarah se echó a reír.

Pero entonces *Chaim* dio con el pecho contra el único poste en mal estado que había en la cerca de alambre de espino. La mayoría de los postes, de acacia negra recién cortada, eran capaces de resistir la humedad durante años, pero éste era de pino y se había podrido casi por completo en el punto donde se hundía en la tierra, de manera que cuando el caballo lo golpeó, cayó al suelo sin hacer apenas ruido y el animal pudo salvar la alambrada de un salto.

Sarah dejó la taza de café caliente y se puso en pie.

—¡Maldita sea! ¡Eh! ¡Eh, *Chaim*! —le gritó—. ¡No te muevas de ahí, caballo malo!

Mientras cruzaba el porche hacia los escalones recogió un trozo de cuerda vieja y un cubo en el que aún quedaba algo de pienso. Tenía que recorrer una buena distancia, y se obligó a ir despacio.

—¡Ven aquí, *Chaim*! —lo llamó—. ¡Mira qué tengo para ti!

Hizo sonar el cubo con los nudillos. Por lo general ese ruido bastaba para hacerlo venir, pero el caballo aún estaba asustado por el olor del oso y se alejó un poco carretera arriba.

—¡Maldita sea!

Esta vez la esperó, con la cabeza vuelta para observar el lindero del bosque. Nunca había intentado cocearla, pero Sarah no quiso darle ocasión y se acercó cautelosamente desde un lado, con el cubo de pienso por delante.

—Come, caballo tonto.

Cuando el animal hundió el morro en el cubo, Sarah dejó que se llenara la boca y enseguida le echó la cuerda al cuello, aunque sin anudarla por miedo a que saliera otra vez huyendo y se enredara con algo que pudiera asfixiarlo. Le hubiera gustado montarse en él y llevarlo de vuelta, cabalgando a pelo, pero se limitó a sostener la cuerda con las dos manos y le habló en voz suave y cariñosa.

Dejó atrás el boquete en la cerca y lo condujo hasta el tosco portón. Una vez allí aún tuvo que levantar los pesados postes de sus encajes para que el animal pudiera entrar en el campo. Estaba colocando los postes otra vez en su sitio, pensando en cómo repararía el cercado hasta que su padre llegara a casa, cuando cobró conciencia de la humedad, del color rojo como cuero brillante que le teñía las piernas, del espantoso reguero que había dejado a su paso, y de pronto perdió todas las fuerzas y se echó a llorar.

Cuando R. J. llegó a la casa de troncos, las toallas con que Sarah intentaba taponar la hemorragia se habían mostrado lamentablemente ineficaces. Había más sangre en el suelo de la que R. J. hubiera podido imaginar. Se figuró que Sarah había permanecido allí en pie, sangrando, para no ensuciar la ropa de cama, hasta caer tendida hacia atrás, quizá desmayada. Ahora las piernas le colgaban sobre el borde de la cama teñida de escarlata, los pies en el suelo.

R. J. le puso las piernas en la cama, retiró las toallas empapadas y le aplicó un paquete de gasas limpias.

—Aprieta las piernas tan fuerte como puedas, Sarah.

—R. J. —dijo Sarah débilmente. Desde muy lejos.

Ya estaba semicomatosa, y R. J. comprendió que no podría controlar los músculos, así que cogió varios trozos de venda adhesiva y le unió las piernas mediante ataduras en los tobillos y las rodillas. Después juntó un montoncito de mantas y le colocó los pies encima.

La ambulancia llegó muy pronto. Los técnicos la trasladaron sin pérdida de tiempo y R. J. subió detrás con Steve Ripley y Will Pauli e inmediatamente inició la terapia de oxígeno. Ripley hizo la evaluación y rellenó el informe por el camino, mientras la ambulancia corría bamboleándose. Al ver que las constantes vitales coincidían con las cifras que R. J. había anotado en la casa, antes de que llegara la ambulancia, soltó un gruñido.

R. J. asintió.

—Está en *shock*.

Cubrieron a Sarah con varias mantas y le pusieron los pies en alto. El rostro de Sarah, tras la gris mascarilla de oxígeno que le cubría boca y nariz, tenía el color del pergamino.

Por primera vez en muchísimo tiempo, R. J. hizo un intento para que cada célula de su ser se pusiera en contacto directo con Dios.

«Por favor —rezó—. Por favor, quiero a esta niña. Por favor. Por favor, por favor, por favor. Necesito a esta muchacha limpia y de piernas largas, a esta muchacha divertida y hermosa, a esta posible hija. La necesito.»

Con un esfuerzo de voluntad cogió las manos de la joven entre las suyas. Notó cómo escapaba la arena del reloj, grano a grano, y ya no pudo soltarlas.

No podía hacer nada para impedirlo, para evitar lo que estaba ocurriendo. Sólo pudo afanarse con el aparato de oxígeno para asegurarse de que servía su mezcla más rica y pedirle a Will que se comunicara por radio con el hospital para que se prepararan a administrar una transfusión de sangre.

Cuando la ambulancia de Woodfield llegó a urgencias, las enfermeras que estaban esperándola abrieron la portezuela y quedaron confusas y desconcertadas ante la imagen de una R. J. incapaz de soltarle las manos a Sarah. Era la primera vez que veían llegar una ambulancia con un médico tan afectado.

32

El bloque de hielo

Steve Ripley llamó por teléfono a Mack McCourtney y le pidió que fuera en busca de David Markus y lo llevara al hospital.

Paula Simms, la médica a cargo del departamento de urgencias, insistió en administrarle un sedante a R. J. El medicamento la dejó muy callada y encerrada en sí misma, pero aparte de eso no ejerció ningún efecto perceptible sobre su horror. Estaba sentada al lado de Sarah, sosteniéndole la mano, cuando entró David con expresión enloquecida. Ni siquiera miró a R. J.

—Déjanos solos.

R. J. salió a la sala de espera. Al cabo de un buen rato, Paula Simms se dirigió a ella.

—Quiere que te vayas a casa. Creo que es mejor que le hagas caso, R. J. Está muy..., ya me entiendes. Muy trastornado.

La conciencia era un dolor insoportable. Sarah no podía desaparecer para siempre de esa manera, sencillamente... desaparecida. Le costaba afrontarlo.

Le dolía pensar, incluso respirar.

De pronto volvió a formarse el bloque de hielo en cuyo interior había vivido tras la muerte de Charlie Harris.

Hizo la primera llamada a David aquella misma tarde, y después siguió llamando cada quince o veinte minutos. Cada vez le respondía su voz grabada, muy profesional, muy tranquila, agradeciéndole que hubiera llamado a la Agencia Inmobiliaria de Woodfield e invitándola a dejar un mensaje.

A la mañana siguiente fue en coche a su casa, pensando que quizá lo encontraría allí solo, sin contestar al teléfono.

Will Riley, que era vecino no muy cercano de David, estaba clavando un poste nuevo en el suelo para reparar la cerca.

—¿Está en casa, señor Riley?

—No. Esta mañana me he encontrado una nota suya pegada en la puerta, pidiéndome que les diera de comer a los animales durante un par de días. Me ha parecido que lo menos que podía hacer era arreglar la cerca. Qué cosa más mala, ¿verdad, doctora Cole?

—Sí. Muy mala.

—Una chica tan guapa.

¡Sarah!

¿Qué estaba ocurriendo? ¿Dónde estaba David?

Al entrar en la casa la encontró tal como la había dejado al irse con la ambulancia, salvo que la sangre se había coagulado para formar una pasta de más de medio centímetro de espesor. Quitó las mantas y sábanas de la cama y las metió en una bolsa para basura. Raspó la terrible pasta del suelo con la azada de David, la metió en un cubo de plástico y la enterró en el bosque. Acto seguido fregó el suelo con jabón y un cepillo de cerdas rígidas hasta que las sucesivas aguas de aclarado pasaron de rojo a rosa y de rosa a transparente. Fue entonces cuando encontró a la gata, debajo de la cama.

—Oh, *Agunah*.

Hubiera querido acariciarla, consolarla, pero *Agunah* la miraba como una leona acorralada.

Tuvo que darse prisa en volver a casa para ducharse y poder llegar a tiempo al consultorio. Era ya entrada la tarde cuando se encontró con Toby en el vestíbulo y se enteró de lo que medio pueblo ya sabía, que David Markus se había llevado a su hija a Long Island para enterrarla.

Permaneció un rato sentada ante su escritorio, intentando hallarle algún sentido a la historia clínica del próximo paciente, pero las palabras y las letras se retorcían al otro lado de un profundo resplandor líquido.

Finalmente hizo algo que no había hecho nunca: le pidió a Toby que la disculpara ante los pacientes y les diera hora para otro día. «Lo siento mucho, una jaqueca insoportable.»

Al llegar a casa se sentó a la mesa de la cocina. La casa estaba muy silenciosa. Se quedó allí sentada, sin hacer nada.

Canceló todas las visitas de los cuatro días siguientes. Caminó mucho. Salía de casa y echaba a andar por el sendero, por los campos, por la carretera, sin saber adónde, hasta que daba un respingo y miraba en derredor con asombro. «¿Cómo he llegado hasta aquí?»

Llamó por teléfono a Daniel Noyes y se reunieron para compartir un almuerzo tenso y pesaroso.

—La examiné bien —le aseguró con voz queda—. No vi que tuviera nada malo.

—No fue culpa suya, doctor Noyes. Eso ya lo sé.

El médico le dirigió una mirada larga y penetrante.

—Tampoco fue culpa de usted. ¿Lo sabe también?

Ella asintió en silencio.

El doctor Noyes suspiró.

—Siempre es duro perder un paciente, ¿verdad, R. J.? Nunca resulta fácil, por mucho tiempo que lleve uno en la profesión. Pero cuando se pierde a alguien por quien tenemos un profundo interés personal... —Meneó la cabeza—. Eso le deja a uno destrozado.

Al salir del restaurante, Daniel Noyes le dio un beso en la mejilla antes de dirigirse hacia su coche.

A R. J. no le costaba dormirse. Al contrario, cada noche se hundía en un profundo refugio, libre de sueños. Por las mañanas yacía bajo las sábanas en posición fetal, incapaz de moverse durante mucho rato.

Sarah.

La razón le pedía que rechazara la culpa, pero ella comprendía que la culpa estaba inextricablemente ligada con el pesar, y que de ahí en adelante formaría parte de ella.

Llegó a la conclusión de que sería mejor escribir una carta a David antes de intentar hablar con él. Para ella era importante que comprendiera que la muerte de Sarah se hubiera podido producir del mismo modo a consecuencia de una apendicectomía o una resección intestinal. Que no existía una cirugía infalible. Que había sido la propia Sarah la que había decidido abortar, y que lo habría hecho igualmente aunque R. J. no hubiese accedido a ayudarla.

R. J. sabía que a David no le serviría de consuelo saber que se producen algunas pérdidas incluso en los procedimientos agresivos más seguros. Que al elegir el aborto antes que el embarazo, de hecho Sarah incrementaba sus probabilidades de supervivencia, ya que en Estados Unidos fallece una de cada catorce mil trescientas mujeres que llevan el embarazo a término, mientras que entre las que abortan —incluso a las catorce semanas de gestación—, cabe esperar una muerte por cada veintitrés mil pacientes. Teniendo en cuenta que la probabilidad de morir cada vez que se sube a un automóvil es de una entre seis mil, tanto el embarazo como el aborto pueden considerarse muy seguros.

De manera que la muerte de Sarah a consecuencia de un aborto era un caso excepcional. Muy excepcional.

Escribió una carta tras otra hasta que al fin terminó una que le pareció satisfactoria, e inmediatamente se dirigió a la oficina de correos.

Pero en lugar de echarla al correo la rompió en pedazos y la tiró a la papelera porque comprendió que la había escrito tanto para ella como para David. Por otra parte, ¿qué interés podía tener para él? ¿Qué le importaban a él las estadísticas?

Sarah se había ido.

Y también David.

33

Herencias

Fueron pasando los días sin que R. J. tuviera noticias de David. Finalmente telefoneó a Will Riley y le preguntó si sabía cuándo pensaba volver su vecino.

—No tengo ni idea. Ha vendido el caballo, ¿sabe? Lo hizo por teléfono. Recibí una carta urgente pidiéndome que estuviera allí ayer a las cuatro para que el nuevo dueño se lo pudiera llevar.

—Me quedaré con la gata —dijo R. J.

—Me parece muy bien. Está viviendo en mi cobertizo, pero yo ya tengo cuatro gatos.

Así que R. J. fue a buscar a *Agunah* y se la llevó a casa. *Agunah* recorrió toda la vivienda con aires de reina visitante, inspeccionándola con desdeñosa suspicacia. R. J. esperaba que David acabaría volviendo y se la llevaría con él. La gata y ella nunca habían hecho buenas migas.

A los pocos días, Frank Sotheby le preguntó en su almacén si vendría al pueblo algún otro agente de la propiedad para ocupar el lugar de Dave Markus.

—Me quedé sorprendido al saber que ha puesto la casa en venta —comentó, observándola con atención—. Tengo entendido que la ha dejado en manos de Mitch Bowditch, el que lleva la agencia de Shelburne Falls.

R. J. recorrió el camino Mohawk para almorzar en Shelburne Falls, e hizo una visita a la agencia inmobiliaria. Bowditch era un hombre amable y tranquilo, y dio muestras de verdadero pesar cuando le dijo que no podía darle la dirección ni el número de teléfono de David Markus.

—Sólo tengo una carta en la que me autoriza a vender la casa completamente amueblada, tal como está. Y un número de cuenta de un banco de Nueva York para enviar el cheque. David dice que quiere desprenderse de ella enseguida. Es un buen vendedor de fincas, y le ha puesto un precio justo tirando a bajo. No creo que tarde mucho en venderla.

—Si por casualidad llamara, ¿me haría el favor de pedirle que se ponga en contacto conmigo? —le rogó R. J., al tiempo que le tendía su tarjeta.

—Tendré mucho gusto en hacerlo, doctora Cole —respondió Bowditch.

A los tres días se escapó la gata.

R. J. vagó arriba y abajo por la carretera de Laurel Hill y recorrió el sendero del bosque, llamándola a gritos.

—*¡Aaguuuunaaaaah!*

Pensó en todos los predadores para los que una gata doméstica constituiría una buena comida, gatos monteses, coyotes, linces, aves rapaces. Pero al volver a casa encontró un mensaje en el contestador automático: había llamado Muriel, la esposa de Will Riley, para decirle que la gata había cruzado las colinas y estaba otra vez en su cobertizo.

R. J. fue a buscarla, pero dos días después *Agunah* volvió a escaparse y regresó con los Riley.

La gata volvió a escaparse en otras tres ocasiones.

Para entonces ya estaba bien entrado septiembre. Cuando acudió una vez más a recoger a su huésped involuntaria, Will la recibió con una sonrisa.

—Si quiere dejarla aquí, por nosotros no hay inconveniente —le anunció, y R. J. aceptó de inmediato.

Aun así, sentía cierta renuencia.

—*Shalom*, *Agunah* —le dijo, y la condenada gata respondió con un bostezo.

De regreso en su automóvil, vio un Jeep muy nuevo de color azul con matrícula de Nueva York aparcado ante la casa de troncos.

¿David?

Se detuvo detrás del Jeep y llamó a la puerta, pero fue Mitch Bowditch quien abrió. Tras él había un hombre de rostro bronceado, cabellera rala y canosa y bigote erizado.

—Hola, ¿qué tal? Pase, pase, que conocerá a otro médico. —Hizo las presentaciones—. Doctora Roberta Cole, doctor Kenneth Dettinger. —El apretón de manos de Dettinger fue amistoso aunque demasiado enérgico.

—El doctor Dettinger acaba de comprar la casa.

Ella controló su reacción.

—Lo felicito. ¿Piensa establecerse aquí?

—Por supuesto que no. Sólo la usaré para los fines de semana y las vacaciones, ya sabe.

R. J. lo sabía. El recién llegado tenía un consultorio psiquiátrico en White Plains, niños y adolescentes.

—Estoy muy ocupado. Trabajo muchas horas. Para mí, esto será el paraíso.

Salieron los tres al patio de atrás, hacia el cobertizo, y pasaron ante la media docena de colmenas.

—¿Criará usted abejas? —preguntó R. J.

—No.

—¿Quiere vender las colmenas?

—Bueno... Si se las quiere llevar, se las regalo. Me hará un favor. Tengo intención de construir una piscina aquí, y soy alérgico a las picaduras de abeja.

Bowditch le advirtió a R. J. que no intentara trasladar las colmenas hasta pasadas cinco o seis semanas, cuando los primeros fríos adormecieran a las abejas.

—De hecho... —consultó un inventario—, David posee otras ocho colmenas, que tiene alquiladas a Manzanares Dover. ¿Las quiere también?

—Creo que sí.

—Esta manera de comprar la casa tiene algunos inconvenientes —observó Kenneth Dettinger—. Hay ropa en los armarios, escritorios que limpiar, y no tengo una esposa que me ayude a dejarlo todo en orden. Acabo de divorciarme, ¿sabe?

—Lo siento.

—Oh. —Hizo una mueca y sonrió con tristeza—. Tendré que contratar a alguien para que limpie la casa y se lo lleve todo.

La ropa de Sarah.

—¿Saben de alguien que pueda interesarle hacer ese trabajo?

—Déjeme hacerlo a mí. Sin cobrar. Soy... una amiga de la familia.

—Bueno, eso estaría muy bien. Se lo agradecería mucho. —La contempló con interés. Tenía las facciones cinceladas. R. J. desconfió de la fuerza que reflejaba su cara; quizá significaba que estaba acostumbrado a salirse con la suya—. Tengo mis propios muebles. Me quedaré el frigorífico, sólo tiene un año. Si quiere alguna cosa, llévesela. En cuanto al resto..., puede regalarlo, o pídale a alguien que lo lleve al basurero y mándeme la factura.

—¿Para cuándo quiere tener la casa libre?

—Si puede estar antes de Navidad, se lo agradecería.

—De acuerdo.

Ese otoño fue especialmente hermoso en las colinas. Las hojas tomaron matices caprichosos en octubre, y no llegaron las lluvias para arrancarlas de los árboles. Allí donde iba, al consultorio, al hospital, a hacer una visita a domicilio, R. J. se veía sorprendida por los colores contemplados a través de un prisma de aire frío y cristalino.

Intentó volver de nuevo a su vida normal y concentrarse en sus pacientes, pero le parecía que siempre iba un paso por detrás. Empezó a temer que sus aptitudes médicas estuvieran afectadas.

Pru y Albano Trigo, unos vecinos que vivían cerca de R. J., tenían enfermo a su hijo Lucien, un niño de diez años. Lo llamaban Luke. El niño apenas comía, estaba muy débil, tenía una diarrea explosiva. Los síntomas persistían pese a todos sus esfuerzos. R. J. le hizo una sigmoidoscopia, lo envió a que le hicieran un examen radiológico gastrointestinal y una resonancia magnética.

Nada.

El niño seguía enfermo. R. J. lo mandó a la consulta de un gastroenterólogo de Springfield, pero tampoco ese especialista consiguió encontrar la causa del problema.

R. J. paseaba un atardecer sobre las crujientes hojas del sendero que había abierto en el bosque, y al llegar al estanque de los castores vio un cuerpo que se escabullía rápidamente bajo el agua como una esbelta foca pequeña.

Había colonias de castores a lo largo de todo el Catamount. Al salir de la finca de R. J., el río cruzaba también las tierras de los Trigo.

R. J. volvió apresuradamente hacia el coche y se dirigió a casa de los Trigo. Lucien estaba echado en el sofá, mirando la televisión.

—Oye, Luke, ¿el verano pasado nadaste en el río?

El niño asintió.

—¿Estuviste en los estanques de los castores?

—Sí, claro.

—¿Bebiste alguna vez de ese agua?

Prudence Trigo escuchaba con mucha atención.

—Sí, a veces —respondió Lucien—. Está muy limpia y fría.

—Parece limpia, Luke. Yo también voy a nadar allí. Pero se me acaba de ocurrir que los castores y otros animales salvajes orinan y defecan en ella.

—Orinan y...

—Mean y cagan —le aclaró Pru a su hijo—. La doctora quiere decir que los animales mean y cagan en el agua, y luego tú te la bebes. —Se volvió hacia R. J.—. ¿Cree que es por eso?

—Podría ser. Los animales infectan el agua con parásitos. Si luego alguien la bebe, los parásitos se reproducen y forman una capa en el intestino, de manera que el intestino ya no puede absorber los alimentos. No lo sabremos con certeza hasta que envíe una muestra de heces al laboratorio del Gobierno, pero mientras tanto le recetaré un antibiótico potente.

Cuando llegaron los resultados del análisis, el informe decía que el aparato digestivo de Lucien estaba infestado de protozoos *Giardia lamblia* y que presentaba indicios de varios parásitos más. A las dos semanas, el niño volvía a comer normalmente y la diarrea había cesado; varias semanas después, un segundo análisis reveló que el duodeno y el yeyuno estaban libres de parásitos, y las energías acumuladas del paciente se manifestaban de tal manera que estaba volviendo loca a su madre.

Lucien y R. J. se prometieron que el verano siguiente irían a nadar a Big Pond y no al río, y que tampoco beberían el agua del lago.

El frío llegó de Canadá como un beso de muerte para todas las flores, excepto los crisantemos más resistentes. Los campos segados, rapados como la cabeza de un penado, se volvieron pardos bajo un sol amarillo limón. R. J. le encargó a Will Riley que trasladara las colmenas en su camioneta y las instalara en su patio de atrás, formando una hilera entre la casa y el bosque. Una vez las tuvo allí, R. J. se desentendió de ellas por completo pues estaba demasiado ocupada con sus pacientes. Había recibido circulares de los centros de control de enfermedades en las que se le advertía que una de las cepas de gripe de ese año —la A/Beijing 32/92 (H3N2)— era particularmente virulenta y debilitante, y Toby llevaba semanas llamando a los pacientes de edad avanzada para vacunarlos. Cuando llegó la epidemia de gripe, no obstante, las vacunas no ejercieron ningún efecto apreciable, y de pronto a R. J. empezaron a faltarle horas. El timbre del teléfono se volvió odioso. A los enfermos que parecían tener una infección bacteriana les recetaba antibióticos, pero en la mayoría de los casos sólo podía recomendarles que tomaran aspirina, que bebieran mucho líquido, que se abrigaran y que guardaran cama. Toby cogió la gripe, pero R. J. y Peg Weiler se las arreglaron para mantenerse sanas a pesar de la sobrecarga de trabajo.

—Tú y yo somos demasiado tercas para enfermar —comentó Peggy.

Llegó el segundo día de noviembre antes de que R. J. tuviera tiempo para llevar cajas de cartón a la casa de troncos.

Era como si estuviese clausurando no sólo la vida de Sarah sino también la de David.

Mientras doblaba y empaquetaba la ropa de Sarah, procuró mantener cerrada la mente, y si hubiera podido trabajar con los ojos cerrados, lo habría hecho. Cuando hubo llenado las cajas, las llevó al pueblo y las dejó en el contenedor del Ejército de Salvación para que se las llevaran. Dedicó mucho tiempo a la colección de piedras corazón de Sarah, mientras pensaba qué haría con ellas. No podía regalarlas ni tirarlas; al final las embaló cuidadosamente y las cargó en el coche como si fueran joyas. Su cuarto de huéspedes se convirtió en un museo de piedras, con bandejas de piedras corazón por todas partes.

Se deshizo de todo lo que había en el botiquín de David, tirando sin miramientos el Clearasil de Sarah y los antihistamínicos de su padre. Sentía crecer en su interior una frialdad cada vez más intensa hacia él por ponerla en el trance de hacer esas cosas tan dolorosas. Recogió sin leerlas las cartas que había en el escritorio y las guardó en un sobre grande de papel marrón. En el cajón inferior de la izquierda, dentro de una caja que había contenido papel de escribir, encontró el manuscrito de la novela. Se lo llevó a casa y lo dejó en el estante superior del armario, junto a las bufandas viejas, los guantes que ya no le venían bien y una gorra de los Red Sox que guardaba desde los tiempos de la universidad.

Se pasó el día de Acción de Gracias trabajando, pero la epidemia ya había empezado a descender. La semana siguiente consiguió tomarse dos días libres en Boston para una ocasión importante. Diez meses atrás su padre había cumplido sesenta y cinco años, la edad de la jubilación obligatoria en la universidad; tenía que abandonar la cátedra que durante tantos años había ocupado en la facultad de medicina, y sus colegas de departamento habían invitado a R. J. a asistir a un cena de homenaje en el Union Club. Fue una agradable velada, llena de elogios, afecto y recuerdos. R. J. se sintió muy orgullosa.

A la mañana siguiente su padre la invitó a desayunar en el Ritz.

—¿Cómo te encuentras? —le preguntó con ternura. Ya habían hablado detenidamente de la muerte de Sarah.

—Estoy perfectamente bien.

—¿Qué crees que le ha ocurrido a David?

Lo preguntó con timidez, por temor a hacerle daño, pero ella ya había afrontado resueltamente la cuestión y era consciente de que quizá no volvería a verlo nunca más.

—Estoy segura de que se ha vuelto a refugiar en la botella.

Le contó a su padre que ya había devuelto una tercera parte del préstamo bancario que él le había avalado, y los dos se sintieron aliviados cuando cambiaron de tema.

Lo que encerraba el futuro para el profesor Cole era la posibilidad de escribir un libro de texto en el que venía pensando desde hacía años, y una oferta para dar varios cursos como profesor invitado en la Universidad de Miami.

—Tengo buenos amigos en Florida, y anhelo un clima soleado y caluroso —explicó, alzando unas manos que la artritis había retorcido como ramas de manzano. Le dijo a R. J. que quería que se quedara la viola da gamba que había sido de su abuelo.

—¿Y qué haré yo con ella?

—Quizás aprender a tocarla. Yo ya no la toco nunca, y quiero viajar ligero.

—¿Me darás también el escalpelo de Rob J.? —Siempre

se había sentido secretamente impresionada por el antiguo escalpelo de la familia.

Su padre sonrió.

—El escalpelo de Rob J. no ocupa mucho sitio. Me lo quedaré yo. No tardará mucho en pasar a tu poder.

—Espero que aún falte mucho tiempo —dijo ella, y se inclinó sobre la mesa para besarlo.

El profesor Cole tenía pensado dejar los muebles de su apartamento en un almacén, y le pidió que se quedara con lo que quisiera.

—La alfombra de tu estudio —respondió ella sin pensarlo.

Para él fue una sorpresa: era una alfombra belga vulgar, de color beige, casi raída, sin ningún valor.

—Llévate la Hamadán que hay en la sala. Es mucho mejor que la del estudio.

Pero ella ya tenía una alfombra persa de calidad, y quería algo que fuera parte de su padre. Así que se dirigieron al apartamento y enrollaron y ataron la alfombra. Aunque la llevaban entre los dos, les costó trabajo bajarla por la escalera y meterla en el compartimento de carga del Explorer. La viola da gamba viajó a Woodfield en el asiento de atrás, que ocupaba casi por completo.

R. J. se alegraba de tener el instrumento y la alfombra, pero le entristecía pensar que últimamente no hacía más que heredar las pertenencias de personas a las que quería.

34

Noches de invierno

Un sábado por la mañana, Kenneth Dettinger llegó a la casa de troncos y se encontró a R. J. recogiendo las últimas posesiones de los Markus. La ayudó a empaquetar las herramientas y los utensilios de cocina.

—Oiga, me gustaría quedarme los destornilladores y unas cuantas sierras.

—De acuerdo. Son suyos.

Sin duda la notó tan deprimida como realmente se sentía, porque le dirigió una mirada inquisitiva.

—¿Qué va a hacer con las demás cosas?

—Regáleselas a las damas de la parroquia para su venta de beneficencia.

—¡Perfecto!

Siguieron trabajando un rato en silencio.

—¿Está usted casada? —preguntó él por fin.

—No. Divorciada, como usted.

Él asintió con un gesto. Por un instante, R. J. vio una sombra de dolor en su rostro, fugaz como un pájaro.

—Es un club muy grande, ¿verdad?

R. J. asintió.

—Con miembros en todo el mundo —dijo ella.

Pasaba mucho tiempo con Eva, hablando de cómo era Woodfield en los viejos tiempos, comentando acontecimientos que habían ocurrido en su niñez o juventud. R. J. siempre observaba a la anciana con atención, preocupada por su visible pérdida de vitalidad, un paulatino apagamiento que había empezado a producirse poco después de la muerte de su sobrina.

R. J. le preguntaba una y otra vez por los hijos de los Crawford, todavía fascinada por el misterio del esqueleto infantil. Linda Rae Crawford había muerto a los seis años, y Tyrone al poco de cumplir los nueve, los dos a una edad en que aún no podían tener hijos. Por consiguiente, fue en los otros dos hermanos, Barbara Crawford y Harry Hamilton Crawford, Jr., en los que R. J. centró su interés.

—El joven Harry era un chico de buen talante, pero no estaba hecho para vivir en una granja —recordó Eva—. Siempre andaba con la cabeza metida en un libro. Estudió en Amherst durante algún tiempo, en la universidad estatal, pero al final lo expulsaron por un asunto de juego. Se marchó de aquí, no se adónde, creo que a California o a Oregón. A algún sitio de por ahí.

La otra hija, Barbara, tenía un carácter más estable, le explicó Eva.

—¿Era guapa, Barbara? ¿Recuerda si la cortejaban los hombres?

—Era bastante guapa, y muy buena chica. No recuerdo que tuviera ningún pretendiente en especial, pero fue a la escuela normal de Springfield y se casó con uno de sus profesores.

Eva empezó a impacientarse con las preguntas de R. J. y a llevar la conversación por otros derroteros.

—Usted no tiene niños ni marido, ¿verdad?

—No.

—Pues hace usted mal. Yo habría podido casarme con un buen hombre, ya lo creo, si hubiera estado libre.

—¿Libre? Habla usted como si entonces fuera una esclava. Siempre ha sido libre...

—Libre, libre, no. No podía irme. Mi hermano me necesitaba en la granja —replicó con rigidez. A veces se agitaba mientras hablaban, y los dedos de su mano derecha se cerraban sobre el borde de la mesa, el cubrecama o la otra mano.

Había llevado una vida difícil, y R. J. comprendió que la alteraba que se la recordaran.

Su vida actual, por otra parte, presentaba numerosos y graves problemas. Los voluntarios de la iglesia que le limpiaban la casa y le preparaban la comida habían respondido muy bien en un momento de crisis, pero no podían seguir haciéndolo de un modo permanente. Marjorie Lassiter había recibido autorización para contratar a una persona que hiciera la limpieza del apartamento una vez por semana, pero Eva necesitaba atención constante, y la asistenta social le confesó a R. J. que había empezado a buscar una residencia donde quisieran admitirla. Eva era quejumbrosa y levantaba mucho la voz, y R. J. sospechaba que en la mayoría de las residencias intentarían mantenerla bajo sedantes. Se avecinaban problemas.

A mediados de diciembre llegó de pronto la nieve, a tono con el frío. A veces R. J. se abrigaba con varias capas de ropa y se aventuraba por el sendero sobre sus esquís. El bosque en invierno estaba silencioso como una iglesia desierta, pero había signos de vida. Vio excrementos recientes de un gato montés y huellas de ciervos de diversos tamaños, y un montón de nieve revuelta ensangrentado y sembrado de trozos de piel. R. J. ya no necesitaba a David para saber que los predadores que habían dado caza al conejo eran coyotes pues sus pisadas, como de perro, destacaban sobre la nieve en torno al lugar de la matanza.

Los estanques de los castores estaban helados y cubiertos de nieve, y el río gorgoteaba y se precipitaba por debajo, por encima y por entre una atmósfera de hielo. R. J. hubiera querido seguir esquiando por la orilla del río, pero el sendero despejado terminaba allí y tuvo que dar media vuelta y volver por donde había venido.

El invierno era hermoso en el bosque y en los campos, pero habría sido mejor si hubiera podido compartirlo. Añoraba dolorosamente a David. De un modo perverso, se sintió tentada a llamar a Tom para hablar de sus problemas, pero sabía que Tom ya no estaba disponible para ella. Estaba sola, asustada por el futuro. Cuando se aventuró en la blancura fría, se sintió como una chiquilla perdida en la enorme soledad helada.

Por dos veces colgó sebo de buey en una bolsa de malla, para los pájaros, y las dos veces lo robó un zorro rojo. R. J. veía sus pisadas y alguna vez lo vislumbró al acecho, ladrón cauteloso. Finalmente llevó una escalera a un fresno joven que crecía en el lindero del bosque, subió por ella pese a las oscilaciones y colgó otro pedazo de sebo fuera del alcance del zorro. Cada día llenaba los dos comederos para aves, y desde el calor de la casa veía carboneros, distintas variedades de herrerillos y pinzones, trepatroncos coronados, un enorme e hirsuto pájaro carpintero y una pareja de cardenales. El cardenal macho le encendía la sangre: siempre mandaba a la hembra por delante, por si había peligro en el comedero, y la hembra, una perpetua víctima en potencia, siempre obedecía al macho.

«¿Cuándo aprenderemos?», se preguntaba R. J.

La llamada de Kenneth Dettinger la cogió por sorpresa. Había ido a pasar el fin de semana a las colinas y se preguntaba si aceptaría cenar con él.

R. J. abrió la boca para rehusar la invitación, pero enseguida empezó a discutir consigo misma. «Debería ir», pensó, mientras el instante se prolongaba y él esperaba una respuesta, hasta que la pausa resultó embarazosa.

—Sí, con mucho gusto —dijo al fin.

Se arregló cuidadosamente y eligió un elegante vestido que hacía tiempo que no se ponía. Cuando él se presentó a recogerla, llevaba una chaqueta de *tweed*, pantalones de lana, unas botas ligeras de color negro y un grueso anorak de plumón, la ropa de vestir en las colinas. Fueron a una hostería del camino Mohawk y bebieron un poco de vino antes de pedir la cena. R. J. ya no estaba acostumbrada al alcohol; el vino la relajó, y descubrió que Kenneth Dettinger era interesante y buen conversador. Desde hacía varios años pasaba tres semanas al año en Guatemala, trabajando con niños traumatizados por el asesinato del padre, de la madre o de los dos. Hizo preguntas atinadas sobre el trabajo de R. J. en las colinas.

A ella le gustó la cena, la conversación sobre medicina, libros y películas, y se hallaba tan a sus anchas en compañía de él que cuando la llevó a casa le pareció natural invitarlo a tomar un café.

Cuando la besó, también eso le pareció natural, en cierto modo, y le gustó la experiencia. Él sabía besar bien, y ella le devolvió el beso.

Pero sus labios se pusieron como madera, y él no tardó en separarse.

—Lo siento, Ken. Supongo que no es el momento adecuado.

No notó si lo había herido en su amor propio.

—¿Hay alguna esperanza para el futuro? —R. J. titubeó demasiado, y él sonrió—. En adelante pienso venir mucho a este pueblo. —Alzó la taza de café hacia ella—. Por el momento adecuado. Si dentro de un tiempo te apetece verme, házmelo saber.

Al marcharse la besó en la mejilla.

Una semana más tarde regresó de Nueva York a pasar tres días de las vacaciones de Navidad, con otro hombre y dos mujeres muy atractivas, jóvenes las dos.

Cuando R. J. los adelantó con su Explorer por la carretera, Ken hizo sonar el claxon y la saludó con la mano.

R. J. pasó el día de Navidad con Eva. Llevó un asado de pavo que había preparado en su casa, otros platos de acompañamiento y un pastel de chocolate, pero Eva apenas disfrutó de la comida. Le habían dicho que dos semanas después la ingresarían en una residencia de Northampton. R. J. había ido en persona a examinarla, y al volver le aseguró a Eva que era un buen sitio. La anciana la escuchó en silencio y asintió con la cabeza sin hacer ningún comentario.

Eva empezó a toser mientras R. J. lavaba los platos de la cena. Cuando terminó de guardarlos, la anciana tenía el rostro ardiente y congestionado.

La experiencia que R. J. había tenido con la gripe convertía a esta enfermedad en un enemigo fácil de identificar. Tenía que ser una cepa de gripe no incluida en la vacuna que se le había administrado a Eva.

R. J. estuvo dudando entre quedarse a dormir en el piso de Eva y pedirle a una mujer del pueblo que se quedara con ella.

Pero Eva era muy frágil. Al final R. J. llamó a la ambulancia y fue con ella a Greenfield, donde firmó los papeles de ingreso en el hospital.

Al día siguiente se alegró de haberlo hecho porque la infección le había afectado al aparato respiratorio. R. J. le recetó antibióticos con la esperanza de que la neumonía fuese bacteriana, pero la neumonía era vírica y Eva empeoró rápidamente.

R. J. esperó en la habitación del hospital.

—Eva —le decía—. Estoy aquí contigo, Eva.

R. J. iba y venía de Woodfield a Greenfield, y permanecía mucho tiempo junto a la cabecera de la enferma, sosteniéndole las manos y despidiéndose de ella sin palabras.

R. J. pidió oxígeno para facilitarle la respiración, y morfina hacia el final. Eva murió dos días antes del nuevo año.

La tierra del cementerio de Woodfield estaba dura como pedernal y no se pudo excavar una sepultura. El ataúd con los restos de Eva fue depositado en una cripta; el entierro tendría que esperar hasta el deshielo de primavera. Se celebraron unos funerales en la iglesia congregacionalista a los que no asistió mucha gente porque en sus noventa y dos años de vida pocos habitantes del pueblo habían llegado a conocer bien a Eva Goodhue.

Hacía un tiempo de perros, como decía Toby. R. J. ni siquiera tenía un perro que se acurrucara a su lado para darle calor, y comprendía bien el peligro espiritual de un cielo constantemente gris. Decidió hacerse responsable de sí misma. En Northampton encontró una profesora de viola da gamba, Olga Melnikoff, una mujer que pasaba de los setenta y que había formado parte de la Sinfónica de Boston durante veintiséis años. Empezó a recibir clases semanales, y por las noches, en la casa fría y silenciosa, se sentaba y estrechaba la gran viola entre las rodillas como si fuese un amante. Las primeras pasadas del arco despertaron graves y sonoras vibraciones que penetraban en lo más profundo de su cuerpo, y no tardó en ser cautivada por el instrumento. La señora Melnikoff la instruyó en los fundamentos, corrigiendo severamente su forma de sostener el arco y haciéndole repetir una y otra vez las notas de la escala. Pero R. J. ya sabía tocar el piano y la guitarra, y pronto se vio haciendo ejercicios y tocando piezas sencillas. Descubrió que le encantaba. Cuando tocaba a solas en casa, tenía la sensación de hallarse acompañada por las generaciones de Cole que habían creado melodías con aquel instrumento.

Eran días de echar leña al hogar y de acostarse temprano. R. J. sabía lo que estaban sufriendo los animales silvestres. Hubiera querido dejar heno en el bosque para los ciervos, pero Jan Smith la disuadió.

—No les imponga sus buenas intenciones —le dijo—. Están mucho mejor cuando los dejamos a su aire.

Así que ella intentaba no pensar en los animales y los pájaros cuando el intenso frío agrietaba los árboles con estallidos que sonaban como tiros de pistola.

El hospital anunció que los médicos que dispusieran de módem podían acceder al historial de un paciente en pocos segundos y transmitir sus instrucciones a las enfermeras por la línea telefónica sin necesidad de hacer un largo y resbaladizo trayecto hasta Greenfield. Había noches en las que aún tenía que acudir en persona, pero invirtió algún dinero en el equipo necesario y se alegró de recobrar parte de la tecnología que había dejado atrás al marcharse de Boston.

Las grandes fogatas que encendía cada noche en el hogar mantenían el calor pese a los vientos que azotaban La Casa del Límite. Se sentaba junto al fuego y leía una revista tras otra, y aunque nunca llegaba a ponerse completamente al día, progresó mucho en sus lecturas médicas.

Una noche fue al armario, bajó el manuscrito de David y empezó a leerlo al amor de la lumbre.

Varias horas más tarde advirtió que la habitación se había enfriado. Interrumpió la lectura para echar más leña al fuego, para ir al cuarto de baño y para preparar más café. Después siguió leyendo. De vez en cuando reía entre dientes y otras se le escapaban las lágrimas.

El cielo ya clareaba cuando terminó. Pero quería leer el resto de la historia. La novela trataba de agricultores y granjeros que tenían que cambiar de vida porque el mundo había cambiado, pero que no sabían cómo hacerlo. Los personajes tenían vida, pero el libro no estaba terminado. R. J. quedó profundamente conmovida, pero con ganas de ponerse a gritar: no podía concebir que David hubiera abandonado una obra así pudiéndola terminar, y eso le llevó a pensar que estaba gravemente enfermo o muerto.

35

Significados ocultos

20 de enero.

Sentada en casa, caldeando el ambiente con música, R. J. no podía desprenderse de la sensación de que aquélla era una noche especial. ¿Un cumpleaños? ¿Algún aniversario?

Y de pronto le vino a la memoria un mensaje de Keats que había tenido que aprenderse de memoria en el curso de literatura inglesa de segundo.

Víspera de Santa Inés. ¡Ah, qué frío amargo!
El búho, pese a todas sus plumas, estaba aterido;
la liebre cojeaba tiritando sobre la hierba helada,
y el rebaño se hallaba silente en lanoso redil.

R. J. no tenía ni idea de cómo les iba a los rebaños, pero sabía que los animales que no estaban recogidos en un establo debían de pasarlo muy mal. Algunas mañanas, un par de pavas salvajes de gran tamaño, hembras las dos, se habían paseado lentamente por los campos cubiertos de nieve. Las sucesivas nevadas se habían congelado en poco tiempo hasta formar una serie de capas impenetrables. Los pavos y los ciervos no podían atravesarlas para llegar a la hierba y las plantas que necesitaban para sobrevivir. Las pavas cruzaban lo segado como un par de matronas artríticas.

R. J. no sabía si el Don se aplicaba también a los animales, pero no tenía necesidad de tocar a las pavas para saber que estaban a punto de morir. En el huerto reunieron sus fuerzas e hicieron débiles e infructuosos intentos de encaramarse aleteando a las ramas del manzano para alcanzar los brotes helados.

No pudo soportarlo más. Compró un gran saco de maíz en el almacén de Amherst y arrojó varios puñados en los lugares donde había visto las pavas.

Jan Smith no aprobó su gesto.

—La naturaleza se las arregló muy bien sin seres humanos durante muchos milenios. Los animales se las apañan muy bien sin nuestra ayuda. Los más aptos sobreviven —protestó. Desdeñaba incluso a quienes ponían comida a los pájaros—. Lo único que consiguen es ver de cerca a sus pájaros favoritos. Si no les pusieran comederos, los pájaros tendrían que mover un poco el culo para sobrevivir, y el esfuerzo les sentaría bien.

A ella le daba igual. Vio con satisfacción cómo las pavas y otras aves se comían su regalo. Acudieron palomas y faisanes, cuervos y arrendajos, y otros pájaros más pequeños que no supo identificar. Cuando se terminaban los granos de maíz, o cuando nevaba y se cubrían los últimos que había echado, R. J. salía y arrojaba algunos más.

El frío enero dio paso a un febrero glacial. La gente sólo se aventuraba a salir envuelta en una gran variedad de capas protectoras: jerséis de punto, chaquetones rellenos de plumón, viejas cazadoras de piloto forradas de lana. R. J. llevaba ropa interior larga y gruesa, y una gorra de lana que le cubría las orejas.

La inclemencia del tiempo despertaba el espíritu pionero que había atraído hacia las montañas a sus primeros habitantes. Una mañana de ventisca, R. J. avanzó como pudo entre las rachas de nieve para ir al consultorio, al que llegó jadeante y cubierta de blanco.

—Vaya día —comentó, casi sin aliento.

—¡Ya lo creo! —asintió Toby, radiante—. ¿Verdad que es magnífico?

Fue un mes de comidas calientes y copiosas compartidas con amigos y vecinos, porque el invierno no terminaba nunca en las colinas y el deseo de compañía era general. R. J. habló de restos arqueológicos norteamericanos con Lucy Gotelli, conservadora del museo del Williams College, mientras daban cuenta de un estofado de chiles en casa de Toby y Jan. Lucy le explicó que su laboratorio estaba en condiciones de fechar objetos con razonable precisión, y R. J. empezó a describirle la bandeja que había encontrado en su prado junto a los restos infantiles.

—Me gustaría verla —dijo Lucy—. Hacia 1800 hubo aquí en Woodfield una fábrica de cerámica que producía piezas sin vidriar para uso cotidiano. Quizá la bandeja provenga de ahí.

Unas semanas más tarde, R. J. le llevó la bandeja a su casa. Lucy la examinó con ayuda de una lupa.

—Bueno, yo diría que es un producto de Cerámicas Woodfield, desde luego. Claro que no puedo afirmarlo con certeza. Tenían una marca característica, una T y una R entrelazadas que aparecían en pintura negra en el reverso de cada pieza. Si esta bandeja tuvo la marca alguna vez, ya se ha borrado. —Contempló con curiosidad las siete oxidadas letras que aún se distinguían en la superficie de la bandeja: «ah» y «od», una «o» y, por último, «ia», y raspó la «h» con la uña—. Curioso color. ¿Te parece que es tinta?

—No lo sé. A mí me parece que es sangre —opinó R. J., y Lucy sonrió.

—No, te garantizo que sangre no es. Escucha, ¿por qué no me dejas llevarla al trabajo a ver qué puedo averiguar?

Así pues le dejó la bandeja a Lucy, pese a que se sentía extrañamente reacia a separarse de ella aunque fuera por poco tiempo.

A pesar del frío y de la espesa capa de nieve, un atardecer se oyeron arañazos en la puerta. Y más arañazos. Cuando R. J. abrió la puerta no se encontró con un lobo ni con un oso sino con la gata, que entró en la casa y se paseó por todas las habitaciones.

—Lo siento, *Agunah*. No están aquí —le dijo R. J.

Después de examinar toda la casa, *Agunah* se quedó parada ante la puerta hasta que R. J. la dejó salir.

Esa misma semana volvió a arañar la puerta otras dos veces, registró la casa con incredulidad y se marchó sin dignarse mirar a R. J.

Pasaron diez días antes de que Lucy Gotelli la llamara, con disculpas por el retraso.

—He examinado tu bandeja. En realidad no me ha llevado mucho tiempo pero en el museo hemos tenido un problema tras otro y hasta anteayer no pude dedicarme a ella.

—¿Y?

—Es un producto de Cerámicas Woodfield, en efecto; he conseguido detectar la marca latente con toda claridad. Y he analizado una muestra de la sustancia con que están trazadas las letras de la cara superior. Es pintura de caseína.

—Lo único que recuerdo de la caseína es que es un componente de la leche —comentó R. J.

—Efectivamente. La caseína es la principal proteína de la leche, la parte que se cuaja cuando la leche se agria. Antiguamente casi todos los granjeros de por aquí elaboraban su propia pintura. Tenían leche desnatada en abundancia, y dejaban secar la cuajada y la molían entre dos piedras. Utilizaban la caseína como aglutinante, mezclada con algún pigmento, leche, clara de huevo y un poco de agua. En este caso, el pigmento utilizado fue rojo de plomo. Es decir, que las letras fueron escritas con la típica pintura roja para cobertizos. En realidad un rojo muy vivo, pero el tiempo y la acción química de la tierra acabaron convirtiéndolo en óxido.

De hecho, le explicó Lucy, sólo había tenido que exponer la bandeja a una fuente de luz ultravioleta. La arcilla porosa había absorbido parte de la pintura, que bajo la radiación ultravioleta desprendía un brillo fluorescente.

—Entonces, ¿has podido detectar las otras letras?

—Sí, muy claramente. ¿Tienes un lápiz a mano? Te las voy a leer.

Las fue dictando una por una, y R. J. las anotó en su bloc de recetas. Cuando Lucy hubo terminado, R. J. se sentó y miró sin parpadear, casi sin respirar, lo que acababa de escribir:

ISAIAH NORMAN GOODHUE
VE A DIOS EN INOCENCIA
12 de noviembre de 1915

De modo que la familia de Harry Crawford no tenía nada que ver con el esqueleto enterrado. R. J. había dirigido equivocadamente sus sospechas.

Examinó los archivos del pueblo para asegurarse de que Isaiah Norman Goodhue era en verdad el hermano Norm con quien Eva había vivido a solas la mayor parte de su vida. Cuando comprobó que así era, en lugar de respuestas se encontró con nuevas incógnitas y suposiciones, a cual más perturbadora.

En 1915 Eva debía de tener catorce años, una edad suficiente para concebir, pero en muchos aspectos importantes todavía era una niña. Su hermano mayor y ella habían vivido solos en la remota granja de la carretera de Laurel Hill.

Si el niño era de Eva, ¿había quedado embarazada de algún desconocido o de su propio hermano?

El nombre toscamente inscrito en la bandeja parecía llevar implícita la respuesta.

Isaiah Norman Goodhue era trece años mayor que su hermana. No se casó; se pasó toda la vida aislado, trabajando solo en la granja. Sin duda contaba con su hermana para cocinar, cuidar la casa, echarle una mano con los animales y los campos.

¿Y sus restantes necesidades?

Si el niño era de los dos, ¿habría forzado a Eva o se trataría de un amor incestuoso?

¡Qué terror y desconcierto debió experimentar la muchacha al saberse embarazada!

Y después. R. J. se imaginaba a Eva, asustada, abrumada de culpa porque su hijo estaba sepultado en tierra sin bendecir, sufriendo los dolores del alumbramiento y de unos cuidados posparto primitivos o quizás inexistentes.

Estaba claro que habían elegido el prado pantanoso de su vecino para cavar la tumba porque estaba anegado, no valía para el cultivo y nunca sería removido por un arado. ¿Habían enterrado al niño entre los dos, hermano y hermana? La bandeja de arcilla estaba enterrada a menor profundidad que el bebé. A R. J. le pareció probable que Eva la hubiera inscrito para dejar constancia del nombre y la fecha de nacimiento de su hijo —la única placa conmemorativa que estaba a su alcance— y que luego la hubiese enterrado a hurtadillas sobre su hijo.

Eva se había pasado la mayor parte de la vida contemplando aquel prado desde lo alto de la colina. ¿Qué debía sentir cuando veía pacer allí las vacas de Harry Crawford, añadiendo su orina y su estiércol al fango del suelo?

Y, santo Dios, ¿habría nacido viva la criatura?

Sólo Eva hubiera podido responder a estas oscuras preguntas, de modo que R. J. nunca llegaría a saberlo con certeza. Ni lo deseaba tampoco. Se le habían quitado las ganas de exponer la bandeja en un lugar visible. Le hablaba de la tragedia en voz demasiado alta, le recordaba con demasiada claridad la desgracia de una muchacha del campo sumida en una profunda desesperación, así que la envolvió en papel marrón y la guardó en el último cajón del aparador.

36

En el camino

Los pensamientos sobre la juventud de Eva proyectaban sobre R. J. una sombra espectral que ni siquiera interpretando música lograba disipar. Cada día salía hacia el consultorio casi con anhelo, necesitada del contacto humano que su trabajo le proporcionaba, pero hasta el consultorio era un lugar difícil, porque la esterilidad de Toby empezaba a afectar su capacidad de afrontar las tensiones cotidianas. Toby estaba irritable y malhumorada, y peor aún, R. J. veía que era consciente de su propia inestabilidad.

R. J. sabía que tarde o temprano tendrían que hablar del asunto, pero Toby había llegado a ser para ella algo más que una empleada y una paciente. Se habían hecho buenas amigas, y R. J. prefería postergar la confrontación mientras fuera posible. Pese a esta tensión añadida, se pasaba largas horas en el consultorio, y siempre regresaba de mala gana a la casa silenciosa, a la quietud solitaria.

Se consolaba pensando que el invierno llegaba a su fin: cada vez eran menos los montones de nieve que bordeaban la carretera, la tierra empezaba a calentarse poco a poco y bebía el agua del deshielo, y los productores de jarabe de arce iniciaban la tarea anual de sangrar los árboles para cosechar la savia. En el mes de diciembre, Frank Sotheby había rellenado de trapos unas zapatillas viejas y unos pantalones de esquí apolillados y había levantado ante su almacén una pila de nieve de la que emergía una especie de mitad inferior de un cuerpo humano, junto con un esquí y un bastón de esquí, como si un esquiador se hubiera clavado allí de cabeza. A esas alturas, su broma visual se derretía con la nieve. Cuando le vio retirar las prendas empapadas, R. J. le dijo que era la señal más segura de que había llegado la primavera.

Un atardecer abrió la puerta a los arañazos ya familiares, y la gata entró en la casa e hizo su habitual visita de inspección.

—Venga, *Agunah*, quédate conmigo —le rogó, rebajándose a suplicar su compañía, pero *Agunah* no tardó en regresar a la puerta para exigir su libertad, y la dejó sola.

Empezó a recibir con agrado las llamadas nocturnas de la ambulancia, aunque la norma era que los técnicos sólo debían llamarla si se veían incapaces de manejar la situación. La última noche de marzo trajo consigo la última tormenta de nieve de la estación. En la carretera que nacía de la calle Mayor, un conductor ebrio perdió el control de su Buick, invadió el carril contrario y chocó de frente contra un pequeño Toyota. El hombre que conducía el Toyota se clavó el volante en el pecho y se fracturó las costillas y el esternón. Al respirar experimentaba grandes dolores. Peor aún, la pared torácica fracturada no subía y bajaba con el resto del pecho cada vez que respiraba pues tenía roto el fuelle.

Lo único que los técnicos de urgencias podían hacer por el herido era fijar con cinta adhesiva una bolsa plana de arena sobre el esternón desprendido, administrarle oxígeno y llevarlo al centro médico. Cuando R. J. llegó a la escena del accidente ya lo estaban atendiendo. Esta vez habían respondido demasiados técnicos de urgencias, entre ellos Toby. Se quedaron las dos mirando cómo los de la ambulancia preparaban al herido para el traslado, y después R. J. hizo señas a Toby para que la siguiera, dejando que los bomberos voluntarios limpiaran la carretera de vidrios rotos y fragmentos de metal.

Caminaron por la carretera hasta un lugar desde el que podían contemplar los restos del accidente.

—He estado pensando mucho en ti —comenzó R. J.

El aire de la noche era helado, y Toby temblaba ligeramente bajo la chaqueta roja del uniforme. La apremiante luz amarilla de la ambulancia, que giraba como un faro visto desde el mar, iluminaba sus facciones cada pocos segundos. Con los brazos cruzados para protegerse del frío, Toby miró fijamente a R. J.

—¿Ah, sí?

—Sí. Hay un procedimiento al que me gustaría que te sometieras.

—¿Qué clase de procedimiento?

—Exploratorio. Quiero que alguien eche una buena mirada a lo que ocurre en el interior de tu pelvis.

—¿Cirugía? Olvídalo. Mira, R. J., no pienso dejarme abrir. Para algunas mujeres... sencillamente, no está en las cartas ser madres.

R. J. sonrió sin alegría.

—Explícame eso. —Meneó la cabeza—. No tendrían que abrirte. Hoy en día sólo hacen tres pequeñas incisiones en el abdomen; una en el ombligo, y las otras dos algo más abajo, aproximadamente encima de cada ovario. Utilizan un instrumento muy fino a base de fibras ópticas con una lente increíblemente sensible que les permite verlo todo hasta en sus menores detalles. Y si es necesario disponen de otros instrumentos especiales para corregir lo que haga falta a través de esas tres minúsculas incisiones.

—¿Tendrían que dormirme?

—Sí. Te aplicarían anestesia general.

—¿Y tú harías la... cómo la llaman?

—Laparoscopia. No, yo no las hago. Te enviaría a Daniel Noyes. Es muy bueno.

—Ni hablar.

R. J. perdió la paciencia.

—Pero ¿por qué? Si estás desesperada por tener un hijo...

—Mira, R. J., tú siempre andas predicando que las mujeres deben tener derecho a decidir sobre su propio cuerpo. Pues ahora se trata de mi cuerpo, y no quiero someterme a ninguna operación a menos que mi vida o mi salud se vean amenazadas, lo que no parece ser el caso. Así que haz el favor de dejarme en paz. Y gracias por tu interés.

R. J. hizo un gesto de asentimiento.

—No se merecen —respondió con tristeza.

En marzo trató de internarse en el bosque sin esquís ni raquetas pero no lo consiguió pues se hundía hasta los muslos en la nieve que se había negado a derretirse en el umbrío sendero. Cuando volvió a intentarlo, en abril, todavía quedaba algo de nieve pero se podía andar, aunque con ciertas dificultades. El invierno había dejado el bosque más selvático que antes, y había estropeado bastante el sendero, lleno de ramas caídas que habría que retirar. R. J. tenía la sensación de estar siendo observada por el genio del bosque. En una mancha de nieve vio unas huellas que parecían pertenecer a un hombre descalzo, de pies anchos y con diez afiladas garras. Pero los dedos más gruesos eran los exteriores, y R. J. supo que eran las huellas de un oso grande, así que hizo acopio de valor y empezó a silbar tan fuerte como pudo. Por alguna razón, la melodía que eligió para espantar al oso fue *Mi viejo hogar de Kentucky*, aunque pensó que quizás acabaría durmiendo a la fiera en vez de hacerla huir al galope.

En tres lugares, otros tantos árboles caídos bloqueaban la senda. R. J. regresó al cobertizo en busca de una sierra de arco de fabricación sueca y trató de despejar el camino, pero la sierra era inadecuada y el trabajo demasiado lento.

Había algunas cosas para las que necesitaba un hombre, se dijo con amarga resignación.

Durante unos días estuvo pensando en contratar a alguien para que despejara el camino del bosque y quizá lo prolongara a lo largo del río. Pero una tarde se encontró en su tienda habitual de material agrícola dispuesta a informarse a fondo sobre las sierras mecánicas.

Su aspecto era mortífero, y ella sabía bien que podían ser tan peligrosas como lo parecían.

—Me dan un miedo de muerte —le confesó al vendedor.

—Eso es bueno. Pueden cortarle un brazo o una pierna con tanta facilidad como cortan una rama —respondió el hombre alegremente—. Pero mientras les tenga usted miedo, son perfectamente seguras. Los únicos que se hacen daño son los que se acostumbran tanto a ellas que les pierden el respeto y las manejan con descuido.

Las sierras, de distintas marcas y modelos, se diferenciaban por el peso y la longitud de la hoja. El vendedor le mostró el modelo más pequeño y ligero.

—Muchas mujeres se deciden por éste —señaló, pero al saber que la quería para abrir un sendero en el bosque, meneó la cabeza y le ofreció otra sierra—. Ésta es más pesada. Se le cansarán los brazos más deprisa y tendrá que parar más a menudo que con la sierra pequeña, pero adelantará mucho más el trabajo.

R. J. hizo que le enseñara media docena de veces cómo se ponía en marcha, cómo se paraba, cómo había que graduar el freno automático para que la vertiginosa cadena no le abriera la cabeza si la sierra se encallaba con algo y rebotaba hacia atrás.

Mientras la llevaba a casa, con una lata de aceite y un pequeño bidón de gasolina, casi se arrepentía de haberla comprado. Después de cenar leyó atentamente el manual de instrucciones y se dio cuenta de que había cometido una locura: la sierra era demasiado complicada, perversamente destructiva, y ella nunca tendría el valor de internarse sola en el bosque con una herramienta tan peligrosa. Lo dejó todo en un rincón del cobertizo y decidió olvidarse del asunto.

Dos días después, cuando llegó a casa del trabajo, recogió como de costumbre el correo del buzón, instalado a pie de carretera, y se lo llevó consigo por el largo camino de acceso hasta la casa. Sentada a la mesa de la cocina, lo distribuyó en varios montones: cosas de las que se ocuparía más tarde, como facturas, catálogos que deseaba leer y revistas;

cartas personales y, por último, «correo basura» para tirar de inmediato.

El sobre era cuadrado, de tamaño mediano, azul claro, y estaba escrito a mano. En cuanto vio la letra, el aire de la habitación se volvió más denso y caluroso, y se hizo más difícil de respirar.

En lugar de abrirla inmediatamente, la trató como si fuera una carta explosiva y la sometió a un cuidadoso examen por las dos caras. No llevaba la dirección del remitente. El matasellos era de tres días atrás, y la habían echado al correo en Chicago.

Cogió el abrecartas y rasgó pulcramente el sobre por el borde superior.

Era una tarjeta de felicitación: «Te deseo una Pascua feliz.»

En el interior observó la inclinada y casi ilegible caligrafía de David.

> Mi querida R. J.:
>
> Apenas sé qué decir, cómo empezar.
>
> Supongo que ante todo debo decirte que lo lamento muchísimo si te he causado alguna preocupación innecesaria.
>
> Quiero que sepas que estoy vivo y sano. Llevo algún tiempo sobrio, y me esfuerzo por seguir así.
>
> Estoy en un lugar seguro, rodeado de buena gente, y empiezo a aceptar la vida como es.
>
> Espero que en tu corazón puedas pensar cariñosamente en mí, como yo pienso en ti.
>
> Sinceramente,
>
> DAVID

«¿Pensar cariñosamente en mí?»

«¿Te deseo una Pascua feliz?»

Arrojó la tarjeta y el sobre sobre la repisa de la chimenea. Vagó por la casa, presa de una cólera fría, y al fin salió afuera y se dirigió al cobertizo. Cogió la sierra mecánica todavía por estrenar y avanzó a grandes pasos por el camino del bosque hasta llegar al primer árbol derribado.

Hizo lo que había aprendido del vendedor y del manual: se arrodilló; colocó el pie derecho sobre el mango posterior de la sierra, sujetándola contra el suelo; puso en posición el protector de las manos; graduó la alimentación y accionó el interruptor de encendido; sostuvo firmemente el mango delantero con la mano izquierda y tiró del cable de arranque con la derecha. No ocurrió nada, ni siquiera después de varios intentos, y cuando se disponía a dejarlo y tiró por última vez, la sierra se puso en marcha con una tos y un tartamudeo.

Accionó el pulsador, le dio gas y la sierra empezó a rugir. Se volvió hacia el árbol caído, accionó el pulsador de nuevo y apoyó la hoja contra el tronco. La cadena giró vertiginosamente, desgarrando la madera con los dientes, y partió el tronco con facilidad y rapidez. El ruido le sonaba a música celestial.

«¡Qué poder! —pensó—. ¡Qué poder!»

Al poco rato el árbol quedó reducido a trozos que podía apartar del camino sin ayuda de nadie. El crepúsculo la encontró con la sierra rugiente en la mano, reacia a apagarla, ebria de éxito, dispuesta a destrozar de aquel modo todos sus problemas. Ya no temblaba. No le tenía miedo al oso. Sabía que el oso huiría a toda prisa ante el ruido de sus vibrantes y desgarradores dientes. Podía hacerlo, pensó entusiasmada. Los espíritus del bosque eran testigos de que una mujer podía hacer cualquier cosa.

37

Otro puente que cruzar

Se pasó dos tardes seguidas en el bosque, con la sierra mecánica, y venció los otros dos árboles caídos.

Luego, el jueves, su día libre, se internó temprano en el bosque, cuando los árboles silenciosos y druídicos aún estaban fríos y húmedos, y empezó a prolongar el sendero.

No había una gran distancia desde el final del camino hasta el Catamount, y consiguió llegar al río justo antes de detenerse para almorzar. Le resultó emocionante doblar el recodo y empezar a desbrozar la orilla, río abajo.

La sierra era pesada. De tanto en tanto tenía que hacer una pausa, y aprovechaba los intervalos para recoger las ramas que había cortado, amontonándolas a los lados del camino para que los conejos y otros animales pequeños hicieran allí sus madrigueras. Aún había manchas de nieve a lo largo de las orillas, pero el agua corría como cristal líquido, abundante y veloz.

Justo detrás de unas matas de arísaro que se abrían paso a través de la nieve, vio una piedra con forma de corazón en el lecho poco profundo del río. Se arremangó el jersey y al sumergir la mano en el agua sintió como si el brazo también se le cristalizara. La sacudida del frío le recorrió el cuerpo hasta los dedos de los pies. La piedra estaba bien formada y, tras secarla cariñosamente con el pañuelo, se la metió en el bolsillo. Durante toda la tarde, mientras iba abriendo camino, notó la magia de la piedra corazón que le daba fuerza y poder.

Por las noches escuchaba la serenata de los coyotes, con sus aullidos de soprano, y el rugido barítono del río crecido. Por las mañanas, mientras desayunaba en la cocina, hacía la cama, ordenaba la sala, veía desde las ventanas un puerco espín, halcones, un búho, milanos, los grandes cuervos del norte que se habían instalado en sus tierras como si tuvieran un contrato indefinido. Había muchos conejos y algunos ciervos, pero no se veía ni rastro de las dos pavas que había alimentado durante el invierno, y R. J. temía que estuvieran muertas.

Todos los días, al terminar la jornada, se apresuraba a volver a casa, se cambiaba de ropa y cogía la sierra mecánica del cobertizo. Trabajaba con denuedo, con una satisfacción que era casi regocijo interior, extendiendo el gran circuito del sendero en dirección a la casa.

Había una nueva suavidad en el aire. Cada día tardaba más en caer la oscuridad, y de la noche a la mañana las carreteras apartadas se convirtieron en barrizales. R. J. iba conociendo mejor el entorno, y ahora sabía cuándo debía aparcar el Explorer y seguir adelante a pie para efectuar una visita a domicilio, y no utilizaba el torno eléctrico ni necesitaba que remolcaran el coche para sacarlo del fango.

Los músculos de los brazos, la espalda y los muslos se tensaron con el esfuerzo y le quedaron tan doloridos que a veces gruñía al dar un paso, pero el cuerpo acabó por fortalecerse y adaptarse al trabajo constante. Al meter la sierra entre las ramas para acercar la hoja al tronco de los árboles, sufrió numerosos arañazos y heridas superficiales en brazos y manos. Probó a ponerse guantes y mangas largas, pero las mangas se enganchaban y los guantes no le permitían sujetar la sierra con suficiente firmeza, así que cada noche se desinfectaba cuidadosamente las heridas después del baño y las ostentaba como otras tantas condecoraciones.

A veces alguna urgencia, alguna visita a domicilio o la necesidad de desplazarse al hospital para ver a un paciente le impedía trabajar en el sendero. Se volvió avara con su tiempo libre, que pasaba íntegramente en el bosque. Había un largo trecho hasta el final del sendero, y se volvía aún más largo cada vez que disponía de unas horas para trabajar. Aprendió a dejar latas de gasolina y aceite en el bosque, bien envueltas en bolsas de plástico. A veces veía señales que la inquietaban. En un lugar en el que había estado trabajando la tarde anterior, encontró dispersas las plumas largas y el suave plumón interior de un pavo capturado por algún predador durante la noche, y confió tontamente que no fuera ninguno de «los suyos». Y una mañana se encontró en el camino un montón descomunal de excrementos de oso, como una carta con mensaje especial. Sabía que los osos negros se pasaban todo el invierno dormitando sin comer ni defecar; al llegar la primavera se atiborraban de comida hasta producir una enorme defecación, que expulsaba un duro y compacto tapón fecal. R. J. había leído algo sobre ese tapón y se detuvo a examinarlo; el grueso calibre del excremento indicaba que procedía de un animal muy grande, probablemente el mismo oso cuyas huellas había visto en la nieve. Era como si el oso hubiera defecado en el sendero para hacerle saber que aquel territorio era suyo y no de ella, lo que reavivó su antiguo temor a trabajar sola en el bosque.

Durante todo el mes de abril siguió abriendo camino hacia la casa, despejando aquí un par de metros difíciles, allí un trecho más fácil. Finalmente llegó al último desafío de importancia, un arroyo que había que salvar. En el curso del tiempo, el arroyo había excavado un profundo surco en el suelo del bosque, llevándose la hierba mojada hacia el río. David había construido tres puentes de madera en otros lugares donde eran necesarios, pero R. J. no sabía si ella sería capaz de hacer el cuarto: quizá se precisaría más fuerza física y más experiencia de construcción de las que ella poseía.

Un día, tras regresar a casa del trabajo, estudió las altas riberas y visitó después los puentes que había construido David, para analizar lo que tendría que hacer. Se dio cuenta de que la tarea le llevaría por lo menos una jornada completa y que tendría que esperar a su día libre para emprenderla, así que decidió tomarse unas vacaciones durante las horas de luz que pudieran quedar. El río bajaba rápido y crecido, demasiado tumultuoso todavía para pescar, pero volvió a casa en busca de la caña y desenterró media docena de lombrices junto al montón de estiércol vegetal. Echó el anzuelo en el mayor de los estanques de los castores y se dedicó alternativamente a vigilar el corcho y a admirar la obra de los castores, que habían construido el dique y derribado un número impresionante de árboles. Antes de que el corcho se moviera en lo más mínimo, acudió un martín pescador que, tras burlarse de ella con su chillido, se zambulló en el estanque y emergió con un pez. R. J. se sintió inferior al pájaro, pero finalmente pescó dos hermosas truchas de arroyo que se comió durante la cena, acompañadas de un revoltijo de brotes tiernos de helecho cocidos al vapor, plantas silvestres que llevaban en sí todo el sabor de la estación.

Después de la cena, mientras sacaba la basura, descubrió una pequeña piedra corazón de color negro en el lugar donde había desenterrado las lombrices, y se abalanzó sobre ella como si fuera a escapar. La lavó bien, la frotó para sacarle brillo y la colocó encima del televisor.

Cuando la tierra quedó desnuda de nieve, fue como si R. J. hubiera sido elegida para heredar el talento de Sarah Markus para encontrar, sin proponérselo, piedras en forma de corazón. Allí donde iba, sus ojos las localizaban como si los guiara el espíritu de Sarah. Tenían todas las formas posibles: piedras con los arcos superiores del corazón curvados como una pera y limpiamente divididos como unas posaderas perfectas, piedras de contornos angulosos pero equilibrados, piedras con una punta inferior afilada como el destino o redondeada como el arco de un columpio de parvulario.

Un día compró una bolsa de tierra para jardín en la que

encontró una piedra minúscula como un suave lunar marrón, y en la base de un muro medio desmoronado en el límite occidental de la finca halló otra del tamaño de un puño. Las descubría mientras trabajaba en el bosque, mientras caminaba por la carretera de Laurel Hill, mientras iba a hacer alguna diligencia en la calle Mayor.

Los habitantes de Woodfield no tardaron en observar el interés de la doctora por las piedras cardiáceas y empezaron a buscarlas, a llevárselas a casa o al consultorio con una sonrisa complacida, a ayudarla en su afición. R. J. se acostumbró a vaciarse los bolsillos de piedras en cuanto llegaba a casa, o a sacar piedras del bolso o de bolsas de papel. Las lavaba, las secaba y a veces se quedaba sin saber dónde ponerlas. La colección pronto se hizo demasiado grande para el cuarto de los huéspedes; en poco tiempo las piedras corazón invadieron también la sala: los estantes de la pared, la repisa de la chimenea, las mesas auxiliares y la mesita de café. Había también piedras corazón en la encimera de la cocina, en el cuarto de baño del primer piso, en la cómoda del dormitorio y sobre el depósito del váter de la planta baja.

Las piedras le hablaban, le transmitían un triste mensaje sin palabras que le recordaba a Sarah y a David. R. J. no quería oírlo, pero aun así las coleccionaba de un modo compulsivo. Compró un manual de geología y empezó a identificar las piedras, complaciéndose en el conocimiento de que ésta era basalto del jurásico inferior, cuando criaturas monstruosas vagaban por el valle; que aquélla era magma solidificado que había surgido, líquido e hirviente, del núcleo en fusión de la Tierra, un millón de años atrás; que esa otra, de grava y arena fundidas, se había formado en una época en que las profundidades del océano cubrían las colinas, ahora en el interior; que este pedazo de gneis centelleante seguramente había sido una piedra sin brillo hasta que la deriva de los continentes la había transmutado en la olla a presión del metamorfismo.

Una tarde, en Northampton, R. J. pasó junto a unas obras de alcantarillado en la calle King. Los obreros habían abierto una zanja como de un metro y medio de profundidad, separada de los peatones por caballetes de madera, vallas metálicas y una cinta de plástico amarillo. En un rincón de la zanja había algo que la sorprendió enormemente: una piedra rojiza y bien formada de unos treinta y cinco centímetros de altura y cuarenta y cinco de anchura.

El corazón petrificado de un gigante desaparecido.

No había nadie en la obra. Los hombres habían terminado la jornada y se habían marchado; de no ser así, le habría pedido a alguno que hiciera el favor de sacársela. «Lástima», pensó R. J., y siguió adelante. Pero aún no había andado cinco pasos cuando dio media vuelta y volvió atrás. Se sentó sobre la tierra acumulada al borde de la zanja, con los pies colgando, tanto peor para los pantalones nuevos, y pasó la cabeza por debajo de la cinta; a continuación se impulsó con las manos y se dejó caer.

La piedra era en todo tan buena como le había parecido desde arriba. Pero era pesada, muy difícil de manejar, y para sacarla de la zanja tenía que levantarla hasta la altura del cuello. Logró realizar la hazaña al segundo intento, en un acto de desesperación.

—Pero señora, ¿qué está haciendo?

Era un agente de policía, que la miraba con una mezcla de enojo e incredulidad desde el lado de la zanja que daba a la calzada.

—¿Le importaría ayudarme a salir? —le pidió, al tiempo que tendía las manos hacia él. El policía no era un hombre corpulento, pero la sacó en un instante, exhibiendo tanto esfuerzo como el que ella había mostrado al levantar la piedra.

El hombre se la quedó mirando, con la respiración entrecortada. No le pasó por alto la mancha de tierra que R. J. tenía en la mejilla derecha, ni los pegotes de arcilla gris en los pantalones negros, ni el barro de los zapatos.

—¿Qué hacía usted ahí abajo?

Ella le dirigió una sonrisa beatífica y tras darle las gracias por su ayuda, le explicó:

—Soy coleccionista.

Tres jueves llegaron y se fueron antes de que tuviera ocasión de dedicar el día a la construcción del puente. Sabía lo que tenía que hacer. Había ido hasta el arroyo media docena de veces para estudiar el lugar, y una y otra vez había repasado mentalmente la manera de hacerlo.

Tenía que talar dos árboles parejos, cuyos troncos constituirían los soportes principales del puente. Los troncos desbastados debían ser lo bastante pesados para resistir la carga y para durar, y al mismo tiempo lo bastante ligeros para que pudiera colocarlos sin ayuda de nadie en su lugar.

Ya había elegido los árboles y fue directamente a por ellos. El gruñir y rechinar de la sierra le daba aliento, y cuando terminó de cortar y desbastar los troncos se sentía una auténtica experta. Los troncos eran engañosamente delgados. Pesaban mucho, pero R. J. descubrió que podía desplazarlos poco a poco, alzando y empujando primero un extremo y luego el otro. Al caer producían un golpe sordo y la tierra parecía temblar. Se sentía como una amazona, aunque se cansaba muy deprisa.

Con ayuda de un pico y una pala excavó cuatro encajes poco hondos, dos en cada orilla, donde debían acomodarse los extremos de los troncos para que tuvieran estabilidad.

Despacio pero sin pausa, colocó los troncos en su lugar. Al final tuvo que meterse en el arroyo y sostener los maderos sobre el hombro para introducir cada extremo en el encaje preparado; cuando terminó era la hora de almorzar, y los jejenes y mosquitos habían empezado a comer a sus expensas, de manera que emprendió la retirada.

Estaba demasiado excitada para perder el tiempo preparando una gran comida, así que almorzó unas rebanadas de pan con mantequilla de cacahuete y una taza de té. Estaba impaciente por sumergirse en una bañera llena de agua caliente, pero sabía que entonces no terminaría el puente, y ya empezaba a oler la victoria. Se roció por tanto con repelente de insectos y volvió a salir.

Le había comprado a Hank Krantz una carga de tablas de acacia negra, que tenía apiladas en el patio de atrás, y se dedicó a medir y cortar trozos de un metro veinte, procurando elegir piezas de un grosor más o menos uniforme. Luego las fue transportando en grupos de tres o cuatro hasta el puente en construcción. A esas alturas estaba realmente cansada e hizo una pausa para tomar más té. Pero sabía que lo que faltaba por hacer estaba claramente dentro de sus posibilidades, y esto la impulsó mientras colocaba las tablas y las aseguraba con largos clavos. El ruido de los martillazos era un desafío a los animales salvajes para que vinieran a molestarla en su territorio.

Finalmente, cuando las sombras del atardecer oscurecían el bosque, dio el trabajo por terminado. El puente era resistente. Sólo le faltaban unas elegantes barandillas de abedul blanco, que pensaba instalar otro día.

Tuvo que reconocer que era más elástico de lo que habría sido si hubiera podido manejar troncos más gruesos, pero había hecho un buen trabajo, y prestaría buen servicio.

Se detuvo en mitad del puente y empezó a bailar una triunfante tarantela.

El soporte derecho del puente se movió ligeramente en la orilla oriental del arroyo.

R. J. se acercó y dio varios saltos. El soporte se hundió. Siguió saltando, entre maldiciones, y el soporte se fue hundiendo cada vez más. La cinta métrica le indicó que el puente había quedado treinta y siete centímetros más bajo por ese lado que por el otro.

El origen del problema estaba en que no había pensado en compactar la tierra que sostenía el tronco por ese lado, y el peso del puente había hecho el resto. R. J. reparó en que también habría sido prudente colocar una piedra plana bajo cada extremo de tronco.

Volvió a meterse en el arroyo y trató de izar el extremo

más bajo del puente, pero le resultó imposible moverlo y se quedó mirando amargamente la inclinada estructura. Aún se podía cruzar con precaución, si no se hundía más, pero sería una locura cruzarlo con una carga pesada o empujando una carretilla cargada.

Recogió las herramientas y regresó lentamente a casa, cansada y desilusionada. Ya no le sería fácil ni grato jactarse interiormente de que podía hacer cualquier cosa, si luego tenía que añadir:

«... casi».

38

La reunión

George Palmer se presentó en el consultorio de R. J. un día en que todos los asientos de la sala de espera estaban ocupados y Nordahl Petersen aguardaba en los escalones de la entrada. Aun así, cuando la doctora terminó de hablar con él acerca de su bursitis y de explicarle por qué no iba a recetarle más cortisona, George Palmer asintió con la cabeza y le dio las gracias, pero no hizo ademán de marcharse.

—Mi hijo menor se llama Harold. Mi pequeño —añadió con ironía—. Tiene cuarenta y dos años. Harold Wellington Palmer.

R. J. asintió sonriente.

—Es contable. Vive en Boston. Es decir, ha estado doce años viviendo allí. Ahora se viene a vivir conmigo otra vez.

—¿Ah, sí? Debe de estar usted muy contento, George —comentó con cautela, pues no tenía manera de saber si realmente lo estaba o no hasta que el señor Palmer fuese al grano.

Resultó que podía ser un motivo nada digno de alegría.

—Harold es lo que llaman seropositivo. Va a venir aquí con su amigo Eugene. Llevan nueve años viviendo juntos... —Por unos instantes dio la impresión de que perdía el hilo de sus pensamientos, pero volvió a encontrarlo con un sobresalto—. Bueno, el caso es que necesitará atención médica.

R. J. posó su mano sobre la de George.

—Tendré mucho gusto en conocerlo y ser su médica —le aseguró, y apretó la mano. George Palmer le dio las gracias y salió del despacho.

No quedaba un gran trecho de bosque entre el final del sendero y la casa, pero el fracaso en la construcción del puente había frenado su entusiasmo, y dedicó sus esfuerzos al huerto. Era demasiado pronto para sembrar verduras de hoja. Los libros de horticultura decían que hubiera debido sembrar guisantes unas semanas antes, en vez de trabajar en el bosque, pero el clima frío de las colinas le daba bastante margen, de manera que echó turba, estiércol vegetal y dos sacos de arena en las eras elevadas que David le había ayudado a construir y lo revolvió todo bien. Sembró guisantes, que le gustaban mucho, y espinacas, pues eran dos verduras capaces de resistir perfectamente la abundante escarcha que aún se formaba por las noches con regularidad.

Regó con cuidado —ni demasiado, para no anegar las eras, ni demasiado poco, para evitar la aridez— y fue recompensada con una hilera de brotes. Al cabo de una semana desaparecieron sin dejar rastro, y la única pista de lo que podía haber ocurrido era una huella perfecta sobre la aterciopelada tierra.

Un cervato.

Esa noche fue a tomar los postres y el café a casa de los Smith, y les contó lo sucedido.

—¿Qué hago ahora? ¿Vuelvo a sembrar?

—Inténtalo —le aconsejó Toby—. Puede que aún estés a tiempo de cosechar algo.

—Pero hay muchos ciervos en el bosque —observó Jan—. Deberías tomar medidas para que los animales silvestres no se acerquen al huerto.

—Tú eres el experto en caza y pesca —dijo R. J.—. ¿Qué medidas me aconsejas?

—Bien, hay gente que recoge cabello humano en las peluquerías y lo extiende por el suelo. Yo también lo he probado. A veces funciona, y a veces no.

—¿Y cómo protegéis vuestro huerto?

—Orinamos a su alrededor —respondió Toby con naturalidad—. Bueno, yo no. —Señaló a su marido—. Lo hace él.

Jan asintió.

—Es el mejor remedio. A la que olfatean el pipí humano, los animales enseguida encuentran una excusa para hacer un viaje de negocios a cualquier otro sitio. Deberías probarlo.

—Para ti es fácil. Existe cierta diferencia fisiológica entre nosotros que me complica bastante la situación. ¿No podrías venir a casa de vez en cuando y...?

—Ni hablar —replicó Toby con firmeza—. Tiene un suministro limitado, y ya está todo apalabrado.

Jan sonrió y le ofreció un último consejo:

—Utiliza un vaso de plástico.

Y eso fue lo que hizo, después de volver a sembrar los guisantes. El problema era que ella también tenía un suministro limitado, por mucho que se esforzara en beber más líquido del que exigía su sed. Pero regó la superficie contigua a la porción de era en que había replantado los guisantes, y esta vez, cuando nacieron los brotes, no se los comió nadie.

Un día R. J. oyó un ruido como de motores procedente de su patio de atrás, y al salir descubrió que un sonoro enjambre estaba abandonando una de las colmenas. Miles de abejas se alzaban en retorcidas y danzarinas columnas que convergían a la altura del tejado para fundirse en una gruesa columna que por momentos parecía casi sólida, de tan apiñados como estaban los innumerables cuerpecitos negros. La columna se convirtió en una nube que se contraía y expandía, hasta que al fin se desplazó sobre los árboles hacia el interior del bosque.

Dos días después un enjambre abandonó otra colmena.

David había dedicado muchos esfuerzos a sus abejas y R. J. las había descuidado, pero su pérdida no le hizo experimentar sentimientos de culpa. Estaba ocupada con su trabajo y sus intereses, y había decidido que tenía que vivir su propia vida.

La tarde en que el segundo enjambre había desaparecido, recibió una llamada telefónica en el consultorio. Gwen Gabler venía de Idaho para hacerle una visita.

—Tengo que pasar un par de semanas en el oeste de Massachusetts. Ya te lo explicaré cuando nos veamos —le dijo Gwen.

Al parecer no se trataba de problemas matrimoniales.

—Phil y los chicos te mandan recuerdos —añadió Gwen.

—Dáselos también de mi parte. Y date prisa en venir. No te entretengas —respondió R. J.

R. J. quería ir a esperarla, pero Gwen sabía lo que era la agenda de un médico y tomó un taxi desde el aeropuerto de Hartford. ¡La brillante y cariñosa Gwen de siempre!

Llegó por la tarde, acompañada de un chubasco primaveral, y se abrazaron, se besaron, se miraron a los ojos y rieron ruidosamente. R. J. le mostró la habitación de los huéspedes.

—Está muy bien, pero lo que quiero saber es dónde está el cuarto de baño. Me vengo aguantando las ganas desde Springfield.

—La primera puerta a la izquierda —le indicó R. J.—. Ah, espera un momento. —Corrió a su dormitorio, cogió cuatro vasos de plástico y se apresuró a dárselos a Gwen—. Toma. ¿Quieres hacerlo aquí, por favor? Te lo agradecería mucho.

Gwen la miró de hito en hito.

—¿Quieres una muestra?

—Tanto como te salga. Es para el huerto.

—Ah, para el huerto. —Gwen le volvió la espalda, pero empezaron a temblarle los hombros y se echó a reír a carcajadas, apoyada contra la pared, sin poderse contener—. No has cambiado ni un ápice. Dios mío, cómo te he echado de menos, R. J. Cole —dijo al fin, mientras se enjugaba los ojos—. ¿Para el huerto?

—Bueno, ahora te lo explico.

—Ni se te ocurra. No quiero saberlo nunca. No me lo estropees —se opuso Gwen, y corrió hacia el cuarto de baño, con los cuatro vasos en la mano.

Por la noche estuvieron más serias. Se quedaron despiertas hasta muy tarde, conversando, mientras la lluvia tamborileaba sobre los cristales de las ventanas. Gwen estuvo escuchando a R. J. mientras le hablaba de David y de Sarah, le formuló un par de preguntas y la cogió de la mano.

—¿Y a ti qué tal te va en esa Sociedad para el Mantenimiento de la Salud?

—Bueno, Idaho es precioso y la gente es muy simpática, pero el Centro Sanitario Familiar Highland parece una SMS creada en el infierno.

—Maldita sea, Gwen, con las esperanzas que tenías.

Gwen se encogió de hombros. Le explicó que al principio parecía todo perfecto: creía en el sistema de la SMS y recibió una bonificación a la firma del contrato. Le garantizaron cuatro semanas de vacaciones pagadas y tres semanas para asistir a encuentros profesionales. En la sociedad había un par de médicos que en su opinión no eran precisamente unos genios, pero desde el primer momento se dio cuenta de que cuatro médicos de la plantilla, tres hombres y una mujer, eran muy buenos.

Sin embargo, uno de los médicos más competentes, un internista, abandonó casi inmediatamente el Centro Highland para irse a trabajar a un hospital cercano a la Administración de Veteranos. Otro médico, el único tocoginecólogo que había en la SMS aparte de ella, se marchó poco después a Chicago. Para cuando la otra médica, una pediatra, presentó su dimisión, Gwen ya tenía una idea clara de los motivos del éxodo.

La dirección era muy mala. La empresa poseía nueve SMS repartidas por diversos estados del Oeste, y en la publicidad aseguraba que su propósito fundamental era ofrecer una atención médica de calidad, pero en la práctica lo que perseguía era un fin lucrativo. El director regional, un antiguo internista llamado Ralph Buchanan, se dedicaba a hacer estudios de rendimiento en lugar de ejercer la medicina. Buchanan revisaba todos los historiales para averiguar en qué «malgastaban» el dinero los médicos contratados. Daba igual que un médico viera algo en un paciente que lo impulsara a investigar más a fondo; si no había «razones de manual» para pedir una prueba, se le llamaba la atención al médico. La empresa tenía algo que llamaban un «árbol de decisión algorítmico».

—Si ocurre A, ir a B; si ocurre B, ir a C. Una medicina aritmética, realmente. Estandarizan la ciencia y te la dictan paso a paso, sin tener en cuenta las variaciones ni las necesidades individuales. La dirección insiste en que los detalles no clínicos de la vida del paciente, el trasfondo que a veces nos revela la auténtica causa del problema, son una pérdida de tiempo y deben dejarse de lado. No queda el menor margen para practicar el arte de la medicina.

Lo que fallaba no era el sistema de la SMS, recalcó Gwen.

—Aún sigo creyendo que la asistencia médica administrada puede funcionar. Creo que la ciencia médica ha progresado lo suficiente para que podamos trabajar con restricciones de tiempo y análisis establecidos para cada dolencia, siempre y cuando los médicos tengamos derecho a apartarnos «del manual» sin necesidad de perder tiempo y energías defendiéndonos ante la dirección. Pero esta SMS en particular la llevan unos impresentables. —Gwen sonrió—. Y espera, porque no acaba aquí la cosa.

Para compensar la pérdida de tres buenos médicos, le explicó, Buchanan contrató lo que había disponible: un internista de Boise no colegiado al que le habían retirado los privilegios de hospital por mala praxis, un médico de sesenta y siete años sin experiencia porque había dedicado toda su carrera profesional a la investigación, y un joven médico de medicina general procedente de una agencia médica de empleo temporal que ocuparía la plaza hasta que la empresa pudiera encontrar a alguien.

—El único profesional competente que quedaba, sin contar a una servidora, era un médico estilo Nueva Era, de unos treinta y tantos años. Marty Murrow. Iba a trabajar en tejanos y llevaba el pelo largo. Asistía a congresos médicos con el sincero propósito de aprender cosas nuevas. Leía todo lo que le caía en las manos. En resumen, un internista joven enamorado de la medicina. ¿Te acuerdas?

»El caso es que no tardamos en vernos los dos en problemas.

Para ella la cosa empezó cuando la dirección le puso como sustituto en sus días libres al «chapucero de Boise». Eso dio lugar a muchas llamadas suyas a Buchanan, al principio educadas y amistosas pero cada vez más acerbas. Gwen le dijo al director que era una tocoginecóloga colegiada y que no estaba dispuesta a consentir que una persona sin la preparación adecuada compartiera la responsabilidad de sus pacientes; que había heredado muchos casos del anterior tocoginecólogo; que había superado con mucho el límite de casos especificado en su contrato, límite más allá del cual ya no podía seguir ejerciendo una medicina de calidad, y que lo que debían hacer era buscar otro tocoginecólogo que compartiera la carga.

—Buchanan me recordó que allí se trabajaba en equipo y que debía adaptarme al equipo. Le repliqué que podía meterse esa historia por la flexura *sacralis recti* a no ser que contratase a otro tocoginecólogo titulado, y así fue como pasé a ocupar un honroso lugar en su lista negra.

»Mientras tanto, Marty Murrow se veía metido en peores líos aún. Su contrato le exigía tratar a mil seiscientas pacientes, y en realidad tenía más de dos mil doscientas. Los impresentables médicos nuevos "atendían" entre cuatrocientas y seiscientas pacientes cada uno. El investigador no sabía mucho de medicina interna; cuando estaba en la Unidad de Cuidados Intensivos, tenía que pedirles a las enfermeras que rellenaran las recetas por él. Duró menos de dos meses.

»Los pacientes no tardaron en darse cuenta de que había unos cuantos médicos incompetentes en el Centro Sanitario Familiar Highland. Cuando Highland se llevó el contrato para prestar asistencia sanitaria a los cincuenta empleados de una pequeña fábrica, cuarenta y ocho eligieron como médico a Marty Murrow. Él y yo empezamos a alucinar. Nos llegaban muchos historiales clínicos en los que no reconocíamos ni el nombre del paciente. A menudo nos pedían que firmáramos recetas para pacientes de otros médicos, que recetáramos medicamentos a personas que no conocíamos y de las que ignorábamos los detalles de su enfermedad. Y como los médicos éramos simples empleados, no podíamos hacer nada respecto al bajo nivel de calidad del centro.

Una de las enfermeras, le explicó Gwen, era especialmente incompetente. Marty Murrow descubrió errores repetidos cuando le presentaba renovaciones de recetas para firmar.

—Le recetaba al paciente Xanax en lugar de Zanax, cosas por el estilo. Teníamos que estar muy atentos con ella.

A Gwen no le gustaba que la recepcionista se mostrase grosera y sarcástica con los pacientes que acudían al centro o llamaban por teléfono, ni que a menudo decidiera no hacer llegar a los médicos los mensajes y preguntas de los pacientes.

—Marty y yo poníamos el grito en el cielo y les decíamos de todo —prosiguió Gwen—. Los dos telefoneábamos regularmente a Buchanan para quejarnos, cosa que a él le gustaba porque le daba ocasión de ponernos en nuestro lugar, no haciéndonos ningún caso. Hasta que un día Marty se puso a escribir una carta para el presidente de la compañía, un urólogo retirado que vive en Los Ángeles. Marty presentaba quejas contra la enfermera, la recepcionista y Buchanan, y le pedía al presidente que sustituyera a los tres.

»Buchanan recibió una llamada telefónica del presidente e informó por escrito a la enfermera y a la recepcionista de las acusaciones que les hacía el doctor Murrow. Cuando volvió a verlas, las dos le dijeron lo mismo: que el doctor Martin B. Murrow las había acosado sexualmente.

»Imagina lo contento que se debió poner Buchanan. Le mandó al doctor Martin B. Murrow una carta certificada notificándole las acusaciones de acoso sexual e informándole que quedaba suspendido durante dos semanas mientras se realizaba una investigación. Marty tiene una esposa muy atractiva de la que habla constantemente y dos hijas pequeñas que le ocupan cada minuto que puede robarle a la medicina, y le contó a su mujer lo que estaba ocurriendo. Para ellos fue el comienzo de una experiencia terrible. Buchanan les contó a varias personas que había suspendido a Marty, y por qué. Los rumores llegaron inmediatamente a oídos de algunos amigos de los Murrow.

»Marty telefoneó a su hermano mayor Daniel J. Murrow, socio de Golding, Griffey & Moore, un bufete de abogados de Wall Street. Y Daniel J. Murrow telefoneó a Buchanan para decirle que efectivamente tenía que abrirse una investigación, como él mismo había anunciado, y que su cliente, el doctor Martin Boyden Murrow, insistía en que se entrevistara a todos los miembros de la oficina.

R. J. se enderezó en el asiento. Aunque le había vuelto la espalda al derecho, una parte de ella respondería siempre a cierto tipo de casos.

—¿Estás segura de que Marty Murrow no...?

Gwen sonrió y asintió con la cabeza.

—La enfermera en cuestión va para los sesenta años y está muy gorda. Yo también estoy más vieja y gorda cada día, así que no se me ocurriría denigrar a las personas de edad ni a las obesas, pero no puedo creer que posean más atractivo sexual que las jóvenes que nunca han tenido que enfrentarse a la celulitis. En cuanto a la recepcionista, tiene diecinueve años, pero es huesuda y antipática. Hay once mujeres que trabajan habitualmente con Marty, y tres o cuatro de ellas son auténticas bellezas. Todas declararon que el doctor Murrow no las había molestado jamás. Una enfermera recordó que un lunes por la mañana le dijo a Marty que quería someterlo a una prueba. «Si tan bien se le dan los diagnósticos, mire a los ojos a Josie y Francine y díganos cuál de las dos echó un polvo este fin de semana.» Marty respondió que debía de ser Francine, porque estaba muy sonriente.

—No es una gran incriminación —observó R. J. secamente.

—Fue lo peor que pudieron encontrar contra él. Ninguna de sus dos acusadoras fue capaz de citar detalles concretos, y resultaba evidente que se habían puesto de acuerdo para presentar la acusación después de que él se hubiera quejado de su trabajo. Otras personas de la oficina tenían las mismas quejas sobre su rendimiento laboral, y a consecuencia de la investigación fueron despedidas la enfermera y la recepcionista.

—¿Y Buchanan?

—Buchanan sigue en su puesto. Las oficinas que dirige rinden pingües beneficios. Le mandó una carta a Marty diciendo que la investigación no había proporcionado pruebas concluyentes que confirmaran las acusaciones presentadas contra él y que por tanto podía seguir practicando la medicina en el Centro Sanitario Familiar Highland.

»Marty respondió inmediatamente que pensaba presentar una demanda por difamación contra Buchanan y las dos trabajadoras despedidas, y otra contra la SMS por incumplimiento de contrato.

»El presidente de la compañía se desplazó en avión desde California, se reunió con Marty y le preguntó por sus planes inmediatos. Cuando Marty le explicó que pensaba establecerse por su cuenta, el presidente se ofreció a ayudarle para evitar la publicidad negativa de un litigio. Dijo que la empresa le pagaría el tiempo que restaba de su contrato, cincuenta y dos mil dólares en efectivo, y que además podría llevarse todos los muebles de su despacho y de sus dos salas de visita, así como un electrocardiógrafo y otro aparato para sigmoidoscopia que ningún otro médico del centro se había molestado en aprender a utilizar. Marty aceptó inmediatamente.

A estas alturas, prosiguió Gwen, ella tampoco quería seguir trabajando en la SMS.

—Pero se me presentaba un problema. Mi marido había descubierto que le encantaba enseñar, y yo no quería interponerme en su carrera. Hasta que en un congreso nacional, que se celebró en Nueva Orleans, Phil conoció al decano de la escuela de administración de empresas de la Universidad de Massachusetts y los dos coincidieron en que Phil sería la persona adecuada para cubrir una vacante que se había producido en esa escuela.

»Así que fui rápidamente a ver a Buchanan con la amenaza de una demanda por incumplimiento de contrato, y después de regatear un poco aceptó pagarnos los gastos del traslado cuando nos mudemos a Massachusetts. Volveremos aquí en septiembre, y Phil dará clases en Amherst.

Gwen dejó de hablar y sonrió al ver que su amiga daba brincos de alegría como una niña feliz.

39

Un bautizo

—Bueno, ¿y qué harás cuando estés aquí? —preguntó R. J.

Gwen se encogió de hombros.

—Sigo creyendo que la asistencia médica administrada es la única posibilidad de que Estados Unidos llegue a tener asistencia sanitaria para todos los ciudadanos. Intentaré colocarme en otra SMS, pero esta vez me aseguraré de que sea buena.

Por la mañana fueron juntas al pueblo. Recorrieron la calle Mayor de extremo a extremo, y Gwen observó pensativa que la gente saludaba a la doctora o le sonreía al pasar. En el consultorio fue de habitación en habitación, examinándolo todo y deteniéndose de vez en cuando para hacer alguna pregunta.

Mientras R. J. atendía a los pacientes, Gwen se acomodó en la sala de espera y leyó revistas de ginecología. A la hora del almuerzo pidieron unos bocadillos del almacén.

—¿Cuántos tocoginecólogos hay en estos pueblos de las colinas?

—Ninguno. Las mujeres tienen que ir a Greenfield, a Amherst o a Northampton. En Greenfield hay un par de comadronas que suben a las colinas. Todos estos pueblos están creciendo, Gwen, y hay bastantes mujeres para llenar la consulta de un ginecólogo. —Habría sido demasiado esperar que Gwen se instalara en las colinas, y no le sorprendió que se limitara a asentir y pasara a hablar de otra cosa.

Esa noche, Toby y Jan las invitaron a su casa. En el transcurso de la cena sonó el teléfono y alguien advirtió al guarda de pesca y caza que un cazador había herido un águila calva en Colrain. En cuanto terminó de comer, Jan se disculpó y fue a ver qué ocurría exactamente. A ellas no les importó. Las tres mujeres pasaron a la sala y conversaron amigablemente.

R. J. había comprobado que a veces era peligroso conocer a la amiga íntima de una amiga íntima. Podían ocurrir dos cosas: que los celos y la rivalidad agriaran el encuentro o que las dos personas recién presentadas vieran en la otra lo que su amiga común veía en cada una de ellas. Por fortuna, Toby y Gwen se cayeron bien. Toby escuchó todo lo que Gwen quiso contarle de su familia, y luego le habló con franqueza de sus deseos de tener un hijo, y de lo cansados que estaban Jan y ella de tanto esfuerzo infructuoso.

—Esta mujer es la mejor tocoginecóloga que he conocido en mi vida —le dijo R. J. a Toby—. Me quedaría mucho más tranquila si mañana por la mañana te hiciera un examen en el consultorio.

Toby vaciló un momento pero no tardó en aceptar.

—Si no es demasiada molestia...

—No es ninguna molestia —le aseguró Gwen.

A la mañana siguiente se reunieron las tres en el despacho interior después del examen.

—¿Tienes dolores abdominales de vez en cuando? —le preguntó Gwen.

Toby asintió.

—De vez en cuando.

—No he podido encontrar ningún problema evidente —le explicó Gwen pausadamente—, pero creo que deberías hacerte una laparoscopia, un procedimiento exploratorio que nos diría con exactitud lo que ocurre en tu interior.

Toby torció el gesto.

—Es lo mismo que me ha estado diciendo R. J.

—Eso es porque R. J. es una buena médica.

—¿Tú haces laparoscopias?

—Hago pelviscopias casi todos los días.

—¿Me la harías a mí?

—Ojalá pudiera, Toby. Todavía conservo la licencia para ejercer en el estado de Massachusetts, pero no pertenezco a la plantilla de ningún hospital. Si pudiera hacerse antes de que vuelva a Idaho, tendría mucho gusto en ponerme la bata, participar como observadora y consultar con el cirujano que se ocupe del caso.

Y así fue como se hizo. La secretaria de Daniel Noyes pudo reservar el quirófano para tres días antes del previsto para la partida de Gwen. Cuando R. J. habló con el doctor Noyes, lo encontró amablemente dispuesto a permitir que Gwen estuviera junto a su hombro como observadora.

—¿Por qué no viene usted también? —le propuso a R. J.—. Tengo dos hombros.

Gwen se pasó los cinco días siguientes visitando SMS y médicos de diversas localidades situadas a una distancia razonable de Amherst. Al atardecer del quinto día, R. J. y ella se sentaron a mirar un debate televisado sobre la asistencia médica en Estados Unidos.

Fue una experiencia frustrante. Todo el mundo reconocía que el sistema nacional de asistencia sanitaria era ineficaz, elitista y demasiado caro. El plan más sencillo, y el más eficiente en proporción al coste, era el sistema utilizado por otras naciones desarrolladas: el Gobierno cobraba impuestos y pagaba la asistencia sanitaria a todos los ciudadanos. Pero aunque el capitalismo norteamericano proporciona los mejores aspectos de la democracia, también proporciona los peores, entre otros los cabilderos a sueldo que ejercen enormes presiones sobre el Congreso para proteger los pingües beneficios de las industrias de la salud. El inmenso ejército de cabilderos representaba a compañías de seguros privadas, clínicas, hospitales, la industria farmacéutica, grupos de médicos, sindicatos de empleados, asociaciones profesionales, grupos que querían el aborto gratuito, grupos que se oponían al aborto, ciudadanos de la tercera edad...

La lucha por el dinero era sucia y mezquina, y no resultaba agradable contemplarla. Algunos republicanos reconocían que querían torpedear el proyecto de ley de asistencia sanitaria porque, si se aprobaba, favorecería la reelección del presidente. Otros republicanos se declaraban partidarios de la asistencia médica universal, pero prometían luchar a muerte contra cualquier aumento en los impuestos y contra todo intento de que los empresarios financiaran el seguro médico. Algunos demócratas que se presentaban a la reelección y dependían de la ayuda económica de los cabilderos, hablaban exactamente como los republicanos.

Todos los individuos trajeados y con corbata que aparecían en la pantalla del televisor se mostraban de acuerdo en que cualquier plan que se adoptara debía introducirse gradualmente, a lo largo de muchos años, y que podrían darse por satisfechos si, con el tiempo, incluía al noventa por ciento de la población de Estados Unidos. Gwen se levantó de súbito y apagó el televisor, encolerizada.

—Idiotas. Hablan como si una cobertura del noventa por ciento fuese un logro maravilloso. ¿Es que no se dan cuenta de que eso dejaría desatendidas a más de veinticinco millones de personas? Acabarán creando en Estados Unidos una nueva casta de intocables, millones de personas pobres abandonadas a la enfermedad y a la muerte.

—¿Qué va a ocurrir, Gwen?

—Que al final, a fuerza de errores, acabarán montando un sistema viable, después de años y años de tiempo perdido, de salud perdida, de vidas perdidas. Pero el mero hecho de que Bill Clinton haya tenido el valor de hacerles enfrentarse al problema ya ha empezado a cambiar las cosas. Algunos hospitales superfluos están cerrando, otros se fusionan; los médicos no encargan asistencias médicas innecesarias... —Miró a R. J., ceñuda—. Quizá los médicos tengan que cambiar las cosas sin mucha ayuda de los políticos, tratar gratuitamente a ciertas personas.

—Yo ya lo hago.

Gwen asintió.

—Mierda, R. J., tú y yo somos buenas médicas. ¿Y si organizáramos una agrupación médica? Para empezar, podríamos ejercer juntas.

La idea produjo en R. J. un entusiasmo inmediato, pero muy pronto se impuso la razón.

—Eres mi mejor amiga y te quiero mucho, Gwen, pero mi consultorio es demasiado pequeño para dos médicos, y no quiero mudarme. Estoy integrada en el pueblo, su gente es mi gente. Estoy contenta de lo que he conseguido aquí y no quiero arriesgarme a estropearlo.

Gwen le apoyó un dedo en los labios.

—No querría hacer nada que te estropeara las cosas.

—¿Y si montaras tu propio consultorio en algún sitio cercano? También podríamos trabajar juntas, y tal vez formar una red cooperativa de buenos médicos independientes. Podríamos unificar la compra de suministros, hacernos sustituciones mutuas, contratar conjuntamente el trabajo de laboratorio, enviarnos pacientes, compartir a alguien que se ocupara de la facturación, y ver la manera de proporcionar tratamiento a las personas sin seguro. ¿Qué te parece?

—¡Me parece estupendo!

A la tarde siguiente empezaron a buscar un local para Gwen en las localidades cercanas. Tres días más tarde encontraron uno de su agrado en un edificio de ladrillo rojo en Shelburne Falls, que en sus dos plantas albergaba ya dos abogados, un psicoterapeuta y una academia de baile de salón.

Un martes por la mañana se levantaron todavía a oscuras y, sin entretenerse más que para tomar un café, se desplazaron al hospital bajo el frío que precede al amanecer. Pasaron por el proceso de limpieza con el doctor Noyes, buscando la asepsia en la rutina prescrita que era al mismo tiempo práctica necesaria y rito de su profesión. A las siete menos cuarto, cuando ya estaban en el quirófano, entraron a Toby en camilla.

—Hola, pequeña —la saludó R. J. con la boca cubierta por la mascarilla, y le hizo un guiño.

Toby esbozó una sonrisa confusa. Ya le habían conectado una solución intravenosa de lactato de Ringer a la que se había añadido un relajante; Midazolam, según sabía R. J. por su conversación con Dom Perrone, el anestesista que supervisaba las conexiones del electrocardiógrafo, el control de la presión sanguínea y el oxímetro de pulso. R. J. y Gwen se mantuvieron a un lado, cruzadas de brazos, sin acercarse a la zona esterilizada, mientras el doctor Perrone le administraba a Toby 120 mg de Propofol.

«Hasta la vista, amiga mía. Que duermas bien», le deseó mentalmente R. J. con cariño.

El anestesista administró un relajante muscular, insertó la sonda endotraqueal e instauró el flujo de oxígeno, al que añadió óxido nitroso e Isoflurane. Finalmente soltó un gruñido de satisfacción.

—Ya la tiene a punto, doctor Noyes.

En pocos minutos Dan Noyes realizó las tres minúsculas incisiones e insertó el ojo de fibra óptica, que les presentó en la pantalla de un monitor el interior de la pelvis de Toby.

—Crecimientos endometriales en la pared pélvica —observó el doctor Noyes—. Eso explicaría los dolores esporádicos que se mencionan en su historial.

Un instante después el médico y las dos visitantes intercambiaron significativas miradas: la pantalla mostraba cinco pequeños quistes entre los ovarios y las trompas de Falopio, dos a un lado y tres al otro.

—Eso podría explicar por qué no se ha producido el embarazo —musitó Gwen.

—Es posible que sea la causa —asintió Dan Noyes alegremente, y siguió trabajando.

Una hora más tarde habían sido extirpados los crecimientos endométricos y los quistes. Toby descansaba cómodamente, y Gwen y R. J. viajaban de regreso por el camino Mohawk para que R. J. pudiera llegar a tiempo al consultorio.

—El doctor Noyes ha hecho un trabajo muy limpio —comentó Gwen.

—Es muy bueno. Se retira este año. Entre sus pacientes hay muchas mujeres de las colinas.

Gwen asintió.

—Humm. En tal caso, recuérdame que le envíe una carta y que lo elogie muchísimo —respondió, y le dirigió a R. J. una cálida sonrisa.

Gwen se marchaba el viernes, así que decidieron aprovechar el jueves.

—Vamos a ver —dijo Gwen—. He contribuido generosamente al bienestar de tus guisantes, he trastocado toda mi vida para ser tu socia y vecina y he colaborado en ayudar a Toby. ¿Puedo hacer algo más antes de irme?

—Ahora que lo dices... Ven conmigo —le contestó R. J.

En el cobertizo encontró el mazo de un kilo y medio y la vieja palanqueta, larga y gruesa, que quizá Harry Crawford había abandonado allí. Le dio a Gwen unos guantes de trabajo y el mazo, y ella cargó con la palanqueta mientras conducía a su amiga por el sendero hasta el último puente. Las tres piedras planas todavía estaban donde las había dejado.

Se metieron en el arroyo. R. J. colocó la palanqueta en la posición adecuada y se la hizo sostener a Gwen mientras ella la encajaba firmemente bajo el extremo del tronco de la orilla opuesta.

—Ahora intentaremos levantarlo entre las dos —le explicó—. Cuando cuente tres. Una..., dos... —A R. J. le habían enseñado en la escuela que con una palanca lo bastante larga, según Arquímedes, se podría mover el mundo. Ahora tenía fe—. Tres.

Y naturalmente, cuando Gwen y ella aplicaron sus fuerzas al unísono, el extremo del tronco se levantó.

—Un poco más —le pidió R. J.—. Ahora tendrás que aguantarlo tú sola.

El rostro de Gwen se volvió inexpresivo.

—¿De acuerdo?

Gwen asintió. R. J. soltó la palanqueta y se precipitó hacia las piedras planas.

—R. J.

La palanca tembló mientras R. J. cogía una de las piedras y la insertaba en su lugar. Después se agachó inmediatamente a coger otra. Gwen jadeaba.

—¡R. J.! —La segunda piedra quedó encajada—. ¡Por... el amor... de Dios!

—Aguanta. Aguanta, Gwen.

La última piedra cayó en su lugar con un ruido sordo justo cuando Gwen soltaba la palanca y doblaba las rodillas en el lecho del arroyo.

R. J. necesitó todas las fuerzas que le quedaban para sacar la palanqueta de debajo del tronco. Al salir, rozó la piedra de encima, pero se mantuvieron las tres en su sitio. R. J. dejó el arroyo y se puso en mitad del puente.

Estaba razonablemente nivelado. Al descargar el pie contra las tablas tuvo la impresión de que era fuerte, un puente que podría durar generaciones.

Bailó la tarantela. El puente tembló un poco porque era flexible, pero no se movió. Al parecer era firme. Echó la cabeza atrás y contempló el frondoso verdor de los árboles, sin dejar de bailar y saltar.

—Yo te bautizo puente de Gwendolyn «T. de Tremenda» Gabler.

Debajo, Gwen intentaba lanzar gritos de júbilo pero sólo le salía una risa estrangulada.

—Puedo hacer cualquier cosa. ¡Cualquier cosa! —les gritó R. J. a los espíritus del bosque—. Con la ayuda de la amistad.

40

Lo que *Agunah* temía

Llegó mayo suave y hermoso. La tierra calentada podía labrarse de nuevo, y ya se podían cavar tumbas. El quinto día del mes, dos días antes de la asamblea anual del pueblo, sacaron el cuerpo de Eva Goodhue de la cripta del cementerio de Woodfield y le dieron sepultura. John Richardson dirigió un servicio sencillo y emotivo al lado de la tumba. Sólo acudió un puñado de gente, en su mayor parte ancianos que recordaban que Eva procedía de una familia que se remontaba muy lejos en la historia del pueblo.

Cuando R. J. regresó del funeral, sembró una de las dos eras elevadas. Dispuso las semillas en amplias hileras de un palmo y medio de ancho, para no dejar mucho sitio a las malas hierbas. Plantó dos clases de zanahorias, tres variedades de lechuga, rábanos blancos y rojos, escalonias, habas, remolacha, albahaca, perejil y eneldo. En cierto modo le parecía significativo que Eva hubiera pasado a ser parte de la tierra que podía conceder tal magnificencia.

Caía la tarde cuando dio la tarea por terminada y guardó las herramientas. Mientras se lavaba en la cocina, sonó el teléfono.

—Hola. Aquí la doctora Cole.

—Doctora Cole, me llamo Barbara Eustis, y soy directora de la Clínica de Planificación Familiar de Springfield.

—Ah.

Con voz pausada y contenida, Barbara Eustis le comunicó su desesperación: los médicos estaban intimidados por la violencia de los antiabortistas fanáticos, las amenazas, el asesinato del doctor Gunn en Florida.

—Bueno, el culpable ha sido condenado a cadena perpetua. Eso los desalentará, sin duda.

—Así lo espero. Pero la cuestión es que... muchos médicos no quieren asumir este riesgo, ni para sí ni para sus familias. No se lo reprocho, pero si no consigo encontrar algunos médicos que me ayuden, me temo que la clínica tendrá que cerrar. Y eso sería trágico, porque realmente las mujeres nos necesitan. Estuve hablando con Gwen Gabler, y me sugirió que la llamara a usted.

«¡No puede ser! ¡Maldita sea, Gwen! ¿Cómo has podido?» R. J. notó un sabor metálico en la boca.

Barbara Eustis estaba diciendo que contaba con un par de personas valerosas dispuestas a trabajar. Gwen le había prometido dedicarle un día por semana cuando se trasladara a la zona. La voz del teléfono le rogó a R. J. que dedicara también un día por semana a la clínica, para hacer abortos de primer trimestre.

—Lo siento. No puedo. El seguro de responsabilidad civil me cuesta tres mil quinientos dólares anuales; si trabajo para usted, me lo aumentarán a más de diez mil dólares.

—El seguro lo pagaremos nosotros.

—No soy más valiente que los demás. La verdad es que me da miedo.

—Naturalmente, y con razón. Permita que le diga que nos gastamos mucho dinero en seguridad. Tenemos guardias armados. Tenemos acompañantes y guardaespaldas voluntarios que van a buscar a nuestros médicos y los acompañan de regreso a casa.

R. J. no quería tener nada que ver con eso, ni con la controversia, los manifestantes y el odio. Quería pasar el día libre trabajando en el bosque, paseando, haciendo ejercicios con la viola da gamba.

No quería volver a ver en su vida una clínica de abortos.

Sabía que el recuerdo de lo que le había ocurrido a Sarah no dejaría de acosarla jamás. Pero tampoco podía olvidar lo que le había ocurrido a la joven Eva Goodhue y a tantas otras mujeres.

Lanzó un suspiro.

—Suponga que le dedico los jueves.

Quedaba muy poco trozo de bosque entre el puente Gwendolyn «T. de Tremenda» Gabler y la parte de atrás de la casa, pero era casi todo maleza resistente y árboles muy juntos. Sólo le quedaba un jueves antes de empezar a trabajar en la clínica de Springfield, y decidió que ese día acabaría el sendero.

Se levantó temprano y dio cuenta del desayuno rápidamente, impaciente por salir a trabajar. Mientras recogía las cosas de la mesa oyó unos arañazos en la puerta, y R. J. le abrió la puerta a *Agunah*.

Como de costumbre, *Agunah* hizo caso omiso de R. J., inspeccionó la vivienda y se detuvo junto a la puerta, esperando que la dejara salir. R. J. ya no se molestaba en mostrarse cortés con la desinteresada visitante, así que le abrió la puerta para que se marchara, pero *Agunah* se echó hacia atrás con el lomo arqueado y la cola tiesa. Parecía la caricatura de una gata asustada, y salió huyendo hacia el dormitorio de R. J.

—¿Qué pasa, *Agunah*? ¿A qué le tienes miedo?

Cerró la puerta, girando instintivamente la llave en la cerradura, y empezó a atisbar por las ventanas.

Había una gran figura negra que cruzaba calmosamente el prado hacia la casa.

El oso avanzaba por entre la hierba alta. R. J. nunca se habría imaginado que un oso de las colinas de Massachusetts pudiera ser tan grande. El voluminoso animal, un macho, era sin duda el mismo que unas semanas atrás había dejado aquel rastro en el bosque. R. J. se quedó como pasmada, incapaz de alejarse de la ventana y correr en busca de la cámara.

El oso se acercó a la casa, se detuvo bajo el manzano y se irguió sobre las patas traseras para olisquear un par de manzanas arrugadas que quedaban del año anterior. Luego volvió a ponerse a cuatro patas y echó a andar hacia un lado de la casa, hasta desaparecer de su campo visual.

R. J. subió corriendo a la ventana del dormitorio y lo vio justo debajo de ella.

El oso estaba mirando fijamente su propio reflejo en el cristal de la ventana de la planta baja; R. J. imaginó que estaría viendo otro oso, y esperó que no atacara y rompiera el cristal. El hirsuto pelo negro del cuello y los hombros parecía erizado. La cabeza, grande y ancha, estaba ligeramente ladeada, y los ojos, demasiado pequeños para el tamaño de la cabeza, relucían hostiles.

Al cabo de unos instantes le volvió la espalda al reflejo. Desde donde ella miraba, la potencia de aquellos hombros macizos y aquellas patas largas y asombrosamente gruesas resultaba escalofriante. Se le puso la carne de gallina. «*Agunah* y yo», pensó.

Siguió mirando hasta que el oso desapareció en el bosque, y entonces regresó a la cocina y se sentó en una silla sin moverse.

La gata volvió a la puerta, con aire un tanto furtivo. Cuando R. J. se la abrió, *Agunah* sólo vaciló un instante antes de salir corriendo en dirección contraria a la que había tomado el oso.

R. J. se sentó de nuevo. Se dijo que en aquellos momentos no podía ir al bosque.

Sabía sin embargo que si no terminaba el sendero ese día, quizá tardaría mucho tiempo en hacerlo.

Al cabo de media hora fue al cobertizo, puso gasolina y aceite a la sierra mecánica y se la llevó por el sendero del bosque. Jan Smith le había explicado que los osos temían a las personas y las esquivaban, pero apenas entró en el sombrío y penumbroso sendero se sintió aterrorizada, consciente de que había abandonado su territorio para internarse en el del oso. Jan le había asegurado que cuando se les advertía de la presencia humana, los osos se alejaban, de manera que R. J. cogió un palo y empezó a golpear el arco de la sierra. También le había dicho que silbar no servía de advertencia, porque estaban acostumbrados a las voces de los pájaros, así que se puso a cantar a voz en cuello canciones que había cantado en la plaza Harvard cuando era adolescente: *This Land is Your Land*, y luego *Where Have All the Flowers Gone?* Llevaba bastante adelantada *When The Saints Go Marching In* cuando llegó al último puente y lo cruzó con paso decidido.

No empezó a sentirse segura hasta que el motor de la sierra inició su poderoso rugido, y entonces se movió rápidamente para vencer el miedo con el trabajo más duro que podía realizar.

41

Espíritus hermanos

La Clínica de Planificación Familiar de Springfield se hallaba en la calle State, en una elegante casa de piedra de estilo clásico, un poco deslucida pero en buen estado. R. J. le había dicho a Barbara Eustis que, al menos de momento, prefería ir y volver sola pues no creía que una escolta ofreciese verdadera protección. Pero mientras se dirigía a la clínica desde el coche aparcado a una manzana de distancia, sintió graves dudas sobre la prudencia de semejante decisión. Ya había una docena de manifestantes con pancartas, y en cuanto R. J. empezó a subir las escaleras, se pusieron a abuchearla y a blandir las pancartas ante ella.

Uno de los manifestantes llevaba una que decía: «JESÚS LLORÓ.» Era una mujer de unos treinta y tantos años, con una larga cabellera de color miel, nariz fina de aletas bien formadas, y tristes ojos marrones. No gritaba ni agitaba la pancarta; sólo estaba allí. Su mirada se cruzó con la de R. J. que, aun sabiendo que nunca se habían visto, tuvo la sensación de que se conocían, así que la saludó con una leve inclinación de cabeza, y la mujer respondió con igual gesto. Finalmente terminó de subir las escaleras, se encontró dentro del edificio y el tumulto quedó atrás.

Le resultó fácil volver a practicar abortos de primer trimestre, pero la angustiosa tensión volvió a formar parte de su vida.

El horror estaba allí todos los jueves, pero la campaña de terror no cesaba en toda la semana. Identificaron su coche casi inmediatamente. Las llamadas telefónicas a su casa empezaron apenas dos semanas después de que iniciara su trabajo en la clínica y fueron sucediéndose con regularidad: insultos, acusaciones, amenazas.

«Vas a morir, asesina. Tendrás una muerte espantosa. Tu casa arderá, pero no verás las ruinas humeantes cuando llegues porque tú estarás entre las cenizas. Sabemos dónde vives, en la carretera de Laurel Hill, en Woodfield. Tus manzanos necesitan una buena poda, dentro de poco hará falta reparar el tejado, pero no vale la pena que hagas nada. Tu casa arderá. Tú estarás dentro.»

No solicitó un número que no figurase en la guía; la gente del pueblo tenía que saber dónde encontrar a su médica.

Una mañana fue a la policía local, en el sótano del ayuntamiento, y tuvo una conversación con Mack McCourtney. El jefe de policía de Woodfield escuchó con mucha atención el relato de las amenazas.

—Debe tomárselas en serio —le advirtió—. Muy en serio. Le diré una cosa: mi padre fue el primer católico que se instaló en este pueblo. Le estoy hablando de 1931. Una noche vino el Ku Klux Klan.

—Yo creía que eso sólo ocurría en el Sur.

—Oh, en absoluto. Vinieron de noche envueltos en sus sábanas yanquis y encendieron una gran cruz en nuestro prado. Los padres y los tíos de mucha gente del pueblo que usted y yo conocemos, gente a la que servimos cada día, encendieron una gran cruz de madera junto a la casa de mi padre porque era un asqueroso católico que había osado venir a vivir aquí.

»Es usted una gran persona, doctora. Lo sé porque la he visto en acción y porque la he observado atentamente cuando ni siquiera se daba cuenta de ello. Ahora la observaré aún más de cerca. A usted y su casa.

R. J. había tenido tres pacientes seropositivos: un niño que había contraído el virus del sida por una transfusión de sangre, y un hombre que se lo había contagiado a su esposa.

Harold, el hijo de George Palmer, acudió una mañana al consultorio en compañía de su amigo. Eugene Dewalski se quedó en la sala de espera leyendo una revista mientras ella examinaba a Harold. Luego, a petición del paciente, R. J. lo hizo pasar al despacho para que estuviera presente mientras exponía los resultados del examen.

R. J. estaba segura de que no les decía nada nuevo; hacía más de tres años que sabían que Harold Palmer era seropositivo. Justo antes de mudarse a Woodfield le habían diagnosticado los primeros tumores de Coxsackie, primera manifestación de la enfermedad. Durante la primera entrevista en el despacho, los dos hombres respondieron a sus preguntas con voz seca e inexpresiva. Cuando terminaron de hablar de los síntomas, Harold Palmer le dijo jovialmente que para él era maravilloso estar de vuelta en Woodfield.

—Quien se cría en el campo, siempre será de campo.

—¿Y qué le parece el pueblo, señor Dewalski?

—Ah, me encanta —sonrió—. Me advirtieron que no me fuera a vivir entre un montón de yanquis fríos, pero hasta ahora todos los yanquis que he conocido son amistosos. De todas formas, parece que en esta zona hay más granjeros polacos que yanquis, y ya hemos recibido dos invitaciones para ir a probar *kielbasa*, *golumpki* y *galuska* caseros. Las aceptamos encantados, claro.

—Fuiste tú el que aceptaste las invitaciones encantado —le corrigió Harold, sonriente, y salieron enfrascados en una charla sobre la cocina polaca.

Harold volvió a la semana siguiente para que le pusiera una inyección, y a los pocos minutos se desplomó en brazos de R. J., llorando desconsoladamente. Ella le estrechó la cabeza contra su hombro, le acarició el cabello, lo abrazó, le habló durante mucho rato..., practicó el arte de la medicina. Establecieron la relación que iban a necesitar cuando Harold iniciase la larga espiral descendente.

No corrían buenos tiempos para muchos de sus pacientes. Los presentadores de la televisión afirmaban que el índice de la Bolsa estaba volviendo a subir, pero en los pueblos de las colinas la economía iba mal. A Toby no le gustó que una mujer que había pedido hora para que la doctora visitara a su hija pequeña se presentara con sus tres hijos, pero todo su enojo desapareció al comprender que no tenía seguro ni dinero para pagar tres visitas. Aquella noche, en las noticias de la televisión, R. J. oyó reiterar muy ufano a un senador de Estados Unidos que no había ninguna crisis de atención médica en el país.

Algunos jueves por la mañana se encontraba un numeroso grupo de manifestantes montando guardia ante la clínica; otras veces sólo había unos pocos. R. J. advirtió que acudían igualmente aunque hiciera un mal día, pero que su número menguaba tras varios días de lluvia consecutivos. Pero la que nunca faltaba era la mujer de la mirada triste. Acudía todos los jueves por la mañana, hiciera el tiempo que hiciese, y nunca gritaba, nunca agitaba la pancarta.

Cada jueves R. J. y la mujer intercambiaban una breve inclinación de cabeza, como reconociendo secretamente, casi de mala gana, su mutua humanidad. Una mañana de intensa lluvia racheada, R. J. llegó temprano a la clínica y se encontró a la mujer sola en la calle, protegida con un impermeable de plástico amarillo. Se saludaron como de costumbre y R. J. empezó a subir las escaleras, pero enseguida volvió a bajar.

—Oiga, permítame invitarle a un café en la cafetería de la esquina.

Se observaron en silencio. La mujer aceptó con una inclinación de cabeza. De camino a la cafetería, se detuvo un momento para guardar la pancarta en la parte de atrás de un Volvo familiar.

Dentro de la cafetería reinaba una temperatura agradable, y el ambiente estaba lleno de ruido de platos y de ásperas voces masculinas que hablaban de deportes. Las dos mujeres se quitaron los impermeables y se sentaron una frente a otra en un compartimento.

La mujer esbozó una sonrisa.

—¿Es una tregua de cinco minutos?

R. J. consultó su reloj.

—De diez. Luego tengo que entrar. A propósito, me llamo Roberta Cole.

—Abbie Oliver. —Tras una breve vacilación le tendió la mano, y R. J. se la estrechó.

—Es usted médica, ¿verdad?

—Sí. ¿Y usted?

—Profesora.

—¿De qué?

—Inglés de primero.

Pidieron dos cafés descafeinados.

Se produjeron unos momentos de tensión mientras ambas esperaban los primeros reproches, pero no los hubo. R. J. ardía en deseos de poner a aquella mujer ante los hechos; de hablarle de Brasil, por ejemplo, donde cada año se practican tantos abortos ilegales como abortos legales se llevaban a cabo en Estados Unidos. La diferencia es que en Estados Unidos cada año ingresan en hospitales diez mil mujeres por complicaciones del aborto, mientras que en Brasil el número de mujeres hospitalizadas por el mismo motivo se eleva a cuatrocientas mil.

Pero R. J. sabía que la mujer sentada ante ella sin duda anhelaba presentar sus propios argumentos, decirle quizá que cada pizca de tejido que R. J. eliminaba en el quirófano contenía un alma que clamaba por nacer.

—Es como una pausa en la Guerra Civil —comentó Abbie Oliver—, cuando los soldados salían de las trincheras para intercambiar comida y tabaco.

—Es verdad. Sólo que yo no fumo.

—Yo tampoco.

Hablaron de música. Resultó que las dos eran apasionadas de Mozart y admiraban a Ozawa, y las dos habían llorado la pérdida de John Williams como director de los Boston Pops.

Abbie tocaba el oboe. R. J. le habló de la viola da gamba.

Cuando finalmente terminaron el café, R. J. sonrió y echó la silla hacia atrás. Abbie Oliver hizo un gesto de asentimiento, le dio las gracias y volvió a salir a la lluvia mientras R. J. pagaba la cuenta. La mujer ya había recogido la pancarta y se paseaba ante la fachada de la clínica cuando R. J. salió de la cafetería. Las dos evitaron mirarse a los ojos mientras R. J. subía los escalones de la entrada.

42

El ex mayor

R. J. había plantado el huerto en ratos robados a la caída de la tarde, cuando llegaba del trabajo. Más de una vez había seguido trabajando hasta bien entrada la noche, y se había visto obligada a trasplantar los tomates y los pimientos verdes mientras lloviznaba con persistencia, un momento poco adecuado por diversas razones, pero el único de que disponía. Era una horticultura improvisada, pero algo en su interior respondía al proceso y se deleitaba en la promesa que sentía cada vez que tenía tierra en las manos.

A pesar de todo, el huerto daba sus frutos. Un atardecer de miércoles estaba recogiendo verduras, inclinada sobre las eras elevadas, cuando un automóvil con matrícula de Connecticut vaciló a la entrada del camino de acceso y giró hacia la casa.

R. J. dejó de recoger verduras y se quedó mirando al conductor, que había bajado del coche y se acercaba cojeando. Era un hombre de edad madura, delgado aunque ancho de cintura, con frente despejada, cabello gris acero y bigote erizado.

—¿Doctora Cole?

—Sí.

—Soy Joe Fallon.

Por unos instantes el nombre no le dijo nada, pero de pronto recordó que David le había hablado de un ataque con cohetes en el que había resultado herido. Había muerto un capellán cuyo nombre no recordaba, y el tercero que viajaba en el transporte de tropas también había sufrido heridas.

Dirigió la mirada hacia las piernas del recién llegado, involuntariamente.

Era un hombre perspicaz.

—Sí. —Alzó la rodilla derecha y golpeó con los nudillos la parte inferior de la pierna. Sonó un ruido seco—. Ese Joe Fallon —añadió sonriente.

—¿Era usted el teniente o el mayor?

—El mayor. El teniente era Bernie Towers, descanse en paz. Pero hace mucho que dejé de ser mayor. Hace mucho que dejé de ser sacerdote, para el caso.

Se disculpó por haberse presentado sin previo aviso.

—Voy de camino a un retiro en el monasterio trapense de Spencer. Hasta mañana por la mañana no tengo que estar allí, y he visto en el mapa que podía hacerle una visita sin tener que dar mucha vuelta. Me gustaría hablar con usted de David.

—¿Cómo ha encontrado este sitio?

—Me paré en el cuartel de bomberos y pedí que me indicaran cómo llegar a su casa. —Tenía una sonrisa atractiva, una encantadora sonrisa irlandesa.

—Vamos adentro.

Joe Fallon se sentó en la cocina y miró cómo ella lavaba las verduras.

—¿Ha cenado ya?

—No. Si está usted libre, me gustaría invitarla a cenar a algún sitio.

—Hay muy pocos restaurantes en las colinas, y se tiene que conducir mucho rato. Iba a preparar una cena muy sencilla a base de huevos y ensalada. ¿Le apetece compartirla?

—Sería un placer.

R. J. desmenuzó unas hojas de lechuga y escarola, partió un tomate, revolvió unos huevos en la sartén, tostó rebanadas de pan congelado y sirvió la cena en la mesa de la cocina.

—¿Por qué dejó el sacerdocio?

—Quería casarme —le respondió tan rápidamente que ella comprendió que ya había contestado muchas veces a la pregunta. Luego Fallon inclinó la cabeza y recitó—: Gracias, Señor, por los alimentos que vamos a tomar.

—Amén. —R. J., incómoda, reprimió el impulso de comer demasiado deprisa—. ¿A qué se dedica ahora?

—Soy profesor en la Universidad de Loyola, en Chicago.

—Lo ha visto, ¿verdad?

—Sí, lo he visto. —Fallon partió un trozo de tostada, lo echó en la ensalada y lo arrastró con el tenedor para rebañar el aliño.

—¿Hace poco?

—Muy poco.

—Se puso en contacto con usted, ¿no? ¿Le dijo dónde estaba?

—Sí.

R. J. parpadeó para contener las lágrimas de furia que le saltaban a sus ojos.

—No es sencillo. Soy su amigo, quizá su mejor amigo, pero para él sólo soy el bonachón de Joe. Así que consintió que lo viera en... en un estado emocional frágil. Usted es sumamente importante para él, de un modo muy distinto, y no podía correr ese riesgo.

—¿No podía correr el riesgo de hacerme saber, durante todos esos meses, que aún vivía? Sé lo que representaba Sarah para él, lo que debió de significar su pérdida, pero yo también soy un ser humano, y no me mostró ninguna consideración, ningún afecto.

Fallon suspiró.

—Hay muchas cosas que no puede usted comprender.

—Inténtelo.

—Para nosotros, todo empezó en Vietnam. Éramos dos sacerdotes y un rabino, como el principio de un chiste antirreligioso: David, Bernie Towers y yo. Durante todo el día intentábamos ofrecer consuelo a los heridos y moribundos de los hospitales. Al anochecer escribíamos cartas a las familias de los difuntos, y luego nos íbamos a la ciudad, a los bares. Bebíamos grandes cantidades de alcohol.

»Bernie bebía tanto como David y como yo, pero era un sacerdote especial, firme como una roca en lo tocante a su vocación. Yo ya tenía problemas para mantener los votos, y prefería buscar conversación y simpatía en el judío antes que en mi compañero de religión. David y yo llegamos a intimar mucho en Vietnam.

Meneó la cabeza.

—En realidad es extraño. Siempre he pensado que el cohete hubiera debido matarme a mí en lugar de a ese maravilloso sacerdote que era Bernie, pero... —Se encogió de hombros—. Los caminos del Señor son inescrutables.

»Cuando regresamos a Estados Unidos, yo sabía que debía abandonar el sacerdocio, pero era incapaz de enfrentarme al problema. Me convertí en un auténtico borracho. David se pasó mucho tiempo a mi lado, me hizo acudir a Alcohólicos Anónimos, me ayudó a salir del pozo. Y cuando murió su esposa me tocó a mí el turno de ayudarle, y ahora me toca otra vez. David vale la pena, créame. Pero no es un hombre que carezca de problemas —añadió, y ella asintió con un gruñido.

Cuando R. J. empezó a retirar las cosas de la mesa, Fallon se levantó y la ayudó. Ella se puso a hacer el café y pasaron a la sala.

—¿De qué es profesor?

—Historia de la religión.

—Loyola. Una universidad católica —observó R. J.

—Bueno, sigo siendo católico. Lo hice todo de acuerdo con el reglamento, como un viejo soldado: pedí permiso al Papa para renunciar a los votos sacerdotales, y mi solicitud fue atendida. Dorothy, que ahora es mi esposa, hizo lo mismo. Ella era monja.

—David y usted, ¿han seguido en contacto desde que salieron del Ejército?

—En estrecho contacto durante casi todo el tiempo. Sí,

somos miembros de un movimiento pequeño, pero creciente. Parte de un grupo mayor de pacifistas teológicos. Después de Vietnam, los dos sabíamos que no queríamos ver guerra nunca más. Frecuentamos cierta clase de seminarios y talleres, y pronto se hizo patente que éramos unos cuantos, clérigos y teólogos de todas las tendencias religiosas, que veíamos las cosas más o menos del mismo modo.

Se interrumpió mientras ella iba en busca del café. Cuando R. J. le dio la taza, él tomó un sorbo, hizo un gesto afirmativo con la cabeza y prosiguió.

—Comprenda. En todo el mundo, desde que apareció la humanidad, la gente ha creído en la existencia de un poder superior y ha anhelado desesperadamente abrirse camino hacia la deidad. Se rezan novenas, se cantan *broches*, se encienden cirios, se hacen donaciones, se accionan molinos de oraciones. Hombres devotos se yerguen, se arrodillan y se postran. Invocan a Alá, Buda, Siva, Jehová, Jesús y una amplia variedad de santos débiles y poderosos. Todos creemos que nuestro candidato es el auténtico y que todos los demás son falsos; y para demostrarlo nos hemos pasado siglos y siglos asesinando a los seguidores de las falsas religiones, convenciéndonos de que cumplíamos los designios sagrados del único dios verdadero. Los católicos y los protestantes todavía se matan entre sí, los judíos y los musulmanes, los musulmanes y los hindúes, los sunitas y los chiítas...

»Bueno, a lo que íbamos. Después de Vietnam empezamos a reconocer almas hermanas, hombres y mujeres metidos en religión que creíamos en la posibilidad de buscar a Dios a nuestra manera sin blandir espadas ensangrentadas. Nos fuimos juntando y hemos formado un grupo muy informal; nosotros lo llamamos la Divinidad Pacífica. Estamos moviéndonos para obtener fondos de órdenes religiosas y fundaciones. Sé de unas tierras en venta, en Colorado, con un edificio ya construido. Nos gustaría comprarlas y fundar un centro de estudios donde pueda reunirse gente de todas las religiones para hablar de la búsqueda de la verdadera salvación, la mejor religión, que es la paz permanente en el mundo.

—Y David es miembro de... la Divinidad Pacífica.

—Efectivamente.

—¡Pero si es agnóstico!

—Oh. Perdone la impertinencia, pero es evidente que en ciertos aspectos no lo conoce en absoluto. No se ofenda, por favor.

—Tiene usted razón, soy consciente de que no lo conozco —admitió R. J. con expresión ceñuda.

—De palabra, es un gran agnóstico. Pero en lo profundo de su ser, y sé de lo que estoy hablando, cree que algo, un ser superior a él, dirige su existencia y la del mundo. Lo que sucede es que David no es capaz de identificar ese poder en términos lo bastante precisos para que le satisfagan, y por eso se vuelve loco. Quizá sea el hombre más religioso que he conocido. —Hizo una pausa—. Después de hablar con él, estoy seguro de que no tardará en venir a explicarle personalmente sus actos.

R. J. se sentía triste y frustrada. Había tenido la sensación de que Sarah y David le ofrecían una vida tranquila y afectuosa después de otra tempestuosa y desdichada. Pero Sarah estaba muerta. Y David estaba... lejos, perseguido por demonios que ella ni siquiera podía imaginar, sin preocuparse por R. J. lo suficiente para ponerse en contacto con ella. Hubiera querido hablar de todo ello con ese hombre, pero descubrió que no podía.

Cada uno llevó su platillo y su taza al fregadero. Cuando él hizo ademán de lavar los platos, R. J. se lo impidió.

—No, no se moleste con los platos. Ya los lavaré yo cuando se marche.

Fallon se mostró un tanto cohibido.

—Quería pedirle una cosa. Me paso todo el tiempo viajando, hablando a las órdenes religiosas de la Divinidad Pacífica, visitando fundaciones, intentando reunir dinero para fundar el centro. Los jesuitas contribuyen a pagarme los gastos de viaje, pero no son famosos por sus espléndidas dietas. Tengo un saco de dormir, y... ¿me permitiría pasar la noche en el cobertizo?

Ella le dirigió una mirada cautelosa e inquisitiva que le hizo soltar la risa.

—Descanse tranquila; no represento ningún peligro. Mi esposa es la mujer más importante del mundo para mí. Y cuando se han quebrantado unos votos fundamentales, se vuelve uno muy cuidadoso con los demás votos que ha hecho en la vida.

R. J. lo llevó al cuarto de los huéspedes.

—En su casa hay piedras corazón por todas partes —observó—. Bueno, Sarah era una excelente persona.

—Sí.

Ella lavó los platos y él los secó. R. J. le dio una toalla grande de baño y otra para las manos.

—Me daré una ducha rápida e iré a acostarme. Usted tómese el tiempo que quiera. El desayuno...

—Oh, me habré marchado mucho antes de que despierte.

—Ya veremos. Buenas noches, señor Fallon.

—Que descanse, doctora Cole.

Después de ducharse, se tendió en la cama a oscuras y pensó en muchas cosas. Desde el cuarto de los huéspedes le llegaba el zumbido suave, el rumor ascendente y descendente de las oraciones vespertinas de Fallon. R. J. no alcanzó a entender las palabras hasta el final, cuando la voz satisfecha de su invitado se elevó en tono de alivio: «En el nombre del Padre, del Hijo y del Espíritu Santo, amén.» Justo antes de dormirse, R. J. recordó su comentario de que ya había quebrantado unos votos fundamentales, y por unos instantes tuvo la idea de preguntarse si Joe Fallon y su monja Dorothy habrían hecho el amor antes de recibir la dispensa papal.

Por la mañana la despertó el ruido del motor del coche que Fallon había alquilado. Aún estaba oscuro, y siguió durmiendo una hora más, hasta que sonó el despertador.

El cuarto de los huéspedes estaba como si nadie hubiera dormido en él, salvo que la ropa de la cama estaba más tensa de como ella solía dejarla, y con las esquinas dobladas al modo militar. R. J. la deshizo, dobló las mantas y echó las sábanas y fundas de almohada en el cesto de la ropa sucia.

Toby y ella habían adquirido la costumbre de reunirse los jueves por la mañana temprano, antes de que R. J. saliera hacia Springfield, para dedicar una hora al papeleo. Esa mañana Toby le presentó los documentos que requerían su firma, y al terminar le dirigió una sonrisa especial.

—R. J., creo que a lo mejor... Creo que la laparoscopia ha dado resultado.

—¡Oh, Toby! ¿Estás segura?

—Bueno, espero que eso lo digas tú, pero creo que ya lo sé. Quiero que te ocupes tú del parto cuando llegue el momento.

—No. Gwen estará aquí mucho antes, y no hay mejor tocoginecóloga que ella. Tienes mucha suerte.

—Estoy muy agradecida. —Toby se echó a llorar.

—Venga ya, no seas tonta —le dijo R. J., y se abrazaron intensamente.

43

La camioneta roja

En la tarde del segundo jueves de julio, mientras volvía de la clínica de Planificación Familiar, R. J. vio en el retrovisor del Explorer una vieja camioneta roja que también se apartaba del bordillo. Siguió viéndola entre el tráfico mientras cruzaba la ciudad de Springfield rumbo a la carretera 91.

Estacionó sobre la hierba en la cuneta de la carretera y paró el motor. Cuando vio pasar de largo la camioneta roja, respiró hondo y permaneció sentada en el coche un par de minutos hasta que se le regularizó el pulso, y a continuación metió el Explorer de nuevo en la carretera.

No había recorrido un kilómetro cuando vio la camioneta roja parada en el arcén. Cuando la hubo dejado atrás, la camioneta salió a la carretera 91 y siguió tras ella.

R. J. empezó a temblar. Cuando llegó al desvío de la 292 que la conduciría a la sinuosa carretera secundaria que ascendía hacia la montaña de Woodfield, en lugar de tomarlo siguió adelante por la interestatal 91.

Ya sabían dónde vivía, pero no quería conducirlos a carreteras solitarias y sin tráfico, de manera que se mantuvo en la 91 hasta llegar a Greenfield, y una vez allí tomó la 2 en dirección oeste, siguiendo el camino Mohawk hacia las montañas. Conducía despacio, observando la camioneta, intentando memorizar detalles.

Detuvo el Explorer delante del cuartel de la policía estatal de Massachusetts, en Shelburne Falls, y la camioneta roja paró en la acera de enfrente. Los tres hombres que iban dentro permanecieron sentados, mirándola. Le entraron ganas de decirles que se fueran a la mierda, pero había gente que disparaba contra los médicos, así que salió del Explorer y corrió hacia el edificio. El interior estaba fresco y penumbroso, en marcado contraste con el brillante sol de principios de verano.

El hombre sentado tras la mesa era joven y moreno, de cabello negro y corto. Llevaba el uniforme almidonado y la camisa planchada con tres pliegues verticales, más pulcro que un marine.

—Dígame, señora. Soy el agente Buckman.

—Tres hombres me han venido siguiendo desde Springfield en una camioneta. Han aparcado delante.

El policía se puso en pie y se acercó a la puerta, seguido por R. J. El lugar que había ocupado la camioneta estaba vacío. Por la carretera se acercó otra camioneta a buena velocidad y redujo al ver el policía. Era amarilla. Una Ford.

R. J. negó con la cabeza.

—No, era una Chevy roja. Se ha ido.

El policía asintió.

—Vamos adentro.

Volvió a sentarse tras la mesa y rellenó un impreso, nombre y dirección de la denunciante, motivo de la denuncia.

—¿Está segura de que la seguían? Ya sabe que a veces un vehículo sigue el mismo camino que nosotros y creemos que nos están siguiendo. A mí me ha pasado.

—No. Eran tres hombres, y me seguían.

—En tal caso, lo más probable es que llevaran una o dos copas de más, ¿comprende, doctora? Ven una mujer guapa, la siguen un ratito. No está bien, pero tampoco cometen ningún delito.

—No se trata de eso.

Le habló de su trabajo en la clínica, de las amenazas. Al terminar, vio que el agente la contemplaba con una gran frialdad.

—Sí, supongo que hay gente que no le tiene a usted mucho aprecio. ¿Y qué quiere que haga?

—¿No puede avisar a los coches patrulla para que busquen esa camioneta?

—Tenemos un número limitado de coches y están en las carreteras principales. Hay carreteras rurales en todas direcciones, hacia Vermont, hacia Greenfield, por el sur hasta Connecticut y por el oeste hasta el estado de Nueva York. Muchísima gente de la región conduce camionetas, y la mayoría son Ford o Chevrolet rojas.

—Era una Chevrolet roja con la plataforma de carga descubierta. No era nueva. En la cabina había tres hombres. El conductor llevaba gafas sin montura. Tanto él como el más próximo a la puerta contraria eran algo delgados. En cambio el del centro parecía gordo y tenía una barba abundante.

—¿Edad? ¿Color del cabello, color de los ojos?

—No sabría decir. —Buscó en el bolsillo y sacó el bloc de recetas donde había garabateado unos apuntes—. La camioneta tenía matrícula de Vermont, número TZK-4922.

—Ah. —El policía anotó el número—. Muy bien, lo comprobaremos y ya le diremos algo.

—¿No puede hacerlo ahora, antes de que me vaya?

—Puede llevar algún tiempo.

Esta vez fue R. J. la que se mostró antipática.

—Esperaré.

—Usted misma.

Se sentó en un banco al lado de la mesa. El policía se cuidó muy bien de no hacer nada por ella durante más de cinco minutos, pero finalmente descolgó el teléfono y marcó un número. R. J. le oyó dictar el número de matrícula de Vermont y darle las gracias a alguien antes de colgar.

—¿Qué han dicho?

—Hay que esperar. Ya llamarán.

Se enfrascó en sus papeles sin prestarle ninguna atención. Dos veces sonó el teléfono y el agente de guardia sostuvo breves conversaciones que no tenían nada que ver con ella. Dos veces se levantó inquieta y salió a mirar la carretera, cada vez con un tráfico más intenso pues la gente se trasladaba del trabajo a casa.

La segunda vez, cuando volvió a entrar, el policía estaba hablando por teléfono de la matrícula de la camioneta.

—Placas robadas —anunció—. Se las quitaron a un Honda esta mañana en el centro comercial de Hadley.

—¿Y... eso es todo?

—Eso es todo. Emitiremos un aviso, pero a estas alturas ya llevan otra matrícula en la camioneta, de eso puede estar segura.

R. J. asintió.

—Gracias. —Ya había empezado a retirarse cuando se le ocurrió una cosa—. Saben dónde vivo. ¿Querría hacerme el favor de llamar al departamento de policía de Woodfield y pedirle al jefe McCourtney que me espere en casa?

El hombre suspiró.

—Sí, señora.

Mack McCourtney registró la casa con ella, habitación por habitación. Sótano y desván. Acto seguido recorrieron juntos la senda del bosque.

R. J. le habló de las llamadas amenazadoras.

—¿Verdad que la compañía telefónica ofrece un aparato que da el número del que procede cada llamada?

—Sí, identificación de llamadas. El servicio cuesta unos dólares al mes, y hay que comprar un aparato que vale aproximadamente lo mismo que un contestador automático. Pero lo único que va a conseguir es una lista de números de teléfono, y New England Telephone no le dirá a quiénes corresponden.

»Si les digo que es un asunto de la policía, montarán un dispositivo contra llamadas molestas. Este servicio es gratuito, pero le cobrarán tres dólares y veinticinco centavos por cada número que rastreen e identifiquen. —Mack suspiró—. El problema es, R. J., que esos indeseables que la llaman están organizados. Saben que existen esos aparatos, o sea que lo único que va a obtener es un montón de números que corresponden a teléfonos públicos, un teléfono distinto para cada llamada.

—Entonces, ¿usted no cree que valga la pena rastrearlas?

Mack meneó la cabeza.

En el sendero del bosque no vieron nada.

—Me jugaría la paga de un año a que hace mucho que se han marchado —comentó—. Pero el caso es que este bosque es muy espeso; hay montones de sitios donde esconder una camioneta fuera de la pista. Así que preferiría que esta noche cerrara bien puertas y ventanas. Yo termino a las nueve, y Bill Peters hace el turno de noche. Vendremos a patrullar por aquí y tendremos los ojos muy abiertos. ¿De acuerdo?

—De acuerdo.

La noche fue larga y calurosa, y transcurrió muy lentamente. En varias ocasiones los faros de un automóvil hicieron danzar luces y sombras en su dormitorio. El coche siempre reducía la velocidad al pasar ante la casa; R. J. supuso que debía de ser Bill Peters en el coche patrulla.

Hacia el amanecer, el calor era sofocante. Decidió que era absurdo tener cerradas las ventanas del piso alto, porque si alguien apoyaba una escalera contra la casa lo oiría sin duda. Permaneció tendida en la cama, disfrutando de la brisa fresca que entraba por la ventana, y poco después de las cinco los coyotes empezaron a aullar detrás de la casa. Era una buena señal, pensó; si hubiera alguien en el bosque, probablemente los coyotes no aullarían.

Había leído en alguna parte que por lo general los aullidos eran una invitación sexual, una llamada al apareamiento, y sonrió mientras los escuchaba: «Aquí estoy, estoy a punto. Ven a tomarme.»

R. J. llevaba mucho tiempo de abstinencia. Los humanos, después de todo, también eran animales, tan a punto para el sexo como los coyotes, y R. J. se estiró en la cama, abrió la boca y dejó brotar el sonido.

—¡Aa-uuu-uuu-uuu-uuu!

La manada y ella intercambiaron aullidos mientras la noche se volvía gris perla, y R. J. sonrió al darse cuenta de que podía estar muy asustada y muy cachonda al mismo tiempo.

44

Un concierto temprano

Para R. J. fue un verano lleno de alegrías y tristezas. Llevó a cabo su trabajo entre una gente a la que había llegado a admirar por sus muchas cualidades y por la humanidad de sus flaquezas.

Elena Allen, la madre de Janet Cantwell, padecía diabetes mellitus desde hacía dieciocho años, y finalmente los trastornos circulatorios se manifestaron en una gangrena que obligó a amputarle la pierna derecha. Con gran inquietud, R. J. le trataba también lesiones ateroscleróticas en la pierna izquierda. Elena tenía ochenta años, y la mente vivaracha como un gorrión. Con ayuda de muletas para desplazarse, le enseñó a R. J. sus lirios premiados y sus enormes tomates, que ya empezaban a madurar. Elena intentó endosarle a la doctora algunos calabacines sobrantes.

—Yo también tengo —protestó R. J., risueña—. ¿Quiere que le traiga unos cuantos?

—¡No, por el amor de Dios!

Todos los hortelanos de Woodfield cultivaban calabacines. Gregory Hinton decía que si no aparcaba el coche en la calle Mayor debía cerrarlo con llave para no encontrar el asiento de atrás lleno de calabacines al volver.

Greg Hinton, al principio crítico con ella, se había convertido en leal defensor y amigo de R. J., y para ella fue un duro golpe que le diagnosticaran un cáncer de pulmón. Cuando

Greg acudió a la doctora, tosiendo y resollando, la enfermedad estaba ya muy avanzada. Tenía setenta años, y desde los quince se fumaba dos paquetes de cigarrillos al día. Además, él creía que la enfermedad tenía también otras causas.

—Todo el mundo habla de lo sana que es la vida del agricultor, siempre trabajando al aire libre y todo eso. Pero no piensan que el pobre hombre inhala polvo de paja en cobertizos cerrados y respira constantemente abonos químicos y herbicidas. En muchos aspectos, es un trabajo muy poco sano.

R. J. lo remitió a un oncólogo de Greenfield, donde una resonancia magnética reveló que tenía una pequeña sombra anular en el cerebro. R. J. lo consolaba tras los tratamientos de radiación, le administraba quimioterapia y sufría con él.

Pero también había momentos, y hasta semanas, positivos. No se produjo ninguna defunción durante todo el verano, y el entorno que rodeaba a R. J. era fecundo. A Toby empezaba a hinchársele la barriga como una bolsa de palomitas en un microondas. Padecía unos intensos mareos matutinos que se prolongaban hasta la tarde y el anochecer. Había descubierto que el agua mineral muy fría con rodajas de limón le aliviaba las náuseas, de manera que entre vómito y vómito permanecía tras su mesa en el consultorio de R. J. con un vaso alto cuyos cubitos tintineaban suavemente cada vez que ella bebía a pequeños y elegantes sorbos. R. J. le había programado una amniocentesis para la decimoséptima semana de gestación.

Otros nacimientos ya habían agitado la plácida superficie del pueblo. Un caluroso día de tremenda humedad, R. J. ayudó a Jessica Garland a dar a luz trillizos, dos niñas y un niño. Ya se sabía desde hacía tiempo que iban a ser tres bebés, pero cuando nacieron sin complicaciones todo el pueblo lo celebró. Fue el primer parto de trillizos que veía R. J., y seguramente el último, porque había tomado la decisión de enviar todos los casos de maternidad a Gwen cuando los Gabler se instalaran en la región. Los recién nacidos recibieron los nombres de Clara, Julia y John. R. J. supuso que ya no era costumbre imponer a los niños el nombre del médico, como se había hecho en otro tiempo.

Una mañana Gregory Hinton llegó al consultorio para su tratamiento de quimioterapia y la miró de un modo extraño.

—¿Es verdad que practica usted abortos en Springfield, doctora Cole?

El tratamiento formal la puso en guardia; hacía ya tiempo que la llamaba R. J. Pero la pregunta no la cogió por sorpresa; había procurado no ocultar lo que estaba haciendo.

—Sí, es verdad. Voy a la clínica todos los jueves.

Él hizo un gesto afirmativo.

—Somos católicos, ¿lo sabía?

—No, no lo sabía.

—Ah, pues sí. Yo nací aquí en una familia congregacionalista. Stacia se crió en una familia católica. De soltera se llamaba Stacia Kwiatkowski, y su padre tenía una granja avícola en Sunderland. Un sábado por la noche vino con un par de amigas a un baile en el ayuntamiento de Woodfield, y allí nos conocimos. Después de casarnos, nos pareció más sencillo asistir a una sola iglesia, y yo empecé a ir a la suya. No hay ninguna iglesia católica en el pueblo, por supuesto, pero vamos al Sagrado Corazón de Jesús en South Deerfield. Con el tiempo, me convertí.

»Tenemos una sobrina, Rita Hinton, la hija de mi hermano Arthur, que vive en Colrain. Ellos son congregacionalistas. Rita iba a la Universidad de Syracuse. Se quedó embarazada y el chico la plantó. Rita dejó los estudios y tuvo la criatura, una niña. Mi cuñada Helen cuida a la pequeña, y Rita trabaja en la limpieza para mantenerla. Estamos muy orgullosos de nuestra sobrina.

—Pueden estarlo, desde luego. Si es lo que ella ha elegido, deben apoyarla y alegrarse por ella.

—La cosa es —dijo con voz contenida— que no aceptamos el aborto.

—A mí tampoco me gusta mucho, Greg.

—Entonces, ¿por qué lo hace?

—Porque las mujeres que van a esa clínica necesitan desesperadamente ayuda. Si no pudieran optar por un aborto limpio y seguro, muchas morirían. A ninguna de esas mujeres le importa en absoluto lo que otra embarazada hizo o dejó de hacer, ni lo que usted piense, ni lo que piense yo, ni lo que piense este grupo o el otro. Lo único que le importa es lo que está ocurriendo en el interior de su cuerpo y de su alma, y es ella quien debe decidir personalmente lo que ha de hacer para sobrevivir. —Lo miró fijamente a los ojos—. ¿Puede comprenderlo?

Tras unos instantes, él asintió.

—Creo que sí —concedió a regañadientes.

—Me alegro —dijo ella.

Aun así, no quería seguir temiendo la llegada de los jueves. Cuando aceptó ayudar en la clínica, le dijo a Barbara Eustis que su colaboración era provisional, y que sólo duraría hasta que Eustis pudiera contratar a otros médicos. El último jueves de agosto, R. J. fue a Springfield con la intención de notificarle a Eustis que había terminado.

Al pasar con el coche ante la clínica vio que había una manifestación en marcha. Como de costumbre, aparcó a varias manzanas de distancia y volvió atrás a pie. Un efecto de la política de Clinton era que ahora los agentes de policía debían mantener a los manifestantes al otro lado de la calle, donde no pudieran impedir físicamente el paso a quienes quisieran entrar en la clínica. De todos modos, cuando un coche cruzó la cancela de la clínica, las pancartas se agitaron en el aire y empezaron los gritos.

Por un altavoz:

—¡NO ME MATES, MAMÁ! ¡NO ME MATES, MAMÁ!

—¡Madre, no mates a tu hijo!

—Dé marcha atrás. Salve una vida.

Alguien debió de identificar a R. J. cuando se hallaba a media docena de pasos de la puerta.

—ASESINA... ASESINA... ASESINA... ASESINA...

Justo antes de entrar, vio que la ventana del despacho de

administración estaba rota. La puerta interior del despacho se hallaba abierta, y Barbara Eustis, arrodillada en el suelo, recogía pedazos de vidrio.

—Hola —la saludó con serenidad.

—Buenos días. Quería hablar contigo un momento, pero evidentemente...

—No, pasa, pasa, R. J. Para ti siempre tengo tiempo.

—Llego un poco temprano. Deja que te ayude a recoger los vidrios. ¿Qué ha pasado?

—Di mejor quién, no qué. Un chico de unos trece años venía por la acera con una bolsa de papel. Al pasar ante la ventana, ha sacado eso de la bolsa y lo ha tirado.

«Eso» era una piedra del tamaño de una pelota de béisbol que reposaba sobre el escritorio de Barbara. R. J. advirtió que había ido a dar contra una esquina de la mesa y la había astillado.

—Menos mal que no te dio en la cabeza. ¿Te han herido los vidrios?

Eustis negó con un gesto.

—En ese preciso momento estaba en el aseo. He tenido suerte, una urgencia providencial.

—Y ese chico, ¿era hijo de algún manifestante?

—No lo sabemos. Echó a correr calle arriba y se metió por un callejón que desemboca en la avenida Forbes. La policía lo ha estado buscando, pero no lo han visto. Seguramente lo esperaba algún coche.

—Dios mío. Ahora usan a niños. ¿Qué va a pasar, Barbara? ¿Adónde irá a parar todo esto?

—Al mañana, doctora. El Tribunal Supremo ha refrendado la legalidad del aborto, y el Gobierno ha dado luz verde a las pruebas sobre la píldora del aborto.

—¿Crees que cambiará alguna cosa?

—Creo que cambiarán muchas cosas. —Eustis arrojó unos pedazos de vidrio a la papelera, lanzó una maldición y se chupó un dedo—. Supongo que la RU-486 pasará bien las pruebas en Estados Unidos, porque ya hace años que se usa en Francia, Suecia e Inglaterra.

»Cuando los médicos puedan administrar la píldora y hacer el seguimiento en la intimidad de sus consultorios, la guerra estará ganada, más o menos. Mucha gente seguirá oponiendo graves objeciones morales al aborto, naturalmente, y harán manifestaciones de vez en cuando. Pero cuando las mujeres puedan interrumpir el embarazo con una simple visita al médico de la familia, la batalla del aborto habrá terminado. No pueden manifestarse en todas partes.

—¿Y eso cuándo ocurrirá?

—Yo diría que dentro de un par de años. Mientras tanto, tendremos que aguantar como sea. Cada día hay menos médicos dispuestos a trabajar en las clínicas. En todo el estado de Misisipí sólo hay un hombre que haga abortos. En Dakota del Norte, sólo una mujer. Los médicos de tu edad no quieren hacer este trabajo. Muchas clínicas permanecen abiertas simplemente porque hay médicos mayores, ya retirados, que trabajan en ellas. —Sonrió—. Los médicos viejos tienen más cojones que los jóvenes. ¿Por qué será?

—Quizá porque tienen menos que perder que los jóvenes. Los jóvenes aún tienen familias que mantener y carreras de que preocuparse.

—Sí. Bien, demos gracias a Dios por los mayores. Tú eres una verdadera excepción, R. J. Daría cualquier cosa por encontrar otro médico como tú... Pero dime, ¿de qué querías hablarme?

R. J. arrojó unos trozos de vidrio a la papelera y meneó la cabeza.

—Se está haciendo tarde y tengo que ir a trabajar. No era importante, Barbara. Ya hablaremos en otro momento.

El viernes por la noche, cuando estaba salteando verduras para la cena y escuchando por la radio el *Concierto para violín* de Mozart, recibió una llamada telefónica de Toby.

—¿Estás viendo la televisión?

—No.

—Ay, Dios, enciéndela.

En Florida, un médico de sesenta y siete años llamado John Bayard Britton había sido asesinado ante la clínica de abortos en la que trabajaba. Un ministro protestante fundamentalista llamado Paul Hill había disparado el arma, una escopeta de caza. El asesinato se había producido en la ciudad de Pensacola, la misma en que Michael Griffin había matado al doctor David Gunn el año anterior. R. J. se sentó ante el televisor y escuchó inmóvil los distintos detalles. Cuando el olor a col quemada la arrancó de su trance, se precipitó a apagar el fuego y arrojó la masa humeante al fregadero, para volver de inmediato ante el televisor.

El asesino Hill se acercó al coche del médico cuando aparcaba ante la clínica y disparó la escopeta a bocajarro contra el asiento delantero del coche. La puerta y la ventanilla estaban acribilladas, y el médico había muerto al instante.

Dentro del coche iban también dos acompañantes voluntarios, un hombre de más de setenta años que iba junto al doctor Britton en el asiento delantero, que también resultó muerto, y la esposa del hombre, ahora hospitalizada, en el asiento de atrás.

El presentador dijo que al doctor Britton no le gustaba el aborto, pero que trabajaba en la clínica para que las mujeres pudieran tener una elección. Mostraron imágenes del reverendo Paul Hill entrevistado en anteriores manifestaciones, en las que elogiaba a Michael Griffin por haber eliminado al doctor Gunn.

Algunos dirigentes religiosos antiabortistas repudiaron la violencia y el asesinato en las entrevistas que se les hicieron. El líder de una organización antiabortista de ámbito nacional aseguraba en unas declaraciones que su grupo lamentaba el asesinato, pero la emisora mostró a continuación al mismo hombre exhortando a sus seguidores a rezar para que cayera la desgracia sobre todos los médicos que practicaban abortos.

Un analista de actualidad recapituló los últimos retrocesos que había sufrido el movimiento antiabortista en Estados Unidos. «A la luz de estas nuevas leyes y actitudes, son de esperar nuevos actos de violencia por parte de los elementos y grupos más extremistas del movimiento», concluyó.

R. J. permaneció sentada en el sofá, abrazándose con mucha fuerza, como si no pudiera entrar en calor. Ni siquiera el concurso al que dio paso las noticias consiguió hacerla reaccionar.

Durante todo el fin de semana se preparó para lo peor. Permaneció dentro de la casa, con las puertas y ventanas cerradas, escasamente vestida a causa del calor, tratando de leer y de dormir.

El domingo por la mañana salió de casa temprano para hacer una visita domiciliaria urgente. Al regresar, volvió a cerrar la puerta con llave.

El lunes, cuando fue al trabajo, aparcó en una calle lateral y se dirigió a pie hacia el consultorio. Tres casas antes de llegar se metió por un acceso particular; los patios de atrás carecían de vallas, de modo que pudo entrar en el consultorio por la puerta trasera.

Durante todo el día le costó concentrarse en el trabajo. Por la noche fue incapaz de dormir, hecha un manojo de nervios porque habían cesado las llamadas amenazadoras. Se asustaba por cualquier ruido, cada vez que la vieja casa crujía o el motor del frigorífico se ponía en marcha. Finalmente, a las tres de la madrugada, se levantó de la cama y abrió todas las puertas y ventanas.

Salió descalza con una silla plegable y la colocó junto a las eras elevadas del huerto. Luego volvió a la casa, sacó la viola da gamba y se sentó bajo las estrellas, los dedos de los pies hundidos en la hierba, para arrancarle al instrumento una chacona de Marais que había estado practicando. La melodía sonaba maravillosamente en el negro aire de la madrugada, y mientras tocaba, R. J. se imaginaba que los animales del bosque escuchaban los extraños y misteriosos sonidos. Se equivocó varias veces, pero no importaba; era una serenata dedicada a las lechugas.

La música le infundió valor, y a partir de ese momento R. J. pudo actuar con serenidad. Al día siguiente fue en su coche al consultorio y lo aparcó en el sitio de costumbre. Atendió a los pacientes con normalidad. Cada mañana buscaba tiempo para pasear por el sendero antes de ir a trabajar, y al volver por la tarde escardaba el huerto. Replantó las judías y las escarolas que se habían malogrado.

El miércoles llamó Barbara Eustis para anunciarle que había dispuesto que unos voluntarios fueran a recogerla y la acompañaran a la clínica.

—No. Nada de voluntarios.

—¿Por qué no?

—No va a ocurrir nada, lo presiento. Además, los voluntarios no le sirvieron de mucho a ese médico de Florida.

—De acuerdo. Pero entra con el coche hasta el aparcamiento de la clínica; habrá una persona guardándote el sitio más próximo a la puerta. Además nunca se había visto por aquí tanto coche de la policía, así que estamos muy seguras.

—Muy bien —dijo ella.

El jueves volvió el pánico.

R. J. se sintió agradecida al ver que un coche patrulla la esperaba en los límites de Springfield y la seguía discretamente, un par de vehículos más atrás, por las calles de la ciudad. No había manifestantes. Una de las secretarias de la clínica estaba guardándole el sitio de aparcamiento, como Barbara le había prometido.

El día resultó tranquilo y sin complicaciones, y cuando dieron por terminado el último caso, incluso Barbara se mostraba visiblemente relajada. La policía volvió a seguirla hasta el límite del municipio, y de pronto R. J. pasó a ser una más entre los numerosos conductores que se dirigían hacia el norte por la I-91.

Al llegar a casa tuvo una agradable sorpresa: George Palmer le había dejado en el porche una bolsita con patatas nuevas del tamaño de una pelota de golf, y una nota aconsejándole que se las comiera hervidas y aderezadas con mantequilla y un poco de eneldo fresco. Las patatas pedían a gritos el acompañamiento de una trucha, así que R. J. desenterró unas cuantas lombrices y fue en busca de la caña de pescar.

Hacía el calor propio de la estación. Al internarse en el bosque, el frescor fue como una bienvenida. El sol que se filtraba por el dosel de árboles proyectaba un intrincado dibujo moteado.

Cuando el hombre surgió de entre las sombras más profundas, fue como si se cumplieran sus temores de ser atacada por el oso. R. J. tuvo tiempo de ver que era grande, con barbas y melenas como Jesucristo, y de pronto empezó a golpear frenéticamente con la caña de pescar el pecho del desconocido. La caña se partió, pero ella siguió golpeándole porque había descubierto quién era.

Los poderosos brazos se cerraron en torno a ella, y la presión de su barbilla le hizo daño en la cabeza.

—Ten cuidado, se ha soltado el anzuelo. Se te puede clavar en la mano. —Hablaba con los labios hundidos entre sus cabellos—. Has terminado el sendero.

LIBRO IV

LA DOCTORA RURAL

45

El relato del desayuno

Minutos después de que David le hubiera dado un susto de muerte en el sendero del bosque, se sentaron en la cocina de R. J. y se contemplaron mutuamente, todavía con un poco de temor. Les resultó muy difícil empezar a hablar. La última vez que habían estado juntos se habían mirado por encima del cadáver de su hija.

Ninguno de los dos era como el otro lo recordaba. «Es como si se hubiera disfrazado», pensó ella, que echaba de menos la coleta y se sentía intimidada por la barba.

—¿Quieres hablar de Sarah?

—No —se apresuró a responder David—. Es decir, ahora no. Quiero hablar de nosotros.

Ella cerró con fuerza las manos sobre el regazo e intentó no temblar, fluctuando entre la esperanza y la desesperación, asaltada por una extraña combinación de emociones: gozo, una euforia aleteante, un enorme alivio. Pero también una cólera ruinosa.

—¿Por qué has venido?

—No podía dejar de pensar en ti.

Parecía muy sano, muy normal, como si nada hubiera ocurrido. Estaba demasiado tranquilo, controlaba demasiado sus emociones. R. J. hubiera querido decirle cosas tiernas, pero las palabras que salieron de su boca fueron otras.

—Cuánto honor... Así, sin más. Ni una palabra durante

un año, y de pronto «Hola, mi querida R. J. He vuelto». ¿Cómo sé que el primer día que tengamos una discusión no te meterás en el coche y desaparecerás durante otro año? ¿O cinco, o siete años?

—Porque yo te lo digo. ¿Querrás pensarlo, al menos?

—Oh, sí, lo pensaré —se oyó responder con una voz irritable que encerraba tanta amargura que él apartó la cara.

—¿Puedo quedarme a pasar la noche?

R. J. estuvo a punto de negarse, pero se dio cuenta de que no podía.

—¿Por qué no? —contestó, y se echó a reír.

—Me tendrías que acompañar al coche. Lo he dejado en la carretera del pueblo y he venido andando por la finca de los Krantz para coger el sendero del bosque desde el río.

—Bueno, pues vete andando a buscarlo mientras yo preparo la cena —respondió con hostilidad y alzando un poco la voz, y él asintió sin decir nada y salió de la casa.

A su regreso, R. J. ya se había dominado. Le indicó que dejara la maleta en el cuarto de los huéspedes, hablándole cortésmente como lo haría con cualquier invitado para evitar que él se diera cuenta de su alegría, de su eterna disponibilidad, y le ofreció una cena que no se podía considerar un festín para celebrar la llegada del hijo pródigo: hamburguesas recalentadas, patatas al horno del día anterior y compota de manzana en lata.

Se sentaron a cenar, pero antes de dar el primer bocado R. J. se levantó de la mesa y se precipitó a su habitación, cerrando la puerta tras de sí. David le oyó conectar el televisor, y luego rumor de risas pregrabadas, una reposición de *Seinfeld*.

También oyó a R. J. Tuvo la intuición de que no estaba sollozando por ellos, y se acercó a la puerta y llamó suavemente.

Estaba tendida en la cama, y él se arrodilló a su lado.

—Yo también la quería —susurró R. J.

—Ya lo sé.

Lloraron juntos como hubieran debido hacer un año atrás, y ella se apartó para dejarle sitio. Los primeros besos fueron tiernos y con sabor a lágrimas.

—Pensaba en ti todo el tiempo. Cada día, a cada instante.

—No me gusta la barba —dijo ella.

Por la mañana, R. J. experimentó la extraña sensación de haber pasado la noche con alguien al que acababa de conocer. Y no eran sólo el pelo facial y la ausencia de la coleta, pensó mientras preparaba zumos, de pie en la cocina.

Los huevos revueltos y las tostadas ya estaban a punto cuando entró David.

—Esto tiene muy buen aspecto. ¿Qué hay en la jarra?

—Mezclo zumo de naranja con zumo de arándano.

—Antes nunca lo hacías.

—Bueno, pues ahora sí. Las cosas cambian, David... ¿Se te ha ocurrido pensar que quizás he conocido a otra persona?

—¿Es verdad eso?

—Ya no tienes derecho a saberlo. —Estalló toda su ira—. ¿Por qué en vez de ponerte en contacto con Joe Fallon no conectaste conmigo? ¿Por qué no me llamaste ni una vez? ¿Por qué esperaste tanto tiempo para escribirme? ¿Por qué no me dijiste que estabas bien?

—No estaba bien —replicó él.

Los huevos se enfriaban en los platos, pero David empezó a hablar, a contarle.

Después de la muerte de Sarah, el color del aire me parecía extraño, como si todo estuviera teñido de un amarillo muy claro. Una parte de mí podía funcionar. Llamé a la funeraria de Roslyn, Long Island, arreglé el entierro para el día siguiente, conduje con mucho cuidado hasta Nueva York detrás del coche fúnebre.

Me alojé en un motel. El funeral, que se celebró a la mañana siguiente, fue muy sencillo. El rabino de nuestro antiguo templo era nuevo; no había conocido a Sarah, y le pedí que fuera muy breve. Los empleados de la funeraria cargaron el ataúd. El director mandó publicar una esquela en el periódico de la mañana, pero poca gente la vio a tiempo para asistir al funeral. En el cementerio Beth Moses de West Babylon, dos chicas que habían ido al colegio con Sarah se cogieron de la mano y se echaron a llorar, y cinco asistentes al funeral que habían conocido a nuestra familia cuando empezaba su andadura en Roslyn contemplaron apesadumbrados cómo despedía a los sepultureros y llenaba la tumba yo mismo. Las piedras de las primeras paladas resonaron sobre el ataúd; el resto fue sólo tierra sobre tierra hasta que llegó al nivel del suelo, y luego formó un montículo.

Una mujer obesa a la que me costó reconocer —que en una versión más joven y esbelta había sido la mejor amiga de Natalie— se puso a sollozar y me abrazó, y su marido me pidió que fuera a casa con ellos. Apenas me daba cuenta de lo que les decía.

Me fui inmediatamente, detrás del coche fúnebre. Conduje un par de kilómetros y me metí en el aparcamiento vacío de una iglesia, donde esperé más de una hora. Cuando regresé al cementerio, todos los asistentes al funeral se habían marchado.

Las dos tumbas estaban muy próximas. Me senté entre ellas, con una mano en el borde de la tumba de Sarah y otra en la de Natalie. Nadie me molestó.

Sólo era consciente de mi aflicción y de una increíble soledad. Entrada la tarde, subí al coche y me alejé.

Me movía sin rumbo. Era como si el coche me condujese a mí, por la avenida Wellwood, por autopistas, sobre puentes.

Entré en Nueva Jersey.

En Newark me detuve en el Old Glory, un bar de trabajadores justo en la salida de la autopista. Me tomé tres vasos seguidos, pero empecé a captar las miradas, los silencios. Si hubiera llevado un mono o unos tejanos no habría pasado nada, pero vestía un traje azul marino de Hart Schaffner & Mark, arrugado y sucio de tierra, llevaba coleta, y ya no era joven. Así que pagué y salí del bar. Fui andando a una licorería, compré tres botellas de Beefeater y me las llevé al hotel más cercano.

He oído hablar a centenares de borrachos sobre el sabor del licor. Algunos lo llaman «estrellas líquidas», «néctar», «placer de dioses». Yo nunca he soportado el sabor de los alcoholes de grano y me limito al vodka o la ginebra. En la habitación del motel busqué el olvido, y bebí hasta caer dormido. Cada vez que despertaba, permanecía unos instantes perplejo, buscando a tientas en la memoria, hasta que los horrendos recuerdos caían sobre mí como una inundación y empezaba a beber de nuevo.

Era una vieja pauta que había perfeccionado hacía mucho tiempo: beber en habitaciones cerradas con llave en las que estaba a salvo. Las tres botellas me tuvieron borracho cuatro días. Pasé un día y una noche terriblemente enfermo, y al día siguiente tomé el desayuno más suave que encontré, abandoné el motel y dejé que el coche me llevara a alguna parte.

Era una rutina que ya había vivido antes; estaba familiarizado con ella y me resultó fácil adaptarme de nuevo. Nunca conducía en estado de embriaguez pues comprendía que lo único que me separaba del desastre era el coche, la cartera con sus tarjetas de plástico y el talonario de cheques.

Conducía despacio y automáticamente, con la mente nublada, intentando dejar atrás la realidad. Pero siempre llegaba un momento, más pronto o más tarde, en que la realidad entraba en el coche y viajaba conmigo, y cuando el dolor llegaba a hacerse insoportable, detenía el coche, compraba un par de botellas y me encerraba en una habitación.

Me emborraché en Harrisburg, Pensilvania. Me emborraché en las afueras de Cincinnati, Ohio, y en sitios de los que nunca llegué a saber el nombre. Pasé el resto del verano entre intervalos de borrachera y lucidez.

Una cálida mañana de principios de otoño, muy tempra-

no, me encontré conduciendo por una carretera rural, con una resaca muy fuerte. El paisaje era hermoso y ondulado, aunque las colinas eran más bajas que en Woddfield y había más campos cultivados que bosque. Adelanté una calesa tirada por un solo caballo y conducida por un hombre barbudo con sombrero de paja, camisa blanca y pantalones negros con tirantes.

Amish.

Pasé ante una granja y vi a una mujer con vestido largo que ayudaba a dos muchachos a descargar calabazas de invierno de un carro plano. Al otro lado de un maizal, un hombre cosechaba avena con un tiro de cinco caballos.

Tenía náuseas y me dolía la cabeza.

Seguí conduciendo lentamente por la región, casas blancas o sin pintar, magníficos graneros, arcas de agua con molinos de viento, campos bien cuidados. Pensé que quizás estaba de nuevo en Pensilvania, tal vez cerca de Lancaster, pero poco después llegué al límite del término municipal y supe que estaba saliendo de Apple Creek, Ohio, para entrar en el término de Kidron. Tenía una sed enorme. Me hallaba a menos de dos kilómetros de una población con tiendas, un motel, Coca-Cola fría, comida. Pero no lo sabía.

Fácilmente habría podido pasar de largo ante la casa, pero encontré una calesa vacía con las varas apoyadas en el asfalto de la carretera y unas tiras de cuero rotas que explicaban sin palabras cómo había escapado el caballo.

Adelanté a un hombre que corría tras una yegua. El animal mantenía la distancia sin dejarse alcanzar, como si supiera muy bien lo que estaba haciendo.

Sin pensarlo dos veces, atravesé el coche en el camino para cerrarle el paso a la yegua, bajé y me puse a agitar los brazos hacia el animal que se acercaba. A un lado de la carretera había una valla, y al otro una espesa plantación de maíz; cuando la yegua redujo el paso, me adelanté y, hablándole con voz pausada, le sujeté la brida.

El hombre llegó jadeando, con el rostro encendido.

—Danke. Sehr Danke. *Sabe usted tratar a estos animales, ¿eh?*

—Antes teníamos un caballo.

La cara del hombre empezó a desdibujarse y me apoyé en el automóvil.

—¿Está usted krank*? ¿Ayuda necesita?*

—No, estoy bien. Estoy perfectamente. —El vértigo empezaba a ceder. Lo que necesitaba era resguardarme del brillante martillo del sol. Tenía Tylenol en el coche—. Quizá sepa usted dónde podría encontrar un poco de agua.

El hombre asintió y señaló la casa más cercana.

—Esa gente le dará agua. Llame a la puerta.

La granja estaba rodeada de maizales, pero sus dueños no eran amish*: desde donde me hallaba podía ver varios automóviles aparcados en el patio de atrás. Ya había llamado a la puerta cuando me fijé en un pequeño letrero:* Yeshiva Yisroel, *la Casa de Estudio de Israel. Por las ventanas abiertas me llegó el sonido de un canto en hebreo, inconfundiblemente uno de los salmos:* Bayt Yisroel barachu et-Adonai, bayt Aharon barachu et-Adonai. *Oh, casa de Israel, bendice al Señor; oh, casa de Aaron, bendice al Señor.*

Me abrió la puerta un hombre barbudo al que los pantalones oscuros y la camisa blanca hacían parecer un amish, *pero llevaba un casquete en la cabeza, tenía el brazo izquierdo arremangado y unas filacterias enrolladas alrededor de la frente y el brazo. Dentro había varios hombres sentados en torno a una mesa.*

Me miró directamente a los ojos.

—Entre, entre. Bist ah Yid?

—Sí.

—Le estábamos esperando —dijo en yiddish.

No hubo presentaciones; las presentaciones vinieron luego.

—Es usted el décimo hombre —me explicó un hombre de barba canosa.

Comprendí que yo hacía el minyan, *el número mínimo de personas que les permitía dejar de cantar los salmos y dar comienzo a las oraciones matinales. Uno o dos de ellos sonrieron; otro mascullo que,* Gottenyu, *ya era hora. Yo gemí para mis adentros: ni en las mejores circunstancias me apetecía verme atrapado en un servicio ortodoxo.*

Pero ¿qué otra cosa podía hacer? En la mesa había vasos y un frasco de agua, y antes que nada me dejaron beber. Luego, alguien me tendió unas filacterias.

—No, gracias.

—¿Cómo? No sea nahr, *debe ponerse las* tefillin, *no le van a morder —rezongó el hombre.*

Hacía muchos años que no las usaba y tuvieron que ayudarme a enrollar correctamente la fina correa de cuero alrededor de la frente, a través de la palma y en torno al dedo medio, y a sujetar entre los ojos la caja que contenía la Escritura. Mientras tanto, llegaron otros dos hombres, se pusieron las tefillin *y recitaron la* brocha, *pero nadie me dio prisa. Luego supe que estaban acostumbrados a recibir judíos irreligiosos que se presentaban de improviso; era un* mitzvah, *ellos consideraban una bendición tener la posibilidad de ofrecer instrucción a alguien. Cuando empezaron las plegarias, descubrí que mi hebreo estaba oxidado, aunque todavía era muy utilizable; en el seminario, en los viejos tiempos, había recibido elogios por mi hermosa pronunciación. Hacia el final del servicio, tres hombres se pusieron en pie para decir* Kaddish, *las oraciones por los recién fallecidos, y yo me levanté con ellos.*

Después de rezar desayunamos naranjas, huevos duros, kichlach *y té cargado. Estaba buscando la manera de escapar cuando retiraron los restos del desayuno y trajeron varios libros enormes en hebreo, las hojas amarillentas y manoseadas, las esquinas de las cubiertas de piel dobladas y gastadas.*

Inmediatamente empezaron a estudiar, sentados en sus sillas de cocina de distinta procedencia, pero no sólo a estudiar sino a debatir, a argumentar, a escuchar con absoluta atención. El tema era en qué medida la humanidad se compone de yetzer hatov, *buenas inclinaciones, antes que de* yetzer harah, *inclinaciones a hacer el mal. Me asombró el escaso uso que hacían de los textos extendidos ante ellos; citaban de memoria pasajes enteros de la ley oral que redactó el rabino Judá hace mil ochocientos años. Sus mentes recorrían a toda velocidad los Talmuds de Babilonia y Jerusalén, sin esfuerzo y con elegancia, como muchachos haciendo acrobacias en monopatín. Se enzarzaban en complejos debates sobre puntos dudosos de la* Guía de perplejos, *el* Zohar *y una docena de comentarios. Comprendí que era testigo de una muestra de erudición cotidiana tal como se había practicado durante casi seis mil años en muchos lugares del mundo, en la gran academia talmúdica de Nahardea, en la* beth midresh *de Rashi, en el estudio de Maimónides, en las* yeshivas *de Europa oriental.*

A veces el debate se desarrollaba en ráfagas mercuriales de yiddish, hebreo, arameo e inglés coloquial. Buena parte de él se me escapaba, pero a menudo se volvía más lento, cuando consideraban una cita. Aún me dolía la cabeza, pero me sentía fascinado por lo que alcanzaba a comprender.

El que dirigía la reunión era un judío anciano de barba y melena blancas, con una barriga prominente bajo el manto de oración, manchas en la corbata y gafas redondas con montura metálica que ampliaban unos ojos azul ágata de mirada intensa. El rabino permanecía sentado y respondía a las preguntas que de vez en cuando le formulaban.

La mañana transcurrió rápidamente. Tenía la sensación de ser cautivo de un sueño. A mediodía, cuando hicieron una pausa para almorzar, los eruditos fueron en busca de sus bolsas de papel marrón y yo desperté de mi ensueño y me dispuse a partir, pero el rabino me llamó por señas.

—Venga conmigo, por favor. Comeremos algo.

Salimos de la sala de estudio y, después de cruzar dos aulas pequeñas con hileras de pupitres gastados y trabajos infantiles en hebreo colgados de las paredes junto a la pizarra, subimos un tramo de escaleras.

Era un apartamento pulcro y pequeño, de suelos pintados

resplandecientes, con tapetitos de encaje en los muebles de la sala. Todo se hallaba en su sitio; era evidente que allí no había niños pequeños.

—Vivo aquí con mi esposa Dvora. Ahora está trabajando en el pueblo de al lado; vende klayder *de mujer. Soy el rabino Moscowitz.*

—David Markus.

Nos dimos la mano.

La vendedora había dejado ensalada de atún y verduras en el frigorífico, y el rabino sacó del congelador unas rebanadas de challa *y las metió en la tostadora.*

—Nu *—dijo después de bendecir la mesa, cuando ya estábamos comiendo—. Y usted, ¿a qué se dedica? ¿Es viajante?*

Vacilé un momento. Si respondía que era vendedor de fincas, suscitaría una curiosidad incómoda sobre lo que podía estar en venta en la zona.

—Soy escritor.

—¿De veras? ¿Y sobre qué escribe?

Era lo que ocurría cuando se tejía un velo enmarañado, me reconvine.

—Sobre agricultura.

—Hay muchas granjas por aquí —observó el rabino, y yo asentí con un gesto.

Comimos en amistoso silencio. Al terminar, le ayudé a despejar la mesa.

—¿Le gustan las manzanas?

—Sí.

El rabino sacó del frigorífico unas cuantas Macintosh tempranas.

—¿Tiene algún sitio donde alojarse esta noche?

—Todavía no.

—Entonces, quédese con nosotros. Alquilamos la habitación sobrante; no es cara, y por la mañana nos ayudará a hacer el minyan. *¿Por qué no?*

La manzana que mordí era ácida y crujiente. En la pared vi un calendario de un fabricante de matzoh, *con una fotografía del Muro de las Lamentaciones. Estaba muy cansado de ir en coche, y cuando visité el cuarto de baño lo encontré impoluto. «Realmente, ¿por qué no?», pensé medio mareado.*

El rabino Moscowitz se levantó varias veces durante la noche para ir al baño, arrastrando los pies con juanetes, calzados con zapatillas; conjeturé que padecía de la próstata.

Dvora, la esposa del rabino, era una mujer pequeña, de pelo canoso, rostro sonrosado y mirada vivaz. Me recordó a una ardilla bondadosa, y por las mañanas cantaba canciones de amor en yiddish con voz dulce y temblorosa mientras preparaba el desayuno.

No guardé la ropa en los cajones de la cómoda sino que me limité a irla cogiendo de la maleta, porque sabía que no estaría allí mucho tiempo. Cada mañana me hacía la cama y recogía mis cosas. Dvora Moscowitz me dijo que todo el mundo debería tener un huésped así.

El viernes cenamos lo mismo que me servía mi madre cuando era pequeño: gefilte *de pescado, sopa de pollo con* mandlen, *pollo asado con* kugel *de patata, compota de frutas y té. El viernes por la tarde, Dvora preparó un* cholent *para el día siguiente, en que estaba prohibido cocinar. Echó patatas, cebollas, ajo, cebada perlada y judías blancas en una cazuela de tierra y lo cubrió todo con agua; luego añadió sal, pimienta y pimentón y lo puso a hervir. Un par de horas antes de que empezara el sabbath, añadió un gran* flanken *y metió la cazuela en el horno, donde coció a fuego lento durante todo el* Sabbath, *hasta el siguiente anochecer.*

Cuando se abrió la cazuela de cholent *estaba todo cubierto por una deliciosa capa crujiente, y se me hizo la boca agua con la jugosa mezcla de aromas.*

El rabino Moscowitz sacó una botella de whisky Seagram's Seven Crown del aparador y llenó dos vasitos.

—Para mí no, gracias.

El rabino abrió las manos.

—¿*No quiere* shnappsel?

Yo sabía que si aceptaba la bebida la botella de vodka no tardaría en salir del coche, y aquella casa no era el lugar más adecuado para pillar una borrachera.

—Soy alcohólico.

—Ah. Entonces... —El rabino asintió y frunció los labios.

Para mí era como si me hubiera metido en un relato de los que contaban mis padres sobre el mundo judío ortodoxo en el que ellos se habían criado. Pero a veces despertaba por la noche y los recuerdos recientes me invadían la mente, causándome un dolor que me hacía anhelar la botella. Una vez salté de la cama, bajé las escaleras y salí descalzo al patio húmedo de rocío. Abrí el maletero del coche, saqué la botella de vodka y bebí dos grandes tragos salvadores, pero no me llevé la botella conmigo cuando volví a entrar en la casa. No sé si el rabino o Dvora me oyeron, pero en todo caso ninguno de los dos comentó nada.

Todos los días ocupaba un lugar entre los eruditos, sintiéndome como los niños cheder *que llenaban las aulas cada tarde. Aquellos hombres habían aguzado el intelecto durante toda su vida, de modo que el menor de ellos se encontraba años luz por encima de mi escaso conocimiento de la Biblia y la* halakha, *la ley judía. No les dije que me había graduado en el Seminario Teológico Judío ni que había sido ordenado rabino; sabía que para ellos un rabino conservador o reformista no era un verdadero rabino.*

Así que los escuchaba en silencio mientras ellos debatían sobre los seres humanos y su capacidad para el bien y para el mal, sobre el matrimonio y el divorcio, sobre treyf *y* kashruth, *sobre el crimen y el castigo, sobre el nacimiento y la muerte.*

Una discusión me interesó en especial.

Reb Levi Dressner, un anciano tembloroso de voz ronca, mencionó a tres sabios distintos que habían dicho que una buena vejez puede ser la recompensa de una vida justa, pero que incluso los justos pueden encontrar la muerte a una edad temprana, una gran desgracia.

El rabino Reuven Mendel, un cuarentón fornido, de tez rubicunda, citó distintas obras que permitían a los supervivientes consolarse con la idea de que, al morir, a menudo los jóvenes se reunían con un padre o una madre.

El rabino Yahuda Nahman, un muchacho pálido de ojos soñolientos y sedosa barba castaña, citó a diversas autoridades que tenían la certeza de que los muertos mantenían una conexión con los vivos y se interesaban por los asuntos de su vida.

46

Kidron

—Entonces, ¿te pasaste todo el año con los judíos ortodoxos? —preguntó R. J.

—No. También huí de ellos.

—¿Qué ocurrió? —quiso saber R. J. Cogió una tostada fría y le dio un mordisco.

Dvora Moscowitz se mostraba callada y respetuosa en presencia de su marido y los demás estudiosos pero, como si se diera cuenta de que yo era distinto, cuando estaba a solas conmigo se volvía locuaz.

Trabajaba mucho para tener el apartamento y el estudio impecables antes de la festividad de Yom Kippur, y entre lavados, pulidos y fregados, me iba contando la historia y las leyendas de la familia Moscowitz.

—Veintisiete años llevo vendiendo vestidos en la tienda Bon Ton. Espero con impaciencia que llegue el mes de julio.

—¿Y qué ocurrirá en julio?

—Cumpliré sesenta y dos años y me retiraré con una pensión de la seguridad social.

Le encantaban los fines de semana porque no trabajaba los viernes ni los sábados, sus sabbath*, y la tienda permanecía cerrada los domingos, el* sabbath *del propietario. Le había dado cuatro hijos al rabino antes de perder la capacidad de concebir, voluntad del Señor. Tenían tres hijos, dos de ellos* *en Israel. Label ben Shlomo era un erudito en una casa de estudio en Mea-Sherim, y Pincus ben Shlomo era rabino de una congregación en Petakh Tikva. El menor, Irving Moscowitz, vendía seguros de vida en Bloomington, Indiana.*

—Es mi oveja negra.

—¿Y el cuarto hijo?

—Era una hija, Leah, y murió cuando tenía dos años. Difteria. —Hubo un silencio—. ¿Y usted? ¿Tiene hijos?

Me encontré explicándoselo todo, obligado no sólo a pensar en ello sino a expresarlo con palabras.

—Oh. Así que es por su hija por quien dice Kaddish. *—Me cogió de la mano.*

Se nos humedecieron los ojos a los dos. Yo sentía un impulso desesperado de escapar. Finalmente, la mujer preparó té y me llenó de pan mandel *y dulce de zanahoria.*

A la mañana siguiente me levanté muy temprano, mientras ellos aún dormían. Hice la cama, dejé dinero y una breve nota de agradecimiento y bajé furtivamente la maleta al coche mientras la oscuridad aún ocultaba los campos segados.

Me pasé todos los Días de Arrepentimiento completamente borracho, en una pensión de mala muerte en el pueblo de Windham, en una destartalada cabaña para turistas en Revenna. En Cuyahoga Falls, el director del motel entró en mi habitación cerrada con llave cuando ya llevaba tres días bebiendo y me dijo que me largara. Recobré la sobriedad necesaria para conducir esa misma noche hasta Akron, donde encontré el ruinoso Hotel Majestic, víctima de la era de los moteles. La habitación de la esquina de la tercera planta necesitaba una mano de pintura y estaba llena de polvo. Por una ventana veía el humo de una fábrica de caucho, y por la otra vislumbraba el pardo fluir del río Muskingum. Permanecí allí encerrado durante ocho días. Un botones llamado Roman me traía bebida cuando me quedaba seco. El hotel no servía comidas en las habitaciones. Roman iba a algún sitio —debía de estar lejos, porque siempre tardaba mucho en volver—

y me traía café espantoso y hamburguesas grasientas. Yo le daba propinas generosas, para que no me robara cuando estaba borracho.

Nunca llegué a saber si Roman era nombre de pila o apellido.

Una noche desperté y sentí la presencia de alguien en la habitación.

—¿Roman?

Encendí la luz, pero no había nadie.

Miré incluso en la ducha y en el armario. Al apagar la luz, volví a notar la presencia.

—¿Sarah? —dije al fin—. ¿Natalie? ¿Eres tú, Nat?

No me respondió nadie.

«Lo mismo podría estar llamando a Napoleón o a Moisés», pensé amargamente. Pero no podía desprenderme de la certidumbre de que no estaba solo.

No era una presencia amenazadora. Dejé la habitación a oscuras y me quedé acostado en la cama, recordando la discusión que había escuchado en la casa de estudio. Reb Yehuda Nahman había citado a sabios que habían dejado escrito que los seres queridos difuntos nunca están lejos de nosotros, y que se interesan por los asuntos de los vivos.

Eché mano a la botella pero me paralizó el pensamiento de que mi mujer y mi hija me pudieran estar observando, viéndome débil y autodestructivo en aquella sucia habitación que hedía a vómito. Ya tenía suficiente alcohol en el cuerpo como para inducir un sueño de borracho, y finalmente caí dormido.

Al despertar tuve la sensación de que volvía a estar solo, pero seguí tendido en la cama y recordé.

Ese mismo día encontré unos baños turcos y me estiré en un banco a sudar alcohol durante mucho rato. Luego llevé la ropa sucia a una lavandería. Mientras se secaba fui a un pe-

luquero, que me cortó muy mal el pelo. Allí me despedí de la coleta: hora de madurar, de intentar cambiar.

A la mañana siguiente me metí en el coche y salí de Akron. No me sorprendió ver que el coche me llevaba de vuelta a Kidron, a tiempo para el minyan*; allí me sentía seguro.*

Los estudiosos me acogieron calurosamente. El rabino sonrió y asintió con la cabeza, como si yo sólo hubiera salido a hacer una gestión. Me dijo que la habitación estaba libre, y después de desayunar volví a subir mis cosas. Esta vez vacié la maleta, colgué algunas prendas en el armario y guardé lo restante en los cajones de la cómoda.

El otoño dio paso al invierno, que en Ohio era muy parecido al invierno de Woodfield, con la única diferencia de que las escenas de nieve eran más abiertas, un campo tras otro. Me vestía como solía hacerlo en Woodfield: ropa interior larga, tejanos, calcetines y camisa de lana. Cuando salía al exterior me ponía un jersey grueso, una gorra de punto, una vieja bufanda roja que me había dado Dvora y un chaquetón de marino que había comprado de segunda mano en una tienda de Pittsfield durante mi primer año en las colinas de Berkshire. Caminaba mucho, y el frío me curtió la piel.

Por las mañanas participaba en el minyan*, más por obligación social que porque la oración me llegara plenamente al alma. Todavía me interesaba escuchar las eruditas discusiones que seguían a cada servicio, y descubrí que cada vez entendía mejor lo que oía. Por las tardes, los niños* cheder *acudían ruidosamente a las aulas contiguas a la sala de estudio, y algunos de los eruditos les daban clase. Me sentí tentado a ofrecerme voluntario para ayudar en las aulas, pero tenía entendido que los maestros recibían un pago, y no quería quitarle el salario a nadie. Leía mucho en los viejos libros hebreos, y de vez en cuando le hacía una pregunta al rabino y hablábamos un rato.*

Todos aquellos eruditos sabían que era Dios quien hacía posible que estudiaran, y se tomaban el trabajo muy en serio.

Cuando los observaba, no era exactamente como Margaret Mead estudiando a los samoanos —después de todo, mis abuelos habían pertenecido a aquella cultura—, sino sólo un visitante, un extraño. Escuchaba con gran atención y, como los demás, con frecuencia me sumergía en los tratados extendidos sobre la mesa con la intención de reforzar un argumento. De vez en cuando olvidaba mi reticencia y farfullaba una pregunta de mi cosecha. Eso me ocurrió durante una discusión sobre el mundo venidero.

—¿Cómo sabemos que hay vida después de la muerte? ¿Cómo sabemos que existe una conexión con nuestros seres queridos que han muerto?

Todos los rostros se volvieron hacia mí y me observaron con preocupación.

—Porque está escrito —musitó Reb Gershom Miller.

—Muchas cosas que están escritas no son ciertas.

Reb Gershom Miller se puso furioso, pero el rabino me miró sonriente.

—Vamos, Dovidel —respondió—. ¿Le pediría al Todopoderoso, bendito sea su nombre, que firmara un contrato? —Y de mala gana me sumé a la carcajada general.

Una noche, durante la cena, hablamos de los Santos Secretos, los Lamed Vav.

—Según nuestra tradición, en cada generación hay treinta y seis hombres justos, personas normales y corrientes que se dedican a su trabajo cotidiano y de cuya bondad depende la existencia misma del mundo —dijo el rabino.

—Treinta y seis hombres. ¿No podría ser Lamed Vovnikit *una mujer? —pregunté.*

La mano del rabino se deslizó hacia su barba y empezó a rascársela como hacía siempre que reflexionaba. La puerta de la despensa estaba abierta, y advertí que Dvora había interrumpido lo que estaba haciendo. Aunque me daba la espalda, vi que escuchaba atentamente, inmóvil como una estatua.

—Creo que sí.

Dvora reanudó su trabajo con mucha energía. Cuando trajo la ensalada de salmón, se la notaba complacida.

—*¿Podría ser* Lamed Vovnikit *una mujer cristiana?*

Lo pregunté sencillamente, pero advertí que me notaban en la voz todo el peso de la pregunta y se daban cuenta de que estaba motivada por algo intensamente personal. Vi que los ojos de Dvora me observaban con atención mientras dejaba la bandeja en la mesa.

Los ojos azules del rabino eran inescrutables.

—¿Cuál cree usted que es la respuesta? —dijo a su vez.

—Que sí, por descontado.

El rabino asintió sin dar muestras de sorpresa y me dirigió una sonrisita.

—*Quizá sea usted un* Lamed Vovnik *—concluyó.*

Empecé a despertarme en plena noche con un perfume en la nariz. Recordaba haberlo respirado cuando tenía el rostro hundido en tu cuello.

R. J. miró a David y enseguida apartó la vista. Él esperó unos instantes antes de reanudar el relato.

Soñaba contigo, sueños sexuales, y el semen saltaba de mi cuerpo. Más a menudo te veía reír. A veces los sueños no tenían sentido. Soñé que estabas sentada a la mesa de la cocina con los Moscowitz y algunos amish. Soñé que conducías un tronco de ocho caballos. Soñé que ibas vestida con el largo e informe atuendo amish, el Halsduch *sobre el pecho, el delantal a la cintura, una modesta* Kapp *blanca sobre tus cabellos oscuros...*

En la yeshiva *me ofrecían buena voluntad, hasta cierto punto, pero escaso respeto. La erudición de los hombres de la casa de estudio era más profunda que la mía, y su fe distinta.*

Y todos sabían que yo era un borracho.

Un domingo por la tarde, el rabino ofició en la boda de la hija de Reb Yossel Stein. Basha Stein se casaba con Reb Yehuda Nahman, el más joven de los eruditos, un muchacho de diecisiete años que toda su vida había sido un ilui, *un prodigio. La ceremonia se celebró en el granero y asistió toda la comunidad de la* yeshiva. *Cuando la pareja se colocó bajo el dosel, cantaron todos con fuerza:*

El que es fuerte sobre todo lo demás,
el que es bendito sobre todo lo demás,
el que es grande sobre todo lo demás,
bendiga al novio y a la novia.

Después, cuando se sirvió el schnapps, *nadie se volvió hacia mí para ofrecerme un vaso, como nadie me ofrecía nunca un vaso de vino en el* Oneg Shabbat *que señalaba el final de cada servicio de* sabbath. *Me trataban con amable condescendencia, haciendo sus* mitzvoth, *sus buenas obras, como* boy scouts *barbudos que son bondadosos con los inválidos para ganar insignias de mérito para la recompensa suprema.*

Sentí el comienzo de la primavera como un nuevo dolor. Estaba seguro de que mi vida iba a cambiar, pero no sabía cómo. Renuncié a afeitarme, dispuesto a dejarme la barba como todos los hombres que veía a mi alrededor.

Sopesé muy brevemente la idea de hacerme una vida en la yeshiva, *pero comprendí que era casi tan distinto de aquellos judíos como de los amish.*

Observaba a los agricultores que empezaban a afanarse en los campos. El olor intenso y dulzón del estiércol lo impregnaba todo.

Un día fui a la granja de Simon Yoder para hablar con él. Yoder era el granjero que arrendaba y cultivaba las tierras de la yeshiva; *justamente fue su yegua fugitiva la que yo detuve el día que llegué a Kidron.*

—Me gustaría trabajar para usted —le anuncié.

—¿Haciendo qué?

—Lo que usted necesite.

—¿Sabe conducir?

—¿Animales de tiro? No.

Yoder me dirigió una mirada dubitativa, como estudiando al extraño inglés.

—Aquí no pagamos el salario mínimo, ¿sabe? Pagamos mucho menos.

Me encogí de hombros.

De modo que Yoder me puso a prueba, me hizo trabajar en el montón de estiércol, y pasé todo el día paleando mierda de caballo. Estaba en la gloria. Al anochecer, cuando regresé al apartamento de los Moscowitz, los músculos protestaban y la ropa hedía. Dvora y el rabino seguramente pensaron que había vuelto a beber o que había perdido el juicio.

Fue una primavera más cálida de lo habitual, ligeramente seca aunque con suficiente humedad para obtener unas cosechas aceptables. Después de esparcir el estiércol, Simon aró y roturó la tierra con cinco caballos, y su hermano Hans la aró tras una hilera de ocho grandes bestias.

—Un caballo produce abono y más caballos —me dijo Simon—. Un tractor sólo produce facturas.

Me enseñó a conducir los animales.

—Ya se maneja usted bien con un solo caballo, y en realidad ésa es la parte más importante. Hágalos retroceder uno a uno hacia los arreos, y quíteles el arnés uno a uno. Están acostumbrados a trabajar en equipo.

Pronto me vi trabajando tras dos caballos, arando los rincones de todos los campos. Yo solo sembré el maizal que rodeaba la yeshiva. Mientras andaba detrás de los caballos, sujetando las riendas, era consciente de que todas las ventanas estaban llenas de eruditos barbudos que observaban cada uno de mis gestos como si yo fuera un marciano.

Poco después de la siembra llegó el momento de segar el primer heno. Cada día trabajaba en los campos, respirando *un aroma especial, una mezcla de sudor de caballo, mi propio sudor y una embriagadora bofetada olfativa, el olor de grandes extensiones de hierba cortada. El sol me bronceó la piel, y poco a poco se me endureció y fortaleció el cuerpo. Me dejé crecer el pelo y la barba. Empezaba a sentirme como Sansón.*

—Rabino —le pregunté una noche durante la cena—, ¿cree usted que Dios es realmente todopoderoso?

Los largos y blancos dedos rascaron la larga y blanca barba.

—En todas las cosas excepto en una —respondió el rabino por fin—. Dios está en cada uno de nosotros. Pero debemos darle permiso para que salga.

Durante todo el verano hallé un auténtico placer en el trabajo. Mientras trabajaba pensaba en ti, y me permitía eso porque creía estar convirtiéndome en mi propio dueño. Empezaba a atreverme a concebir esperanzas, pero era realista y sabía que me emborrachaba porque carecía de cierta clase de valor. Me había pasado la vida huyendo. Había huido de los horrores que vi en Vietnam para refugiarme en el alcohol. Había huido del rabinismo para refugiarme en la venta de fincas. Había huido de la pérdida personal para caer en la degradación. No me hacía muchas ilusiones sobre mí mismo.

Dentro de mí notaba una presión cada vez mayor. Yo trataba de desviarla, a veces casi frenéticamente, pero a medida que iba avanzando el estío me di cuenta de que no podía negarla. El día más caluroso de agosto ayudé a Simon Yoder a almacenar en el cobertizo los últimos restos de la segunda siega de heno y, al terminar, fui a Akron en mi automóvil.

La tienda estaba justo donde la recordaba. Compré un litro de whisky Seagram's Seven Crown. En una pastelería kosher *encontré* kichlach, *y compré media docena de botes de arenque en vinagre en el mercado judío. Uno de los botes debía de tener la tapa floja, porque al poco rato se me llenó el coche con el penetrante olor del pescado.*

Fui a una joyería e hice otra compra, una perla en una delicada cadena de oro. Aquella noche le di el colgante a Dvora Moscowitz, junto con un cheque por el alquiler. Ella me besó en las mejillas.

A la mañana siguiente, después del servicio, ofrecí la comida y el whisky para el minyan. *Les estreché la mano a todos. El rabino me acompañó hasta el coche y me dio una bolsa que Dvora me había preparado: bocadillos de atún y cuadrados de* streusel. *Yo esperaba algo más portentoso del rabino Moscowitz, y el anciano no me decepcionó.*

—Que el Señor te bendiga y te sostenga. Que haga resplandecer su semblante sobre ti y te dé la paz.

Le di las gracias y puse el motor en marcha.

—Shalom, rabino.

Era consciente de que, por una vez, me iba de un sitio de la manera correcta. Esta vez fui yo quien le dijo al coche adónde tenía que ir, y vine directamente a Massachusetts.

Cuando al fin dio por concluido su relato, R. J. lo miró largamente.

—Entonces, ¿puedo quedarme? —preguntó David.

—Creo que sí, al menos por un tiempo.

—¿Por un tiempo?

—En estos momentos no estoy segura de ti. Pero quédate unos días. Si al final decidimos no vivir juntos, por lo menos...

—Por lo menos podremos terminar de un modo decente, llegar a una conclusión.

—Algo por el estilo.

—Yo no necesito pensarlo. Pero tómate el tiempo que necesites, R. J. Espero que...

Ella tocó el suave rostro, conocido pero extraño.

—Yo también lo espero. Te necesito, David. O a alguien como tú —añadió, para su propio asombro.

47

La conciliación

Esa tarde, cuando R. J. llegó del trabajo, la recibió el apetitoso aroma de una pierna de cordero al horno. Pensó que no hacía falta anunciar que David había regresado; si había ido al almacén a comprar el cordero, a esas horas la gente del pueblo ya sabría que estaba allí. David había preparado una cena deliciosa: zanahorias y patatas nuevas doradas en la espesa salsa de la carne, mazorcas de maíz y tarta de arándanos. Después de cenar, R. J. lo dejó lavando los platos y subió al dormitorio en busca de la caja que guardaba en el último cajón de la cómoda. Cuando se la mostró, él se enjugó las manos jabonosas y la llevó a la mesa de la cocina. R. J. advirtió que le daba miedo abrir la caja, pero finalmente levantó la tapa y sacó el voluminoso manuscrito.

—Está todo ahí —le dijo ella.

Él se sentó y sostuvo el fajo de papeles entre las manos, examinándolo. Lo hojeó, lo sopesó.

—Es muy buena, David.

—¿La has leído?

—Sí. ¿Cómo pudiste abandonarla de esa manera? —La pregunta era tan absurda que no pudo por menos de echarse a reír, y David puso las cosas en su sitio.

—También te abandoné a ti, ¿no?

La gente del pueblo reaccionó de distintas maneras a la noticia de que David Markus había vuelto y estaba viviendo con ella. Peggy le dijo a R. J. en el consultorio que se alegraba por ella. Toby hizo algún comentario cortés, pero fue incapaz de ocultar su aprensión. Se había criado con un padre que bebía en exceso, y R. J. sabía que su amiga temía el futuro que podía esperarle a quien amara a un adicto al alcohol.

Toby se apresuró a cambiar de tema.

—Cada día estamos llegando a un punto de saturación en la sala de espera, y tú ya nunca puedes irte a casa a una hora razonable.

—¿Cuántos pacientes tenemos, Toby?

—Mil cuatrocientos cuarenta y dos.

—Supongo que será mejor no aceptar ningún paciente nuevo a partir de los mil quinientos.

Toby asintió.

—Mil quinientos es exactamente el número que había calculado. El problema es, R. J., que algunos días llegan varios pacientes nuevos. ¿De veras serás capaz de decirles que se vayan sin tratamiento cuando lleguemos a los mil quinientos?

R. J. suspiró. Las dos conocían la respuesta.

—En general, ¿de dónde proceden los nuevos pacientes? —preguntó.

Se inclinaron sobre la pantalla del ordenador y estudiaron un mapa del condado. Les resultó fácil ver que estaban llegando pacientes de los límites exteriores de su territorio, principalmente de los pueblos situados al oeste de Woodfield, donde la gente tenía que realizar un viaje muy largo para ver a un médico en Greenfield o Pittsfield.

—Necesitamos un médico justo aquí —dictaminó Toby, y apoyó el dedo en el mapa sobre el pueblo de Bridgeton—. Tendría muchos pacientes, y te facilitaría considerablemente las cosas no tener que ir tan lejos a hacer visitas a domicilio —añadió con una sonrisa fugaz.

R. J. asintió.

Esa misma noche llamó a Gwen, que estaba enfrascada en la tarea de mudarse de casa desde casi el otro extremo del continente, y hablaron detenidamente sobre las necesidades de asistencia médica de la población local. Durante los dos días siguientes, R. J. escribió a los directores médicos de varios hospitales que contaban con buenos programas de residencia, especificando las necesidades y posibilidades de los pueblos de las colinas.

David fue a Greenfield y volvió con un ordenador, una impresora y una mesa de trabajo plegable, que instaló en el cuarto de los huéspedes. Empezó a escribir de nuevo e hizo una difícil llamada a su editorial, temiendo que Elaine Cataldo, su editora, ya no estuviera en la empresa o hubiera perdido todo interés por su novela. Pero Elaine se puso al teléfono y habló con él, con mucha cautela al principio. Le expresó francamente las reservas que sentía respecto a su formalidad, pero después de hablar un buen rato ella le dijo que también había sufrido terribles pérdidas personales y que lo único que cabía hacer era seguir viviendo. Lo alentó a terminar la novela y le dijo que elaboraría un nuevo programa de publicación.

A los doce días del regreso de David sonó un arañazo en la puerta. Cuando la abrió, entró *Agunah*. La gata empezó a dar vueltas en torno a sus piernas, frotándose con su peludo cuerpo y reclamándolo con su olor. Cuando David la cogió en brazos, *Agunah* le lamió la cara. David la estuvo acariciando un buen rato. Cuando por fin la depositó en el suelo, la gata recorrió todas las habitaciones y por fin se enroscó sobre la alfombra delante de la chimenea y se quedó dormida. Esta vez no se escapó.

De pronto, R. J. se encontró compartiendo la vivienda. Por sugerencia de David, él se ocupaba de comprar y preparar la comida, de mantener la provisión de leña, de hacer las tareas domésticas y de pagar la factura de la luz. Todas las necesidades de R. J. estaban cubiertas, y cuando terminaba de trabajar ya no regresaba a una casa vacía. Era un arreglo perfecto.

48

El fósil

Gwen y su familia llegaron el sábado siguiente al Día del Trabajo, cansados e irritables después de tres días en el coche. La casa que Phil y ella habían comprado en Charlemont, con vistas al río Deerfield, estaba limpia y a punto, pero el camión de mudanzas que transportaba todos sus muebles se había averiado en Illinois y tardaría otros dos días en llegar.

R. J. insistió en alojarlos en su cuarto de huéspedes por un par de noches, y fue a una tienda de la carretera 2 para alquilar dos camas plegables para los niños, Annie, de ocho años, y Julian, de seis, al que llamaban Julie.

David procuró por todos los medios que las comidas fueran un placer, y trabó muy buena relación con Phil, con quien compartía la afición por los deportes de equipo en todas las estaciones. Annie y Julie eran agradables y cariñosos, pero eran niños, llenos de ruidosa energía, y hacían que la casa pareciese más pequeña de lo que era. La primera mañana en casa de R. J., los niños se enzarzaron en una estrepitosa pelea, y Julie acabó llorando porque su hermana decía que tenía un nombre de niña.

Phil y David se los llevaron al río a pescar, y dejaron solas a las dos mujeres por primera vez.

—Annie tiene razón, ¿sabes? —comentó R. J.—. Tiene nombre de niña.

—¡Oye! —replicó Gwen bruscamente—. Siempre lo hemos llamado así.

—¿Y qué? Se puede cambiar. Llamadlo Julian. Es un bonito nombre, y le hará sentirse como un adulto.

R. J. estaba segura de que Gwen iba a decirle que se ocupara de sus asuntos, pero unos instantes después, su amiga le sonrió.

—Eres la R. J. de siempre: sigues teniendo respuesta para todo. A propósito, me gusta David. ¿Qué va a ocurrir entre los dos?

R. J. meneó la cabeza.

—Ahí no tengo ninguna respuesta, Gwen.

David se ponía a escribir cada mañana temprano, antes de que ella saliera hacia el trabajo, y a veces incluso antes de que se levantara de la cama. Le explicó que sus recuerdos de los *amish* le permitían dar más fuerza a las descripciones de las personas que habían vivido en las colinas de Massachusetts cien años atrás, sus veladas a la luz de candiles y sus días llenos de trabajo.

Escribir le producía una tensión que sólo podía descargar mediante la actividad física. Cada día, a la caída de la tarde, trabajaba en los alrededores de la casa recogiendo fruta en el pequeño huerto, cosechando las hortalizas tardías y arrancando las plantas agotadas para arrojarlas al montón de estiércol vegetal.

Se alegraba de que R. J. hubiera salvado las colmenas, y se dispuso a repararlas; le ofrecían todo el trabajo manual que pudiera desear.

—Están hechas un asco —le dijo a R. J. alegremente.

Sólo dos colmenas contenían aún enjambres sanos. Cada vez que David veía unas abejas que volaban hacia el bosque, las seguía con la esperanza de recobrar uno de los enjambres perdidos. En algunas colmenas, las abejas que quedaban estaban debilitadas por la enfermedad y los parásitos. Construyó en el cobertizo una mesa de trabajo de tablas sin pintar y se dedicó a limpiar y esterilizar las colmenas, a administrar antibióticos a las abejas y a quitar los nidos de ratones que encontró en dos de las colmenas.

Se preguntó en voz alta qué se habría hecho del separador de miel y de todos los tarros de miel vacíos y las etiquetas impresas.

—Todo eso está en un rincón del cobertizo de tu antigua casa. Yo misma lo puse allí —le indicó R. J.

Ese fin de semana, David llamó a Kenneth Dettinger. Dettinger miró en el cobertizo y le confirmó que estaba todo allí, así que David fue a recogerlo en su coche.

Al regresar le dijo a R. J. que se había ofrecido a comprar el separador y los tarros, pero Dettinger había insistido en que se los llevara, junto con el viejo rótulo de anuncio y todo su inventario de tarros llenos, casi cuatro docenas.

—Dettinger me ha dicho que no piensa dedicarse a la apicultura y que se conformaría con un tarro de miel de vez en cuando. Es un buen tipo.

—Desde luego —corroboró R. J.

—¿Te importaría que volviera a vender miel desde aquí?

Ella sonrió.

—No, es una buena idea.

—Tendré que colgar el rótulo.

—Me gusta ese rótulo.

David hizo dos agujeros en la parte inferior del cartel que colgaba ante la casa de R. J., atornilló sendas armellas y colgó su rótulo bajo el de ella.

Desde entonces, todo el que pasaba ante la casa recibía una andanada de mensajes.

La Casa
del Límite
Dra. R. J. COLE
Estoy enamorado de ti
MIEL

R. J. empezó a confiar en el futuro. David volvía a asistir a las reuniones de Alcohólicos Anónimos. Una tarde lo acompañó, y ocupó un lugar en la sala de reuniones de una elegante iglesia episcopal de piedra, junto a unas cuarenta personas más. Cuando le tocó el turno, David se puso en pie ante las miradas de curiosidad de la gente.

—Me llamo David Markus y soy alcohólico. Vivo en Woodfield y soy escritor —declaró.

No se peleaban nunca. Se llevaban a la perfección, y sólo un hecho afligía a R. J., un hecho que no podía barrer a un rincón oscuro donde no hiciera falta examinarlo.

David nunca le hablaba de Sarah.

Una tarde David salió a desenterrar, partir y trasplantar las duras y leñosas raíces de ruibarbo que ya eran viejas cuando R. J. compró la casa. Al cabo de un rato entró de pronto y lavó algo en el fregadero de la cocina.

—Mira esto —dijo mientras lo secaba.

—¡Oh, David! ¡Es asombroso!

Era una piedra corazón. El fragmento de pizarra rojiza semejaba un corazón irregular, pero lo que lo hacía maravilloso era la clara impresión de un antiguo fósil incrustado en la superficie, ligeramente descentrado.

—¿Qué es?

—No lo sé. Parece una especie de molusco, ¿no?

—No se parece a ningún molusco que yo haya visto jamás —objetó R. J.

El fósil en sí no alcanzaba los ocho centímetros de longitud y presentaba una cabeza ancha con prominentes cuencas oculares, ahora vacías. La porción que correspondía al cuerpo, de contorno oval, estaba compuesta por numerosos segmentos lineales agrupados en tres claros lóbulos verticales.

Consultaron la enciclopedia.

—Creo que es éste —opinó R. J., al tiempo que señalaba un trilobites, un artrópodo que había vivido más de doscientos veinticinco millones de años atrás, cuando un mar cálido y poco profundo cubría buena parte de Estados Unidos.

El pequeño animal había muerto en el barro. Mucho antes de que éste se endureciera hasta convertirse en roca, su carne se había descompuesto y carbonizado, dejando una resistente película química sobre la huella que un día sería descubierta bajo una raíz de ruibarbo.

—¡Qué descubrimiento, David! Es imposible que haya una piedra corazón mejor que ésta. ¿Dónde la pondremos?

—No quiero exhibirla en casa. Quiero enseñársela a un par de personas.

—Buena idea —asintió ella.

El tema de las piedras corazón le hizo recordar algo: entre el correo de esa mañana había una carta para David remitida por el cementerio Beth Moses de West Babylon, Long Island. R. J. había leído en el periódico que los días anteriores a la festividad judía de Yom Kippur era una época tradicional para visitar los cementerios.

—¿Por qué no vamos a visitar la tumba de Sarah?

—No —replicó él secamente—. Todavía no lo he superado. Estoy seguro de que lo comprendes —añadió y, tras guardarse la piedra corazón en el bolsillo, salió al cobertizo.

49

Invitaciones

—¿Diga?

—¿R. J.? Soy Samantha.

—¡Sam! ¿Cómo estás?

—Estoy especialmente bien, y por esa razón te llamo. Quiero reunirme contigo y con Gwen para daros una sorpresita, una buena noticia.

—¡Sam! Vas a casarte.

—Vamos, R. J., no empieces ahora a hacer suposiciones descabelladas, porque si no mi sorpresa parecerá una simple minucia. Quiero que vengáis las dos a Worcester. Ya he hablado con Gwen, para darle la bienvenida a Massachusetts después de su ausencia, y me ha dicho que el próximo sábado tienes el día libre, y que si tú vienes ella también vendrá. Dime que vendrás.

R. J. consultó la agenda y vio que todavía le quedaba el sábado libre, aunque tenía docenas de cosas por hacer.

—De acuerdo.

—Espléndido. Las tres juntas de nuevo. Estoy impaciente por veros.

—Se trata de un ascenso, ¿no? ¿Profesora titular? ¿Una cátedra de patología?

—R. J., sigues siendo una pesada de mucho cuidado. Adiós. Te quiero.

—Yo también te quiero —respondió R. J., y colgó el aparato con una sonrisa en los labios.

Dos días después, cuando volvía del trabajo, vio a David caminando por la carretera.

Le había salido al encuentro, bajando por la carretera de Laurel Hill y luego por la de Franklin, pues sabía que era el camino que ella tenía que seguir.

Estaba a más de tres kilómetros de la casa cuando lo divisó, y al ver que le enseñaba el pulgar como un autoestopista, sonrió de oreja a oreja y le abrió la portezuela.

David se sentó a su lado, radiante de alegría.

—No podía esperar a que llegaras para decírtelo. Me he pasado la tarde hablando por teléfono con Joe Fallon. La Divinidad Pacífica ha recibido una subvención de la Fundación Thomas Blankenship. Mucho dinero, el suficiente para establecer y mantener un centro en Colorado.

—David, eso es maravilloso para Joe. Blankenship, ¿el editor inglés?

—Neozelandés. Revistas y periódicos. Es maravilloso para todos los que queremos la paz. Joe nos ha pedido que vayamos allí con él, dentro de un par de meses.

—¿Qué quieres decir?

—Un pequeño grupo de personas vivirá y trabajará en el centro, y participará en las conferencias interreligiosas sobre la paz como núcleo permanente. Joe nos invita a los dos a formar parte de ese grupo.

—¿Por qué habría de invitarme a mí? Yo no soy teóloga.

—Joe considera que serías valiosa. Podrías proporcionar un punto de vista médico, análisis científicos y legales... Además, le interesa tener un médico que atienda a los miembros. Trabajarías en lo tuyo.

R. J. meneó la cabeza mientras tomaba el desvío de Laurel Hill. No tuvo necesidad de expresarlo con palabras.

—Ya sé —dijo David—. Ya trabajas en lo tuyo, y es aquí donde quieres estar. —Extendió la mano y le tocó la cara—.

Es una oferta interesante. Me sentiría tentado a aceptarla si no fuera por ti. Si es aquí donde tú quieres estar, aquí es donde yo quiero estar.

Pero por la mañana, cuando R. J. despertó, él se había marchado. Sobre la mesa de la cocina había una hoja de papel con unas palabras garabateadas:

> Querida R. J.:
> Tengo que irme. Hay algunas cosas que debo hacer. Calculo que dentro de un par de días estaré de vuelta.
> Te quiero,
>
> DAVID

Por lo menos esta vez había dejado una nota, se dijo ella.

50

Las tres juntas

Samantha bajó al vestíbulo del centro médico en cuanto la recepcionista llamó para anunciarle que habían llegado R. J. y Gwen. El éxito le había conferido una tranquila seguridad. Su negra cabellera, que llevaba corta y aplastada sobre la cabeza de hermosos contornos, tenía una gruesa mecha blanca encima de la oreja derecha; una vez Gwen y R. J. la acusaron de ayudar a la naturaleza con productos químicos para obtener un efecto espectacular, pero las dos sabían que no era así. Se trataba del modo en que Samantha aceptaba lo que la naturaleza le había dado, y sacaba el mejor partido posible de ello.

Las abrazó dos veces a cada una, por turno, con una energía exuberante.

El programa que les presentó empezaba con un almuerzo en el mismo hospital, seguido de una visita comentada al centro médico, cena en un magnífico restaurante y conversación hasta altas horas en su apartamento. Gwen y R. J. se quedarían a pasar la noche con ella y emprenderían el regreso hacia las colinas del oeste a primera hora de la mañana.

Apenas se habían sentado a almorzar cuando R. J. clavó en Samantha su mirada de abogada.

—Muy bien, señora. Hemos viajado durante dos horas para escuchar la noticia, y ha llegado el momento de que la sepamos.

—La noticia —dijo Samantha con calma—. Bien, ésta es la noticia: me han ofrecido el puesto de jefa de patología en este hospital.

Gwen suspiró.

—¡Pero, chica!

Las dos dieron muestras de alegría y la felicitaron.

—Lo sabía —dijo R. J.

—No lo ocuparé hasta dentro de un año y medio, cuando Carroll Hemingway, el actual jefe, se marche a la Universidad de California. Pero ya me han ofrecido el cargo, y lo he aceptado porque es lo que siempre había deseado. —Hizo una pausa y sonrió—. De todos modos... ésa no es la noticia.

Hizo girar el anillo de oro que llevaba en el dedo medio de la mano izquierda para dejar al descubierto la piedra. El diamante azul que había en el engaste no era grande, pero estaba magníficamente tallado, y R. J. y Gwen se levantaron de sus asientos para volver a abrazar a su amiga.

Por la vida de Samantha habían pasado varios hombres, pero siempre había permanecido soltera, y aunque se había labrado una vida envidiable sin ayuda de nadie, les alegraba que hubiera encontrado a alguien con quien compartirla.

—A ver si lo adivino —dijo Gwen—. Me jugaría cualquier cosa a que también es médico, profesor de universidad o algo por el estilo.

R. J. meneó la cabeza.

—Yo no voy a intentar adivinarlo. No tengo ni idea, Sam. Cuéntanos algo de él.

Samantha hizo un ademán negativo.

—Él mismo os lo contará. Vendrá a conoceros a la hora de los postres.

Dana Carter resultó ser un hombre alto de cabellos blancos, un corredor compulsivo de setenta kilómetros por semana, tan delgado que casi parecía desnutrido, con la piel de color café y ojos juveniles.

—Estoy muy nervioso —les confesó—. Sam me advirtió que la reunión con su familia en Arkansas iba a ser fácil, pero que la verdadera prueba sería satisfaceros a vosotras dos.

Era el director de recursos humanos de una compañía de seguros de vida, viudo, con una hija ya mayor que estudiaba en la Universidad de Brandeis, y era tan divertido como afectuoso.

Las conquistó inmediatamente; era evidente que estaba lo bastante enamorado como para satisfacer incluso a las amigas íntimas de Samantha.

Cuando las dejó era ya media tarde, y ellas se pasaron una hora más interesándose por los detalles de su historia —había nacido en Bahamas pero se había criado en Cleveland— y diciéndole a Samantha cuánta suerte tenía y lo «condenadamente afortunado» que era Dana.

Sam parecía muy feliz cuando las acompañó por el centro médico, enseñándoles primero su departamento y luego el centro de urgencias dotado de helipuerto, la biblioteca con las más recientes publicaciones y los laboratorios y aulas de la facultad de medicina.

R. J. se preguntó si le envidiaba a Samantha el éxito profesional. Era fácil darse cuenta de que todo lo que su amiga prometía de estudiante había llegado a cumplirse; R. J. observó la deferencia con que se dirigían a ella en el centro médico, la manera en que la escuchaban cuando decía algo y cómo se apresuraban a poner en práctica sus indicaciones.

—Creo que deberíais venir a trabajar aquí las dos. Es el único gran centro médico del estado que cuenta con un departamento de medicina familiar —le explicó Sam a R. J.—. ¿Os imagináis trabajar las tres en el mismo edificio —añadió en tono anhelante—, y vernos todos los días? Estoy segura de que ninguna de las dos tendría problemas para encontrar un buen sitio aquí.

—Yo ya tengo un buen sitio —protestó R. J., con un asomo de brusquedad, quizá sintiéndose tratada con condescendencia, molesta porque todo el mundo parecía empeñado en que cambiara de vida.

—Oye —dijo Samantha—, ¿qué tienes en las colinas que no puedas tener aquí? Y no me vengas con esas historias del aire limpio y de formar parte de una comunidad. Respiramos muy bien aquí, y yo soy tan activa en mi comunidad como tú en la tuya. Sois dos profesionales de primera, y deberíais estar participando en la medicina del futuro. En este hospital trabajamos en la vanguardia de la medicina. ¿Qué podéis hacer como médicas en un pueblo de las montañas que no podáis hacer aquí?

Las otras dos le sonrieron, esperando a que se le acabara la cuerda. R. J. no se sentía con ganas de discutir.

—Me gusta practicar la medicina allí donde estoy —respondió con calma.

—Y yo noto que voy a sentir lo mismo —añadió Gwen.

—Os diré una cosa: tomaos el tiempo que necesitéis para responder a mi pregunta —dijo Samantha con altivez—. Si se os ocurre una sola respuesta, la que sea, me mandáis una carta. ¿De acuerdo, doctora Cole?

R. J. le sonrió.

—Tendré mucho gusto en complacerla, profesora Potter —respondió.

Lo primero que vio R. J. cuando entró en el camino de acceso a su casa, a la mañana siguiente, fue un coche patrulla de la policía estatal de Massachusetts aparcado junto al garaje.

—¿Es usted la doctora Cole?

—Sí. ¿Ocurre algo?

—Buenos días, señora. Soy el agente Burrows. No se alarme, pero anoche hubo algún problema. El jefe McCourtney nos pidió que estuviéramos atentos a su regreso y que lo avisáramos por radio cuando usted llegara.

Se inclinó hacia su automóvil e hizo precisamente lo que había dicho, llamar a Mack McCourtney para anunciarle que la doctora Cole había llegado a casa.

—¿Qué clase de problema?

Poco después de las seis de la tarde, Mack McCourtney había pasado ante la casa vacía y había visto una camioneta azul desconocida, una vieja Dodge, parada en el césped entre la casa y el cobertizo. Al ir a inspeccionar, le explicó el agente, encontró a tres hombres detrás de la casa.

—¿Habían entrado?

—No, señora. No tuvieron ocasión de hacer nada; por lo visto, el jefe McCourtney pasó en el momento justo. Pero en la camioneta había una docena de latas llenas de queroseno, y materiales con los que hubieran podido fabricar un detonador de efecto retardado.

—¡Dios mío!

R. J. tenía muchas preguntas, y el agente de la policía estatal pocas respuestas.

—McCourtney podrá contestarle mejor que yo. Llegará dentro de un par de minutos, y entonces me marcharé.

De hecho, Mack llegó antes de que R. J. hubiera sacado la bolsa del coche. Se sentaron en la cocina, y el jefe de policía le explicó que había detenido a los tres hombres y les había hecho pasar la noche en la minúscula celda, parecida a una mazmorra, que había en el sótano del ayuntamiento.

—¿Y siguen allí?

—No, ya no. No pude acusarlos de incendio premeditado: no habían sacado los materiales incendiarios de la camioneta, y ellos alegaron que iban a quemar maleza y que habían parado en su casa para preguntar cómo se llega a la carretera de Shelburne Falls.

—¿Podría ser cierto?

McCourtney suspiró.

—Me temo que no. ¿Por qué iban a dejar la camioneta sobre el césped, fuera del camino, si sólo querían pedir indicaciones? Y tenían un permiso para quemar hierba, una burda coartada porque era una autorización para quemarla en Dalton, en el condado de Berkshire, y estaban muy lejos de esa población.

»He comprobado además que sus nombres figuran en la lista del fiscal general de activistas contra el aborto.

—Oh.

El jefe de policía asintió.

—Ya lo ve. La camioneta llevaba placas de matrícula robadas, y el propietario tuvo que comparecer en el juzgado de Greenfield bajo esa acusación. Alguien se presentó inmediatamente con el dinero de la fianza.

Mack tenía sus nombres y direcciones, y le mostró a R. J. las fotografías Polaroid que les había tomado en su oficina.

—¿Reconoce a alguno?

Quizás el obeso y barbudo era uno de los que la habían seguido desde Springfield.

Quizá no.

—No estoy segura.

McCourtney, que de ordinario era un policía apacible y completamente respetuoso de los derechos civiles de los ciudadanos, se había excedido en sus atribuciones, confesó, «y eso podría costarme el puesto si lo comenta usted con alguien». Cuando tenía a los detenidos en el calabozo, les advirtió con toda claridad que si ellos o alguno de sus amigos volvían a molestar a la doctora Roberta J. Cole, él personalmente les garantizaba unos huesos rotos y unas lisiaduras permanentes.

—Al menos los tuvimos toda la noche en el calabozo. Es una celda realmente asquerosa —concluyó con satisfacción. Luego, McCourtney se puso en pie, le dio unas palmaditas en el hombro, un tanto cohibido, y se marchó.

David regresó al día siguiente. Se saludaron de un modo algo forzado, pero cuando ella le contó lo ocurrido, él se acercó y la rodeó entre sus brazos.

David quiso hablar con McCourtney, así que acudieron a su despacho en un cuartito del sótano.

—¿Cómo podemos protegernos? —le preguntó David.

—¿Tiene pistola?

—No.

—Podría comprarse una. Le ayudaré a conseguir la licencia. Estuvo usted en Vietnam, ¿verdad?

—Era capellán.

—Comprendo. —McCourtney suspiró—. Procuraré tener vigilada su casa, R. J.

—Gracias, Mack.

—Pero cuando salgo de patrulla he de cubrir un territorio muy grande —añadió.

Al día siguiente, un electricista instaló focos en todos los lados de la casa, con sensores térmicos que encendían las luces en cuanto una persona o un automóvil se acercaban a menos de diez metros. R. J. llamó a una empresa especializada en sistemas de seguridad, y un equipo de operarios se pasó todo un día instalando alarmas que se dispararían si algún intruso abría una puerta exterior, y detectores de calor y de movimiento que activarían la alarma si a pesar de todo alguien conseguía introducirse en la casa. El sistema estaba diseñado para avisar a la policía o a los bomberos en cuestión de segundos.

Poco más de una semana después de instalar todos los artilugios electrónicos, Barbara Eustis contrató a dos médicos con dedicación completa para la clínica de Springfield y pudo prescindir de R. J., que recobró sus jueves libres.

Al cabo de unos días, tanto David como ella prescindieron en gran medida del sistema de seguridad. R. J. sabía que los activistas ya no se interesarían por ella; al enterarse de la llegada de dos médicos nuevos, pasarían a concentrarse en ellos. Pero aunque volvía a ser libre, a veces no podía creérselo. Tenía una pesadilla recurrente en la que David no había regresado, o tal vez se había marchado de nuevo, y los tres hombres venían a por ella. Cada vez que despertaba sobresaltada por este sueño, o porque la vieja casa crujía bajo el viento o gruñía como suelen hacer las casas artríticas, extendía la mano hacia el cuadro de mandos situado junto a la cama y pulsaba el botón que llenaba el foso electrónico y sacaba los dragones a patrullar. Y luego buscaba a tientas bajo las sábanas para ver si realmente había sido un sueño.

Para ver si David aún estaba allí.

51

La contestación a una pregunta

Cuando R. J. escribió a los directores de diversos hospitales para informarles sobre las oportunidades que ofrecía la práctica de la medicina en las colinas de Berkshire, puso de relieve la belleza de la campiña y las posibilidades de caza y pesca. No esperaba un diluvio de respuestas, pero tampoco que su carta no obtuviera ninguna contestación.

Así pues se sintió complacida cuando por fin recibió una llamada telefónica de cierto Peter Gerome, quien le explicó que había realizado una residencia en medicina en el Centro Médico de Nueva Inglaterra y otra especializada en medicina familiar en el Centro Médico de la Universidad de Massachusetts.

—En estos momentos estoy trabajando en un departamento de urgencias mientras busco un lugar para instalarme en el campo. ¿Podría venir a visitarla con mi esposa?

—Vengan en cuanto puedan —contestó R. J.

Concertaron una fecha para la visita y esa misma tarde le envió al doctor Gerome las indicaciones para llegar a su consultorio, transmitiéndoselas por medio de su última concesión a la tecnología, un fax que le permitiría recibir mensajes e historiales clínicos de los hospitales y de otros médicos.

La inminente visita la dejó pensativa.

—Sería mucho pedir que el único que nos ha contestado

resultara satisfactorio —comentó con Gwen, aunque de todos modos deseaba que la visita fuese atractiva—. Por lo menos verá el paisaje en su mejor época; las hojas ya han empezado a cambiar de color.

Pero, tal como a veces ocurre en otoño, el día anterior a la llegada de Peter Gerome y su esposa empezó a caer una lluvia torrencial sobre Nueva Inglaterra. El aguacero tamborileó sobre el tejado de la casa durante toda la noche, y a R. J. no le sorprendió descubrir a la mañana siguiente que los árboles habían perdido casi todo el vistoso follaje.

Los Gerome eran una pareja simpática. Peter Gerome era un joven corpulento que hacía pensar en un osito de peluche, con cara redondeada, bondadosos ojos marrones tras unos gruesos cristales y un cabello casi ceniciento que constantemente le caía sobre el ojo derecho. Su esposa Estelle, a la que presentó como Estie, era una atractiva morena ligeramente gruesa, enfermera anestesista titulada. Tenía un carácter muy parecido al de su esposo, con una actitud amable y sosegada que a R. J. le gustó desde el primer momento.

Los Gerome llegaron un jueves. R. J. los llevó a ver a Gwen y luego los condujo por toda la parte occidental del condado, con paradas en Greenfield y Northampton para visitar los hospitales.

—¿Cómo ha ido? —le preguntó Gwen por teléfono al terminar la jornada.

—No sé qué decirte. No es que dieran saltos de entusiasmo.

—Me parece que realmente no son de los que dan saltos —observó Gwen—. Son de los que piensan.

En cualquier caso, lo que habían visto les gustó lo suficiente para volver de nuevo, esta vez en una visita de cuatro días. R. J. hubiera querido alojarlos en su casa, pero el cuarto de los invitados se había convertido en el estudio de David. Había partes del manuscrito dispersas por toda la habitación, y él trabajaba febrilmente para terminar el libro. Gwen todavía no estaba lo bastante instalada como para recibir huéspedes, pero los Gerome encontraron sitio en una pensión de la calle Mayor, a dos manzanas del consultorio de R. J., y ésta y Gwen se conformaron con invitarlos a cenar en casa todas las noches.

R. J. empezó a desear que se mudaran a la región. Los dos tenían una preparación y una experiencia ejemplares, y formulaban preguntas prácticas y atinadas cuando se hablaba del grupo médico informal, semejante a una SMS, que Gwen y ella querían establecer en las colinas.

Los Gerome dedicaron los cuatro días a moverse por el condado, deteniéndose a hablar con gente en ayuntamientos, comercios y estaciones de bomberos. La tarde del cuarto día era gélida y nublada, pero R. J. los llevó a pasear por el sendero del bosque, y Peter se fijó en el Catamount.

—Parece un buen río truchero —observó.

R. J. sonrió.

—Es muy bueno.

—¿Nos dará permiso para pescar cuando nos traslademos a vivir aquí?

R. J. se sintió muy complacida.

—Claro que sí.

—Entonces no hay más que hablar —dijo Estie Gerome.

El cambio —más que el mero cambio de estación— flotaba en el aire helado y plomizo. Toby aún no había llegado a los seis meses de embarazo, pero se disponía a dejar el consultorio de R. J. Pensaba dedicar un mes a preparar las cosas para el bebé y ayudar a Peter Gerome a encontrar y arreglar un local adecuado. Después pasaría a ser directora comercial de la Cooperativa Médica de las Colinas y repartiría su tiempo entre el consultorio de R. J. y los de Peter y Gwen, se encargaría de toda la facturación, compraría los libros de cuentas y llevaría las tres contabilidades distintas.

En cuanto a su función como recepcionista, Toby recomendó a su propia sustituta, y R. J. la contrató sin dudarlo porque sabía que Toby tenía muy buen instinto para juzgar a la gente. Mary Wilson había formado parte de la junta de planificación municipal a la que tuvo que acudir R. J. para solicitar el permiso de obras cuando instaló el consultorio. Seguramente Mary sería una recepcionista excelente, pero R. J. era consciente de que echaría de menos ver a Toby todos los días. Para celebrar el nuevo trabajo de Toby, R. J. y Gwen la invitaron a cenar en la hostería de Deerfield.

Se reunieron en el restaurante al terminar la jornada. Toby no podía beber alcohol, debido al embarazo, pero las tres se pusieron rápidamente de buen humor sin necesidad de vino, y brindaron con zumo de arándano por el nuevo bebé y por el nuevo trabajo. R. J. sentía un profundo afecto por sus dos amigas y se lo pasó muy bien.

Durante el viaje de regreso hacia la montaña de Woodfield empezó a llover. Cuando R. J. dejó a Toby en su casa estaba cayendo un fuerte aguacero, y siguió adelante con precaución, la mirada fija en la carretera más allá de los limpiaparabrisas.

Aunque iba concentrada en la conducción, al pasar ante la granja de Gregory Hinton se dio cuenta de que estaba encendida la luz del establo y vislumbró una figura sentada en su interior.

La carretera estaba resbaladiza y en lugar de frenar redujo la velocidad. Cuando llegó a la pista de tierra que conducía al prado de los Hinton dio media vuelta y volvió atrás. Gregory estaba recibiendo un tratamiento combinado de radiación y quimioterapia, y había perdido el cabello y sufría otros efectos secundarios. No haría ningún daño detenerse a saludarlo, pensó R. J.

Llevó el coche hasta la puerta misma del establo y echó a correr bajo la lluvia. Hinton se volvió al oír el ruido de la portezuela. Estaba sentado en una silla plegable ante una de las casillas del establo, vestido con un mono y una chaqueta de trabajo, la reciente calvicie oculta bajo una gorra publicitaria de una marca de abonos.

—Menuda nochecita. Hola, Greg, ¿cómo se encuentra?

—R. J. ... Bueno, ya sabe. —Meneó la cabeza—. Náuseas, diarrea. Débil como un bebé.

—Es la peor parte del tratamiento. Se encontrará mucho mejor cuando haya terminado. El caso es que no hay otra alternativa; tenemos que impedir que crezca el tumor, y reducirlo si es posible.

—Maldita enfermedad. —Le señaló otra silla plegable con armazón de metal que había en el interior del establo—. ¿Se sienta un rato?

—Sí, me sentaré.

Fue en busca de la silla. Nunca había estado en aquel establo, que se extendía ante ella en la penumbra como un hangar para aviones, con las vacas a ambos lados en sus casillas individuales. Muy por encima, bajo la vasta techumbre, algo descendió en picado y volvió a remontarse con un aleteo, y Greg Hinton vio que dirigía la mirada hacia allí.

—Es sólo un murciélago. Siempre se quedan en lo más alto.

—Menudo establo —comentó ella.

Él asintió con la cabeza.

—En realidad son dos establos juntos. Esta parte es la original. La parte de atrás era otro establo, trasladado hasta aquí por medio de bueyes hace cosa de cien años. Siempre he pensado instalar esas modernas ordeñadoras mecánicas, pero nunca he llegado a hacerlo. Stacia y yo las ordeñamos a la antigua usanza, con las vacas uncidas a su pesebre para que no se nos echen encima.

Cerró los ojos, y R. J. se aproximó y posó una mano sobre la del hombre.

—¿Cree que algún día encontrarán un remedio para esta maldita enfermedad, R. J.?

—Creo que sí, Greg. Están investigando remedios genéticos para muchas enfermedades, entre ellas diversos tipos de cáncer. Dentro de pocos años las cosas serán muy distintas. Va a ser un mundo nuevo.

El granjero abrió los ojos y buscó la mirada de R. J.

—¿Cuántos años?

La gran vaca blanca y negra que había en la casilla más cercana mugió de pronto, un sonido fuerte y quejumbroso que la sobresaltó. ¿Cuántos años? Hizo acopio de fuerzas para contestar.

—Oh, Greg, no lo sé. Puede que cinco. Es sólo una suposición.

Gregory Hinton le dirigió una amarga sombra de sonrisa.

—Bien, los que sean. Yo ya no estaré aquí para ver ese mundo nuevo, ¿eh?

—No lo sé. Mucha gente que tiene esta misma enfermedad vive bastantes años. Lo importante es que crea usted, pero que lo crea de veras, que va a ser una de esas personas. Sé que es usted religioso, y no le haría ningún daño rezar mucho en estos momentos.

—¿Querrá hacerme un favor?

—¿De qué se trata?

—¿Rezará usted también por mí, R. J.?

«Te equivocas de número, amigo», pensó, pero le dirigió una sonrisa.

—Bien, eso tampoco puede hacer ningún daño, ¿verdad? —dijo, y le prometió que lo haría.

El animal que tenían delante lanzó de pronto un gran mugido, que fue respondido por una vaca en el otro extremo del establo, y luego por varias.

—Y a propósito, ¿qué está haciendo aquí, sentado a solas?

—Verá, esta vaca está a punto de parir un ternero, pero tiene problemas —le explicó, alzando la barbilla hacia la res—. Es una novilla, comprende, y no ha parido nunca.

R. J. asintió. Una primípara.

—Bien, el caso es que está a punto, pero el ternero no quiere salir. He llamado a los dos únicos veterinarios de por aquí que aún se ocupan de animales grandes. Hal Dominic está en cama con gripe, y Lincoln Foster se encuentra en el condado del sur ocupado en dos o tres trabajos pendientes. Me ha dicho que intentará llegar hacia las once.

La vaca mugió de nuevo y se levantó torpemente.

—Tranquila, tranquila, *Zsa Zsa*.

—¿Cuántas vacas tiene usted?

—Ahora mismo, setenta y siete. Cuarenta y una de ellas son lecheras.

—¿Y sabe cómo se llaman todas?

—Sólo las que están registradas. Hay que poner un nombre en los papeles de registro, ¿sabe? Las que no lo están, llevan un número pintado en la piel y no tienen nombre. Pero ésta es una holstein y se llama *Zsa Zsa*.

La vaca volvió a agacharse mientras hablaban y se tendió sobre el costado derecho, con las patas extendidas hacia fuera.

—¡Mierda, mierda y mierda! Usted perdone —dijo Hinton—. Sólo se echan así cuando ya van a parir. No aguantará hasta las once. Lleva cinco horas intentando dar a luz.

»He invertido dinero en ella —añadió amargamente—. Una vaca registrada como ésta podría dar unos cuarenta litros de leche por día. Y el ternero habría valido la pena; pagué cien dólares sólo por el semen de un toro especialmente bueno.

La vaca lanzó un gemido y se estremeció.

—¿No podemos hacer nada por ella?

—No. Estoy demasiado enfermo para ocuparme de esto, y Stacia ha quedado completamente agotada después de ordeñarlas todas. Ella tampoco es joven. Se ha pasado un par de horas intentando ayudarla a parir y no ha podido, y ha tenido que volver a casa para acostarse.

La vaca mugió de dolor, se levantó y volvió a tenderse sobre el vientre.

—Déjeme echar un vistazo —dijo R. J. Se quitó la chaqueta de cuero italiana y la colocó sobre una bala de paja—. ¿Me coceará?

—No es probable, tendida como está —respondió Hinton secamente.

R. J. se acercó a la vaca y se puso en cuclillas tras el animal, sobre el serrín. Era una extraña visión, un ano estercolado como un gran ojo redondo sobre la enorme vulva bovina, en la que podía verse un casco patético y un fláccido objeto rojo que colgaba a un lado.

—¿Qué es eso?

—La lengua del ternero. La cabeza está justo debajo, fuera de la vista. No sé por qué, pero los terneros con frecuencia nacen sacando la lengua.

—¿Qué le impide salir?

—En un parto normal, el ternero nacería con las dos patas por delante y luego la cabeza, como un nadador cuando se lanza al agua. Éste tiene la pata izquierda en la posición adecuada, pero la derecha está doblada en el vientre de la vaca. El veterinario empujaría la cabeza hacia el interior de la vagina, y metería la mano dentro para averiguar qué anda mal.

—¿Por qué no lo intento?

Hinton sacudió la cabeza.

—Hay que hacer bastante fuerza.

R. J. vio cómo se estremecía el animal.

—Bueno, por lo menos puedo intentarlo. Todavía no he perdido ninguna vaca —bromeó, aunque fue en vano: el granjero ni siquiera sonrió—. ¿Utiliza algún lubricante?

Él la contempló con expresión dubitativa y meneó la cabeza.

—No. Sólo tiene que lavarse todo el brazo y dejar mucho jabón —respondió, y la condujo al fregadero.

R. J. se arremangó los dos brazos hasta el hombro y se los lavó bajo el chorro de agua fría, utilizando la gruesa pastilla de jabón para la ropa que había en la pila.

Después volvió a situarse tras la grupa del animal.

—Quieta, *Zsa Zsa* —le dijo, y se sintió un poco ridícula por hablarle de aquel modo a un trasero. Cuando introdujo los dedos y luego la mano en la cálida humedad del espacio interno, la vaca extendió la cola, recta y rígida como un atizador.

La cabeza del ternero estaba justo bajo la superficie, en efecto, pero parecía inamovible. Se volvió hacia Greg y descubrió que, pese a su interés, su mirada encerraba un claro mensaje de «ya se lo había dicho», así que R. J. respiró hondo y apretó con todas sus fuerzas, como si tratara de sumergir la cabeza de un nadador bajo un agua casi sólida. Poco a poco, la cabeza empezó a retroceder. Cuando hubo sitio suficiente, hundió la mano hasta la muñeca en la vagina de la vaca, y luego hasta la mitad del antebrazo, y sus dedos hallaron otra cosa.

—Estoy tocando... creo que es la rodilla del ternero.

—Muy posiblemente. Mire a ver si puede llegar más adentro y tirar del casco hacia arriba —le indicó Hinton, y R. J. lo intentó.

Siguió introduciendo el brazo con esfuerzo, pero de súbito notó una especie de ondulación cósmica tan innegable como un pequeño terremoto, y luego una fuerza poderosa que lanzó un *tsunami* de músculo y tejido contra su mano y antebrazo y los obligó a ascender hasta expulsarlos como una semilla escupida con tanto vigor que toda ella cayó hacia atrás.

—¿Qué diablos...? —mascculló, pero no necesitaba a Greg para saber que era un tipo de contracción vaginal que nunca había conocido hasta entonces.

Se tomó el tiempo necesario para enjabonarse de nuevo el brazo. De vuelta junto a la vaca, estuvo observando durante unos minutos hasta comprender a qué se enfrentaba. Las contracciones se presentaban al ritmo de una por minuto y duraban unos cuarenta y cinco segundos, de manera que sólo le quedaba un margen de quince segundos para actuar. En cuanto advirtió que una contracción empezaba a aflojar, hundió otra vez el brazo en la tensa abertura que tenía delante; más allá de la rodilla, a lo largo de la pata delantera.

—Noto un hueso, el hueso pélvico —le anunció a Greg. Y luego añadió—: Ya tengo el casco, pero está atrapado bajo el hueso pélvico.

La cola rígida osciló, quizás a causa del dolor, y la golpeó en plena boca. R. J. escupió, aferró la cola con la mano izquierda y la sujetó. Entonces notó nuevas ondulaciones, y tuvo el tiempo justo para aferrar el casco y retenerlo mientras una prensa vaginal le oprimía el brazo desde las puntas de los dedos hasta el hombro. Al cabo de un instante desapareció el peligro de que el brazo fuese expulsado, porque la presión que lo envolvía era demasiado intensa. La fuerza de la contracción le aplastó la parte delantera de la muñeca contra el hueso pélvico de la vaca. El dolor le hizo dar una boqueada, pero enseguida se le entumeció el brazo y perdió la sensibilidad, y R. J. cerró los ojos y apoyó la frente en *Zsa Zsa*. Tenía el brazo cautivo hasta el hombro; se había convertido en una prisionera, unida indisolublemente a la vaca. R. J. se sintió desfallecer y tuvo una fantasía repentina, la terrible certidumbre de que *Zsa Zsa* iba a morir y de que tendrían que cortar el cadáver de la vaca para liberarle el brazo.

No oyó entrar a Stacia Hinton en el establo, pero captó el desafío irritable de la mujer: «¿Qué se cree esta chica que está haciendo?», y un murmullo casi inaudible cuando Greg Hinton le respondió. R. J. olía a estiércol, el olor interno de la vaca y el hedor animal de su propio sudor y de su miedo. Pero al fin cesó la contracción.

R. J. había ayudado a nacer a suficientes bebés para saber qué debía hacer a continuación, y retiró la mano entumecida hasta la rodilla del ternero para empujarla hacia dentro. Luego pudo introducirla hasta más allá, hacia dentro y hacia abajo. Cuando localizó el casco de nuevo, tuvo que combatir un arrebato de pánico que la inducía a apresurar las cosas, porque no quería tener el brazo en la vagina cuando llegara la siguiente contracción.

Pero aun así siguió trabajando despacio. Cogió el casco, lo hizo ascender por la vagina y finalmente lo sacó fuera, junto al otro, donde le correspondía estar.

—¡Bravo! —exclamó Greg Hinton lleno de alegría.

—¡Buena chica! —gritó Stacia.

A la siguiente contracción apareció la cabeza del ternero.

«Hola, amiguito», le dijo R. J. para sus adentros, muy complacida. Pero sólo pudieron sacar las patas delanteras y la cabeza del recién nacido. El ternero estaba atascado en la vaca como un corcho en una botella.

—Si tuviéramos un sacador... —dijo Stacia Hinton.

—¿Qué es eso?

—Es una especie de torno —le explicó Greg.

—Átele las dos patas juntas. —R. J. se dirigió al Explorer, desprendió el gancho del torno eléctrico y fue desenrollando cable hasta el interior del establo.

El ternero salió muy fácilmente; «un buen argumento en favor de la tecnología», pensó R. J.

—Es un macho —observó Greg.

R. J. se sentó en el suelo y miró cómo Stacia enjugaba las mucosidades, residuos de la bolsa amniótica, del morro del ternero. Lo pusieron delante de la vaca, pero *Zsa Zsa* estaba exhausta y apenas se movió. Greg empezó a frotar el pecho del recién nacido con manojos de paja seca.

—Esto estimula el funcionamiento de los pulmones; por eso la vaca siempre les da una buena lamida con la lengua. Pero la mamá de este pequeñín está tan cansada que es incapaz de lamer un sello.

—¿Se pondrá bien? —quiso saber R. J.

—Ya lo creo —respondió Stacia—. Dentro de un rato le pondré un buen cubo de agua caliente. Eso le ayudará a sacar la placenta.

R. J. se puso en pie y fue al fregadero. Se lavó las manos y la cara, pero enseguida comprendió que allí no podría limpiarse.

—Tiene un poco de... de estiércol en el cabello —señaló Greg con delicadeza.

—No lo toque —le recomendó Stacia—. Sólo conseguiría esparcirlo.

R. J. recogió el cable del torno y, sosteniendo la chaqueta de cuero con el brazo extendido, la depositó en el asiento de atrás del coche, lo más lejos posible de ella.

—Buenas noches.

Apenas oyó sus expresiones de gratitud. Puso el motor en marcha y regresó a su casa, procurando tocar la tapicería del coche lo menos posible.

Cuando llegó a la cocina se quitó la blusa. Las mangas se habían desenrollado y la pechera también estaba sucia; R. J. identificó a primera vista sangre, mucosidades, jabón, estiércol y diversos fluidos del nacimiento. Con un escalofrío de repugnancia, hizo una bola con la blusa y la tiró al cubo de la basura.

Permaneció un buen rato bajo la ducha caliente, dándose masaje en el brazo y haciendo un gran consumo de jabón y champú.

Al salir se lavó los dientes, y después se puso el pijama sin encender la luz.

—¿Qué ocurre? —preguntó David.

—Nada —le respondió, y él siguió durmiendo.

Ella también pensaba acostarse a dormir, pero en vez de eso volvió a bajar a la cocina y puso agua al fuego para hacerse un café. Tenía el brazo magullado y dolorido, pero dobló los dedos y la muñeca y comprobó que no había nada roto. A continuación cogió papel y pluma de su escritorio y se sentó ante la mesa para escribir. Había decidido enviarle una carta a Samantha Potter.

> Querida Sam:
>
> Me pediste que te escribiera si se me ocurría alguna cosa que una médica pudiera hacer en el campo y que no pudiera hacer en un centro médico.
>
> Esta noche se me ha ocurrido una cosa: puedes meter el brazo dentro de una vaca.
>
> Atentamente,
>
> R. J.

52

La tarjeta de visita

Una mañana R. J. recordó con desagrado que se aproximaba la fecha en que debería renovar su licencia para ejercer la medicina en el estado de Massachusetts, y que no estaba en condiciones de hacerlo. La licencia estatal tenía que renovarse cada dos años y, para proteger a los pacientes, la ley exigía a todo médico que solicitara la renovación, pruebas documentales de haber realizado un mínimo de cien horas de educación médica continuada.

El sistema pretendía actualizar los conocimientos médicos, perfeccionar constantemente las habilidades, y evitar que los doctores descendieran a un nivel inaceptable. R. J., que aprobaba sin reservas el concepto de la educación continuada, se dio cuenta de que a lo largo de casi dos años sólo había acumulado ochenta y un puntos. Atareada con el establecimiento de su nuevo consultorio y el trabajo en la clínica de Springfield, había descuidado su programa formativo.

Los hospitales locales ofrecían a menudo conferencias y seminarios que valían unos pocos puntos, pero no le quedaba tiempo suficiente para llegar al mínimo por esta vía.

—Tienes que asistir a un gran congreso profesional —le sugirió Gwen—. Yo también me encuentro en la misma situación.

Así que R. J. empezó a estudiar los anuncios de congresos que aparecían en las revistas de medicina y descubrió que iba a celebrarse un simposio sobre el cáncer, de tres días de duración, dirigido a médicos de asistencia primaria. El simposio, patrocinado conjuntamente por la Sociedad Norteamericana contra el Cáncer y el Consejo Norteamericano de Medicina Interna, se celebraría en el Hotel Plaza de Nueva York y ofrecía veintiocho puntos de educación médica continuada.

Peter Gerome aceptó acudir con Estie y alojarse en casa de R. J. durante su ausencia, para sustituirla ante los pacientes. Aunque Peter había solicitado privilegios de hospital, todavía no se le habían concedido, y R. J. se arregló con un internista de Greenfield para que admitiera a cualquier paciente que necesitara ser hospitalizado.

David estaba escribiendo el penúltimo capítulo de su libro, y los dos estuvieron de acuerdo en que no podía interrumpir el trabajo. Así que viajó ella sola a Nueva York, conduciendo bajo el pálido sol de principios de noviembre.

R. J. descubrió que, aunque se había alegrado de abandonar las presiones de la gran ciudad al marcharse de Boston, en aquellos momentos se sentía dispuesta a sumergirse en ellas. Después de la soledad y el silencio del campo, Nueva York se le antojó un colosal hormiguero humano, y la interacción de toda aquella gente le resultó un verdadero estimulante.

Conducir por Manhattan, sin embargo, no era ningún placer, y se sintió aliviada cuando dejó el coche en manos del portero del hotel; aun así, se alegraba de estar allí.

Su habitación, pequeña pero confortable, se hallaba en la novena planta. R. J. echó un sueñecito y despertó con el tiempo justo para ducharse y vestirse. La inscripción de los participantes se combinaba con una fiesta de bienvenida, en la que tomó una cerveza y se sirvió ávidamente del copioso bufé.

No vio a ningún conocido. Había muchas parejas.

Durante la recepción, un médico al que la tarjeta de la

solapa identificaba como el doctor Robert Starbuck, de Detroit, trabó conversación con ella.

—¿Y en qué parte de Massachusetts queda Woodfield? —le preguntó, con la mirada puesta en su tarjeta de identificación.

—Justo al lado del camino Mohawk.

—Ah. Viejas montañas, onduladas y encantadoras. ¿Se pasa el tiempo yendo de un lado a otro, contemplando el paisaje?

Ella sonrió.

—No. Me limito a admirarlo cuando salgo a hacer una visita a domicilio.

Esto hizo que la observara con interés.

—¿Hace visitas a domicilio?

El doctor Starbuck tenía el plato vacío y se dirigió a la mesa del bufé, pero no tardó en regresar. Era un hombre moderadamente atractivo, pero resultaba tan evidente que buscaba algo más que conversación, que a R. J. le resultó fácil dejarlo con los platos sucios cuando terminó de comer.

Bajó al vestíbulo en ascensor y salió a la calle, a la ciudad de Nueva York. Central Park no era un lugar adecuado para visitarlo de noche, ni tampoco le tentaba especialmente; ya tenía hierba y árboles en casa. Descendió lentamente por la Quinta Avenida, deteniéndose ante casi todos los escaparates y examinando algunos durante un buen rato, observando con interés la abundancia y suntuosidad de ropas, equipajes, calzados, joyas y libros.

Recorrió media docena de manzanas, cruzó la calle y dio la vuelta por la otra acera hasta llegar al hotel. Una vez allí subió a su habitación y se acostó temprano, como siempre había hecho en su época de estudiante. Casi podía oír la voz de Charlie Harris diciéndole: «Hay que estar por la labor, R. J.»

Era un buen simposio, organizado de manera que resultara intensivo y provechoso; cada mañana se servía el desayuno durante la primera sesión, y había conferencias durante el almuerzo y la cena. R. J. se lo tomó muy en serio. No faltaba a ninguna sesión, tomaba notas minuciosas y compraba las grabaciones magnetofónicas de las conferencias que le interesaban en particular. Las veladas se reservaban para el entretenimiento, con varias posibilidades de elección. La primera noche asistió a una representación de *Show Boat* con la que se divirtió mucho, y la segunda vio con gran placer al Dance Theatre de Harlem.

A la tercera mañana ya había acumulado suficientes puntos para obtener la renovación de la licencia, y como sólo le interesaban las primeras conferencias del día decidió ausentarse del simposio para hacer algunas compras antes de abandonar la ciudad de Nueva York.

Mientras subía a su habitación para hacer el equipaje, se le ocurrió una idea mejor.

La recepcionista era una mujer abiertamente jovial, de edad más que madura.

—Por supuesto —respondió a la pregunta de si tenía un mapa de carreteras de la región de Nueva York.

—¿Podría indicarme cómo puedo ir en coche a West Babylon, en Long Island?

—Si me concede unos instantes... —La mujer consultó el mapa y enseguida señaló la ruta con vigorosos trazos de rotulador.

R. J. se detuvo en la primera estación de servicio que encontró al salir de la autopista y preguntó el camino para ir al cementerio Beth Moses.

Al llegar fue siguiendo el muro del cementerio hasta que dio con la entrada. Nada más cruzar la cancela vio el edificio de administración; aparcó el coche y entró para solicitar información. En el interior, un hombre que debía de tener aproximadamente su misma edad, vestido con un traje azul y un casquete blanco sobre la escasa cabellera rubia, estaba sentado tras un mostrador firmando papeles.

—Buenos días —la saludó sin levantar la mirada.

—Buenos días. Necesitaría que me ayudara a encontrar una tumba.

El hombre asintió.

—¿Nombre del difunto?

—Markus. Sarah Markus.

Hizo girar la silla hacia el ordenador que tenía a sus espaldas y tecleó el nombre.

—Tenemos seis con ese nombre. ¿La segunda inicial?

—Ninguna. Pero es Markus con «k», no con «c».

—Hay dos con «K». ¿Tenía sesenta y siete años o diecisiete?

—Diecisiete —respondió R. J. con un hilo de voz, y el hombre hizo un gesto afirmativo.

—Hay tantos... —observó en tono de disculpa.

—Tienen ustedes un cementerio muy grande.

—Treinta hectáreas. —Cogió una hoja de papel con el plano general del cementerio y señaló el camino con su pluma—. Al salir de este edificio, siga doce secciones hacia delante y entonces gire a la derecha. Ocho secciones más allá, gire a la izquierda. La tumba que usted busca está hacia la mitad de la segunda hilera. Si se pierde, vuelva aquí y la acompañaré yo mismo... Sí —añadió, tras mirar de soslayo la pantalla para confirmar la ubicación.

»Lo tenemos todo en el ordenador —prosiguió con orgullo—. Absolutamente todo. Aquí figura que el mes pasado hubo una dedicación en esa tumba.

—¿Una dedicación?

—Sí, cuando se descubre la lápida sepulcral.

—Ah. —Le dio las gracias y salió, sin olvidar el plano.

R. J. echó a andar lentamente por la estrecha calle de áspera piedra pulverizada. Desde el otro lado del muro llegaban ruidos de coches, rugidos de una motocicleta, chirridos de frenos, sonidos estrepitosos de cláxones.

Fue contando las secciones.

La madre de R. J. estaba enterrada en un cementerio de Cambridge con espacios de césped entre las lápidas. Aquí las tumbas estaban terriblemente juntas, pensó. Había muchos muertos, en verdad; personas que habían dejado una ciudad para entrar en otra.

Once... Doce.

Dobló a la derecha y dejó atrás ocho secciones.

Ya debía de estar cerca.

Una sección más allá había un grupo de gente sentada en sillas junto a una fosa abierta. Cuando un hombre tocado con casquete terminó de hablar, los miembros de la comitiva fúnebre se pusieron en fila para arrojar una palada de tierra a la tumba.

R. J. se dirigió a la segunda hilera de su sección, procurando pasar desapercibida. Ahora miraba las lápidas individuales, no las secciones. Emanuel Rubin. Lester Rogovin.

Muchas lápidas tenían piedrecitas encima, como tarjetas que señalaban las visitas de los vivos. Algunas estaban adornadas con flores o arbustos.

Una de ellas se hallaba casi oculta por un tejo demasiado crecido, y R. J. apartó las ramas para leer el nombre: Leah Schwartz. No había piedras en memoria de Leah Schwartz.

Pasó por la parcela de la familia Gutkind, una familia numerosa, y a continuación vio una lápida doble con dos hermosos retratos resistentes a la intemperie, de un joven y una joven: Dmitri Levnikov, 1970-1992, y Basya Levnikov, 1973-1992. ¿Marido y mujer? ¿Hermano y hermana? ¿Habían muerto juntos? ¿En un accidente automovilístico, en un incendio? El retrato en la tumba debía de ser una costumbre rusa, pensó, y los señalaba como refugiados. Qué triste recorrer toda aquella distancia, cruzar la barrera del sonido de las culturas, para llegar a aquello.

Kirschner. Rosten. Eidelberg.

Markus.

Markus, Natalie J., 1952-1985. *Esposa adorada, madre querida.* Era una lápida doble, una mitad grabada, la otra en blanco.

Y al lado: Markus, Sarah, 1977-1994. *Nuestra amada hija.* Una sencilla lápida cuadrada de granito, como la de Natalie, pero impoluta, inconfundiblemente nueva.

Sobre cada lápida, una pequeña piedra «tarjeta de visita». Fue la piedrecita que había sobre el monumento de Sarah la que dejó paralizada a R. J.: un fragmento de pizarra rojiza con la forma de un corazón irregular y la clara huella del cuerpo ovalado de un trilobites que había vivido muchos millones de años atrás.

No les dijo nada a Natalie ni a Sarah; no creía que pudieran oírla. Recordó haber leído en algún lugar, seguramente en una clase de la universidad, que uno de los filósofos cristianos —tal vez santo Tomás de Aquino— había expresado sus dudas respecto a que los muertos tuvieran conocimiento de los asuntos de los vivos. Pero aun así, ¿qué podía saber santo Tomás? ¿Qué sabía santo Tomás, David Markus o cualquier presuntuoso ser humano? A R. J. se le ocurrió que Sarah la había querido; quizás en cierto modo había magia en aquella piedra corazón, un magnetismo que la había atraído hasta allí y le había hecho darse cuenta de lo que tenía que hacer.

R. J. recogió dos guijarros del suelo y colocó uno sobre la lápida de Natalie y el otro sobre la de Sarah.

Cuando terminó el entierro que se estaba celebrando al lado, la comitiva empezó a dispersarse y muchos asistentes al acto, al pasar junto a R. J., apartaron la mirada de la perturbadora aunque habitual imagen de una mujer destrozada ante una tumba. No podían saber que estaba llorando tanto por los vivos como por los muertos.

Como médica, siempre le había resultado muy difícil hablar de la muerte con los afectados, y a la mañana siguiente, sentada en la cocina de su casa, tuvo que hacer un esfuerzo para hablar con David sobre la muerte de su relación. Pero consiguió decirle que era hora de ponerle fin.

Le pidió que reconociera que nunca funcionaría.

—Me dijiste que te habías marchado a buscar documentación para el libro, pero no era cierto. Fuiste a descubrir la lápida de tu hija. Y sin embargo, cuando te pedí que me llevaras allí, te negaste.

—Necesito tiempo, R. J.

—No creo que el tiempo arregle nada, David —objetó

suavemente—. Incluso las personas que llevan mucho tiempo casadas, a menudo se divorcian tras la muerte de un hijo. Yo podría afrontar tu alcoholismo y el miedo a que algún día desaparezcas, pero en lo más íntimo me consideras culpable de la muerte de Sarah. Creo que siempre me echarás la culpa, y eso no puedo afrontarlo.

David estaba muy pálido. No negó nada.

—Estábamos muy bien juntos. Si no hubiera sucedido...

A R. J. se le nubló la vista. David tenía razón. En muchos aspectos, la relación había sido positiva.

—Pero sucedió.

Él aceptaba que era cierto lo que le decía R. J., pero en cambio se resistía a aceptar su consecuencia inevitable.

—Creía que me querías.

—Te quería, te querré siempre y deseo que seas feliz.

Pero había hecho un descubrimiento: se quería más a ella misma.

Aquella tarde, R. J. salió tarde del consultorio. Cuando llegó a casa, David le anunció que había decidido irse a Colorado para unirse al grupo de Joe Fallon.

—Me llevaré el separador de miel y un par de las mejores colmenas, y dejaré las abejas en la montaña. He pensado que podría vaciar las demás colmenas y guardarlas en tu cobertizo.

—No. Será mejor que las vendas.

David comprendió lo que le estaba diciendo, lo irrevocable de su decisión. Se miraron a los ojos y él asintió.

—No podré irme hasta dentro de unos diez días. Quiero terminar el libro y enviarlo a la editorial.

—Me parece razonable.

Agunah pasó junto a ellos y dirigió a R. J. una fría mirada.

—David, me gustaría que me hicieras un favor.

—Tú dirás.

—Esta vez, cuando te vayas, llévate la gata.

Las horas fueron pasando muy lentamente a partir de entonces, y los dos procuraban esquivarse. Cuando sólo habían transcurrido dos días desde esa conversación —aunque a R. J. le parecía que había pasado más tiempo— recibió una llamada de su padre, quien le preguntó por David, y ella le contestó que habían decidido separarse.

—Ah. ¿Estás bien, R. J.?

—Sí, estoy bien —respondió, esforzándose por contener las lágrimas.

—Te quiero.

—Yo también te quiero.

—Te llamaba por lo siguiente: ¿qué te parecería venir a pasar el Día de Acción de Gracias conmigo?

De pronto R. J. sintió un enorme deseo de verlo, de hablar con él, de recibir su consuelo.

—¿Y si voy un poco antes? ¿Y si voy enseguida?

—¿Puedes arreglarlo?

—Bueno, lo voy a intentar.

Cuando le preguntó a Peter Gerome si podía volver a sustituirla durante un par de semanas, éste reaccionó con sorpresa, pero aceptó de buena gana.

—Me gusta mucho trabajar en las colinas —respondió.

R. J. telefoneó a continuación a la compañía aérea y luego llamó a su padre y le anunció que al día siguiente volaría hacia Florida.

53

Sol y sombras

Se le alegró el corazón al vislumbrar a su padre, pero le preocupó el aspecto que ofrecía; daba la impresión de haberse encogido, y R. J. advirtió que estaba mucho más viejo desde su último encuentro. Sin embargo su estado de ánimo seguía siendo excelente, y parecía muy contento de verla. Empezaron a discutir casi inmediatamente, pero sin acalorarse; ella quería que un mozo llevara el equipaje porque sabía que su padre insistiría en cargar con algo.

—Pero si es absurdo, R. J. Yo llevaré la maleta y tú puedes cargar con la bolsa de la ropa.

Ella renunció a su idea y le dejó salirse con la suya, con una sonrisa en los labios. Nada más salir del edificio del aeropuerto, R. J. parpadeó bajo un sol deslumbrante y quedó aturdida al recibir la bofetada húmeda del aire tropical.

—¿A qué temperatura estamos, papá?

—A más de treinta grados —respondió orgullosamente, como si el calor fuese una recompensa personal por la calidad de su enseñanza.

Salió del aeropuerto y condujo hacia la ciudad como si conociera muy bien el camino; siempre había sido un conductor confiado. R. J. vislumbró veleros en aquel mar de película y echó de menos el familiar hálito frío de sus bosques. Su padre vivía en un edificio que pertenecía a la universidad, en un apartamento impersonal de dos habitaciones que apenas había intentado hacer suyo. En la sala de estar colgaban dos óleos con temas de Boston: uno era de la plaza Harvard en invierno, y el otro representaba una escena de la regata en el río Charles, con los tensos remeros de la Universidad de Boston congelados en un esfuerzo explosivo por hacer volar su raudo esquife fuera del lienzo, mientras los edificios del Instituto Tecnológico de Massachusetts eran sólo una vaga referencia en la orilla opuesta. Aparte de los cuadros y de unos cuantos libros, el apartamento era de una pulcritud militar, sobrio como la celda ampliada de un moderno monje intelectual. Sobre la mesa del cuarto de los invitados, que su padre utilizaba como despacho, estaba el estuche de cristal con el escalpelo de Rob J.

En el dormitorio había una fotografía de R. J. junto a un retrato en sepia de su madre, una joven sonriente que, enfundada en un anticuado traje de baño de una sola pieza, entornaba los párpados bajo el sol en una playa de Cape Cod. Sobre la otra cómoda se veía la foto de una mujer que R. J. no reconoció.

—¿Quién es, papá?

—Una amiga mía. Le he pedido que venga a cenar con nosotros, si no estás demasiado cansada.

—En cuanto me dé una buena ducha, me quedaré como nueva.

—Creo que te caerá bien —pronosticó.

Era evidente, después de todo, que su padre no era ningún monje.

Había reservado mesa en una marisquería desde la que podrían contemplar, mientras cenaban, las embarcaciones que iban y venían por un canal. El rostro de la fotografía pertenecía a una mujer bien vestida llamada Susan Dolby. Estaba metida en carnes, pero no era obesa, y tenía cierto aire atlético. Llevaba el cabello cortado en un ceñido casco gris, y las uñas cortas y resplandecientes de esmalte incoloro. Tenía la cara atezada, con arrugas de reír en las comisuras de unos ojos almendrados, de un marrón verdoso. R. J. hubiera apostado cualquier cosa a que jugaba al golf o al tenis.

También era médica, una médica internista con un consultorio particular en Fort Lauderdale.

Tomaron asiento y se pusieron a hablar de política médica. Mientras los altavoces del restaurante emitían *Adeste Fidelis* —con demasiada anticipación, coincidieron los tres—, los últimos reflejos del sol teñían el agua, y los veleros cruzaban ante ellos como cisnes carísimos.

—Háblame de tu trabajo —le pidió Susan.

R. J. les habló del pueblo y de su gente. Charlaron sobre la gripe en Massachusetts y Florida y compararon sus casos problemáticos: una conversación profesional, una conversación de médicos.

Susan le contó que no se había movido de Lauderdale desde que terminó su internado en el Centro Médico Michael Riis, en Chicago. Había estudiado en la facultad de medicina de la Universidad de Michigan. R. J. se sintió atraída por su carácter abierto y su simpatía espontánea.

Justo cuando les servían las gambas de la cena, sonó el busca de Susan.

—¡Vaya! —exclamó. Tras disculparse, se fue a localizar un teléfono.

—Bueno, ¿qué te parece? —le preguntó a R. J. su padre al cabo de unos instantes, y ella se dio cuenta de que aquella mujer era importante para él.

—Tenías razón. Me cae muy bien.

—Me alegro.

Hacía tres años que eran amigos, le explicó. Se habían conocido a raíz de un viaje que ella había realizado a Boston para asistir a una conferencia en la facultad de medicina.

—Desde entonces seguimos viéndonos ocasionalmente, a veces en Miami, a veces en Boston. Pero no podíamos estar juntos tan a menudo como habríamos querido, porque los dos tenemos muchas obligaciones. Así que antes de retirarme a Boston me puse al habla con unos colegas de la universidad de aquí y tuve la suerte de recibir una oferta.

—O sea que se trata de una relación seria.

Él le sonrió.

—Sí, nos la estamos planteando muy en serio.

—Me alegro mucho por ti, papá —dijo R. J., y le cogió las manos.

Por un momento sólo fue consciente de que sus dedos estaban aún más retorcidos por la artritis, pero enseguida advirtió una pérdida gradual de energía mientras ella se inclinaba sonriente hacia él.

Susan regresó a la mesa.

—Menos mal que he podido solucionarlo por teléfono —comentó.

—¿Estás bien, papá?

Su padre estaba pálido, pero la miró con ojos muy vivos.

—Sí. ¿Por qué no habría de estarlo?

—Ocurre algo —afirmó R. J.

Susan Dolby la contempló intrigada.

—¿Qué quieres decir?

—Creo que va a sufrir un ataque cardíaco.

—Robert —se dirigió a él con voz firme—, ¿notas dolores en el pecho, dificultades para respirar?

—No.

—Veo que no estás sudando. ¿Sientes dolores musculares?

—No.

—Bueno, dime una cosa: ¿es alguna broma de familia?

R. J. percibió un hundimiento, el descenso de un barómetro interno.

—¿Dónde está el hospital más cercano?

Su padre la observaba con interés.

—Creo que debemos hacerle caso a R. J., Susan —opinó.

Susan, desconcertada, asintió con la cabeza.

—El Centro Médico Cedars está a pocos minutos de aquí. El restaurante dispone de una silla de ruedas. Podemos llamar a urgencias desde el teléfono de mi coche. Tardaremos menos en llegar que si esperamos a la ambulancia.

Su padre empezó a jadear con los primeros dolores en el momento mismo en que entraban en el camino de acceso al centro médico. Había enfermeras y un médico residente esperando ante la puerta con una camilla y oxígeno. Le administraron una inyección de estreptoquinasa, lo llevaron rápidamente a una sala de observación y le pusieron el electrocardiógrafo portátil.

R. J. se mantuvo a un lado. Escuchaba con enorme atención, sin apartar los ojos de la escena, pero comprobó que eran buenos profesionales y decidió dejarlos actuar a su aire. Susan Dolby estaba al lado de su padre, sosteniéndole la mano. R. J. era una espectadora.

Hacía rato que había oscurecido. Su padre reposaba cómodamente bajo una tienda de oxígeno en la unidad de cuidados intensivos, conectado a los monitores. La cafetería del hospital estaba cerrada, así que R. J. y Susan fueron a un pequeño restaurante cercano y comieron sopa de fréjoles negros y pan cubano.

Después regresaron al hospital y se sentaron a solas en una pequeña sala de espera.

—Creo que se está recuperando muy bien —comentó Susan—. Le administraron los anticoagulantes muy deprisa, un millón y medio de unidades de estreptoquinasa, aspirina, cinco mil unidades de heparina... Hemos estado de suerte.

—Gracias a Dios.

—Y ahora, dime una cosa: ¿cómo lo sabías?

R. J. se lo explicó de la manera más escueta y objetiva posible.

Susan Dolby sacudió la cabeza.

—Si no lo hubiera visto con mis propios ojos, diría que son imaginaciones tuyas.

—Mi padre lo llama el Don. Algunas veces me ha parecido una carga, pero estoy aprendiendo a asumirlo, a utilizarlo. Hoy lo considero una bendición —prosiguió R. J. Luego, tras una vacilación, añadió—: Como comprenderás, no lo comento nunca con otros médicos. Te agradecería que no...

—Por supuesto que no. ¿Quién iba a creerme? Pero ¿por qué me has contado la verdad? ¿No te has sentido tentada a inventarte algo?

R. J. se inclinó hacia ella y besó su bronceada mejilla.

—Sabía que quedaría en familia —respondió.

Su padre sufría dolores, y la nitroglicerina por vía sublingual no le servía de mucho, así que le administraron morfina. Se pasaba el tiempo durmiendo. A partir del segundo día, R. J. pudo salir del hospital una o dos horas de vez en cuando. Conducía el coche de su padre. Susan tenía que atender a sus pacientes, pero le indicó la mejor playa y R. J. fue a nadar. Como buena médica, se embadurnó de crema protectora. Le resultó agradable volver a notar el contacto de la sal marina sobre la piel, y durante unos minutos permaneció tendida de espaldas, con un resplandor naranja en los párpados cerrados, y pensó con nostalgia en David. Rezó por su padre, y luego por Greg Hinton, como le había prometido.

Aquella tarde solicitó una entrevista con el doctor Sumner Kellicker, el cardiólogo de su padre, y se alegró de que Susan quisiera estar presente. Kellicker era un hombre rubicundo e irritable, aficionado a los trajes vistosos, y era evidente que no le gustaban los pacientes que tenían médicos en la familia.

—Desconfío de la morfina, doctor Kellicker.

—¿Y cómo es eso, doctora Cole?

—Produce un efecto vagotónico. Puede causar bradicardia o bloqueo cardíaco.

—Sí, a veces ocurre. Pero todo lo que hacemos tiene sus riesgos, su aspecto negativo. Usted ya lo sabe.

—¿Y si se le administrara un betabloqueante en vez de morfina?

—Los betabloqueantes no siempre funcionan. Y entonces vuelve el dolor.

—Pero valdría la pena intentarlo, ¿no cree?

El doctor Kellicker miró de soslayo a Susan Dolby, que escuchaba con mucha atención, observando a R. J.

—Opino lo mismo —declaró.

—Si es lo que ustedes quieren, no tengo nada que objetar —dijo agriamente el doctor Kellicker, que hizo una breve inclinación de cabeza y se marchó.

Susan se acercó a R. J., la miró a los ojos y la estrechó entre sus brazos. R. J. le devolvió el abrazo y permanecieron así juntas, balanceándose.

R. J. hizo varias llamadas telefónicas.

—¿El primer día tuvo el ataque? —preguntó Peter Gerome—. ¡Pues menuda manera de empezar las vacaciones!

Todo estaba bajo control, le aseguró. La gente decía que la echaba de menos y le mandaba recuerdos. No dijo nada de David.

Toby se mostró sumamente preocupada, en primer lugar por el padre de R. J. y luego por la propia R. J. Después, R. J. le preguntó cómo estaba ella, y Toby respondió pesarosa que le dolía constantemente la espalda y que tenía la sensación de haber estado embarazada toda la vida.

Gwen le pidió todos los detalles clínicos del caso y dictaminó que R. J. había hecho bien en solicitar un betabloqueante en lugar de seguir con el tratamiento de morfina.

Y tenía razón. El betabloqueante consiguió suprimir los dolores, y al cabo de dos días el padre de R. J. fue autorizado a dejar la cama y a sentarse en una silla durante media hora, dos veces al día. Como ocurre con muchos médicos, era muy mal paciente; formulaba continuas preguntas sobre su estado y exigió ver los resultados de la angiografía, así como un informe completo de Kellicker.

Su estado de ánimo oscilaba de un extremo a otro, entre la euforia y la depresión.

—Cuando te vayas, me gustaría que te llevaras el escalpelo de Rob J. —le dijo a su hija durante un momento de pesimismo.

—¿Por qué?

Se encogió de hombros.

—Algún día será tuyo. ¿Por qué no ahora?

Ella lo miró fijamente a los ojos.

—Porque seguirá siendo tuyo durante muchos años —replicó, y dio la cuestión por zanjada.

El enfermo fue mejorando. Al tercer día empezó a ponerse de pie junto a la cama durante breves intervalos, y un día más tarde empezó a pasear por el corredor. R. J. sabía que los seis días siguientes a un ataque eran los más peligrosos, y cuando hubo transcurrido una semana sin que se presentaran complicaciones empezó a respirar más tranquila.

La octava mañana de su estancia en Miami, R. J. se reunió con Susan en el hotel para desayunar juntas. Se acomodaron en la terraza con vistas al mar y la playa, y R. J. se llenó los pulmones con el tibio aire salado.

—Podría acostumbrarme a esto —comentó.

—¿De veras podrías, R. J.? ¿Te gusta Florida?

El comentario había sido una broma, una reacción de placer ante un lujo desacostumbrado.

—Florida es muy bonita, pero en realidad no me gusta tanto calor.

—Una se aclimata, aunque lo cierto es que los de aquí somos unos devotos del aire acondicionado. —Hizo una pausa—. Tengo previsto retirarme el año que viene, R. J. Mi consulta tiene prestigio y proporciona muy buenos ingresos. Estaba pensando... ¿no te interesaría quedártela tú?

Oh.

—Me siento muy halagada, Susan, y te lo agradezco mucho. Pero he echado raíces en Woodfield. Para mí es importante practicar la medicina allí.

—¿Por qué no te lo piensas? Podría aconsejarte sobre cuestiones a tener en cuenta, podría trabajar a tu lado durante un año...

R. J. sonrió y meneó la cabeza.

Susan hizo una rápida mueca de pesar y le devolvió la sonrisa.

—Tu padre significa mucho para mí. Me caíste bien desde el primer momento: además de inteligente y considerada es evidente que eres muy buena médica, el tipo de profesional que se merecen mis pacientes. Así que pensé que sería la manera perfecta de que todos saliéramos beneficiados, mis pacientes, R. J., Robert... y yo misma, todo de un solo golpe. No tengo familia. Espero que perdones a alguien que ya habría debido figurárselo, pero me permití la fantasía de que podía tener una familia. Hubiera debido comprender que nunca existen soluciones perfectas que respondan a las necesidades de todos.

R. J. admiró la sinceridad de Susan. No sabía si echarse a reír o a llorar; poco más de un año antes, ella había tejido la misma fantasía para sí.

—Tú también me caes bien, Susan, y espero que mi padre y tú acabéis juntos. Si es así, nos veremos regularmente y con frecuencia —le aseguró.

A mediodía, cuando entró en la habitación de su padre, lo encontró haciendo un crucigrama.

—Hola.

—Hola.

—¿Qué hay de nuevo?

—Poca cosa.

—¿Has hablado con Susan esta mañana?

Así que habían estado tratando el asunto antes de que Susan hablara con ella.

—Sí, hemos hablado. Le he dicho que es un cielo pero que ya tengo mi propio consultorio.

—¡Por todos los...! Es una magnífica oportunidad, R. J. —replicó su padre contrariado.

A Rob J. se le ocurrió que quizás había algo en su química personal que impulsaba a la gente a dictarle cómo y dónde debía vivir.

—Has de aprender a dejarme decir «no», papá —dijo con voz contenida—. A los cuarenta y cuatro años tengo derecho a tomar mis propias decisiones.

Él le volvió la cara, pero al poco rato la miró de nuevo.

—¿Sabes una cosa?

—¿Qué, papá?

—Que tienes toda la razón.

Jugaron a *gin rummy* y, después de ganarle dos dólares y cuarenta y cinco centavos, su padre se echó a dormir un rato.

Al despertar, R. J. le habló de su trabajo. Él se alegró de que el consultorio hubiera crecido tan deprisa y le pareció bien que cerrara la admisión de nuevos pacientes a partir de los mil quinientos, pero le preocupó saber que R. J. se disponía a abonar al banco el remanente del crédito que él había avalado.

—No es necesario que liquides la deuda en dos años. No debes prescindir de cosas que quizá te hagan falta.

—No prescindo de nada —le aseguró ella, y le cogió la mano.

Muy lentamente, él le tendió también la otra mano.

Para ella fue un momento terrible, pero el mensaje que recibió de las manos de su padre le dibujó una sonrisa en la cara y, cuando se adelantó para darle un beso, él esbozó una fugaz sonrisa de alivio.

El Día de Acción de Gracias, Susan y ella se hicieron servir sendas comidas de hospital en la habitación de su padre.

—Esta mañana, mientras pasaba visita, me he encontrado con Sumner Kellicker —comentó Susan—. Está muy satisfecho de tu estado y dice que dentro de dos o tres días te dará de alta.

R. J. sabía que debía regresar con sus pacientes.

—Tendremos que buscar a alguien para que se instale en el apartamento contigo durante unos días.

—De ninguna manera. Te alojarás en mi casa, ¿verdad, Robert?

—No lo sé, Susan. No quiero que pienses en mí como un paciente.

—Creo que ya es hora de que pensemos el uno en el otro de todas las maneras posibles —adujo Susan.

Al final, él aceptó ir a su casa.

—Tengo una buena cocinera que va todos los días entre semana a preparar la cena. Vigilaremos la dieta de Robert y nos encargaremos de que haga tanto ejercicio como le convenga. No debes preocuparte por él —dijo, y R. J. le prometió que no se preocuparía.

Al día siguiente embarcó en el vuelo de las seis y veinte de la tarde con destino a Hartford, en Connecticut. Cuando sobrevolaban el aeropuerto de llegada, el piloto anunció:

—La temperatura en tierra es de cinco grados y medio bajo cero. Bienvenidos al mundo real.

El aire nocturno era cortante y duro, el aire de Nueva Inglaterra a fines de otoño.

R. J. subió al coche y condujo lentamente hacia Massachusetts, hacia las colinas.

Cuando llegó ante el camino de entrada notó que algo había cambiado.

Detuvo el coche unos instantes y examinó la oscura casa que abrazaba el límite, pero todo le pareció igual. Hasta la mañana siguiente, cuando miró por la ventana hacia el rótulo que colgaba junto a la carretera, no se dio cuenta de que las dos armellas de la parte inferior estaban vacías.

54

La siembra

En la helada oscuridad, antes del amanecer, el viento soplaba desde las alturas y barría el prado para azotar la casa. En duermevela, R. J. oía con agrado las ráfagas del viento. La despertó la luz del día en ciernes. Se arrebujó bajo la cálida colcha doble para perderse en largos pensamientos hasta que se obligó a levantarse de la cama y meterse de un salto bajo la ducha.

Mientras se secaba cayó en la cuenta de que se le estaba retrasando mucho la regla, y sopesó malhumorada una posibilidad que luchaba por abrirse paso hasta su conciencia: amenorrea premenopáusica. Eso le hizo afrontar el hecho de que muy pronto su cuerpo empezaría a cambiar, a medida que fueran apagándose los órganos que ya habían cumplido su función, anunciando el cese permanente de los períodos; pero enseguida se quitó esa idea de la cabeza.

Era jueves, su día libre. Cuando el sol se elevó por completo en el cielo y empezó a calentar la casa, R. J. desconectó el termostato y encendió la estufa de leña. Era agradable volver a preparar fuegos de leña, pero secaban el aire y producían una fina ceniza gris que se posaba sobre todas las superficies como una eflorescencia, y las piedras corazón que había por todas partes convertían la tarea de quitar el polvo en un trabajo ímprobo.

Sin saber cómo se encontró contemplando una piedra de

río, gris y redondeada. Finalmente dejó el trapo del polvo y fue al armario donde guardaba la mochila. Echó la piedra gris en su interior y empezó a recorrer la casa, recogiendo las piedras corazón.

Cuando la mochila estuvo casi llena, la arrastró por la puerta de atrás hasta la carretilla, donde la vació ruidosamente. Después volvió adentro y siguió recogiendo piedras corazón. Sólo conservó las tres que Sarah le había regalado y las dos que ella le había dado a Sarah, la de cristal y la pequeña de basalto negro.

Necesitó cinco viajes con la mochila llena para vaciar la casa de piedras. Luego se vistió con prendas de invierno —anorak de plumón, gorro de lana, guantes de trabajo—, salió al patio y empezó a empujar la carretilla, llena en más de una tercera parte. Las piedras pesaban mucho más de lo que R. J. podía manejar cómodamente y tuvo que emplearse a fondo para cruzar los ocho metros de césped, pero cuando hubo entrado en el sendero del bosque, el terreno empezó a descender hacia el río y la carretilla se deslizó como por propia voluntad.

La escasa luz que atravesaba el dosel de ramas salpicaba las densas y profundas sombras con bellas motas de color. Dentro del bosque hacía frío, pero los árboles protegían a R. J. de las ocasionales rachas de viento, y el neumático de la carretilla siseaba suavemente sobre la húmeda y compacta pinaza del camino hasta que llegó a los tablones espaciados del puente Gwendolyn Gabler.

R. J. se detuvo a la orilla de la corriente, rápida y crecida tras las lluvias del otoño. Al llegar al río cogió la mochila, que había dejado sin vaciar sobre las piedras de la carretilla, y echó a andar por el sendero.

La ribera estaba bordeada de árboles y matorrales, pero había espacios entre los troncos, y de vez en cuando R. J. hacía una pausa, sacaba una piedra corazón de la mochila y la arrojaba al río.

Como mujer práctica y metódica que era, no tardó en adoptar un sistema de distribución: las piedras pequeñas las echaba con cuidado junto a la orilla, mientras que los ejemplares de mayor tamaño iban a aguas más profundas, casi siempre en los remansos que ocasionalmente formaba la corriente. Cuando hubo vaciado la mochila volvió a la carretilla y la empujó por el sendero, río arriba. Después llenó de nuevo la mochila y siguió desprendiéndose de las piedras corazón.

La piedra más pesada de la carretilla era la que había recogido de una zanja en Northampton. Con la espalda en tensión y los hombros encorvados, la trasladó hasta el remanso más profundo, justo debajo de un dique de gran tamaño que habían hecho los castores. La piedra era demasiado pesada para tirarla, y tuvo que cargar con ella a lo largo del dique cubierto de matojos hasta el centro del estanque. Al poco rato dio un resbalón y se le llenó la bota de agua helada, pero poco a poco consiguió llegar a un lugar de su agrado, dejó caer la piedra corazón como una bomba y se quedó mirando cómo se hundía hasta reposar sobre la arena.

Le gustó ver la piedra allí, donde no tardaría en cubrirse de hielo y nieve con los fríos del invierno. Quizás en primavera las cachipollas pusieran sus huevos sobre ella, y las truchas se comieran las larvas y luego se refugiaran de la corriente detrás de la piedra. Se imaginó que en el silencio secreto de las noches del estío los castores podrían colgar suspendidos sobre la roca y unirse a la luz de la luna en las aguas transparentes como pájaros que se acoplan en el aire.

Retrocedió por el dique hasta llegar a la orilla y siguió vaciando en el tramo de río que pasaba por sus tierras las restantes piedras de la carretilla, como si dispersara cenizas funerarias. Había convertido casi un kilómetro de hermoso río de montaña en reliquia de Sarah Markus.

Ahora era un río en el que uno podría encontrar una piedra corazón cuando la necesitara.

Volvió a la casa empujando la carretilla vacía y la guardó en su lugar.

Sin pasar del zaguán donde se quedaba toda la ropa mojada y sucia de barro, se quitó las prendas exteriores, las botas y los calcetines empapados. Fue descalza en busca de unos calcetines de lana secos y se los puso. Después, con los pies enfundados en los calcetines, limpió el polvo de todas las habitaciones de la casa, empezando por la cocina.

Cuando terminó fue a la sala de estar. La casa estaba vacía y resplandeciente, sin otro sonido que el de su propia respiración. No había ningún hombre, no había ninguna gata, no había ningún fantasma. Volvía a ser exclusivamente su casa, y se acomodó en la sala, en el silencio y la creciente oscuridad, en espera de lo que fuera a ocurrirle a continuación.

55

La llegada de la nieve

Noviembre se convirtió en diciembre bajo un cielo turbio y encapotado. En los bosques, los árboles de hoja caduca estaban desnudos, las ramas principales como brazos levantados, las más pequeñas como dedos extendidos hacia lo alto. R. J. había recorrido el sendero sin temor durante todo el verano, pero ahora que casi todos los osos estaban hibernando se veía perversamente afligida por el miedo a encontrarse el gran oso cara a cara en el angosto sendero. En la primera ocasión que fue a Greenfield, se detuvo en una tienda de artículos deportivos y compró una bocina náutica, un pequeño bote con un pulsador que al ser apretado emitía un sonoro trompetazo. Desde entonces, siempre que se internaba en el bosque llevaba el ruidoso aparato en una bolsa a la cintura, pero el único animal que vio fue un gamo de buen tamaño que había sobrevivido a la temporada de caza y que pasó por el bosque no muy lejos de ella, sin olfatearla; si R. J. hubiera sido un cazador, el gamo habría muerto.

Por primera vez, R. J. fue plenamente consciente de su soledad.

Todos los árboles que bordeaban el sendero tenían ramas bajas muertas, y un día fue al bosque con un sierra de podar provista de un mango largo y, con manos enguantadas, empezó a aserrar, liberando un árbol tras otro de ramas secas y descortezadas. Le gustaba el aspecto de los troncos podados, que se erguían limpiamente como columnas naturales, y decidió podar todos los árboles de los márgenes del camino, un proyecto a largo plazo.

La nieve llegó el tercer día de diciembre, una cerrada tormenta que descargó de improviso, sin previas neviscas de advertencia. Nevó durante todo el día y la mayor parte de la noche, y al día siguiente R. J. sintió deseos de esquiar por el sendero, pero tuvo que hacer frente al miedo irracional e indefinido que la acosaba desde hacía unas semanas. Descolgó el teléfono y llamó a Freda Krantz.

—¿Freda? Soy R. J. Voy a esquiar por el sendero del bosque. Si dentro de una hora y media no te vuelvo a llamar, ¿querrás pedirle a Hank que venga a buscarme? No creo que pase nada, pero...

—Muy bien pensado —respondió Freda con firmeza—. Naturalmente que lo haré, si no me llamas. Que lo pases bien en el bosque, R. J.

El sol estaba alto en un firmamento azul. Le deslumbraba la nieve recién caída, la cual fue perdiendo resplandor a medida que ella se internaba en el bosque. Los esquís se deslizaban siseantes; la nevada era demasiado reciente para ver muchas huellas, pero aun así distinguió las de un conejo, las de un zorro y las de unos ratones.

Sólo había un declive pronunciado y difícil en todo el circuito del sendero, y al descender por él perdió el equilibrio y cayó pesadamente, aunque sobre una profunda capa de nieve virgen. Permaneció tendida en la fría blandura con los ojos cerrados, vulnerable a cualquier cosa que pudiera abalanzarse sobre ella desde la cercana espesura: un oso, un asaltante, un David Markus barbudo.

Pero no sucedió nada de todo eso, y al poco rato se incorporó y siguió esquiando. Al llegar a casa telefoneó a Freda.

La caída no le había causado ninguna lesión, no tenía ninguna rotura, ningún esguince, ni siquiera magulladuras, pero le dolían los pechos y los tenía sensibles.

Aquella noche, por primera vez en mucho tiempo, antes de acostarse conectó la alarma de seguridad.

Decidió comprarse un perro. Empezó consultando libros de la biblioteca para informarse sobre las diversas razas. Todas las personas con las que habló tenían distintas preferencias, pero dedicó varios fines de semana a visitar tiendas de animales y perreras, y fue reduciendo la lista hasta llegar a la conclusión de que quería un schnauzer gigante, una raza creada varios siglos atrás para obtener perros grandes y resistentes capaces de pastorear el ganado y proteger a las vacas de los predadores. Los criadores habían cruzado el hermoso e inteligente schnauzer común con perros ovejeros y mastines; uno de los libros afirmaba que el resultado era «un magnífico perro guardián, grande, fuerte y fiel».

En Springfield encontró una perrera especializada en schnauzers gigantes.

—Lo mejor es comprar un cachorro que se familiarice con usted desde pequeño —le recomendó el vendedor—. Tengo justo lo que le conviene.

R. J. quedó cautivada por el cachorro desde el primer momento. Era pequeño y torpón, con unas zarpas enormes, pelaje negro y gris, mandíbula robusta y cuadrada, y bigotes cortos y tiesos.

—Cuando crezca llegará a medir más de medio metro y pesará unos cuarenta kilos —le advirtió el dueño de la perrera—. Tenga en cuenta que comerá mucho.

El perro tenía un ladrido ronco y excitado que a R. J. le recordó a Andy Levine, un actor de voz resollante que aparecía en las películas antiguas que a veces veía por televisión a última hora de la noche. Le llamó *Andy* por primera vez durante el viaje de regreso a casa, cuando lo regañó por orinarse en el asiento del coche.

Toby padecía unos tremendos dolores de espalda. La mañana de Navidad se las arregló para ir a la iglesia, pero luego R. J. asó un pavo y preparó una cena navideña en la cabaña de los Smith. Había comprado deliberadamente un pavo enorme para que los Smith pudieran alimentarse con los restos durante unos cuantos días. Varias amigas de Toby habían estado llevándole comidas hechas en casa; era algo que solía hacerse en Woodfield en caso de necesidad, una de las costumbres de pueblo que R. J. más admiraba.

Después de cenar se pusieron a cantar villancicos, con R. J. sentada ante el viejo piano de los Smith. Luego se acomodó soñolienta ante el fuego del hogar, sorprendida por su propio cansancio. De vez en cuando se producían largos y gratos silencios, y Toby hizo un comentario al respecto:

—No es necesario que hablemos. Podemos quedarnos aquí sentados y esperar a que nazca mi hijo.

—Puedo esperar en casa —replicó R. J., y los besó a los dos y les deseó una feliz Navidad.

En casa recibió su mejor regalo: una llamada telefónica desde Florida. A juzgar por la voz, firme y alegre, su padre parecía encontrarse en buen estado.

—Susan me está machacando para que vuelva a trabajar la semana que viene —le explicó—. Espera un momento. Queremos decirte algo.

Susan se puso al teléfono supletorio y los dos a la una le dijeron que habían decidido casarse en primavera.

—En principio, la última semana de mayo.

—Oh, papá..., Susan. Me alegro mucho por vosotros.

Su padre carraspeó.

—R. J., estábamos pensando... ¿Podríamos casarnos ahí arriba, en tu casa?

—Sería maravilloso, papá.

—Si el tiempo acompaña, nos gustaría casarnos al aire libre, en el prado, con esas colinas tuyas como telón de fondo. Invitaríamos a unas cuantas personas de Miami, algunos amigos míos de Boston y un par de los parientes más cercanos de Susan. Calculo que unos treinta invitados en total.

Todos los gastos correrían de nuestra cuenta, por descontado, pero nos gustaría que lo organizaras tú todo, si te es posible. Ya sabes, buscar un buen proveedor para el banquete, un capellán, todas esas cosas.

R. J. les prometió que lo haría. Terminada la conversación, se sentó ante la chimenea encendida y trató de tocar la viola, pero no podía concentrarse en la música. Fue en busca de papel y pluma y empezó a confeccionar la lista de todo lo que se iba a necesitar. Música, quizá cuatro piezas; por fortuna, en el pueblo había músicos maravillosos. La comida exigiría una cuidadosa reflexión, y consultas. Flores... A finales de mayo habría lilas por todas partes, y tal vez rosas tempranas. Se tendría que adelantar un poco la primera siega del prado. Alquilaría una tienda, no muy grande, con los lados abiertos...

¡Organizar la boda de papá!

Hicieron falta varias semanas de severa determinación para adiestrar a *Andy* a hacer sus necesidades fuera, y aun después de conseguirlo, el cachorro a veces perdía el control de los esfínteres cuando se excitaba. R. J. decidió que lo instalaría en el sótano, y le preparó una blanda cama junto a la caldera. Sólo cedió la noche de Año Nuevo. Sola en casa, sin pareja, se pasó la velada luchando por no entregarse a la autocompasión. Finalmente, bajó al sótano en busca de *Andy*, que se sintió muy complacido de tenderse ante el fuego junto a su butaca. R. J. brindó con su taza de cacao.

—Por nosotros dos, *Andy*. La ancianita y su perro —le dijo, pero el cachorro se había quedado dormido.

La epidemia anual de catarros y gripe no se hizo esperar, y durante toda la semana la sala de espera del consultorio estuvo abarrotada de gente que tosía y estornudaba. R. J. se había librado de resfriarse, pero se encontraba fatigada e irritable; le seguían doliendo los pechos y los músculos.

El lunes, durante la hora del almuerzo, entró en la pequeña biblioteca de piedra para devolver un libro y se quedó mirando fijamente a Shirley Benson, la bibliotecaria.

—¿Cuánto hace que tienes esa mancha negra en la nariz?

Shirley hizo una mueca.

—Un par de meses. ¿Verdad que es fea? He intentado quitármela por todos los medios, pero no hay manera.

—Le diré a Mary Wilson que te pida hora para que te vea inmediatamente un dermatólogo.

—No, doctora Cole, no quiero. —Hizo una pausa y se ruborizó—. No puedo gastar dinero en una cosa así. Sólo estoy empleada por horas, y por tanto el ayuntamiento no me paga un seguro médico. Mi hijo está en el último curso de secundaria, y nos preocupa mucho cómo vamos a pagar la universidad.

—Mira, Shirley, sospecho que esa mancha puede ser un melanoma. Puede que me equivoque, y entonces habrás gastado un dinero en vano, pero si tengo razón podría desarrollar metástasis muy deprisa. Estoy segura de que quieres estar presente para ver a tu hijo en la universidad.

—Muy bien. —Un brillo de humedad asomó a los ojos de Shirley.

R. J. no supo si las lágrimas eran de temor o de ira por su despotismo.

El miércoles por la mañana hubo mucho trabajo en el consultorio. R. J. hizo varios exámenes físicos anuales y le cambió la medicación a Betty Patterson para contrarrestar su tendencia a la infección por insulina. Luego se sentó a comentar con Sally Howland lo que indicaba el ecocardiograma sobre su taquicardia. Polly Strickland acudió a la consulta porque le había venido una regla tan abundante que estaba asustada. Tenía cuarenta y cinco años.

—Podría ser el principio de la menopausia —opinó R. J.

—Yo creía que entonces se retiraba la regla.

—A veces, cuando empieza, se vuelven muy abundantes,

y luego irregulares. No siempre ocurre del mismo modo. En un pequeño porcentaje de mujeres, la menstruación desaparece sin más, como si se cerrara un grifo.

—Qué suerte.

—Sí...

Antes de salir en busca del almuerzo, R. J. leyó varios informes de patología. Entre ellos había uno que decía que el neoplasma extirpado de la nariz de Shirley Benson era un melanoma.

Después de cerrar el consultorio, R. J. tuvo la sensación de que necesitaba comer, y se dirigió al restaurante de Shelbourne Falls. Una vez allí, pidió una ensalada de espinacas, pero cambió de idea al instante y le dijo a la camarera que trajera un solomillo grande, medio hecho.

Se comió el solomillo con puré de patatas, calabacín, una ensalada griega y panecillos. Pidió tarta de manzana de postre, y luego café.

Durante el trayecto de vuelta a Woodfield, se le ocurrió pensar qué haría ella si se le presentara una paciente con los mismos síntomas que estaba mostrando desde hacía varias semanas: irritabilidad y cambios repentinos de humor, dolores musculares, un apetito feroz, pechos sensibles y doloridos y ausencia de la regla.

Era una idea absurda. Se había pasado años intentando concebir un hijo, sin el menor éxito.

Aun así...

Sabía lo que haría si se tratara de otra paciente, y en vez de ir a casa pasó por el consultorio y aparcó junto a la puerta.

El edificio estaba cerrado y a oscuras, pero abrió con su llave y encendió las luces. Se quitó el abrigo y empezó a bajar todas las persianas, tan nerviosa como si fuera una adicta a punto de inyectarse.

Encontró una aguja de mariposa, que sabía era fácil de usar, y después de conectarle un tubo en el extremo se hizo un torniquete en el brazo izquierdo. Se frotó la parte interior del codo con un algodón empapado en alcohol y apretó el puño. Aunque sus gestos eran algo desmañados, consiguió encontrar la vena cubital y extrajo el oscuro líquido pardo rojizo.

Tuvo que utilizar los dientes para deshacer el torniquete. Luego desprendió el tubo, lo tapó y lo depositó dentro de un sobre de papel marrón. Se puso nuevamente el abrigo, cerró la puerta después de apagar las luces y subió al coche con la muestra de sangre.

Tomó de nuevo el camino Mohawk, pero esta vez sin detenerse hasta llegar a Greenfield.

El hospital tenía abierto el laboratorio para análisis de sangre las veinticuatro horas del día. R. J. sólo encontró a una flebotomista de guardia, que cubría ella sola el turno de noche.

—Soy la doctora Cole —dijo—. Querría dejarle una muestra.

—Naturalmente, doctora. ¿Es una emergencia? A estas horas de la noche sólo hacemos trabajos de laboratorio si se trata de una urgencia.

—No es ninguna urgencia. Sólo es una prueba de embarazo.

—Bueno, en ese caso recogeré la muestra y mañana ya harán la prueba. ¿Ha rellenado el impreso?

—No.

La técnica asintió con un gesto y sacó un impreso en blanco de un cajón. R. J. se sintió tentada a poner un nombre falso en el apartado «paciente» y firmar el papel con su propio nombre como médica de cabecera, pero enseguida se sintió enojada consigo misma y escribió su nombre dos veces, como paciente y como médica.

Le entregó el impreso a la flebotomista y vio que el rostro de la joven se convertía en una cautelosa máscara de inexpresividad al leer el mismo nombre dos veces.

—Me gustaría que llamaran a mi número particular para darme el resultado, no al del consultorio.

—Lo haremos con mucho gusto, doctora Cole.

—Gracias.

Subió al coche y volvió a casa lentamente, como si acabara de correr un largo trecho.

—¿Gwen? —dijo por teléfono.

—Sí. ¿Eres R. J.?

—Sí. Ya sé que es un poco tarde para llamar...

—No, aún estamos levantados.

—¿Podríamos cenar juntas mañana? Tengo que hablar contigo.

—Pues mira, no puedo, estoy a medio hacer la maleta. Todavía me faltan catorce puntos de educación continuada para renovar la licencia, y he decidido seguir tu ejemplo. Mañana por la mañana salgo hacia Albany, para asistir a un encuentro sobre el parto por cesárea.

—Ah... Buena idea.

—Sí. No tengo ningún paciente hasta dentro de dos semanas, y Stanley Zinck me sustituirá si surge algún imprevisto. Oye, ¿tienes algún problema? ¿Quieres que hablemos ahora? Si quieres puedo cancelar el viaje. No es imprescindible que asista a ese encuentro.

—No te preocupes. En realidad, no es nada importante.

—Llegaré a casa el domingo por la noche. ¿Qué te parece si quedamos el lunes para cenar pronto, después del trabajo?

—Estupendo, me parece muy bien... Y conduce con cuidado.

—Bueno, pues entonces hasta el lunes. Buenas noches, preciosa.

—Buenas noches.

56

Descubrimientos

Una noche agitada.

El jueves se levantó temprano, falta de sueño e irritable. Los cereales del desayuno le supieron a trocitos de cartón. Tardaría horas en recibir noticias del laboratorio; quizá le habría resultado más fácil soportarlo si no hubiera sido su día libre, quizás el trabajo la habría ayudado a distraerse. Decidió enfrascarse en tareas domésticas y empezó fregando el suelo del zaguán. Tuvo que frotar con empeño para eliminar la suciedad y el barro acumulados, pero al final el viejo linóleo acabó resplandeciente.

Al consultar el reloj, vio que sólo habían transcurrido tres cuartos de hora.

Las dos cajas para leña estaban casi vacías, y fue a la leñera en busca de troncos. Cogió tres o cuatro en cada viaje y los fue depositando en la gran caja de pino situada junto a la chimenea y en la caja de cerezo que había al lado de la estufa. Cuando estuvieron llenas, barrió las astillas y el serrín.

Poco después de las diez y media sacó el limpiametales y extendió el servicio de plata sobre la mesa de la cocina. Acto seguido puso un compacto de Mozart, el *Adagio* para violín y orquesta. Por lo general el violín de Itzhak Perlman conseguía elevarla por encima de cualquier cosa, pero esa mañana el concierto le sonó desafinado, y al poco rato se lavó el limpiametales de las manos y apagó el aparato.

Nada más cesar la música, sonó el teléfono. R. J. respiró hondo y descolgó el aparato.

Pero era Jan.

—R. J., Toby tiene unos dolores de espalda tremendos, peores que nunca, y además calambres.

—Déjame hablar con ella, Jan.

—Se encuentra demasiado mal para ponerse al teléfono; está llorando.

A Toby aún le faltaban tres semanas y media para cumplir.

—En ese caso me acercaré por vuestra casa.

—Gracias, R. J.

Encontró a Toby muy agitada, vestida con un camisón de franela con minúsculas rosas estampadas, paseando de un lado a otro con los pies enfundados en unos calcetines de rombos que Peggy Weiler le había regalado por Navidad.

—Estoy muy asustada, R. J.

—Siéntate, por favor. Vamos a ver qué te ocurre.

—Si me siento, aún me duele más la espalda.

—Bien, pues acuéstate. Quiero tomarte las constantes vitales —respondió R. J. con naturalidad pero a la vez con decisión, sin dar pie a discusiones.

Toby respiraba un poco aceleradamente. La presión sanguínea era de 14/8 y estaba a noventa y dos pulsaciones, nada mal teniendo en cuenta que se hallaba excitada. R. J. no se molestó en tomarle la temperatura. Al palparle el abdomen notó una contracción inconfundible, y le cogió una mano a Toby y se la puso allí para que comprendiera.

R. J. se volvió hacia Jan.

—¿Quieres llamar a la ambulancia y decirles que tu esposa está de parto, por favor? Y luego llama al hospital. Diles que vamos hacia allí y que avisen al doctor Zinck.

Toby se echó a llorar.

—¿Es bueno?

—Pues claro que es bueno; Gwen nunca consentiría que la sustituyese un médico cualquiera.

R. J. se puso unos guantes esterilizados. Toby tenía los ojos muy abiertos. R. J. tuvo que pedirle varias veces, la última con brusquedad, que alzara las rodillas. El examen digital no reveló nada inquietante; apenas se había dilatado, quizá tres centímetros.

—Tengo mucho miedo, R. J.

R. J. la abrazó.

—Todo saldrá bien, te lo prometo.

La mandó al cuarto de baño para que vaciara la vejiga antes de la llegada de la ambulancia.

Jan volvió de telefonear.

—Tendrá que llevarse algunas cosas —le dijo R. J.

—Hace cinco semanas que tiene la bolsa preparada.

En la ambulancia estaban Steve Ripley y Dennis Stanley, más alerta que nunca porque Toby era de los suyos.

Cuando llegaron, R. J. acababa de comprobar las constantes vitales por segunda vez, y le tendió a Steve la hoja donde las había anotado.

Jan y Dennis salieron en busca de la camilla.

—La acompañaré —anunció R. J.—. Está asustada. Iría bien que su marido viniera también con nosotros.

La ambulancia estaba repleta. Steve permanecía de pie tras la cabeza de Toby, cerca del conductor y del radioteléfono; Jan se hallaba a los pies de su esposa, y R. J. en el centro, los tres balanceándose y tratando de mantener el equilibrio, sobre todo cuando el vehículo dejó atrás las carreteras secundarias y empezó a correr por la sinuosa carretera. Dentro de la ambulancia hacía calor, porque la calefacción era potente. Casi al comienzo del trayecto le habían retirado las mantas a Toby, y R. J. le había levantado el camisón por encima del abultado vientre. Al principio, R. J. la cubrió por pudor con una sábana ligera, pero los pataleos de Toby la hicieron caer al suelo.

Toby había empezado el viaje pálida y silenciosa, pero su cara no tardó en enrojecer con el esfuerzo de combatir los dolores, y poco después comenzó a lanzar una serie de gruñidos y quejidos, con algún que otro grito agudo.

—¿Le doy oxígeno? —preguntó Steve.

—No puede hacerle ningún daño —contestó R. J.

Pero tras unas pocas inhalaciones, Toby se arrancó la mascarilla de la cara.

—¡R. J.! —chilló frenéticamente, y de su interior brotó un gran chorro de líquido que salpicó las manos y los tejanos de R. J.

—No pasa nada, Toby; acabas de romper aguas, eso es todo —la tranquilizó R. J., y extendió la mano hacia una toalla. Toby abrió mucho la boca y sacó la lengua como si intentara dar un gran grito, pero no surgió ningún sonido. R. J. la había estado observando atentamente y había advertido una pequeña dilatación adicional, quizá de unos cuatro centímetros, pero cuando volvió a mirar vio que la vulva de Toby era un círculo perfecto que coronaba la parte superior de una cabecita peluda.

—¡Dennis! —gritó—. ¡Párate a un lado!

El conductor desvió hábilmente la ambulancia hacia el arcén y pisó el freno. En un primer momento R. J. pensó que tendrían que quedarse allí un buen rato, pero había algo en el tono de los gruñidos de Toby que le hizo ver las cosas de otro modo. Introdujo las manos entre las piernas de Toby, y un bebé pequeño y rosado se deslizó sobre ellas.

Lo primero que advirtió R. J. fue que, prematuro o no, el recién nacido tenía una enmarañada mata de cabellos, tan claros y finos como los de su madre.

—Tienes un hijo, Toby. Jan, es un niño.

—Mira qué bien —respondió Jan, que en ningún momento había dejado de frotarle los pies a su esposa.

El bebé empezó a dar vagidos, con una vocecita aguda e indignada. Lo envolvieron en una toalla y lo dejaron junto a su madre.

—Llévanos al hospital, Dennis —gritó Steve. La ambulancia acababa de cruzar el límite municipal de Greenfield cuando Toby empezó a jadear de nuevo.

—¡Oh, Dios! ¡Jan, voy a tener otro!

Comenzó a debatirse, y R. J. cogió al pequeño y se lo entregó a Steve para que lo sostuviera.

—Tendrás que volver a parar —avisó al conductor.

Esta vez Dennis metió la ambulancia en el aparcamiento de un supermercado. A su alrededor, la gente entraba y salía de sus coches.

A Toby se le salían los ojos de las órbitas. Contuvo la respiración, gruñó y apretó. Y contuvo la respiración, gruñó y apretó de nuevo, y otra vez, medio tendida sobre el costado izquierdo y contemplando con aire desesperado la pared de la ambulancia.

—Necesita ayuda. Levántale bien alto la pierna derecha, Jan —le ordenó R. J., y Jan cogió la rodilla de su mujer con la mano derecha y se apoyó en el muslo con la izquierda para mantenerle la pierna flexionada.

Toby empezó a gritar.

—¡No, sujétala! —dijo R. J., y ayudó a que saliera la placenta. Mientras lo hacía, Toby tuvo una pequeña evacuación; R. J. la tapó con una toalla, maravillándose de que la vida fuera así, tantos millones de personas durante tantos millones de años, y todas llegadas al mundo precisamente de aquella manera, entre suciedad, sangre y sufrimiento.

Dennis volvió a arrancar y, mientras conducía por las calles del centro, R. J. buscó una bolsa de plástico y guardó la placenta en su interior.

A continuación dejó de nuevo el bebé al lado de Toby y la bolsa con la placenta junto al bebé.

—¿Le cortamos el cordón? —preguntó Steve.

—¿Con qué?

Steve abrió el minúsculo e inútil botiquín obstétrico de la camilla y sacó una hoja de afeitar de un solo filo. R. J. se imaginó utilizándola dentro del vehículo en marcha y tuvo que reprimir un escalofrío.

—Esperaremos a que lo haga alguien con unas tijeras estériles —decidió, pero cogió las dos cintas del botiquín y ató el cordón umbilical, primero a un par de centímetros del abdomen del bebé y luego junto a la abertura de la bolsa de plástico.

Toby yacía inerte, con los ojos cerrados. R. J. le dio masaje en el vientre y, justo cuando la ambulancia llegaba al hospital, notó a través de la fina y suave piel del fláccido abdomen que el útero se contraía, que empezaba a volverse firme de nuevo por si alguna vez se repetía el episodio.

R. J. entró en los aseos del personal y se lavó manos y brazos, eliminando los restos de líquido amniótico y sangre diluida. Su ropa estaba muy mojada y desprendía un olor penetrante, de modo que se quitó los tejanos y el suéter e hizo una bola con ellos. En un estante había un montón de prendas de quirófano recién lavadas, de color gris, y R. J. cogió una bata corta y unos pantalones y se los puso. Al salir del aseo se llevó la ropa sucia en una bolsa de papel.

Toby se hallaba acostada en una cama del hospital.

—¿Dónde está? Que me lo traigan. —Tenía la voz ronca.

—Lo están lavando. Su padre está con él. Pesa dos kilos y quinientos cincuenta gramos.

—No es mucho, ¿verdad?

—Es pequeño porque ha nacido con un poco de adelanto; por eso lo has tenido tan fácil. Pero lo importante es que está sano.

—¿Lo he tenido fácil?

—Bueno..., rápido. —Eso le recordó una cosa, y se volvió hacia una de las enfermeras que acababa de entrar en el cuarto—. Tiene algunas desgarraduras en el perineo. Si me da unas suturas, la coseré yo misma.

—Ah... El doctor Zinck está a punto de llegar, y oficialmente es su ginecólogo. ¿No quiere esperar y que lo haga él? —le sugirió la enfermera con delicadeza, y R. J. captó el mensaje y asintió.

—¿Piensas ponerle el nombre de la esforzada doctora que acudió a tu llamada? —preguntó R. J.

—Ni hablar. —Toby meneó la cabeza—. Jan Paul Smith, como su padre. Pero te tocará algo de él. Podrás hablarle de higiene, y de cómo ha de tratar a las chicas... Cosas así.

Se le cerraron los ojos, y R. J. le apartó de la frente los cabellos húmedos.

Eran las dos y diez cuando la ambulancia dejó a R. J. junto a su coche. Volvió a casa conduciendo lentamente por las familiares carreteras del pueblo. El cielo se había puesto gris y plomizo sobre las tierras cubiertas de nieve. Entre prado y prado, las franjas de bosque ofrecían refugio, pero en campo abierto el viento saltaba sobre los amplios espacios como un lobo de aire, persiguiendo los copos de nieve congelados que se estrellaban ruidosamente contra el vehículo.

Cuando llegó a casa, lo primero que hizo fue comprobar el contestador automático, pero no había llamado nadie. Bajó al sótano con agua limpia y comida para *Andy*, le rascó cariñosamente detrás de las orejas y después subió las escaleras y se dio una prolongada ducha caliente, una bendición. Al salir se frotó un buen rato con la toalla y luego se vistió con su ropa más cómoda, unos pantalones de chándal y un jersey viejo.

Acababa de ponerse el primer zapato cuando sonó el teléfono, y al correr a descolgar el auricular dejó caer el otro zapato.

—¿Diga?

—Sí, yo misma...

—Sí, ¿y el resultado?

—Comprendo. ¿Me da los números?

—Bien, ¿querrá hacer el favor de enviarme una copia del informe a mi dirección particular?

—Muchísimas gracias.

Se puso el otro zapato sin ser consciente de que lo hacía y empezó a vagar por la casa. Al cabo de un rato preparó un bocadillo de mermelada con mantequilla de cacahuete y se bebió un vaso de leche.

Un sueño largo tiempo acariciado se había convertido en realidad; le había tocado la mejor lotería del planeta. Pero..., ¡qué responsabilidad!

El mundo parecía hacerse cada vez más tétrico y mezquino a medida que los adelantos tecnológicos lo empequeñecían. En todas partes unos seres humanos mataban a otros.

Quizás este año nacerá una criatura que...

Qué injusto, pensar siquiera en depositar sobre unos hombros no nacidos la carga de ser un santo secreto, o tan sólo de llegar a ser un Rob J., el siguiente en la sucesión de los médicos Cole. «Será suficiente —pensó con incredulidad— producir un ser humano, un ser humano bueno.»

Era una elección muy fácil.

Este niño o niña llegaría a una casa confortable y se familiarizaría con los agradables olores de la cocina y el horneado. R. J. pensó en lo que tendría que enseñarle: cómo ser amable, cómo amar, cómo ser fuerte y saber afrontar el miedo, cómo coexistir con los seres vivos del bosque, cómo buscar truchas en un arroyo. Cómo hacer un sendero, elegir un camino. La herencia de piedras corazón.

Tenía la sensación de que le iba a estallar la cabeza. Le hubiera gustado andar sin descanso durante horas, pero fuera seguía soplando el viento y había empezado a caer una intensa nevada.

Conectó el equipo de música y se sentó en una silla de la cocina. Esta vez el concierto de Mozart le hablaba con dulzura sobre la alegría y la expectación. Mientras lo escuchaba, sentada con las manos sobre el vientre, R. J. se sosegó. La música fue creciendo. R. J. la sentía viajar desde sus oídos, por los caminos de los nervios, a través de tejidos y huesos. Era tan poderosa que llegaba hasta su alma, hasta el núcleo mismo de su ser, hasta el pequeño estanque en que nadaba el minúsculo pez.

Índice

LIBRO III
LAS PIEDRAS CORAZÓN

LIBRO IV
LA DOCTORA RURAL